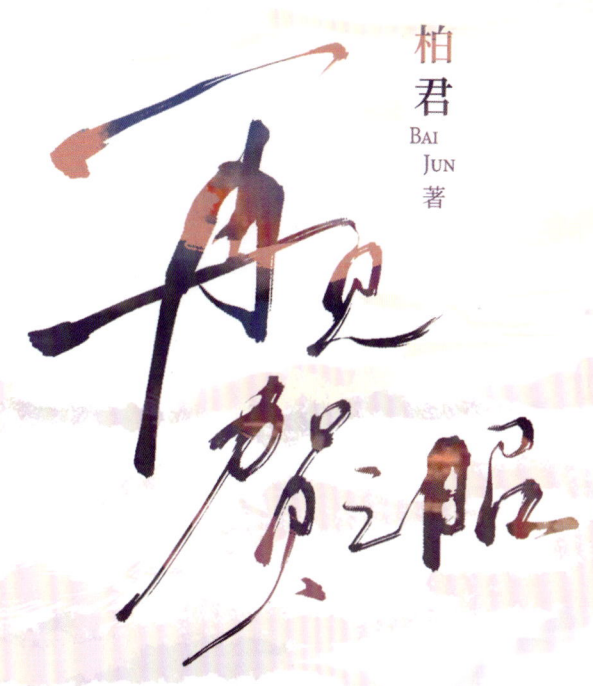

柏君
Bai Jun 著

目 录 / CONTENTS

番外 平流层	卷二 再见贺之昭	卷一 再见，贺之昭	楔子
279	113	013	001

比起别离的常态，
重逢才像是一场意外。

楔子

"生活就像海洋，只有意志坚强的人才能达到彼岸。"

许添谊的人生有两条重要咒语，此为其中之一。知道这句话时他正好十七岁，念高中。对于大部分同级生来说，这只是一段考试前无关紧要的试音音频，由一个女声字正腔圆地念完。大家嘻嘻哈哈地学舌，之后讨厌的英语口语测验就正式开始了。

但许添谊坚信这句话。

尚不好诠释"生活"一词的外延与内涵，"彼岸"在哪儿亦未知，但"坚强"和他一直以来的人生信念完全吻合。

风中有微弱的暖意，裹挟着春天植物的气味。在这个季节，人类有情感问题大概也正常。

一切都有预兆，比如对方近半年深夜而归的次数越来越多，比如前几日，恋人生日那天，他无意中看到对方手机中备注名为"宝贝"的对象，不是自己。

当时许添谊盯着这备注名看，一见"宝"字，首先条件反射涌出股嫉妒，如同被驯化出的生理反应。接着，他才后知后觉地明白这意味着什么——毕竟他不是宝贝本人。安静的空气里，黑暗吞没了许添谊，他一夜无眠。

十分钟前，许添谊站在大楼的对街等待，目睹自己的恋人和其他人远走高飞，亲密无间。这意味着他再度确诊失恋。

脑海中闪过无数片段，好的、没那么好的，想到恋人之前反的抱怨，说他不温柔，也不会照顾人。可是温柔，到底要怎么个温柔法？他好像天生脾气坏、嘴巴毒。

许添谊孤零零地站在路边，把手从口袋里拿出来，依旧在发抖，嘴唇也跟着开始发麻，熟悉的感觉奔涌向四肢百骸——躯体化的症状又出现了。

他对这种情况并不陌生，就近找了个台阶坐下。如同之前的无数次，行为举止像是退行到孩童时期，他将自己小心地蜷缩了起来，用脑袋抵着膝盖，默念了四声"贺之昭是笨蛋"。

这六个字便是他人生中第二条重要的咒语。

咒语的内容早就无关紧要，仅因为长久重复的使用，化为了一种积极纯粹的心理暗示，让许添谊相信只要念了便会灵验，情绪和症状就可以得到控制。

如他所愿，几分钟后，症状如潮水渐渐退去——但潮水就是有可能卷土重来。

他缓了很久再站起来，接着漫无目的地沿着街游荡。

路过烧腊店，红澄澄的灯，老板娘在看电视机上国外的火灾新闻，伤感地说："妈呀，死了好多人啊！"

许添谊也停下来看。那盏灯也像火，烧得他眼眶发烫。

过去，现在，无数个瞬间，他都想问："那我呢？"

重视到特意备注成"宝贝"，那他呢？"宝"是被喜欢的，那他呢？

他是不讨人喜欢的、脾气很坏的、总爱生气的。

"宝贝"两字—如梦魇，也像线索和密码，唤起许添谊关于年少时期的记忆。

不自觉地，他突然重新念起了那句咒语。

贺之昭是笨蛋。

贺之昭……是……笨蛋。

贺之昭。

许添谊有非常多讨厌的人和东西，但若非要按讨厌程度排个先后次序，此人必能夺魁。

那人现在在哪里呢？杳无音信，大概是死了。

见有人停在店门口，老板娘慢悠悠地从木板凳上站起来，拿了塑料盒问："要什么？"

要什么？

城市像个钢铁丛林包裹住他，许添谊从来在其中找不到栖身之所。那把火烧得如何？把他的信任和真心也一并烧光了。

酒过三巡，坐在正中间，被大家包围着的韩城怅惘道："我爱她，但是这有什么用呢？当时的我给不了她想要的生活！"这是十年前比较流行的故事题材。

"去找啊，没想过破镜重圆吗？"同桌的众人纷纷怂恿，"她结婚了吗？"

韩城心有戚戚焉："很难！"他说，"她去美国读博士了。"

大家点头表示理解："哦，那是，不太可能了。"因为已经不是一类人了。

"小许同志，你为什么不发表意见呢？老盯着手机看什么？"韩城情场失意，用胳膊肘捅了捅身旁一直低着头的人，随意瞥了眼手机屏幕，"你家那位找你？"

只见微信满满一页聊天记录，最末端机主发出的三条都带有红色感叹号。

韩城思索了一下感叹号的含义，大着舌头操心道："怎么一回事呢？"

屏幕被窥视，许添谊不悦地把手机反扣回桌上，答道："分手了。"

韩城是许添谊的大学室友，当时一个宿舍住六个人，除了韩城和许添谊，其余四个后来都没在本地发展，他们俩联系还算紧密。韩城热衷呼朋唤友玩耍，兄弟哥们众多，和许添谊算不上关系最好，但每次聚会喝酒也少不了邀请他。

坦诚说，韩城觉得许添谊非常不容易，虽然家境不好，但为人很讲义气。记忆中，许添谊付学费用的是助学贷款，他寒暑假从不回家，总是用整段的时间出去打工挣钱。每年冬天过完年开学，其他人都会带点土特产过来分享。许添谊没有，但也不会白拿，会请大家吃饭。

四年时间转瞬即逝，其他舍友有的回家乡，有的去其他城市。临近毕业的那段时间，六个人各自准备奔赴前程，收拾行囊，有的说，继续啃老住家里，有的说，在其他城市租了房子，过几天就搬过去。

韩城问："许添谊，你呢？"本市的房租很贵，韩城能继续住在家里足以让许多人艳羡。

当时许添谊在整理行李，他的东西最少，用两个蛇皮袋就装好了。

"我租了房子，在这儿旁边，比较便宜。"他回答道。

"啊，你怎么不住在家里？"一个舍友心大地问。

许添谊的神情看不出什么变化，只答："不方便。"

很孤独嘛！韩城想。许添谊谈恋爱的事情，韩城不太清楚细节，无从评价。他知道自己的朋友虽然脾气略显火爆，但对待任何事都极为认真，绝不是那种玩弄感情的人。

分手了。摄入过量的酒精，韩城的大脑变得极为迟钝，一句话在嘴边缓了缓，随即出口："……天哪，真的吗？为什么？"

许添谊不耐烦道："这有什么的？"

下一秒，桌上的空酒瓶转至他跟前，大家兴奋道："欸欸欸，终于轮到你了！快点快点，满上！今天就你没怎么喝！"

大部分人都和许添谊不熟，但气氛到了，喝酒谁都不能幸免。

韩城醉得很厉害，胡乱打圆场："这个，他刚刚……"刚刚失恋，请大家海涵！

后半句被整个吞下，因为许添谊已经接过酒杯，利落地站了起来。那个用来抽选的酒瓶子横卧着，瓶身细长，瓶口漆黑，像枪口瞄准心脏。

起哄声中，许添谊一饮，再饮，三饮而尽。他撂下空杯子，"砰"一声极响亮，像子弹出膛，心脏蓦地跟着痛了一下。

一群人载歌载舞至十二点，皆酩酊大醉不成人形。

出了酒吧门，韩城强忍着呕吐，用力按住许添谊的肩膀，安慰道："旧的不去，新的不来……"他还想多嘴两句，适逢代驾打电话来，示意已经在车旁等待。

韩城忙掉转过身，踉踉跄跄地往停车场走，走了两步，想起来回头问："带……带你一起不？"

许添谊用手撑着膝盖，闻言摆手拒绝。

韩城便再嘱咐了两句"注意安全"，神志不清地飘走了。

午夜，街上零星点缀着刚从酒吧出来的醉鬼，三五成群，热闹几分钟，走远就散了，安静了。

许添谊找了个台阶坐下，头晕目眩地掏出手机，先打开那被拉黑的微信聊天界面看了两眼。无论再怎么不愿相信，现实都在告诉他这段恋情真的结束了。

因为呼吸有些不顺畅，许添谊就又念了两遍"贺之昭是笨蛋"。像容易过敏的人开始皮肤发痒，就会自然地从口袋翻出药吃。这六个字也是解药。

他搁下手机。这片浓稠黑暗的夜晚重归安静。恍惚间，冷风灌进外套，许添谊被吹得脑袋发胀发疼，又想起那句话——

"生活就像海洋，只有意志坚强的人才能到达彼岸。"

他认为，可能自己还是不够坚强，所以才会像溺水的鱼，处处受挫碰壁，怎么样都找不到合适生存的水源。越是亲密的关系，越能轻而易举地伤害他，越是可以彻彻底底打碎他。

既然已经分手，趁着双休日的空闲，许添谊着手收拾起东西。房子是当初恋人提议租的，许添谊找的，两个人便这么住到一起。

许添谊将自己的"秘书精神"发挥到了生活方方面面，从租房到生活琐事都由他全权负责。前几天房东发来消息，询问房子到期的续租事宜。但显然，如今这间房没有了任何续租的必要。

许添谊收下阳台新晾晒的衣服，叠平整，和其他的衣服叠在一起。然后收拾放在各处的生活用品，都是成双成对的，现在又全部要彻底分开。最后轮到冰箱，剩余的冰鲜食物都需要在这几天内消耗完毕。

许添谊为了省钱经常下厨，有时候还会多烧一些第二天带去上班。冰箱里的存货很少，冷冻区有几根雪糕，一袋吐司；冷藏区的抽屉里有颗卷心菜，而上层最显眼的位置，放着一个没有拆封的蛋糕盒。

差点把这个忘了。许添谊把纸盒拿出来，犹豫了几秒，还是放弃吃已经放一周有余的奶油蛋糕，将它一整个扔进了垃圾桶。

原来这房子是很破旧的，夏天下大雨时，墙角总漏水，刚住进来还碰到过蟑螂。可许添谊之前从未觉得难以忍受，甚至还有过家的温馨的错觉。

这下所有的东西都被打包进箱子，房间内露出光秃的地板、发霉的墙皮，像诗意的东西露出了荒疮的内里，还原了一直以来生活的本貌。

坐上沙发，他开始拉黑前任的联系方式。然而互联网世界精彩万分，关系千丝又万缕，删掉微信，还有电话；拉黑号码，还有各类社交软件，甚至连支付宝也有好友关系。要彻底断联，竟不是件易事。

许添谊耐心地逐个删去，象征两人一刀两断。

"你要换手机吗？全新，最高配，七折给你。"午休时间，角落坐了一胖一瘦两个男人。瘦的那个掏出台最新款的手机给身旁人看。

胖的在吃外卖的咖喱饭，看了眼说："妈呀，1TB！七折我也要不起啊。"

"五折。"瘦的咬牙。

"我真没钱!"胖子极为心动,生怕自己控制不住,赶紧推开道,"快,别给我看见!这谁送你的手机?自己用了呗。"

许添谊悻悻地收回盒子:"不是。"微波炉响了,他起身去拿回饭盒。自从开始裁员后,公司里的人越来越少,如今连用餐高峰期的微波炉都不再需要排队使用。

"小冯也要走了。"胖子忽然说,"早上在系统交接了流程。"

胖子叫游奇,职位是IT,实际工作内容主要为更新公司官网的信息、修理打印机、给新员工提供电脑、培训相关设备的使用方式、初始化离职员工还回来的电脑,等等。周而复始。

许添谊打开饭盒,露出里头的两道家常菜——番茄炒蛋和可乐鸡翅。

游奇睨了眼,选中目标,迫不及待地伸筷子,申明:"筷子干净的啊,没用过,我尝尝你的手艺……"

许添谊皱眉,下意识想把盖子盖回去。他很小气,讨厌一切形式的分享。但这只是一个可乐鸡翅,没道理拒绝,于是保持了沉默。

游奇高兴地夹走觊觎的东西,吃进嘴,愣了愣。这鸡翅不知道放了多少可乐,竟然是甜的。他下意识想吐出来,心虚地看了眼许添谊,还是硬着头皮吃完了。

许添谊掏出手机,闷声不响地开始记账。盒子里的新手机他是绝对不会自用的,太贵了。他必须找到合适的方式变现,大不了卖给二道贩子。此外,和韩城喝酒花了太多钱,这也令人心痛,他短时间内也不想见到韩城了。

游奇看着许添谊阴晴不定的面孔,斗胆问:"你们那层楼现在什么情况啊?陈总最近是不是挺忙的?"他单方面认定许添谊心不在焉的状态和令人讶异的厨艺,都是因为公司近期不稳定的裁员。

许添谊没理他。

游奇又思考,若有所悟:"啊!是不是没人和你过节,伤感了?"

节,指的是刚过去一周有余的情人节。只有游奇这样这辈子没庆祝过的单身汉,才会如此重视这个节日,并为不能过节而遗憾。

不过尽管两人在单位的关系还算不错,经常一起吃午饭,游奇对许添谊的情感生活也并不算了解。他揣测,许添谊这样的,身高、脸、工作都不错,应该不是单身吧?

许添谊依旧没有说话，但是表情变得更臭了点，锅底一样。游奇决定为了自己的生命安全，不再多嘴。

吃完午餐，洗好饭盒，去前台确认完没有陈彬彬的快递后，许添谊乘电梯上到顶楼。这段时间，公司正以业务调整的缘由，陆陆续续辞退员工。许多人上午还在办公室写方案，下午便签了字，隔天就收拾出两个纸箱子干脆利落地走了。有消息称，在加拿大的总部完成权力更迭后，各区高层也即将迎来最大的一次人事调整。

许添谊见证过这家公司比较辉煌的时刻。七年前他作为应届毕业生入职，从子公司的销售做起，到两年前陈彬彬上任中华区CEO后，他终于被提拔为总裁秘书。

然而除了头衔听起来光鲜，实际要做的事情却非常杂乱。头顶还有个大秘书刘亦，仗着资历安排工作不平均。不过许添谊毫无怨言，随叫随到，陈彬彬也更乐意差遣他。

许添谊的手机三百六十五天全天候开机，向上除却日常工作，还多次帮陈彬彬的太太拎购物袋，替代司机接送陈彬彬女儿上下学，也曾数次半夜接到临时任务——被要求立刻去机场接机，或者进行距离出发仅剩两个小时的临时出差。向下得罪过不少部门负责人，不经意间听到过别人拿"陈彬彬的走狗"指代他。

这毫无疑问是他工作以来最辛苦的两年。也是这两年，在陈彬彬的"英明领导"和大环境的深刻影响中，公司经营江河日下。福利待遇没有提升不说，考勤越来越严格，原本不需要坐班的部门都开始强制每天准时打卡上下班。上个月末，公司更是开始了没有征兆的裁员。

直到这几天，陈彬彬似有自顾不暇之意，大半的时间都一个人坐在办公室，和总部开着线上的越洋会议。

许添谊考虑过自己被裁的可能——原本他的全部工作就是围绕陈彬彬展开，安排衣食住行多，核心业务少，目前根本就没有合适的空缺岗位可以做。

他原本应该烦恼忧心这件事，可是现在他失恋了。

顶楼只有几个高层的办公室和几间会议室。作为秘书，许添谊的办公室在陈彬彬办公室的外面，和大秘书刘亦的在一起。刘亦的靠内，剩下靠门的给他。午休时间，刘亦人并不在。

陈彬彬推门出来,看见他,说:"买份肥牛饭放我桌上。"陈彬彬使唤人不爱带称呼,祈使句一串从嘴里赶出来。接下来他就像不愿再浪费时间,风尘仆仆地走了出去。

"好的陈总。"许添谊赶紧站起来,等人走后也走出去,重新坐电梯下楼。陈彬彬最爱吃的肥牛饭在隔壁商厦的底楼,生意很好,每次都需要等一会儿。

正是饭点,许添谊站在那儿干等了快四十分钟,终于拿到盒饭。这也意味着休息时间彻底告罄。他将饭放到陈彬彬桌上,回座位闭目养神三分钟,随后打开工作邮箱,开始处理这个时间段涌进来的最新邮件。

为了确认时间,许添谊拉过桌子上的台历看日期。动作太猛,一不小心碰倒藏在绿植和显示器中间的一张拍立得。

许添谊把拍立得轻轻扶起来。照片里是一个普通得不能再普通的奶油蛋糕,奶油白得像云,上面装饰着又苦又涩的红樱桃,边缘则插了两根俗套的、数字模样的蜡烛,凑成二十八。

许添谊出生在二月二十九日,这意味着四年才能过上一次真正的生日。次数本就屈指可数,毋庸说大部分时间都被周围人忽略了。

他捏着照片看了半天,看到眼球酸胀,呼吸困难。他明明知道恋人也忘记了,照片中的是临时在街边的红宝石买的滞销品——蛋糕无比廉价,但框定在画面中,黯淡的灯光下烛光摇曳,也有独特的温馨。

尽管快三十岁了,工作上情绪稳定,作风严谨,生活中也能干,保持勤劳强势的本色,但实际他心里总会一闪而过一些幼稚问题。比如,很想知道怎么样才能让恋人更满意自己,怎么样才能获得更多的爱,怎么样谈恋爱才能更加顺利一点。

这几天,人甚至不能停顿下来,一有空闲,那个念头就冒出来:又分手了。失眠时,看天花板,他也想:怎么会这样?

许添谊翻来覆去地思索前任对他的评价——嘴巴毒、脾气坏……觉得别人说的可能是对的。他从小就脆弱又好面子,因此善于逞能和虚张声势,成了一个张牙舞爪的人。

每次感受到冷落和漠视,他都忍不住找理由吵架。尽管每次吵完架他都后悔,但下一次还是会忍不住。因为只有吵架的时候,恋人才会全神贯注、聚精会神,好像眼里只有他。

许添谊为自己辩解，其实他可能没有那么糟糕。只是恋爱也得有天分，他妄图勤能补拙，像摸黑前行，撞到石头，流了很多血才知道该转向。这已经太迟。

大概有些人数学不好，有些人做饭难吃，他也只是从小就不擅长讨人喜欢而已。

"小许，来一下。"陈彬彬没回来，刘亦倒是从外面推门进来，冲他友善笑笑，"咱们过来聊聊……"

"待在这里，之后怎么样都不知道。可能被裁，也可能调岗，这都是说不准的。"小会议室里，两人对坐。

刘亦语重心长道："我们也跟着彬彬总干了两年，知道他的工作风格，配合起来也比较顺利。待遇肯定是比现在要好的。陈总对我们也算是不错的，对吧？你好好想想，时间紧，周三前给我回复。"

陈彬彬即将另谋高就，他有意带上自己目前两个最得力的助手。刘亦已经答应，现在希望能说服许添谊一起走。

第二天，仍旧是个普通的、艳阳高照的工作日，中午十一点半，许添谊和游奇在 pantry 吃饭。今天他们来得早，过了十分钟，才有其他同事陆陆续续出现。

一位男同事走过来便说："陈彬彬终于要走人了！"周围人忙示意他低调，又不经意地往许添谊坐的位置看，示意有"走狗"在此出没。

游奇立刻精神了："有大新闻？"他示意许秘书在此处不要走动，小跑去工位端来笔记本电脑。

游奇把桌上的麻辣烫外卖和保温饭盒挪走，摆好电脑打开。进入 OA 系统，就看到了两条极短的站内消息。第一条消息交代了高层的职位变动和区域划分的调整，第二条则是宣布陈彬彬即将卸任大中华区首席执行官的职务，这两周将进行工作交接并帮助新领导层过渡，当然另外还揭晓了接任者的名字——原本在加拿大本部供职的 Zhizhao He 先生，即将担任亚太区首席执行官。可能因为系统格式限制，名字只用了拼音展示。

"执……照……喝……"游奇慢吞吞跟着念，"我拼得对吗？"

许添谊无语地说道："He 先念啊，He……贺之昭……"念完，自己却被这发音截住话头。

半小时后,行业内比较有影响力的几个公众号陆陆续续地更新了相似的推文。标题开头二字必然是"重磅",接着的或是"维尔集团迎来近十年最大组织架构和人事调整",或是"维尔集团新设亚太区首席执行官,将由贺之昭担任"。

许添谊坐在桌旁,点开了其中一篇。文章开头讲述的是维尔集团此次取消了原本设立的大中华区,将南亚、东南亚区域还有澳大利亚和新西兰的业务一起整合为亚太区,并由贺之昭担任首席执行官。与此同时,欧洲、中东等地的首席执行官也都重新进行了任命,几位负责人都会向集团的全球主席 Tom Evans 直接汇报工作。

但见新人笑,不闻旧人哭。陈彬彬的名字再未被提及。文章剩下的篇幅,都用来重点介绍了新亚太区首席执行官贺之昭的生平履历。

一张职业照被居中放在了头版版面——灰色背景下,照片上的人西装革履,冲着镜头内敛地微笑。

游奇点头称是:"嗯不错!比陈彬彬帅多了。"

周围人都无心吃饭,有的在议论贺之昭,说他是 Tom Evans 的朋友,因为公众号上那么写;有的在大声念文章下的评论,称陈彬彬两年前对上一任传播总监邱一民做的事情终于遭到报应,这是天道好轮回。

一片热闹中,许添谊对着这张职业照安静地看了半天。

纵使年华逝去,童年伙伴的样貌已在记忆中模糊不清,但那眉眼间隐约残存的少年模样,再加上相符的年纪、独有的经历和极低的重名率,令许添谊十分确定此贺之昭,便是他记忆中的那个人。

说不生气是骗人,但隔的时间太久,比起其他情绪,以这种方式重逢的讶异才最为深刻。

如果是十年前,他一定会想着揍一顿对方,但如今那些夜晚辗转反侧、咬牙切齿的心情都难再体会,记忆中的细节也都化作泡影,连大动干戈的必要和冲动都消散了。

许添谊左端详、右端详,心里闷得慌,像火烧。他琢磨许久,强忍下了啐一口的欲望,最后只轻轻嘀咕了句:"没死啊你。"

卷一

再见，贺之昭

Chapter 1
天生"战神"许添谊

"阿婆我们回来啦。"

"水阿婆好。"

"欸,回来啦。"

两团影子一前一后在巷子的外墙上快速行走,从斑驳的墙皮到爬山虎,再路过门口立着的绿色信筒,最后利落地左转滑进了居民楼。

一楼光线昏暗,狭隘的过道还停了辆自行车。前一个影子掏钥匙开了门,催促身后那个:"快点进来。"

影子们路过客厅,进入次卧。次卧小而拥挤,角落是张双人床,床边放了个床头柜,柜上摆着台灯、《唐诗三百首》和两本故事书。床尾的塑料筐里,装了很多幼儿园小男孩的玩具。

"要足够黑,你把窗帘拉了。"一个影子又嘱咐。

于是另一个阖上门,再拉上窗帘。顿时,黑暗被囿于这方寸之地,伸手不见五指,那影子便消失了。

"看。"许添谊摸索回床边,掌心向上徐徐展开,露出里面发着绿光的玩意儿。

"小天使挂坠,夜光的。"他介绍,"夜光就是只有黑的地方才能看见它发光。"作为本次期末考试的总分第一名,许添谊于班主任屈琳琳的办公室获得了此等奖励。

幽幽绿光，映上对面人的脸颊。

贺之昭由衷说道："漂亮。"

"送你吧？"许添谊试探问。

贺之昭站起身去拉窗帘："不用。"

许添谊将挂坠塞回口袋，暗自舒口气。虽然想送给好朋友是真的，但他自己也很喜欢，还是有些不太舍得。最重要的是，这是他首次获此殊荣——从一年级起，每次考试的第一名都是贺之昭。

唯有这次，他以总分多一分的优势险胜。

家中无人，于敏这个时间去接幼儿园放学的许添宝，约莫还有十五分钟到家。

许添谊坐在沙发上，时不时瞥一眼身边的同伴，像猫咪悄悄翘起了尾巴，心中有丝微妙的得意。

于敏每次都耳提面命地叫他一定认真备考，要考第一名。这次他终于做到了。

但作为贺之昭的朋友，许添谊也有些许顾虑。他以己度人，害怕自己本次的优异成绩，会造成两人关系有隔阂。

良久，他思索完转身，身体前倾着靠近贺之昭，试图捉住对方脸上并不存在的懊丧之气，安慰道："偶尔没发挥好也正常，胜……胜败乃兵家常事啊。"但没说下次一定能考回第一名这样的话。

贺之昭望进他的眼睛，疑惑那睫毛是否过长，不禁感叹："人类的基因表达真是神奇。"

许添谊以为贺之昭的脑子坏了，急道："你听见我说的没啊！"

贺之昭点头，这才思索了下那番话语的意味。既然是对他说的，并且是安慰败者的话语，他推论得出，可能与本次期末考试的成绩有关。

贺之昭："好的，明白了，谢谢。"

许添谊满意地点点头。

两个人对坐片刻。许添谊看表，知道妈妈马上就要回来了，遂把人送到门口，像每次放假那样约定："明天我还是去你家写作业。"

贺之昭点头应允："好。"

许添谊得到承诺，称心如意地与人告别。刚关上门，他便飞奔到厨房，扒上水池旁那扇窄窗，从这里可以看到大院的中间地带。

他目送贺之昭走入冬日的斜阳，穿过空荡的水泥地，消失于对楼的门中。

十分钟不到，屋外响起一串车铃声——于敏骑着自行车到家了。

许添谊已在书桌前翘首以盼许久。一听见关门声，他便拿起成绩单蹿了出去。

于敏左手拎着袋芹菜、西葫芦和一条活鲫鱼，右手牵着裹成粽子的许添宝，刚进屋就抱怨道："冷死了。宝宝，妈妈下次给你织件高领的毛衣……"

许添谊迎过去，难掩急切地递过去纸张："妈妈，期末考试成绩出了！"

于敏没理，她忙着把许添宝的鞋子脱了，解围巾、脱外套，最后把菜放到一边洗手。

"妈妈，成绩单！"许添谊锲而不舍。

"妈妈，我想喝高乐高。"同一时间，许添宝软软地说道。

于敏："等会儿。"这是对大儿子说的。她踮脚去够衣橱顶那罐可可粉末，打开舀几勺到玻璃杯，拎起热水瓶，才发现开水用完了。

等水烧开的空暇，她终于得空搭理站在旁边已经有些时间的许添谊。

许添谊望眼欲穿，注意到于敏看他，忙把成绩单递过去，兴奋道："妈妈你快看。"

于敏倚着橱门，边看边问："这是期末成绩？"

"是的，你看排名。"许添谊积极提示，预备接受鲜花和掌声。

于敏却没有接茬，她从头至尾看了几遍，终于找到突破口："数学怎么只有九十六分啊？一扣扣四分？"

"啊，这个……这是最后一道应用题的第二小问算错了。"是粗心造成的，许添谊急切而心虚地找补，"式子是对的。"

在难熬的几秒沉默后，许添谊听见上方传来声叹气，他小心抬头，见于敏瞪着他。

"跟你说不要粗心，不要粗心！为什么就是改正不了呢？"于敏话锋一转，"贺之昭几分？"

许添谊的心随着母亲的眼神和语气沉下，又因这问句昂扬，快速答道："比我低一分，我是第一名，贺之昭第二名。"

"才一分？"于敏又仔细盘问了贺之昭的三门成绩，"你看看吧，贺之昭的数学就能满分，人家一直都很稳定，就是语文稍微多扣了点分数。下次肯定还是他第一名。"

许添谊认为于敏的话或许有道理，但好不容易拿到优异成绩，却依旧是贺之昭得到表扬，这不在他的预料中。

"你自己说，你这粗心的毛病什么时候能改！"看他不说话，于敏理所应当地提高音调追问，"每次都说下次改正的，是不是你？"

许添谊接回薄纸，轻飘飘的。成绩单在他手中垂下，如同此刻他蔫巴的心情："嗯，我会改的。"

水壶叫了，于敏转过身，边把烧好的水倒进热水瓶，边道："不要让我再失望了啊。你一个做哥哥的，应该给弟弟做好表率。"

许添谊点点头，被"失望"二字刺得心口发酸，觉得生活很沉重。

高乐高的棕色粉末碰到热水，散发出巧克力味。于敏试了下温度，端去给许添宝喝。

许添宝早等得不耐烦，先行进了屋，他正在沙发上看电视，手里假模假样地拿着本故事书。他今年刚五岁，是家里的老二，但享受与独生子相同的待遇。

"宝宝看书呢？这么认真？"于敏对许添宝说话的语气总是上扬又充满喜爱，"妈妈亲一下。"

许添宝的眼睛圆滚滚，面颊带着婴儿肥，不知被多少亲戚邻里夸过"雪白粉嫩""可爱""面相好"。他被亲了，也只偏了偏头，仍旧聚精会神看着电视机。

许添谊站在门口远远看着，觉得沙发上的那个是只可恶的仓鼠。

晚饭烧到一半时，窗外又响起串车铃声——许建锋下班回家了。

一听见这声音，许添宝立刻奔到家门口，嘴里大喊"爸爸"以作欢迎。

许建锋推门进屋，头件事就是把他抱起来，喊他"小子"，问他在幼儿园做坏事没有。

许添谊站在后面，也跟着恭敬喊："爸爸。"这一声他总喊得很心虚。

晚饭有炒芹菜、炒西葫芦、番茄炒蛋和一锅奶白色的鲫鱼汤。于敏把鱼肚子的肉都夹去，先放在盘子里仔细挑掉刺，再喂给许添宝。

许添宝正是不爱老实吃饭的年纪，一边在座位上左顾右盼，一边不情不愿地被于敏用勺子喂着。

许添谊很馋,但有眼力见,只夹了块鲫鱼背上的肉。可惜刺太多,又不怎么会吃,嚼了两下觉得扎嘴,原样吐到骨盘里。

于敏"啧"了声。

许添谊为了缓和气氛,慌忙扭头看许建锋转移话题:"爸……爸爸,我期末考试拿了班级第一名。"

许建锋的脸上浮出褶子:"真的?第一名啊!了不起了不起!"

这措辞和喜悦情绪令许添谊飘飘然,找回下午失意丢掉的场子。他装得若无其事:"还可以吧,还有进步的空间。"

许建锋说:"第一名,那肯定要奖励啊,你想要什么?"

奖励。许添谊顿时浮想联翩,想到漫画书、手表、自动铅笔之类,还有这段时间几个同班同学带来的肯德基新出的游戏机——机身中国红,老爷爷模样,能玩俄罗斯方块、坦克大战那样的游戏。这些东西班里很多人有,他全都没有。学生之间,没有这些就意味着没有共同话题,玩不到一起去。

想要什么?许添谊情不自禁在脑海描绘出携带游戏机去学校,与贺之昭呼朋唤友的美好场景。

此时,于敏在桌下用脚碰了碰他。

许添谊如被撞的钟,脑子一下子清醒起来,他连忙说道:"不用不用,我……没什么想要的。"

许建锋又问了许添谊两次,最后确认:"真的不要吗?"得到万分肯定的回复,他便吃起饭,真的不再提这个。

于是,在许添谊脑海里不断做着的关于漫画书和游戏机的梦,就这么彻底破灭了。

吃完饭,于敏洗碗,许添谊负责在旁边将碗擦干放进橱柜。许建锋跷着二郎腿看晚报,许添宝霸占着电视机。

许建锋看完报纸,挪过茶几上的电话机,开始给一同炒股的朋友打电话。他一边交换行情信息,一边将讨论到的、值得关注的潜力股代码记录在本子上,声音大得像敲锣。他十七岁进厂,干了近二十年,终于在去年被提拔为车间主任,告别三班倒,过上了朝九晚五的干部生活。因为于敏在家带两个孩子,这份薪水需要撑起整个家,所以他对钱很敏感。

夜晚八点半，许添宝看完最后一档动画节目，要被于敏带着睡觉了。

屋内统共两间卧房，在于敏生下许添宝前，许添谊短暂地住过其中一间。后来有了弟弟，就搬了出来。

四人各自洗漱完，许建锋回了主卧，他会继续对着房间那台小电视机再看两个小时的节目。于敏和许添宝去了那间小小的次卧，把门紧紧关上。

客厅里，许添谊熟练地把沙发拉开成一张小床，再从旁边的柜子抽出被子和小枕头铺上去，关灯，摸索回被窝。

已是一月中旬，刚睡进去的被窝如同冰窟。许添谊像煎锅里的鱼，不停地翻来覆去，借此汲取暖意。

从客厅可以看见次卧的门上有扇通风窗，泛着黯淡柔软的光——屋内台灯还亮着，于敏在给许添宝念睡前故事。许添谊又忍不住想起下午于敏说的话。那些字句像石头压在他心口。他想他可能真的很难让妈妈满意。

许添谊裹了裹被子，让被角贴着自己的脸颊汲取安全感。片刻后，他盯着透气窗的玻璃，屏息摊开手心，露出小天使挂坠。

绿光大亮，撕开茫茫黑暗，突兀而美丽。

小天使闭着双眼微笑，有圣洁和庇护的意味。它的翅膀那样小，许添谊以为它可以带他去任何想去的地方。

一觉睡醒，喜迎寒假第一天。

家中无人——许建锋去厂里上班；幼儿园还没放寒假，于敏送许添宝去上学了。

许添谊热了个包子，拿了两盒纸箱里的牛奶，夹好作业去找贺之昭。

贺之昭住在对楼二楼，和许添谊一样，都不是在大院出生的。许添谊五岁时随母嫁进来，那时对楼仅住着贺之昭的外婆。一年后，贺之昭和其妈妈也搬了进来。三年前，外婆过世了，于是就成母子二人住在这里。

"贺之昭！"许添谊咬着包子在门前站好，喊得肆无忌惮，"我来了，帮我开门！"

根据经验，姜连清这个点应该已去上班。

三秒以后，门应声打开。防盗门外还有道防蚊虫的纱门，姜连清边开蓝色纱门，边好奇地看他："哎呀小谊，你这么早就来啦。"

许添谊登时脸红似煮熟的虾,别别扭扭地挤进屋。他找的贺之昭本人正坐在桌前,睡眼惺忪,头发乱如蓬草,脸颊上洗漱的水迹还未干,手里拿片面包干啃。许添谊看他下一秒要噎死,把带的牛奶塞给他。

姜连清站在镜子前系围巾,嘱咐身后的人:"小谊,冰箱里有酸奶,茶几那个小抽屉里面有巧克力和薯片,你等会儿记得和贺之昭拿去吃哦。"

"好的。"许添谊高兴应下。他喜欢和姜连清说话。

"你们真开心呀,又放假了。"姜连清看清腕上手表的时间,立即花容失色,"要死了快……"她急匆匆披上外套,刚走到门口,又扭头冲回客厅,拿起茶几上没盖盖子的香水喷了两下,接着快速冲了出去,"我走啦,你们在家注意安全哦!"

"姜阿姨再见!"

"妈妈再见。"

姜连清骑着自行车去上班了,剩下二人在家。

贺之昭家是和许添谊家格局一样的两室一厅,只不过因为只有两个人居住,东西少了很多。客厅的茶几上摆了个方方的玻璃鱼缸,许久未见,三条又肥又壮的美丽金鱼又都肥上一圈,两鳃翕动,尾巴跃动如火焰。

金鱼的饲养员吃完早饭走过来,从抽屉拿出鱼食。

许添谊自告奋勇:"我来喂!"

他迫不及待接过袋子,使了些力气撕开口子,捏住袋角猛地往下一倒。未想袋子太软,口又开得大,颗粒状的饲料立刻争前恐后奔涌而出,铺满了大半个水面。

许添谊惊慌地把袋子摆正,和在家闯祸一样,他条件反射地去看贺之昭的脸色:"我倒太多了。"

贺之昭点点头,认可这个说法,然后从抽屉拿出自己的捞网:"没关系,我捞出来点。"

这下轮到始作俑者老老实实地在旁边观看。贺之昭镇定地把大半浸湿的鱼食重新仔细捞了上来,扔进垃圾桶。

喂完鱼,两人走进里屋。

贺之昭拥有一个完全属于自己的房间,书桌宽敞,正对着窗,光线明亮。许添谊熟练地拖出他的专属小板凳,两个人坐到一处。

做作业前,贺之昭总有个仪式。贺之昭挑出笔盒中钝了的铅笔,拿起削笔刀开始对准垃圾桶认真地削笔尖。和许添谊容易着急的性格截然相反,他做事情总是慢而认真,要把一件事做到自己满意才会停止。

许添谊见他削笔,也理直气壮递出自己的:"给我也削一根。"

削一根也是削,两根也是削。贺之昭接过去,也仔仔细细地削出漂亮的笔尖,完成后,开始写作业了。

几番犹豫后,许添谊决定先写语文的周记。他打开四方格的作文簿,填好日期和天气,提笔便是言不由衷:"美好的寒假生活开始了。虽然这是假期,但妈妈曾语重心长地和我说,假期不是用来休息的,是弯道超车的好时机。我认为妈妈说得对……"

妈妈,妈妈。许添谊很慢地写着,想起昨日于敏说出"下次肯定还是贺之昭第一名"时那种笃定的神情,他有一种矛盾的痛苦——他控制不住地嫉妒贺之昭,但又深刻地觉得朋友间不该有这样的情感。

铁皮笔盒里还静静地躺着昨日得到的小天使挂件。许添谊珍惜又不舍地摸了摸,又摸了摸,权衡各种利弊,终于下定决心。

"贺之昭。"他说,"我问你个问题。"

贺之昭从作业里茫然地抬起头。

"嗯,你……你怎么做到考试的时候不粗心的?"许添谊咬了咬牙,求知欲战胜了羞耻感,"就是,怎么才能不算错数字,也不漏看条件?"

他对此增加了筹码:"如果你愿意告诉我,我就把小天使挂坠送给你。"

贺之昭想了想,富有条理地回答:"如果你经常看错题目,可以做点勾画的标记;算错的话,就多打草稿。"便是如此。

许添谊认为有些道理,但这道理太简单,内心大呼上当。

只是一言既出,驷马难追。他艰难地递出自己的天使挂坠:"哦,谢谢。这个送给你了。"

贺之昭接过去看了看,说:"你留着吧,这个是屈老师送给你的。"挂坠顺着那只手的动作轻轻落回了笔盒,"咔嗒"一声。

贺之昭又低下头认真算起口算题,许添谊却没有继续写他的弯道超车日记。

他执意要送出小天使挂件，无非认为如果有克服粗心的好办法，贺之昭不会愿意无条件地告诉他。不用其他东西去交换，是因为除却这挂坠，他再无更得体的谢礼。

然而事实是贺之昭知无不言，还十分客气，没有收下答谢的礼物。

许添谊羞愧难当，再一次感到自己是个心思很重又小气的人，而他的朋友贺之昭却是个大方、足够好的人。

窗外一片萧瑟，天空的颜色中都透着干冷。临近春节，大院门口贴了春联，挂了两只红灯笼。几个老太搬了板凳围坐在一起，边摘豆芽边聊天。空地上，小孩们的欢声笑语如水般漫上来。

许添谊已经不记得自己上一次在大院的空地上玩耍是什么时候。这种改变很突然——某一天他发现自己要写作业，没有时间再去玩，也对在大院里狂奔这件事失去了兴趣，更喜欢看电视了。于是，他和贺之昭集合见面的地点，就从大院的空地变成了贺之昭家的客厅。

尽管如此，他却仍记得自己第一次与贺之昭见面的场景。

彼时为夏秋换季，许添谊刚度过人生比较美好、难忘的一段时光——一年半前，母亲终于态度坚决地离婚，他跟着摆脱了酗酒成瘾、还会家暴的生父；一年前，于敏认识了同样离异，但没有子嗣的许建锋，两人迅速决定结婚。

两人是二婚，因为忌惮他人的眼光，"许添谊"这个名字是搬进大院前匆忙改好的。随后于敏和许添谊便作为许建锋的妻子、孩子住了进去。

许建锋是个传统的老实男人，偶尔自大，但确实对许添谊不错，刚住一起时，常给他买时兴的玩具，一家三口还会去郊野公园。许添谊可以去玩城堡模样的气垫蹦床。

后来，于敏有了身孕，便辞去工作在家保胎，每天等许添谊幼儿园放学去接他。

许添谊虽然嘴上没有说过，但同样很期待这个弟弟或妹妹的出生，让这个家庭变得更加稳固、亲密。他唯一的烦恼是，自己搬来大院近一年，恰好处在一个上不上下不下的年纪。上有两个比他大三岁的小学男生，下有小一岁的三个幼儿园女孩。唯独没有可以做伴的同龄人。

正在此时，他终于从于敏的口中得知一个好消息——对面楼吴焕秋奶奶的女儿和外孙即将搬过来。那小男孩和他一样大。

许添谊无言地期待着，转头却得了流感。病情愈来愈重，从简单的咳嗽演变成肺炎，他在医院躺了整整一周。等恢复好得赦能出门玩耍时，已经正式入秋。那小男孩也早就搬了进来。

大病初愈的许添谊很想交朋友，但也不好意思直接敲门去找，便时不时站在厨房那扇窄窗前观察。那天一早，于敏出去买菜，让他老实在家待着。许添谊寂寥地透过玻璃望出去，发现大院空地上除了那两个不和他玩的小学生，还多了个矮上一些的男孩在旁边站着。

大约便是此人。许添谊心中一喜，紧跟着又一黯。他做人太犹豫，病又好得太晚，新人已经找到玩伴了。

然而没等他完全失望，就见其中一个小学生抱着一个球，伸手猛地推了一把新来的男孩。这男孩没站稳，往后惯性退了两步，一屁股坐到了地上。

好，此处有邪恶的事情发生。正义的许添谊立刻开门蹿了出去。他抵达事发地点时，只听其中一个正说着："我们不想跟你玩，你外婆说的不作数。"

"听说你没爸爸？"另一个嘻嘻哈哈地问，"为什么？是不是在外面有别的女人了？"

许添谊认为证据确凿——他们又在欺负人。就是这样的闲言碎语容易在大院的人际关系中流传，所以于敏和许建锋在搬进来前充满忌惮，既要改他的名字，也要保证他不说漏嘴。让所有人以为，他就是许建锋的亲生儿子。

"给我站住！"许添谊大喝一声，带着感同身受的愤怒，"别人有没有爸爸，管你们什么事？"

众人循声望去，只见飞沙走石间，有一人怒目圆睁，边走边捋袖子。

两个小孩立刻紧张起来："走地龙来了！"

"走地龙"的绰号源自一场矛盾，因为许添谊发现他俩欺负大院里的小女孩，把她们过家家用的锅铲抢过去打玻璃弹珠，还抢橡皮泥、毽子、折纸，抢走了就不归还。

许添谊从伤心的小女孩那里了解完事情全貌，和他们产生了比较激烈的肢体冲突。

俗话说上帝为你关了一道门，就会给你留扇窗。人若各有所长，许添谊认领的技能就是打架。虽然从未接受过正统的学习与训练，但他天赋异禀，打架的招数、气势和技巧都浑然天成，在三年级以下年龄段所向披靡。

许添谊因此一战成名，当然也惹上了麻烦。他不仅被于敏拎着耳朵去挨家道歉，还被限制以后绝对不能再打架。不过他并不后悔，认为自己没有做错。

此时，在那两个男生惊恐的目光中，许添谊意识到，下面就该撂狠话了。

如果是五年、十年后的他将更有经验，也能把握好度，可毕竟他这时才五岁。虽然勇气源于自身，但所有"火拼"和争吵的经验，都来自电视剧。

于是下一秒，许添谊怒目圆睁，大喊道："我杀了你们！"

万籁俱寂。"杀"字浓墨重彩，是小学生生命难以承载之重。两个男孩茫然又惊慌地交换眼神。上次被打得落花流水，这次竟然是要死了吗？

没有商量的情况下，他们默契地如鹌鹑挤在一起，扭头奔回了隔壁楼。

许添谊目送他们远去，喉咙有些疼，心中却很骄傲。他像只矜贵的孔雀款款转过身，上下打量对方。长得还可以，比他稍微矮一些，只是脸上没表情。可能是有点呆、智商不高的表现。不过没关系，玩伴嘛，能一起玩就可以。

许添谊正准备说些什么，没想到这时人开了口："哇，你的声音好响。"

许添谊瞬间不想认识他了，莫非还真是个笨蛋？他撇了下嘴转过身欲离开，不甘心又转过来。发现对方还在看他，就不情不愿问："你叫什么名字啊？"

"贺之昭。"

"哦，我叫许添谊。"

对面点头。

这便是他们在这世界上相识时，进行的第一次对话。然后故事就这么开始了。

贺之昭又写了面数学题，翻页的声音让许添谊回过神，心中跟着产生些想法。或许贺之昭会知道如何让妈妈满意的方法吗？

姜连清总是笑眯眯的，连对着他时都很温柔耐心，想必贺之昭有些手段和能力。

这时许添谊尚未想明白那因果次序——因为姜连清是个温柔的人，所以对贺之昭很温柔，对儿子的朋友也很温柔。并不是贺之昭考得好，她心里满意，才总是笑脸待人，和蔼可亲。成绩怎么会是爱的衡量标准呢。

许添谊纠结一番，最后看着墙角，装作不在意地说出自己的心事："唉，让妈妈满意，有时候还挺难的。你觉得呢？"

贺之昭点头表示听见了，又摇摇头表示"不觉得"，接着继续写数学题。

背后许久没有传来回复声，许添谊忐忑而期待地憋了半天，回头一看，却发现对方正拿着橡皮认真地擦口算簿。擦完，对方将橡皮屑轻轻拂去，捏着铅笔填上正确答案。

许添谊瞠目结舌，心情难以言喻。他生气道："我在和你说话！"

"我听见了。"贺之昭答道。

"你没听见！"

"你叹了口气，说让妈妈满意难。"还真听见了。

那你为什么没反应？许添谊坐不住了，站起来扭头就走："我回去吃午饭了。"

贺之昭起身跟着他到家门口，顺便问："下午还来吗？"

许添谊没回答。他抿着嘴，如同气鼓鼓的河豚冲回了自己家。

讲出这样的少年烦恼，如同自揭伤疤，朋友却置若罔闻，他很羞耻，这种羞耻让他生气。同时，也有一丝隐秘的伤心。

于敏看他如旋风一样进门，数落道："吃饭倒是知道回来了！"

家里只有他们两个，吃得就很简单。于敏拿出冰箱里昨日冻硬的剩饭，分出两碗，倒上滚烫的开水搅拌开，再从玻璃盒中夹出一些酱瓜、萝卜干。

许添谊拿筷子上桌吃饭。

于敏吃着，忽然问他："我刚刚看牛奶箱，怎么少了两盒牛奶？你一顿早饭要喝两盒？"

还有一盒，给了对楼那个。许添谊没想到于敏竟然连这个都能发现，只能硬着头皮胡诌道："今……今天早上嘴巴干，就喝了两盒。"他现在认为应该让面包噎死贺之昭。

"你省着点吃可以吗？"于敏皱眉不悦道，"牛奶多贵啊，你小阿姨就送来这么一箱，我都舍不得喝留给你们。你倒好，一次喝两盒。"

许添谊连忙咽了口酱瓜，承诺道："知道了，我下次只喝一盒。"

"姜连清上班去了，是不是？"于敏随口问，"那贺之昭吃饭怎么解决的，随便吃？"

这倒是点醒了许添谊。不像他总有妈妈在家候着，自从外婆去世后，贺之昭在假期就只能一个人在家。

想至此,他选择了原谅,吃完饭就迫不及待穿上外套去找朋友了。

去时许添谊也为自己找好理由——先前没带走作业,总是得回来一趟的,理由十分正当,并不突兀。在贺之昭毫无察觉前,许添谊已在内心完成一次从断交到重归于好的必要程序。

"贺之昭,开门!"

贺之昭已经将杂事都做好了,处在等待的状态中。他听见这熟悉的大嗓门十分高兴,起身去开门,听见门外人问:"你中午吃的什么?"

"我自己做的。"他打开门,让人进屋,边走边说,"你的作业我收起来了。"

许添谊跑去桌前看。果然,原本摊开的作业簿都被理好了叠着,铁皮笔盒里的三支铅笔也全部被细心地用刀削过了,整齐地排列在一起。一切无懈可击,许添谊难找出碴儿,也忘记生气了,他决定开始走假期的既定流程。

"哦,谢……谢谢……"许添谊干巴巴道,"我想睡午觉。"

之前的每个假期也都是他过来写作业,中午回去吃饭,吃完再大摇大摆回来,鸠占鹊巢地用贺之昭的床睡午觉。

贺之昭露出一个没被发现的、很小的微笑,这说明自己的预测是对的,他很满意。

走进卧室,就见被子已经摊开摆好,许添谊又提要求:"我要睡里面。"

贺之昭并无异议,温顺地掀开被子,示意许添谊先躺进去,然后自己也躺了下来。安定两秒,许添谊说:"你挤到我了!"

天地良心,根本没有。但贺之昭自觉再往外挪了挪。

贺之昭总是入睡比较慢,他需要寻找一个自己满意的姿势。许添谊却入睡很快,因为闭着眼,贺之昭看到他密而长的睫毛,还有一些如果许添谊醒着,便没有人会注意的细节。

贺之昭再次于心底感叹基因表达的奇特,然后闭上了眼睛。

阳光透过窗帘的缝隙,印在绿色花纹的被单上。

许添谊用一周时间写完了所有作业,周记从"假期是弯道超车的好时机"编到了"假期便这么结束了,我非常有收获"。在还没有流行上补习班的年代,冬天剩下的时间就用来睡觉、储存脂肪和过年。

南方的冬天虽然鲜少下雪，却很湿冷，没有暖气就全靠肉身抵御。过年前，于敏和许建锋带着两个小孩逛了商场。

因为许添谊的衣服都还能穿，仅给许添宝添置了羽绒服一件。

楼层结账的柜台旁有根玻璃柱，里面是被风吹起不断飘浮翻滚的鹅毛。羽绒服，头次听说。许添谊没穿过，所以也并不能明白为什么这轻飘飘的鹅绒便能抵御寒冷。

路过商场的中庭，许添宝看到空处摆了架钢琴。在钢琴前，两个小孩正在琴凳上爬上爬下，他也情不自禁挣开于敏的手冲了过去。

纵使双手呈鸡爪状，按出的声音也零零碎碎不成曲调，但许添谊还是从于敏和许建锋对视的眼中看到了惊艳。

临近年关，许建锋往家里带了许多厂里发的面盆、毛巾、牙膏，还有生产的鞋油。按照往年习惯，除夕夜总是去许建锋家吃年夜饭，隔天再去于敏家走亲戚。今年却相反，因为许建锋妹妹一家预计除夕那晚回国，家中主事的决定到年初一再吃团圆饭。

许建锋去上年前最后一天班，并承诺早点下班去吃晚饭。很久没有吃过娘家年夜饭的于敏兴致格外高涨。除夕一早，她站在镜子前拍粉饼，涂颜色艳丽的口红，又在自己的挎包里备好给小辈的红包，再催许添谊帮许添宝换好衣服。三人出门到路边拦了辆出租车，一同前往目的地。

出租车行至花园小区的最深处停下，司机将平躺的"空车"招牌再翻上来："十七元。"机器滋滋吐出白色发票，和前面没扯掉的蜷缩在一起，很长一串，像祝福的哈达。

结账下了车，冷风扑面而来。于敏绕至车后打开后备厢，先让许添谊拎了几盒礼品，再自己拎剩余的，用空着的手关上后备厢，牵起许添宝："走走走。"

这楼没有电梯，需一路跋涉至六楼。许添宝一手牵着妈妈，一手拿了根没拆的棒棒糖，蹦蹦跳跳，后面的许添谊苦大仇深，拎了两盒补品，一箱牛奶。

开门的是屋主——于敏的表姐于晓桃，比于敏年长三岁。一进门，她先夸妹妹精气神好，打扮漂亮，再夸许添宝长大一圈，神气可爱。没等她讲完，里面冲出个人，弯腰把许添宝抱起来，亲昵地面颊贴面颊地说："哎哟，宝宝，好久没看到了，想不想外婆啊？"

于敏一边把东西都给了晓桃，一边嘱咐自己妈妈当心腰。许添谊落在最后，沉默地把自己拎的东西递过去，深深喘口气。于晓桃终于打量他，目光很友善，说他长高了。

于敏母亲一代都已经退休，一早就齐聚一堂，热热闹闹，见到两个小孩来，纷纷递上自己的红包。

许添宝一路甜甜地谢过去，因为最小最受宠，他被牵到客厅中间，开始准备才艺展示。剩下的小孩都挤在客厅角落玩飞行棋，恰好四个人凑满一局。

没有人注意许添谊。棋局中，年纪最大的男生是于晓桃的儿子，随母姓叫于子琛，今年刚上初中，虎背熊腰，戴了副眼镜，模样很蠢地摇晃着骰子，紧张道："来个六，来个六……啊啊啊为什么！"

听见动静，他回头看了眼走过来的许添谊，冷漠道："没有空位了，别来。"

"喊，我就看看。"许添谊不甘示弱瞪他一眼，安静地盘腿坐在后面。

两人关系不和要追溯至许添宝刚出生时。于子琛随母一同到医院探望，对着婴儿床里睡觉的小毛头说："好丑啊，跟猴儿似的。"

那时，许添谊站在旁边听到这"婴猴说"，怒不可遏。尽管他比于子琛小了许多岁，论体格也小了一圈，但毕竟是"战神附体"，天生骁勇善战，便趁大人们不备时，将于子琛按在地上狠狠揍了一顿。于子琛哭得和驴叫一样，两人因此结下了梁子。

此刻，场上战局焦灼。于子琛执蓝棋，至今只顺利出去了一架飞机，往后三格，还有一架绿飞机虎视眈眈。

绿色由许添谊的表姐操纵。轮到她，于子琛又像头挨揍的驴叫起来："不要三！不要三！"

刹那，在他身后的许添谊抿了抿嘴，与表姐同心。骰子滚了两圈，在这块不大的塑料纸上停了下来，朝上的那一面三个点。

"吃了。"表姐干脆地挥挥手，"再见。"

许添谊用力抿嘴，险些笑出声，又听见背后许添宝在给大人们表演《种太阳》："一个就够了，会结出许多的许多的太阳……"边唱边跳，很有童真氛围。他隐去笑，撇了撇嘴，不能认同歌词。给南极和北冰洋都送太阳，可能并不是件太好的事。

因为晚上人才会到齐，中午按照惯常吃顿简餐。许添谊闷头喝馄饨汤，耳朵却始终竖着——餐桌上，从时事政治谈到家长里短，总少不了拿孩子攀比成绩。而后他终于听见于敏说他考了第一名的事情，像美梦成真，心跳快起来。

于晓桃很给面子地训斥于子琛，说："你看看人家小谊，学习那么好，都不需要妈妈操心！"顿时，被褒奖者的嘴角勾起来，得意、自豪，许多积极的情绪混合在一起。

"唉，他这一次第一名，也就是侥幸得到的，再考就考不到了。"于敏笑着言之凿凿道，"你们子琛高高帅帅，体育还那么好，那才是德智体美劳全面发展！许添谊怎么好比？"

夸这个行不通，于晓桃转而夸起许添宝，说他那么小却落落大方，唱歌也好听，以后一定大有作为。这话得到许多人附和。被说进心里，于敏眉开眼笑。

许添谊的嘴角又被抹平了，嘴里的馄饨皮开始发酸。

吃过饭，吹着厅里过分充足的暖气，男客们都打起瞌睡。许添宝还在强制睡午觉的年纪，被要求去楼上卧房养精蓄锐。

许添宝不想遵命，拒绝道："我很精神的，我不睡。"

但在这件事上，老一辈都站在同一条战线："去睡一觉，不然你到晚上肯定会累的。"

"许添谊，你陪着弟弟一起睡。"于敏吩咐。于是于晓桃出面，牵着不情不愿的许添宝上了楼，将卧室的空调打开，留兄弟二人独处。

没了大人，许添宝立马原形毕露："我才不要睡！"

许添谊不好讲是许添宝先讨厌他或是反之，也可能就是天生不合两看相厌。他冷着脸："睡觉！不然我告诉妈妈。"

在许添宝的抗议声中，他把许添宝的外套和裤子利落地脱了，再工整地叠好放到旁边。总之虽然关系不融洽，但许添谊认为该自己做的事情还是要做好，这是两码事。

许添宝看他的动作，以为他真的要遵母命与他哥同床共枕，把被子往自己身上拉："我也不要和你一起睡！"

许添谊嘴上绝对不认输，回瞪了眼："谁要和你午觉！"他只和好朋友一起睡。床旁边安了个沙发，许添谊靠过去，过了会儿又躺下，面朝沙发背蜷缩起来。

这一觉睡醒，浑身发热，脸也被热空调蒸出红粉底色。许添谊看钟，睡了三刻钟，又侧头看床上的许添宝，原本说不要睡的人现在睡得正酣。许添谊睡得嘴巴干，想趁床上人还睡着去楼下找点水喝。打开房门，空气转瞬变凉了些，楼下嘈杂的打麻将声音也跟着传上来。

他困意未消，迷迷糊糊，刚准备踏上第一级阶梯，听见于敏的声音："唉，我真的是……"

周围一片劝和之音："阿敏，你不要难过。我们都知道你已经尽力了。"

许添谊的心跳快起来，他意识到自己或许无意闯入了大人的世界。如果再听下去，便是偷听。但既然发言者是他的妈妈，且周围人都在安慰她——他为自己找到了心安理得听下去的理由。

"我是一直想做到一视同仁的。"说话声混着麻将牌碰撞的声音，"但是他现在越长越像那人了，眉毛、鼻子都像，说话的语气也像。我每次看到他那油腔滑调的样子，我就生气。"

"那人"指的是宁嘉玮，即许添谊的亲生父亲。大家都知宁嘉玮是个人渣，谈论这个话题像踩雷，连忙纷纷否认。

一个说："哎呀，小学时候的男孩子是这样的，有点讨嫌，再长大点就会好些。"

"嗯，谁家小孩这阶段不讨厌，尤其男生，都这样的。"

"是的、是的。这岁数都主意大又倔得很，小敏，我跟你说，后面啊还有青春期、叛逆期，你路还长呢！"

七嘴八舌的劝说都避开了宁嘉玮，因为宁嘉玮的坏是公认的；但也没人说他的外貌，因为宁嘉玮空有一副英俊的皮囊。许添谊和他还真长得如出一辙。你看到那张脸就能想起一个坏人，那坏人把麻将桌上所有人的钱都借了一圈，还没还，你就不能强求一种和颜悦色的态度。大家都是普通人嘛。

"两个孩子，肯定是不一样的。"还有个老一点的声音接道，"小谊肯定也是小时候受到过影响，这个只能慢慢去纠正他。"

"大姨，你不知道。"于敏反驳她，"他真的是老气横秋、斤斤计较，得失心也重得不得了。成绩稍微好点，那张脸得意的哦……和那人骨子里一样的，喜欢得意忘形。"

"唉！都和你说了，这个小孩带着就是拖油瓶，你会受苦……好了好了，不要说这个了。"最后这个声音，是许添谊的外婆，于敏的妈妈。即便是与最亲近的娘家人说丑事依旧觉得羞耻。

拖、油、瓶。

许添谊坐在最高的那级阶梯上，楼下的光、暖气、交谈声一起涌上来。他因此注意到很多细节——他发现这楼梯旁的窗台上放了个烟灰缸，里面有两个短烟头和一堆烟灰；发现打蜡的地板缺了个口子；发现楼梯的栏杆是雕了花纹的。

从记事开始，他就很少哭。两岁打针的时候没有哭；四岁被喝完酒的宁嘉玮抽了一顿，鼻血直流没有哭；七岁被院子门口的水泥板绊了一跤，疼得发抖也没有哭。

他的泪腺像长错了位置，泪没有一滴，而此时明明是寒冬腊月，他的额头却冒出许多汗来。

许添谊很久以前就深沉地意识到，好像得到什么就会失去什么，得到什么，一定需要什么条件。他一直揣测于敏能爱自己的条件。比如，需要无限谦让，给许添宝做好哥哥的表率，不争不抢那些好东西；需要每次考试都当上第一名，证明自己比贺之昭出色；需要在许建锋面前什么都不要，没有房间就睡客厅，当一个孝顺的"二手"儿子。

这些条件足够苛刻，且没有完成的时间节点，但让许添谊感到踏实。他品味到生活的希望，愿意相信虽然很难，但只要努力，就终可以打败许添宝，换到自己应得的奖励——得到于敏的关注、表扬，又或更贪婪，得到明显的偏爱。

"拖油瓶"三个字掷在地上，碎裂，割破他气球一样的希望。他开始解答不出于敏的条件是什么。他怎么也像许添宝那样笨呢？

等外婆说完，轮到其他人说话，话题切换成其他毫无关系的。许添谊把自己不知不觉流的汗都擦掉，又蹑手蹑脚回到午睡的房间。

许添宝依旧睡着，那是张会被所有亲属称为天使脸庞的睡脸。许添谊盯着看了会儿，转身坐回他刚刚睡的沙发。又过半小时，许添宝醒了，睁眼就喊妈妈，脸上还浮着困意。

但没有妈妈，只有许添谊听见动静走过来，把床尾的衣服丢给他。许添宝穿进左边袖子，找不到右边的，费了半天劲，开始不耐烦地哼哼唧唧。

许添谊关了空调,替他把袖子管拎起来。许添宝终于穿好衣服,跳下床走在前,一边下楼一边喊:"妈妈——"

"宝宝醒了啊。"原本的茶话会散了,只有于敏的二姨在厅里喝茶。

她把许添宝招到身边,严肃道:"你妈妈不要你嘞,让你今晚和我回家。"

"啊?"许添宝愣了愣,"不会吧。"

所有人看好戏样观察他一举一动,中间唯独少了于敏。许添宝原本是不怎么信的,但他去客厅转了圈,真的没找到自己妈妈。他又跑到厨房,还去卫生间敲了敲门,发现于敏不在。

"你妈妈把你送给二姨啦。"有人帮腔,"我们都能做证!"

"妈妈怎么说的?就说不要我了?"许添宝回到二姨身边,焦急地四处张望,"外婆呢?"外婆也不在,和于敏一同去了隔壁超市。因为于子琛吵着要吃雪糕,家里没有,于敏就主张去买了。

"就说不要你了呀!我马上说,那我要的。宝宝,你今天晚上就和我回家好嘞,我给你铺一张小床,睡在我旁边,好不好?"

二姨说得真切,令许添宝信以为真,稚嫩的脸上出现惶恐。他眼睛瞪得圆,眼珠转来转去像两颗话梅糖,看得周围人忍不住发笑。

许添谊望着他慌里慌张像仓鼠般可爱的模样,心中烦躁,说:"你笨不笨?妈妈肯定就是出去了,怎么可能不要你?"下一句他没有说出口,只在心里想了想。

只会不要我罢了。

Chapter 2
电玩上校的秘密

大年初一，终于轮到去许建锋家过年。

一大早热水壶最先响，然后洗手间是许建锋剃胡子、洗漱的声音，卧室是许添宝喊妈妈的声音，厨房是于敏问许建锋早上吃什么的声音。声音越来越多，许添谊再睡不着。他睡眼惺忪直起身，听见于敏喊他帮许添宝穿外套，便下了床，去找许添宝的嫩黄色羽绒服。

虽然许添谊已经改成许姓，但因为身份尴尬，并没有得到许建锋家里几位长辈的承认。为避免不愉快，他缺席了每一次的新年聚会。

年年如此，许添谊倒也不觉得凄凉或残酷，就像他从不认为自己弱小或可怜。反正即便真去了，一个人也都不认识，待在家更加自由解脱。

因为还没睡醒，所以语气也好很多。许添谊拎着比想象中轻的外套，只抱怨了句："你怎么连外套都不会穿。"是又在说许添宝笨的意思。

许添宝也没睡醒，所以呆呆地没反击，只裹好衣服喊："妈妈，我穿好了——"

许添谊刚想嗤笑他只知道找妈妈的行为，却见许添宝颠颠地寻过去："哇，妈妈！你好漂亮啊，和天使一样！"

于敏正在化妆，被这话逗得忍俊不禁，不好意思地斥道："你眼里的天使就这样呀！"

许添谊很有危机感地站在后面，紧急思考自己说什么能略胜一筹，像圣母玛利亚吗？最后很失败地什么也没说。

"冰箱里有剩饭，你直接微波炉转了就能吃。"于敏一边在玄关给许添宝系围巾，一边给许添谊做出门前最后的叮嘱，"记得等晚上七点半把热水器烧上。还有，你一个人在家，别就知道看电视，功课该预习的先预习上。"

许添谊干脆地答应："好的妈妈，保证完成任务。"

关了门，首先收拾床铺。许添谊像做粢饭团一样把枕头夹进被子，一起工整卷好塞回橱柜，再用力收回弹簧床，把沙发复原成原本的样子。接着，准备开启自由的一天。

总是热闹拥挤的家罕见地安静、空旷。本不属于许添谊的物件与空间，这一刻都归他管辖，这感觉很陌生，令他心潮澎湃。

许添谊绕着茶几转了圈，不想温习功课，就找出遥控器开电视机。大多数频道都在重播昨夜的春晚节目。他切换了半天，没找到要看的，开始想念好朋友贺之昭。

过年贸然去好朋友家，是一种缺乏礼节的行为。毋庸说贺之昭大约也在走亲访友的过程中。许添谊思考了会儿没有结果，瘫坐在沙发上，感到饿了，起身挪到厨房，准备给自己弄早饭吃。

没了监督者，目光能自由地游走，厨房的每件旧物品都能瞧出新意。趁四下无人，他视线辗转，最后大胆地抬头看向了最上层的橱柜。不为其他，在那道橱门后，在两袋高筋面粉的中间，有一罐属于许添宝的高乐高。

许添谊打开橱门，对着熟悉的绿色塑料罐头瞻仰了几秒，做了个吞咽的动作。可能是巧克力磨成粉做的？他不确定。每次于敏用开水一冲，那东西就散发出异常香甜的气味。

说不想喝是假的。仅仅思索两秒，许添谊又将橱门轻轻掩上了。虽然很想喝，但万一被发现偷喝后患无穷，未免得不偿失。更何况或许也没多好喝，哄小孩的甜饮料罢了，也就许添宝那样澡都洗不利索的傻瓜才爱喝。

对，洗澡。许添谊想起于敏开电热水器的嘱咐，这给了他灵感——除却这桩事，他还能做些什么？

这并非昨日听见那席话才要刻意讨好，只是作为家庭成员，做些家务活也是应该的。许添谊在心中为自己辩解，打量地板，从卫生间角落找来扫帚和拖把。

说到做家务，最逃不开就是扫地拖地。平常他和许添宝在学校念书，许建锋上班，家务活都是于敏一个人承担。只有晚上洗碗时，他才会站在旁边，负责将碗筷擦干放进橱柜。许添谊喜欢这样的时刻。这显得他有用处，在这个家并不多余。

然而即便是个小家，要将几个房间都扫完，再仔细拖一遍，对一个十岁出头的男孩来说也并不容易。

许添谊干得很细致卖力。他想借这次机会证明，他也可以为于敏分忧解难，并不是纯粹的"拖油瓶"。

这场大扫除足足耗费两个多小时才临近尾声。许添谊脱了外套，在玄关挂着拖把喘气，热极也累极。拖把的布条沾了水极为厚重，凭借他的力气不能完全绞干，因此地板拖得过于潮湿了，一时无法进屋。

不过整体已经是窗明几净，地板被拖得锃亮，许添宝乱放的玩具都被扔回了床尾的塑料箱，各类器物摆放得有条不紊，连许建锋扔在茶几上、记录股票的记事簿都被他摆正了，钢笔乖巧倚靠在旁边。

许添谊满意地四处巡察，忍不住自得地想，妈妈回家看了会怎么评价？

想必是十分满意！

视线下沉，他终于发现身旁的垃圾桶还装着昨晚丢的垃圾，在一片整洁中显得格外刺眼。他当机立断，决定再出门倒次垃圾。许添谊利落地扎好垃圾袋口，匆忙套上运动鞋就出了门。他心情急切，还带有隐秘的兴奋。这是距离完全胜利的最后一步。

然而意外总是发生在一瞬间。他拎着垃圾袋合上玄关门，"砰"一声，下一秒，骤然后背发寒——没拿房门钥匙。

太愚蠢了。

许添谊丢完垃圾，坐到家门口的台阶上，强迫自己冷静下来思考解决措施。

首先想到家住一楼，或许有翻窗入室的路径。然而他起身绕着走了一圈，才发现每个窗户外都安装了防盗栏，连手都无法探入。

许添谊站回固若金汤的防盗门前。家在那头，人在这头，所谓咫尺天涯。为什么门只要轻轻一合拢就再打不开呢？为什么他不带钥匙呢？

寒冬腊月，即便正午时分，户外的气温也已经跌至冰点。许添谊出来得急没穿外套，只是稍微静坐了会儿，隔着单薄的毛衣，就感受到彻骨的寒意。

许添谊坐在台阶上，屁股冻得发麻。他尽可能将自己蜷缩起来。或许是太冷，心跳很快，唇舌也跟着有点麻木。已经快十二点，他还没吃早饭，早就饿得七荤八素，心里还有难言的忐忑——他把事情搞砸了，不仅把自己关在门外，这下还极有可能没法按时打开电热水器。

他担心因为没有完成任务，遭受于敏的责备。虽然生理上濒临极限，但情感上，许添谊不好意思去找任何人求助——找门房的水英阿婆，怕阿姨热心打电话给于敏，影响家人过年的心情；找贺之昭，怕影响他和姜连清过节，也认为很丢脸，怕被嘲笑。虽然他知道贺之昭不会嘲笑他。

心里天人交战时，许添谊见隔壁楼走出两个人，听到熟悉的女声说："欸，是小谊吗？"

许添谊抬头，就见姜连清慢慢地朝他的方向走过来，身后还跟着贺之昭，是要出门的架势。

姜连清走近两步，等看清许添谊身上的穿着，登时花容失色："你怎么只穿一件毛衣，不冷吗？"

许添谊局促地站起身，言不由衷道："嗯……还可以。"说完他便扭头打了个喷嚏。

一旁沉默的贺之昭移动过来，抱住他的肩膀。许添谊僵硬地站着，感受到一些微弱的暖意，听见姜连清又问："你一个人坐在这里干吗呀？"

姜连清说话很温柔，面孔也总是笑吟吟的，让许添谊一面对她就没什么负担，觉得做蠢事了可能也不会被责怪，就暂时放下了自尊心，如实回答道："嗯，我……我出门丢垃圾，忘记带钥匙了……"

姜连清理明白故事始末，发现他大年初一竟独自一人在家，心里不由奇怪和心疼。她说："正好，我带贺之昭出去吃中饭，我们一起去。"

"不用不用，我在这里等他们回来。"许添谊下意识客气地拒绝，拒绝了立刻后悔。但姜连清直接把他带回了家，麻利吩咐贺之昭："你去拿件外套给小谊穿。"

"就这件吧。"贺之昭脱了自己身上穿着的递过去。

许添谊拿着那件外套有些不好意思，嘴上还在逞强地、习惯性地说："不用了，我不是很冷。"但姜连清督促他穿上，就乖乖照做了。外套很轻，带着贺之昭留下的体温，暖融融包裹着他。

许添谊低头看蓬松的格纹，有了猜想："姜阿姨，这是羽绒服吗？"

姜连清正趁机拿出化妆镜补口红，闻言答道："是呀，里面是鹅绒，很轻。但比棉袄暖和。"

许添宝穿的果然是好东西。许添谊点点头应过去，不再出声。

等贺之昭换好外套，三人又一同出了门。路过大院门房，和坐在里面的水英阿婆打招呼，到路口姜连清拦了辆出租车。

出租车上没放任何广播。随车颠簸时，许添谊很庆幸姜连清这个点恰好出门，没有理会他任何客气的托词，因为他真的又饿又冷。

好想吃东西。许添谊此刻对食物的渴望胜过了其他任何，肚子饿到逐渐有了类似痉挛的感觉。然后随着车左转弯，肚子发出了极为响亮的一声"咕噜噜"。

出租车司机打趣说："哎哟，吓死人了。"

许添谊尴尬地涨红了脸，眼睛紧盯着车窗玻璃一动不动，唯恐身后坐着的贺之昭说点类似"你的嗓门好响"的话，他的自尊心就会应声破裂。

但只有副驾驶的姜连清了然又轻巧地接话道："就是饿了嘛，我们马上去吃好吃的。"

因为这插曲，过了会儿司机又开口问："你两个儿子啊？"

不知姜连清出于什么考虑，也可能只是懒得详细解释，回答："是啊。"

"要死的咯。"司机师傅说，"两个皮小鬼，累也要累死了，你真不容易。"

"不会。"姜连清否认道，"他们都很懂事听话的。"

车没再开多久，停在一家大型超市的马路旁。喜庆的红色映入眼帘，还有每个小孩最爱的三个字母——KFC。

有个店员站在门口，微笑着递给他们三人每人一张优惠券："新年全家桶可以了解一下哦！"

推开玻璃门，店内光线明亮，油炸食物的香味扑面而来。大年初一生意很好，每个点单的柜台前都排了一长串人。

"来，都看看吃什么。"姜连清带着他们排到最短的队伍尾端，拿起手里那张优惠券研究，又看挂在柜台后的产品广告牌，"优惠券上的不要吃就点上面的哦。"

"我要吃蛋挞。"贺之昭道。

姜连清沉默两秒，与他商量道："知道你要吃蛋挞，你总不能只吃蛋挞吧。"

"那再喝杯果汁吧。"贺之昭状似妥协道，开始专心将优惠券上属于蛋挞的小方格扯下来。

姜连清无奈，转而看向许添谊："小谊想吃什么？"

许添谊疯狂地吞咽口水，知道自己不该吃贵的。他拿着优惠券局促地研究，试图找出最物美价廉的食品，最后指了指角落："我吃这个。"

恰好排到他们，没了人群阻挡，姜连清看见点餐机旁边竖着的玩意儿，好奇地问："这是什么？"

营业员借此推销："这是电玩上校游戏机，买这个新春套餐就送。"

姜连清当机立断："这个好，要两套！"

"蛋挞。"贺之昭适时礼貌递上优惠券。

许添谊捧着自己的餐盘跟着找空座位坐下，像在做梦。梦中盘子里不仅有他要的汉堡，还有小食和饮料。更重要的是还有一个四方的红色纸盒，里面是他艳羡同学拥有已久的游戏机。

姜连清把自己餐盘里的那份游戏机给贺之昭："你确定你只要蛋挞？"

贺之昭的餐盘里的确只有盒蛋挞，还有杯九珍果汁。他答道："是的，足够了，谢谢。"

姜连清便和许添谊说："我们俩一起吃好吃的。"

许添谊说"好"，眼睛在看贺之昭。贺之昭正襟危坐，小心开了纸盒。一盒装六个蛋挞，他从左上角开始吃。

许添谊早就发现，贺之昭喜欢吃甜的，而且是个很有秩序感的人。在学校吃盒饭，他必定会一个菜吃完了才吃下一个；吃三色杯雪糕肯定从角落开始吃，不会三个味道混着挖；书包里的课本总按照语数外的顺序整齐排列好。一切布置安排都井井有条。

每每看到，许添谊都忍不住想象破坏这种秩序感的后果。但他既没有见过贺之昭生气，也不想让惹贺之昭生气，所以就算了。

姜连清知道贺之昭是个哑巴，怕许添谊不好意思，和他有一搭没一搭聊天。

许添谊坐得板正，回答时都不敢吃东西，唯恐含糊了口齿，听见姜连清问"平时你妈妈带你来吃什么"，便硬着头皮回答了田园脆鸡堡、鸡肉卷之类——都是刚在优惠券上看到的。

事实是他上次吃肯德基还是两年前。那天是许添宝生日，一家四口吃了许建锋带回家的全家桶。那个红色的纸桶被许添宝留了下来装玩具。许添谊偷偷将头埋进去闻过几回，即便过了三天还是有股隐约的炸鸡味。闻一遍就是回味一遍。他知道每周五于敏去接许添宝放学，都会带他去肯德基加餐。因为他们周五回家会晚四十分钟，也因为许添宝说漏嘴过，说自己吃了奥尔良鸡翅，吃不下晚饭了。

当时于敏"啧"了声，抽了张餐巾纸给许添宝擦嘴，把话堵了回去。许添谊低着头大口扒饭，假装自己没有听懂。

吃完饭回家，这次路过门房，水英阿婆叫住他们。她拉开门房的窗，半个身子跃出来，主要对着许添谊道："你妈妈给你打电话，你没接到，打到我这里。我说小姜带着两个小鬼头一起出去吃中饭了。等会儿我转告他。"

许添谊刚悬起心，听完松口气："谢谢阿婆，我妈妈说什么？"

"说他们今天晚上不回来了，要打麻将。叫你洗完澡记得把电热水器关了。"水英阿婆答道。

许添谊本打算吃完饭就去楼梯口蹲着等人回来，没想到这下竟然要整夜不归。

姜连清最先反应过来，问："哎呀，那你不是回不了家了？"

许添谊无言以对，只能挤出个尴尬的笑容。或许灌进去的风太冷，他的舌头又有些发麻了。

贺之昭说："那就住我的房间吧。"

"对，你过来和贺之昭挤挤凑合一晚上吧，好不好？"姜连清也赞同。

许添谊猜到姜连清或贺之昭会说这样的话，所以这刻比起其他情感，内心最多的是兴奋。

好，当然好。能和自己的好朋友同床共枕、抵足谈心，是个小学生都难以抵挡这诱惑。更何况他确实无处可去。

许添谊不习惯在大人面前表现出很明显的高兴，他只矜持地笑了一下："好的，谢谢姜阿姨。"这下不用再操心热水器了。

吃完晚饭，许添谊看了会儿贺之昭喂鱼，然后坐到客厅沙发上看电视。他想玩那只肯德基的游戏机，但没好意思拆。下午独自出过门的姜连清进了自己房间，把座机放在膝盖上，开始打电话。

卧室门开着。许添谊分神听了一耳，完全听不懂，都是英文。他讶异道："姜阿姨在和外国人打电话？"

"是的。"贺之昭正捧着一本书做数独，闻言回答，"那是她男朋友。"

"男朋友？"

"是的。"

"……你妈妈有男朋友了？！"许添谊确实从未见过贺之昭的父亲，也隐约猜到什么，但如今知道姜连清有男朋友仍足够有冲击。

"那你怎么办啊！"他急道，"他们谈恋爱会结婚吗？"

贺之昭捏着铅笔写数字，听闻抬起头，认真思考道："不能排除这个可能。"

"那你怎么办啊？"许添谊问。

贺之昭问："我怎么了？"

许添谊大脑空白，焦虑地咬了咬嘴唇皮，思考如何措辞更加委婉："我的意思是，那……那……万一他们结婚生小孩了……你怎么办？"

见贺之昭仍旧没有听懂的样子，他只能声若蚊蝇地吐出下句："姜阿姨会不会只关注小的，不喜……不管你了？"

贺之昭点点头，表示问题已知悉。他往正在解的数独里又添两个数字，答道："应该不会吧。但也不能排除这个可能。"

许添谊内心骤然沉重。尽管他也很喜欢姜连清，希望姜阿姨幸福，但他明白再婚意味着什么。若有取舍，他还是更希望贺之昭能避免与他有相同的遭遇。

虽然揣测的情境还完全没有发生，姜连清只是拿座机打了个英文电话，但许添谊还是一厢情愿、自作主张地猜想了许多，然后对朋友产生了同病相怜、惺惺相惜的感觉。他安慰道："没关系，你……你还有我呢。"

"好的，谢谢。"贺之昭说，"那我就放心了。"

姜连清打完电话出来，给许添谊准备了新的换洗衣服，催他们洗澡睡觉。

终于到许添谊最期待的环节。平日里两个人一起玩耍睡午觉也不在少数，但这是头一回在夜晚在一起，睡一个很长的整觉。

洗完澡擦完头发，许添谊爬上床。贺之昭已经进了被窝，看到他来，让出了里面的位置，和平时睡午觉一样。

许添谊从贺之昭身上滚到里面，再掀开被子一钻，惊讶道："怎么还有电热毯!"

被碾了的贺之昭仍旧聚精会神地研究数独题,闻言答道:"是的,开一会儿比较暖和。"

贺之昭说话总是很短促,类似踢一脚响一声。这么多年来,许添谊已经习惯这样的相处模式。毕竟如果两个人都很有主意还话多,友谊难以稳定长久。

他趴在贺之昭身旁,急切地邀请道:"别做数独了,我们来聊天吧。"

电热毯发热变暖,烘得许添谊暖乎乎的。他不必和在自己的床一样,冷得翻来覆去。

贺之昭一直没说话,许添谊就使了坏心眼,拿很冰的脚去踩贺之昭的小腿,一边快活地"哈哈哈"笑了几声,跟反派似的,然后迫不及待地问:"你想我吗?"

两人距今有近一周没见过,在友谊生涯中称得上少见。

贺之昭看向许添谊。如果他更有文化,就知道他的朋友无意识露出了名为"眼巴巴"的神情。那是一种无言的期待。但他无法描述,只觉许添谊这时发亮的眼睛像楼上汤阿婆养的狗,圆滚滚又湿漉漉的。

"想的。"

许添谊露出满意的神情,一边倒回床,把整个人埋进被子里,心中那个遗憾又适时浮上来——这么多年,他不止一次想过,要是他们两个能永远不分开就好了。

可是现实并不如人愿,长大后他们要工作、结婚。长大,意味着会有新的人和贺之昭一起生活,一起玩,周末一同出去,一起吃晚饭。许添谊不会再是和贺之昭关系最紧密的朋友,这个认知让他很不开心。他问身旁人:"你以后会结婚吗?"

贺之昭低头沉吟了会儿,说:"应该会吧。"

"有什么好结的?你喜欢什么样的女生?听他们说蒋菲喜欢你,真的假的?"他穷追不舍,"你喜欢她吗?但这是早恋。你敢早恋我立马就告诉姜阿姨。"

贺之昭回答:"这也太早了,我们都还是小学生。法定婚龄是二十二岁。"

许添谊无比激动,嗓门大了:"那也不行!"

贺之昭耳朵疼,想到"气鼓鼓"一词,不明白他的好友怎么又生气了。他曾在百科全书上看到过一种名为"河豚"的生物,这种生物如果生气或觉得自己遇到危险，会鼓起肚子，让自己看上去不好惹一点。他认为许添谊和河豚有很大的相似之处——稍不留神就充上气，眼睛、身体都变得圆滚滚了。

贺之昭说："好吧。"

许添谊："我不相信，你得保证！"

"保证什么？"

"保证你不早恋。"

"好吧。"贺之昭把数独本子合起来，放回床头柜。

河豚甚是满意，放了气，变得扁扁的。

房间的大灯已经被姜连清关掉了，只有台灯还亮着。窗外隐隐有烟花、鞭炮声，那是更遥远的地方，和他们的生活无关的地方。大院里很安静。

许添谊重新支起上半身，看向贺之昭，于是贺之昭也看向他。两个小孩一同趴着，安静地对视了几秒。这是很特殊的时刻。

可能因为这场景很合适，可能因为听说姜连清有了男朋友，可能因为贺之昭答应不谈恋爱，不会有人比他们俩关系更亲密，许添谊忽然觉得自己从未说出口过，堪称禁忌的秘密，可以告诉这个朋友。

他说："我和你说，今天……今天只有我没去拜年走亲戚，你知道为什么吗？"

贺之昭摇头。许添谊凑近了，压低声音道："因为我不是许叔叔的亲生儿子。我原本姓宁，叫宁宜。我妈妈和许叔叔结婚以后，我才改成这个名字的。"

许添谊一直命令自己要坚强，因此只道出了这秘密的上半截，虽然那未竟的另一半才是他真正烦恼的源泉。他不想说，这显得他很弱小。他拉不下这个脸，决定仅以告诫的方式传达。

许添谊露出这年纪少有的深沉："你要小心啊。如果姜阿姨有了新宝宝，别难过，你要……要继续表现得好一点，主动一点。"其中包含着他太多无言的怅惘。对他来说，生活就是以一切形式的努力和许添宝抢夺资源。

电视机是资源，零食是资源，爱也是资源。

但现在妈妈只会亲许添宝，只会带许添宝去吃肯德基，只会给许添宝买羽绒服，晚上还一起睡。他却不知该往何处努力扭转局面。每天晚上他看到卧室上头那窄窗透出的光，就嫉妒得翻来覆去睡不着。

许添谊又想起昨日坐在台阶上听到的墙脚话，具体内容，竟然忘得快一干二净，只记得最后那三个字——拖油瓶。他一想到就嘴唇发麻，浑身发热，想要出汗。

也许两人名字之间的差别就藏着最大的沟壑。他是许添谊，而另一个是许家新添的宝贝。

许添谊决定将错误归咎于宁嘉玮，因为宁嘉玮烂到根了，所以于敏不和他过日子了，所以有了许建锋，有了许添宝。追根溯源，一切都是宁嘉玮的错。

"我原本那个亲生父亲，很坏。但我也很邪恶，一想到他，就诅咒他早点死掉。"

"我睡觉了。"许添谊说完，快速装着打哈欠，背过身，拉了拉被子，"你的电热毯要热死我了。"

三秒后，贺之昭将电热毯和台灯都关了。

黑暗里，许添谊又强调警告道："刚刚的话，全部都是秘密。绝对不能告诉别人。"

"好的。"

"你听懂了没？"

"听懂了。"贺之昭说，"我会和你一起诅咒的。"

这回答让人动容。许添谊因此下定了决心，忽然转过身，摸黑凑上去，重重抱了一下贺之昭。

贺之昭只感觉到黑暗中许添谊骤然接近，随后感到肩膀一重。经过推理，他得出许添谊起身抱了自己的结论。

"为什么要抱我？"他是真疑惑。

许添谊涨红了脸，恶声恶气地问："不行？"

"可以的。"片刻，贺之昭答道，"请随意。"

得到这回复，许添谊很安心，喜悦在内心像爆开的爆米花四处乱飞。

许添谊辗转反侧，犹豫多次，终于下定决心。他咬了咬牙，凶神恶煞地轻声说："把你当朋友，喜欢你才抱……抱你的。"

这种喜欢很纯粹，很神圣。意味着他将贺之昭当成最好的朋友；意味着他对贺之昭可以无话不说、无所不言；意味着小气的他愿意大方倾囊；意味着当贺之昭得到第一名时，他心中的喜悦和敬佩会真实生动，远远超过嫉妒。

许添谊夜醒很多次，都是因为做噩梦。最后一次梦见许添宝幸灾乐祸地抵住家门，不让他进去。奇怪这小小矮矮的人竟然力大无穷，他怎么使劲门都纹丝不动。又听见门背后于敏冷漠的声音，说既然他这么喜欢去别人家住，就再也别进家门。

许添谊焦急地用双手撑门，用尽全身力气往前一推。真实的触感让他睁开眼睛。只见身旁原本睡得很好的"贺大门"，被他双手推背，骨碌碌径直掉下了床。

许添谊赶紧趴到床边往下看，贺之昭迷糊地睁开眼睛，呆呆地看着他，缓了缓，说："我掉下来了。"确实如此。

许添谊心虚地伸出手，把他拉上床，嘟囔道："我不是故意的。"

心胸宽广的贺之昭并没有和他计较，卷了卷被子重新睡着了。

许添谊紧挨着贺之昭趴着。贺之昭的脸颊和碎发碰到了他的手臂，有些发痒，但他并没有移动。他抬头看钟，才六点半。即便是假期，这个时间他也应该起床了，因为于敏和许建锋起得早。一旦有人起床，这就象征客厅被收归回了公共领域。所以他也需要收纳好自己的东西，腾出位置。

睡前窗帘只拉了一半，借着晨光，许添谊能看清房间的全貌。墙上没有贴东西，洁白如纸，如果换成他，他一定要贴张信哲的照片、灌篮高手的海报……

天知道他多想要个属于自己的卧室。

无法得到满足的占有欲太多，被迫延展到其他地方寻找归宿。许添谊想要独属于自己的那些东西从未如愿过。但在这一秒他认为，或许有一件已经得以实现——

他拥有了只属于他的好朋友。对方最好的朋友也是他。

贺之昭仍闭着眼睛熟睡。许添谊趴在他旁边，内心十分喜悦，但这种喜悦是耻于分享、无处分享的那一类。他下决心以后待贺之昭更哥们儿一点。许添谊是非常有奉献精神的人，这情谊的重量因此十分深刻。

八点。煎蛋、煎培根、切片面包和牛奶。

贺之昭又是张没睡醒的脸。他将盘子里的培根用筷子慢慢堆到旁边："我不想吃这个。太硬了。"

许添谊忙扒拉到自己盘子里："我吃，别浪费。"他怕贺之昭会挨骂，而且这早餐是西式的，他从来没吃过。

上午无事，姜连清又坐在卧室里打外语电话，贺之昭坐在沙发上研究肯德基的那台电玩上校游戏机。唯独许添谊提心吊胆。他偶然发现厨房水池前的窄窗和自己家的类似，都可以看见大院门口的情况，于是装得从容，时不时站在那里观察情况。

贺之昭见不到人，起身去找，就看见许添谊站在厨房的水池边，一副心事重重的样子。他推理得出："你饿了吗？"

被发现异常行为的许添谊十分恼火，否认道："我才没饿！"

"你在冰箱旁边站了好久。"人或许该在卧室，该在卫生间，该在客厅，怎么样都不该在寂寥的厨房。

无奈，许添谊斟酌再三，只能勉强表示自己确实饿了。贺之昭迅速从抽屉拿出 AD 钙奶和饼干招待。他自己不怎么吃零食，这些柜子里的零嘴都是买来招待朋友的。不过姜连清不允许他透露这件事："小谊会不好意思吃，心里有负担，你别说这说那的。"她实在多虑，她儿子虽然略显不通人情，但从不主动多说。

许添谊一边吃，贺之昭一边给他拆。拆到第三瓶 AD 钙奶、第五包饼干，许添谊几欲作呕，说："我不吃了。"

贺之昭就把东西收了起来。

许添谊这才惊觉自己做小伏低太久，差点忘了这是贺之昭，是可以拒绝而无须有负担的人。更恶劣说，是他可以随意欺负的人。当然，他不会真的做恶事，他很珍惜朋友的。

临近中午，一家三口终于出现在大院门口。门房的水英阿婆拉开窗户打招呼。许建锋拎着大包小包，于敏牵着许添宝，和和美美。

远远地，许添谊站在窄窗看向大院门口，觉得在此地是多余，回去也是多余，真想找个洞把自己埋起来。

身后姜连清呼唤："小谊走吧，我带你去找妈妈。"她自然也发现了小孩的心思。

于敏看到两个身影一起出现，不免愣怔。姜连清笑意盈盈，说事情前因后果，然后道："敏敏姐，小谊本来想一直等你们的，我没听，直接把他抢回家了。他很乖的，和贺之昭一起看看书写写字，现在你们回来就赶紧说要回家了。"

"谢谢谢谢。"于敏笑着说，"给你添麻烦了。"

"别客气。"姜连清摸了摸许添谊的后脑勺，轻快地说，"小谊下次再来玩啊！"

045

许添谊紧紧跟着妈妈走。等进了楼道，外面人听不见也看不到了，于敏迅速冷下脸，数落道："你跑出去丢垃圾干什么？需要你做这个事情吗？"

许添谊认为这件事还有回转的余地，解释道："妈妈，我把家里打扫了一下，看到有垃圾，就顺便出去扔掉了，没想到忘记带钥匙了。"

于敏低头看向自己的大儿子。许添谊这两年稍微长开了些，眉眼和宁嘉玮年轻时愈发相似，当下的神情中有丝隐约的惶恐和讨好。她知道，许添谊做这些事情，都是为了得到自己的肯定。许添谊的每个行动都有相应的目的，就和宁嘉玮一样。前天在麻将桌上说的，都是她的心里话。她是想要一视同仁，可谁会喜欢这样心机深重的小孩。

于敏说："谁要你打扫卫生了？事情没做多好，这下还麻烦了人家一晚上！你说……"这是丢她的脸。

旁边的许建锋忽然开口道："哎呀行了！大过年的，对孩子说这么多干什么？"

于敏收了声，只掏钥匙开门。那支拖把因为没放好，横卧在门槛前，差点绊了为首的许添宝一跟头。她忙去扶，又往后瞪了一眼，扭头去了厨房。只有许建锋打量两眼屋子，说："这不是挺好的，干干净净。"

"你什么意思？之前不干净？"于敏的声音立刻从厨房冒出来。

许建锋忙称不是。但他这样平日不干活的懒汉，这当口儿越容易谁都得罪，最后结巴半天，什么话都不说了。

趁大家都没注意到自己，许添谊赶紧跑到客厅。

在客厅的沙发和墙壁中间，存在一个无人注意的死角。死角不知何时起被人偷偷放了个纸袋子。纸袋子不起眼，上面印着不知名的保健品名称和夸张的广告文字，大约是谁在路上被发传单的人强塞下的。

但像猫会把自己喜欢的东西统统踢到沙发底下一样，在这普通的纸袋子里，也放着许添谊得到的所有珍贵宝物。现如今袋子里有上次得到的夜光小天使挂件，有之前得到的一本精装硬皮笔记本，有些杂七杂八不值钱的文具，还有一包他一直没舍得吃的辣条。

许添谊飞快地从外套夹层里掏出游戏机的红盒子。他看贺之昭玩时发现，这游戏机的声音大得吓人，如果在家玩，绝对会被许添宝发现，并被他将东西夺走。他决意永久地珍藏。

刚放好，听见于敏在厨房叫他名字。许添谊走过去，只见地上都是许建锋刚刚拎回来的年货。于敏拣出其中一样，说："把这箱牛奶送到对面去。免得别人以为我们是贪便宜的人家。"她还说，"你身上衣服是不是也是贺之昭的？还回去。"

许添谊觉得有些烫手地接下来。这东西不是送给他的，但现在他要做人情送出去，如此越发感觉亏欠太多，像记一笔很厚重的账，日后都要还清。

半小时后，他带着这箱牛奶和贺之昭的羽绒外套出门。走到熟悉的门前，一边叩门一边准备道谢的话，开门的却是个金发碧眼的外国人。

许添谊震惊得大脑空白，正酝酿着"hello""hi"之类的洋文，结果这人直接冲他伸了伸手，流利道："下午好。来找贺之昭？"

"下……下午好。"许添谊结结巴巴，像忘记母语的人，"我找姜阿姨。"姜连清这才笑眯眯从门后出现了。

许添谊磕磕绊绊地说了自己的来意，递出外套和牛奶。姜连清将衣服收下了，那箱牛奶却无论如何都不肯收："不用，牛奶你拿回去吧，你弟弟也可以喝。"

可是我也想感谢你。许添谊心想，因为昨天你在出租车上把我当成你儿子，说我听话懂事。我最想要的就是这四个字。他千头万绪，无限感激，最后汇集到嘴边，却错成了："妈妈你收下吧。"

说完自己一愣，涨红脸辩解道："对不起，我……我说错了……对不起，对不起，我不是故意的。"

姜连清反应过来，哈哈哈笑，笑完看着面前如番茄的红脸，忍不住用手摸了摸，好烫。她终于把那箱牛奶接了过去。

047

Chapter 3
贺之昭是笨蛋

过完年第一天，四个工人上门搬来个大物件——黑色钢琴泛着温润的光，象征许添宝正式踏上琴童之路。

"妈妈，我给你弹曲子听！"许添宝坐上调好高度的琴凳，手开始往黑白键上刨，问，"好听吗妈妈？"

"好听的。"于敏嘴上应着，神情却不算明朗，她正拿刷子蘸糨糊，再把沾了糨糊的收据往记账簿上贴——这台琴行最最普通的钢琴要了许建锋近三个月的收入。但她也明白，这不过是个开始，后面还要请钢琴老师上课，家里的支出肯定会变得更加大。

不过为了孩子，生活质量降低些，两个大人都没什么意见。只要许添宝有兴趣，钱花得多少都是次要的。再多也值。

许添谊从贺之昭家回来吃午饭，便看到本不宽敞的客厅又拥挤了些。茶几移到旁边，让了位置给乐器。

幸好，沙发拉出弹簧床的空间还是有的。他松口气，问了句废话："妈妈，家里买钢琴了？"

许添宝立刻警觉地扭头，大声道："这是妈妈买给我的！"希望能杜绝许添谊的使用。

于敏没出声。她在小事上总偏袒许添宝是事实，但至少还有个"宝宝是弟弟，年纪小"的理由。可钢琴这样的贵重物品，如果明说只给许添宝用，未免有些太说不过去。

她头疼地合上记账簿，心里预计按照许添谊的脾气，多少会在这上面和宝发生龃龉。却未承想，许添谊无所谓道："哦，那你弹呗。"然后他就坐到沙发上，随便抽了本杂志看。

许添宝没得到自己想要的反应，反而失落。他重申："那你可千万记得，连这个凳子你都不许坐！你敢坐我就告诉妈妈。"

许添谊的声音从杂志封皮后面传出来，像绷紧的弦："不感兴趣，我碰都不会碰。"实际他很难过。因为不想被看见，所以遮了起来。

他对于敏一碗水端不平感到无奈，但通过除夕那日无意中听到的对话，也多少明白了于敏不喜欢他的原因。他无法抹杀宁嘉玮的存在，只能抹杀他生命中关于宁嘉玮的部分，让自己和他别那么相似得令人讨厌——现在他希望通过自己识相的言语和行为，进行可能不是很有用的挽回，以改变自己在妈妈心中的形象。

他知道妈妈肯定希望自己别去争钢琴，所以像橱顶的那罐许添宝专属的高乐高一样，他也不会争。

此后一周，于敏在于晓桃的介绍下认识了不错的钢琴老师——俄罗斯留学经历，家中奖杯无数，讲课耐心，带过很多和许添宝差不多岁数的小孩。了解完费用，她决定先安排一周一节的课时。但去过一次，听到老师说许添宝有天赋，别浪费上学前这段黄金启蒙期后，于敏心中很是受用，咬牙将周课时增加到了一周两节。

不久，许添谊迎来了他的四年级下半学期。

贺之昭的头发在过年时候就有些长了。俗话说"正月剪头死舅舅"，为了避免这不幸的事情发生，他到二月二才剪头发。彼时理发师也刚过完一个又长又好的年回来，拿剪刀的手难以避免地有些生疏。最后给贺之昭修剪刘海时，不小心剪出了一个缺口。以上，便是此次悲剧发生的原委。

即便是许添谊，这天清早看到贺之昭，仍不免受到震撼，陷入诡异的沉默。这好友的新发型，很像水彩笔包装盒上的西瓜太郎。他没话找话："你剪头发了啊。"

贺之昭显然没有意识到："是的，昨天晚上剪的。"一晚上没见，闯这么大的祸啊。

许添谊伸手轻轻拨弄贺之昭的刘海，想替他把那豁口合拢。只是左移右移，额前从犬牙交错变为一道天堑，怎么也合不起来。

他遗憾地按了按贺之昭的额头，说："下次别找这人理发了。"

一路连碰到三个同班同学，皆看见贺之昭就忍不住一阵乱叫。

一个说："贺之昭，你脑袋上像顶了半个西瓜。"

一个说："好丑啊！你为什么要剪这个发型？"

一个说："哈哈哈哈哈笑死我了，西瓜太郎！"

总之都不是很好的反馈。

进了班级，大家许久未见，看见贺之昭这发型，大家的反应更热烈。小学生，还是同龄人，喜欢看热闹和笑话，这难以避免。但年少人的残忍也是最纯粹又不加掩饰的，形容贺之昭发型的措辞在人和人之间流转，变得越来越夸张和尖酸。

作为数学课代表，许添谊无暇引导舆论，他进班头件事是收寒假作业。

"还有谁寒假作业没交？我要给杨老师了！"他撕心裂肺地在讲台上喊了好多遍，除却第一遍有两三人慢吞吞地交上来，后面几遍都无人响应。又等了两分钟，许添谊失去耐性，端起一摞算术簿远赴四楼数学办公室。

过完年，天气尚未转暖，办公室开了热空调。杨老师穿着马甲，正在抹护手霜，看见自己努力干活的课代表敲门进来，满意道："动作麻利，就是让人省心。"她接过作业堆，顺手拿了桌上放着的巧克力交换，"喏，拿去吃。"

许添谊心中一喜，是费列罗！他吃过一次，金色的球形包装，外面的巧克力吃完，里面还有完整的大颗榛子。美味得不得了。

许添谊暗自兴奋地攥着两粒费列罗回班，发现一堆人围在贺之昭的桌前，像在菜市场拣菜，对着贺之昭的发型指指点点。他手作驱散状，大喊道："你们不要再说贺之昭的发型了！"

这句话的效果并不好，叛逆分子们立刻说："就要说，丑死了！"

处于舆论中心的贺之昭本人倒是没有什么内心受伤的表现，表情十分平静。但许添谊认为，贺之昭无论怎样都是那副表情——不笑也不哭的，问他问题他都能回答，脑子甚至还挺聪明，但不说话坐在那儿就像根木头。因此许添谊担任的角色类似啄木鸟。

年幼时他以为贺之昭呆若木鸡,所以才会被院子里的其他小孩欺负。等上学后,发现贺之昭次次都考第一名,许添谊又认为其中或许是有学问在的。

桌子被围得水泄不通,言论场中刻薄词句层出不穷。无人理睬试图管理纪律的班长,隐形的霸凌行为不断膨胀。

许添谊因此极度愤怒。他不能容忍自己的朋友被这样取笑,更何况,他们说贺之昭丑——贺之昭根本不丑,责任全在发型。无法把人群驱散,情急之下,许添谊从书包翻出自己的手工剪刀,声如洪钟道:"谁再说,我也给他剪一个一模一样的!"

还有爱起哄的开口:"就要说,这发型真的太丑了!"可见言论自由总会牺牲某一方的利益。

许添谊想也不想,抄起剪刀就冲了过去。这下热油锅进水,一片沸腾,跑的跑躲的躲,还有人负责烘托氛围,负责坐在位子上一边尖叫一边呼喊"屈老师"。

无论如何,大家都相信被许添谊抓到真的会被剪头发,因为去年有人和贺之昭抢座位,许添谊也是直接把人摁在地上。来一个摁一个,跟打地鼠一样。他是来真的。

陷入僵局时,屈琳琳恰好进班,见两批人凑在一起,警觉问:"什么事情?为什么没有在早读?班长呢?"

"老师!"多嘴的人掐头去尾说,"许添谊要剪别人的头发!"

"许添谊。"班主任看向最后一排一动不动的"走地龙",皱眉道,"你是不是又想被请家长?"上次"打地鼠"就被请了,还写了检讨书。

"没有,是他们几个说贺之昭的头发!"许添谊竭力为自己辩解,"说的话非常过分!"

屈琳琳看向贺之昭:"是吗?"

"大家都说我的发型不太美观。"贺之昭说,"小谊很生气,决定保护我。"有人"吁"了下,感觉他讲话太肉麻。

毕竟还没真的发生剪头发事件,屈琳琳决定不再说什么。这才开学第一天,上班第一天,她暂时没收了许添谊的手工剪刀,再次强调不许产生肢体冲突,随即叫班长上台带大家开始早读。

一整天总算相安无事挨过去。放学后,两人一起回家。

走出校门，许添谊想做安慰。从"西瓜太郎"到"门牙缺一块"，今天对贺之昭发型的评价已逐渐偏离实际，他认为贺之昭受到极大的心理伤害。

许添谊紧紧攥着费列罗，知道这是美味而昂贵的巧克力。虽然他很想吃，但也知道贺之昭更喜欢吃甜食，尤其巧克力。他决定把两颗都给对方。

"我觉得你的刘海挺好的！"许添谊一边说，一边把手心两颗金色巧克力强塞给身旁人，"而且这也不是你的问题……给你，你吃吧，我……"

没等他在街上大声喧哗完，贺之昭说："别生气。"说着，他凑过去，抱了一下许添谊。

许添谊大脑宕机，像被踩到尾巴的猫一样蹦了起来，"你干什么？"声音之大，仿若有回音绕梁。

街旁包子铺正出炉一批肉包，掀开蒸笼白雾弥漫，不少顾客排队购买；街对面是家文具店，店门口的暖箱还有香肠在不停翻滚，学生们焦急簇拥等待。

听见这声怒吼，众人都不约而同循声望来。

许添谊这才后知后觉感受到不妥。他的脸至耳朵尖都变得很烫，一个人疾步向前冲去。等贺之昭跟上他，这才盯着路面，又很别扭地小声问："干吗突然这样？"

贺之昭是有些不太明白为什么许添谊这么大的反应，明明之前也干过一样的事。他回答："希望你不要再生气了。"

许添谊愣了愣，涨红脸。

两人又并肩行了一段路。贺之昭把自己刚刚收到的费列罗拆开，露出里面的榛子巧克力球。他把拆开包装的巧克力球往许添谊的嘴里塞。许添谊却避开了："这是我给你的！你为什么不吃？"

"一人一颗。"

许添谊别扭又喜悦地接下，旋即狠狠抱了一下自己的朋友。

他总想和贺之昭确认，自己是不是对方最好的朋友。这件事，他笃定知道答案，但还想问，像顽童要捧着最爱的物件，爱不释手、反复琢磨；像小狗要绕着最珍惜的人，打转到眩晕也不罢休。

现在身后霞光万道，天际边橘红色不断燃烧，象征希望和温暖，让他充满勇气，如同得到了祝愿和祈福的骑士。

他终于觉得不需要再开口询问了，他已经得到明确的答案了。

巧克力慢慢融化。刻在记忆里的香醇，他一直记了很多年。

多出的钢琴上又多出蓝色的节拍器、一摞谱子，还有一支收音机天线模样的笔——用来指五线谱上的单个音符。

即便是备受宠爱的许添宝，在练钢琴这件事上也吃了苦头。练琴，和在商场中庭玩闹的那两下根本就是两码事。上完课回家，于敏总坐在琴凳另一头，拿笔点着谱子让许添宝练习，弹错了要重新来，手势不对亦要重新来过。

反复的练习极为枯燥，许添宝一开始还能静下心，后面次数多了就有哼哼唧唧的意思。乏味无趣的节拍音、苟延残喘的钢琴音总是混合着许添宝撒娇的声音出现。在这些谁也不能介入打断的时段中，许添谊就坐在客厅另一个角落，皱着眉集中精力写作业。

天逐渐变暖，四月中旬迎来期中考试。含金量虽比不上期末考试，但也要算分和排名，带分数的试卷还要拿回家给家长签字。

许添谊的语文和英语成绩都算稳定，因此也并不惧怕，但被数学绊倒已经不是一次两次。这半学期重点学习了两位数与三位数的乘法，比起之前，难度略有提升。他总算错。

尽管他还在改正自己粗心毛病的路上十分坎坷地前行，但心中已有破釜沉舟的决心——他必须考好，凭借这场考试向于敏证明，他有一直考第一名的实力。

讲台上，数学老师把手里几十份试卷理了理，每列数七份发下："把桌子拉开，我们开始考试。"

许添谊闻着试卷再熟悉不过的油墨味，在侧边写下自己的名字，又抬头望了眼隔了条走廊的贺之昭，心中充满斗志——贺之昭，虽然你很强，但我这次一定会考过你。

开考半小时，外头开始下雨。春雷滚滚，水汽经过门窗渗入安静的教室。许添谊皱眉看自己的试卷，力气大得要捏断手里的铅笔——周围陆陆续续传来卷子翻页的声音，但他还停留在第二面的中间。

年级组为夯实基础，出了不少两位数乘三位数的运算题。许添谊谨慎起见，总会多算上几遍核验。不知为何，今天他总能算出不同的答案。

潮湿的水汽渗入眼角，游走到五脏六腑。许添谊闻着雨的气味，心情跟着黏稠凝重，焦虑到双腿都开始发软使不上力气。好不容易又算出一道，他匆忙抬头瞥了眼贺之昭的桌子，更是一噎。

贺之昭竟然已经把卷子做完了。

"一百四十八乘以三十九……"许添谊左手握拳，指甲掐进手心试图集中注意力，"八九七十二，写二进七……"

白纸上蝇头小楷的字逐渐被大脑解构，他好像只能辨析图形却难以理解更深层的含义，后背开始出汗，心脏也像被雨水浸没。

"还剩十五分钟。"老师道，"做完的同学可以检查一下，不要趴在那里不动，养成好习惯。"雨越来越大，做完卷子的学生也跟着浮出隐约的躁动。

许添谊重重咬了咬发麻的嘴唇，陷入极大的恐慌中。他明明抱着决胜的心态在赴这场考试，竟然连卷子都要做不完了。

三、二、一。

"好了时间到，最后一排的同学站起来往前收卷子。"十五分钟后，铃声准时打响，像割断希望的镰刀。写满答案的卷子收归到老师手中，分开的桌子也重新合拢，教室里热闹起来。

前桌叫胡恺，转过身问："贺之昭，你最后一道题算出来是八十七吗？"他很崇拜自己的后桌。

贺之昭点点头。伴随前面几列"耶"的欢呼声，他从书包里摸出包纸巾递给身旁人："出血了。"

许添谊这才松开自己失去知觉的嘴唇。他甚至没来得及写最后一道题。这是他从学四年以来经历的最大危机，毫无疑问地，他已经考砸了。

小学的试卷总是批改很迅速，等下午两门科目考完后，数学老师就笑容满面地抱着那沓改出分数的卷子走进了教室。

"啊——这么快——"有人抱怨。

庄老师问："你们猜猜有几个一百分？"

台下的小学生们捧场地竞标报数，最后老师揭晓答案："七个满分！"

试卷根据分数由高至低下发，开头便是："贺之昭，一百……"

分数是实力最好的体现。贺之昭走上台，一路迎接了许添谊想要的艳羡声音。

七个一百分报完，轮到九十九，再后是九十八……没有听到自己的名字，意味着更糟的情况即将发生。

"蒋菲，九十三分。"

"我的妈呀，蒋菲竟然只有九十三分啊！"有人说。蒋菲是班长。

庄老师看了他们一眼，意有所指道："还有你们更想不到的呢。"

许添谊的心坠了一下。报完九十分，教室里八成的人都已经拿到试卷，他的桌上依旧空空如也。

而每一次没有听到自己的名字，他也都不断放低标准——九十三分也不错；九十分也还能交代；八十二分也还可以。直到八十分都没有听到自己的名字，许添谊开始怀疑可能是搞错了什么。

几秒以后，钟声终于敲响。

"许添谊，七十一分。"

小学生们果真惊叫起来："哇?!"

有的说："许添谊，这么低？"还有的说："天哪！这可是数学课代表呀！"

一片吵吵嚷嚷声中，许添谊垂着头站起来，从最后一排走上台，把自己的卷子接过去。听见头顶老师问："你在干什么啊？睡着了？"语气并不严厉，可他依旧能品味出很深的责备。卷子上醒目的七和一，红笔凑成刀片般笔直的数字，也让他备受折磨。

回座位一路，不断有人扭头望他。他们说："你考砸啦！""天哪，许添谊考得比蒋菲还差！""这也太低了吧！""许添谊考得太烂了！"

老师将最后两张卷子发完，简单地从头至尾对卷子进行了讲评，而后让大家订正好给她批改。

学生们鱼贯而上，唯独队伍末尾两个行迹磨蹭。许添谊是最后一个，前面的是蒋菲。

轮到蒋菲，庄老师拿着她的卷子翻来覆去像摊煎饼，惋惜道："你看呀，这个是不是错得太可惜了？下次不要犯这种错误了。"蒋菲说好，耳朵很红。

而后是许添谊。老师边打钩边问："为什么会错成这样呢？"

许添谊像再被处刑一次，轻声说："算……算得不仔细。"本质是心理负担很重，太紧张。订正时大脑中的回路轻易接通，心念电转，一下就算出正确答案。可惜订正不过是弥补的机会。

庄老师点点头，说："我还是相信你的，下次好好考哈。"

"好的。"

"贺之昭不是你的同桌嘛。"庄茗不经意地补充道，"你不懂的，让他给你讲讲呗。"

又是贺之昭。

许添谊这次没有说"好的"，只是重接过千疮百孔的卷子下台了。

几分钟后打响放学铃，屈琳琳进班，她一边监督大家理书包，一边和仍坐在座位上的庄茗聊天。无非是作为班主任，问班里学生期中成绩如何。

庄老师一一回答："考得不错，一共七个满分。"她边报名字，边拿手中的红笔往这几个学生的位置点了点。

屈琳琳满意道："贺之昭成绩确实好，蒋菲呢？"

"蒋菲九十三分，太粗心了啊，卷子一共四面，她最后一面的一道题居然没有看到。"

"这个都能漏掉。"屈老师摇头，想起问，"欸，那许添谊呢？"

两位老师的目光都望向这里，许添谊知道她们是在说自己了。他装作没有看见，背起包，低声催促旁边人："走。"

走出教室，廊上都是背着包拿着雨伞的学生，还有的家长进了学校，正在帮小孩穿雨鞋雨衣。

许添谊挤过这片混乱的人群，绕到清净的大走廊。

七十一分的卷子藏在练习册里，塞在书包最隐蔽的夹层。背包或许因此变得极为沉重，让他寸步难行、步履维艰。卷子回家需要给于敏签字。妈妈会对这个成绩说什么？

"我们走反了。"贺之昭提醒道。这显然不是通往校门的方向。

许添谊停下脚步，撒了谎："你先走吧，我想上个厕所。"实际只是单纯想拖点时间。

贺之昭被仓促地甩在卫生间外，意识到小谊可能是要上一个很急的厕所。他通情达理地点点头，但并不想一个人回去，于是卸下书包，在走廊上坐着等待。

天哪，七十一分。许添谊躲在隔间，不住地想，如果是九十一分，他还可以有狡辩的余地，但这分数差得没有任何被宽容的可能。是他做错什么老天要这么惩罚他？他只是想考个好分数，让日子好过一点，得到的关注稍微多一些。

或许他念书真不认真，七十一分就是罪有应得。可是他尽力了，上课认真听，作业认真做，没钱买课外辅导书，就自己凑数字出题练。为什么订正时都可以立刻算出正确答案？

许添谊非常后悔。如果当时更全力以赴是否会有不一样的结局？可这全力以赴又从何谈起？

时间一分一秒过去，外面嘈杂的声音渐渐变干净。许添谊知道他必须回家了。

所谓灭顶之灾，最初指的是大水漫过头顶的灾难。大概小孩比成年人矮一些，这种灾难就来得容易一些。过一个星期、一年、一个年龄段，回看人生中那些巨大的挫折，或许会觉得不过如此。但考砸了，对一个要强的、如履薄冰的、急需要被认可的小学生来说，便是一生中最大的祸事。

妈妈肯定会像每一次考试那样问贺之昭几分，然后她会知道贺之昭数学依旧是第一名。满分着意味不用排那串批阅订正的队伍，意味着报分数时能第一时间拿到试卷，意味着大人满意，能听见许添谊想要的那些称赞、鼓励和肯定的话。

贺之昭会递出自己一百分的卷子给姜连清签名，可是他呢？

巨大的焦虑感再次席卷而来，让许添谊嘴唇发麻、呼吸困难。这感觉与上午考试临近结束时类似，却又更甚。

有了开端，发麻的感觉迅速蔓延至四肢，他的手开始痉挛，呼吸如被扼住，需要更加努力、更加大口地吸气。

许添谊误以为是空气不流通所致。他又深呼吸两次，踉跄着推开隔间门走出去。刚跨出门，发现贺之昭竟然站在走廊等待。看到他出来，又重新背上包走过来。

为什么要等？

"不是都和你说先回去了吗！"许添谊呼吸困难因而更加难受，"你是为了看我的笑话吗？我很好笑吗？"

"我觉得也等不了多久。"贺之昭不确定此处的笑话指什么，只诚实道，"想和你一起回去。"

然而这番真诚的回复已经进入不了许添谊的耳朵。呼吸像被人遏制住，大脑连带着双手和双脚都使不上力气。他试图更加大口地呼吸，却换来更严重的缺氧和眩晕。意识逐渐模糊时，许添谊忽然想到了死亡。

会死在这里吗？为什么？

许添谊心中只剩一个念头，不甘心。他连义务教育都还没接受完，许多事情没有做，既没有和贺之昭一起念到大学，也没有战胜许添宝赢得妈妈的喜爱，他不能在这种地方死去。

但窒息、发麻的感觉又是如此真实。濒死感愈发强烈，许添谊如同搁浅的鱼类大口呼吸。强烈的自尊心让他想把自己蜷缩着躲起来，但是求生欲还是占了上风。意识模糊中，他望向身旁的同伴。

"我喘不过气。"说话呼吸都像嚼有碎屑的饼，只能狼狈地小口小口地进行了，"我不舒服。"

身体不适到极点，感觉快死掉了。人之将死，心跟着变善。许添谊忽然觉得对不起贺之昭，刚才不该那么吼。毕竟自己考得好或不好，与贺之昭没有任何的关系。

对不起，虽然你是我短暂生命中最好的朋友，但我经常羡慕你也嫉妒你，妈妈说的是对的，我就是很讨人厌。许添谊在心里道歉。

一片昏天黑地中，他听见贺之昭说："你别怕，我带你去医务室。"但许添谊双腿发软得像面条，连走路都很困难。贺之昭没有任何犹豫，蹲下来露出后背："我背你去。"

一个小孩背另一个去医务室，堪称悲壮。医务室的老师被吓得半死，了解完症状反而松口气。她就地取材，拿了个纸信封罩住许添谊的口鼻，轻柔地安慰道："别害怕，没事的，慢慢呼吸，你听我的指令呼吸，会好的。"

许添谊跟着指令放缓呼吸的频率，只能感觉心跳很快，像要跳出来。手脚发麻的感觉仍旧残存在指尖，但是意识已经回魂，濒死感慢慢地消失了。他发现自己坐在医务室的椅子上，出了很多汗，他捏着身旁贺之昭的左手，老师一只手帮他固定住信封，另一只手则搭在他的肩膀上。那只手很有力量。

又坐了很久很久，医务室老师觉得差不多了，才坐下来，坐到他身旁，抚着他的背，说："你刚刚这个症状，是过度通气了。过度呼吸，知道吧？"

"你是哪个班的？叫什么？"她关切问，"是不是太激动了？还是和哪个小朋友发生矛盾了？"

许添谊害怕因此被叫家长,也知道贺之昭在旁边听着,他只能刻意跳过问询,强忍赧意地否认道:"老师,我现在已经好了。"

老师望向旁边的贺之昭:"你是他的同学吗?你说说前面发生了什么。"

贺之昭答道:"小谊上了个厕所,出来这样的。"某种程度上的确如此。

"厕所里有其他人吗?"

"不确定,可能没有。"

"老师。"许添谊下定决心,想到托词,"我刚刚……刚刚在厕所看到一只特别大的蟑螂。我不好意思说,怕你们笑我。"

老师方露出放松的表情:"所以一下子吓到了,是吗?"

"嗯。"许添谊僵硬地点头。

老师将这神情错认成不好意思。她微微笑,劝慰道:"哎呀,没关系的呀,每个人都有害怕的东西,很正常,老师也很怕蟑螂的。"

"老师。"贺之昭又不解风情道,"是什么会导致过度通气呢?是害怕蟑螂的情绪吗?"

"对。主要还是情绪导致的,比如,我们太害怕了、太生气了、太激动着急了,就有一定的可能引发刚刚的情况……"老师尽量深入浅出地做了解释。

贺之昭若有所思:"生气和激动也会啊。"

"是的,一些像你们这个年纪的小朋友,情绪激动或者生气了也都会过度通气。"她摸摸许添谊的脑袋,"不用太紧张,你们来找老师是对的,这是咱们人体的生理反应。用纸袋或者用手掌紧急捂一下口鼻,都是可以的……"

她最后补充道:"当然,如果你们发现自己经常出现这个状况,还是要及时去看医生。"

等走出医务室,教室和走廊都基本空了。

两人拾回丢下的书包,一前一后出了校门。天已经放晴,只有地上还有雨渍。风波过去,刚才的场景仍历历在目。许添谊知道,贺之昭愿意背他去医务室,也没有对他这次难看的成绩有任何说辞或表示,贺之昭是个很好的朋友。他感动又别扭,因为刚刚那样子大概很丑很好笑,最后只小声说:"谢谢你背我啊。"

"我以为你要死了。"贺之昭答道,"我很害怕。"

"你才要死了!"许添谊立刻怒道,"我要活到一百岁的!"

贺之昭说："好的。"他决定自己也尽量活到一百岁。

快要到家门口，许添谊踌躇两秒，站定道："……刚刚的事情绝对不准告诉其他人！"他涨红了脸，凶巴巴强调，"谁都不准说，姜阿姨也不准说！"

贺之昭这一次却没那么听话："我认为还是得让家长知道，你该去看医生。"

"我当然会自己告诉，用不着你说。"许添谊急道，"我也会去看医生的，你别管。"

他讲话不好听起来："我不喜欢别人插手我的事情，听懂了没？我会去看的，而且我现在已经完全好了。"

贺之昭相信，说"好的"。

然而过度通气的事情成了秘密，考砸的事实却无法隐瞒。在递出成绩单时，许添谊不可避免接受了于敏眼神和言语的裁决。

"七十一分?！"于敏难以置信地看着试卷，翻来翻去。许添谊的成绩一向不错，上次期末考试甚至拿了第一名，让她过年时很有面子。这下不知吃错什么药，竟然考出这样从未有过的分数，让人难以置信，接受不了。

于敏盯着卷子看半天，恨不能直接撕掉。她愤怒地脱口而出："你要死啊，在考什么东西？"

尽管已经在回家的路上无数次预想到这样的场景，许添谊心中的痛苦不能削减分毫。

在考什么东西？他站在原地，想起庄老师问"你在干什么啊？""为什么会错成这样？"。可是他该如何为此道歉？可能考试时那场雨让他脑子也进了水，可能是老天要和他开一场玩笑。为什么考试时的八九七十二这么简单的运算就那么难算明白？为什么到了考试他就像被诅咒一样难以静下心思考？

庄老师、妈妈，我是最不想考砸的人，求求你们不要这么说我了。

许添谊声音很低："这次没有考好……"

"考成这样你好意思吗？是不是心思没放在学习上？"于敏看到他这有气无力的样子更生气，"你这成绩对得起谁啊？我不工作，都是为了在家全心全意照顾你们，你就给我这个回报？"

许添宝一边用勺子挖果冻，一边靠着门框听，神情幸灾乐祸。父母的偏爱固然令他喜悦，许添谊的不得志却更让他兴奋。

"下次我……"许添谊愣在原地,知道自己这时该道歉,但透过一旁橱门的反光,他看到许添宝在背后,又如鲠在喉。他无端觉得热,额头想冒汗,下午那种濒死的感觉又循声而来。

于敏正在找趁手的东西准备抽大儿子。她告诫过自己不能打孩子,但这次实在忍不住了,她平时是对许添谊太宽容,所以换来这样的回报。原本就只有成绩可以看,现在是连学习都要留下那男人的影子吗?

她顺手取了一旁刚用完的衣架,厉声道:"伸手!"

妈妈要打自己了。这认知比任何即将到来的疼痛更让许添谊感到崩溃。他一言未发,顺从地伸出自己的手掌,向上摊开。

这千钧一发之际,背后传来"咕叽"一声。

于敏表情立即变得紧张:"怎么了,宝宝?"

许添谊扭头。只见看好戏的许添宝忽然不动了,手里空的果冻杯和勺子也掉在地上。人做呕吐状,可什么都没吐出来。

于敏迅速丢了衣架,搂过许添宝,用手不停拍他的后背,短短几秒就慌得眼眶红、声音抖,嘴里不停念:"宝宝,快吐出来,快呀!快!"

大脑一片空白,许添谊只有一个念头:会死吗?

下一秒,他回身直奔到厨房,倒水递过去,又扑到电话旁,开始拨120。

许添宝面孔通红,干呕出一脸眼泪鼻水。可能是福大命大,这当口儿他被拍着背,又哕了两记,真吐出凝胶样的东西。再拿水顺了顺喉咙,觉得通畅了、好了,捡回一条命,宝后知后觉地大哭起来。

于敏反而不敢哭,和他确认:"好了?宝宝咽下去了?咽下去了,是吗?"许添宝点头,两人相拥而泣。

许添谊蹲在茶几旁的座机前,刚拨通120的电话。他听清身后的动静,沉默半秒,把电话挂了。趁此无人关心的空隙,他藏到卫生间。那种感觉又浮了上来,他不能在妈妈面前露出丑态。

快,找点什么转移注意力。

许添谊催促自己,看肥皂盒,看牙膏,又打开橱柜,看洗衣粉的用途说明。若不慎入眼,请立即用大量流动清水冲洗……身体的不适感越发严重,他靠着墙滑下去,蜷缩起来。

无助之际，许添谊兀自想到贺之昭。

在他的潜意识中，贺之昭是个极为特殊的存在。像灰蒙蒙的海面上突兀但明亮的灯塔。仅一盏，但足以点亮人生。

要想些能让心情变好的东西。

可是为什么要想贺之昭呢？贺之昭没什么好的，是个非常迟钝的笨蛋，什么都不懂。

对，贺之昭是笨蛋。

可能因为满脑子都是贺之昭无暇顾及其他，就像魔法的咒语显灵，那种要呼吸不过来的感觉逐渐退却，像潮水退回了安全线内。

许添谊再缓了缓，若无其事地从卫生间走了出去。

因为这突发情况，那晚的饭桌上，没人说许添谊考砸的事情，也没人说许添宝噎住的事情。这两件事像捆绑在一起，都揭过了。除了从此以后，家里再也没见过果冻。

唯独漏掉一件事。于敏还没给那张卷子签名。

许添谊不敢自找不快，但没有签名也过不了老师检查那关，逼至绝境，想到自行伪造。

这一晚他在弹簧床上打着手电筒，对着以前卷子上于敏的签名描摹了很多遍，再拿着簿子试着签于敏的名字。最后落实成果时太紧张，以往敏字最后一捺都显得飘逸，他签的那一捺却在颤抖。

第二天一早交上去，惴惴不安等了一天。临放学时，庄老师将检查完的数学卷子重发下来，在分数旁打了新鲜日期，又将那七张满分试卷钉在教室后的黑板墙上，以供大家学习瞻仰。

许添谊知道算是侥幸通过了，心中大石头落地。他在人群中仰起头，看墙上贺之昭名字旁那工整的签名"姜连清"，然后看答卷，红色的对钩如同浮世绘上连绵的海浪。

此后，他总感觉自己像被蛰伏在阴暗处的怪兽所追赶，怪兽在暗，伺机而动，不知何时就会成功追上他痛咬一口。所以也就永远都提心吊胆，高度警戒。

很多年以后他才明白，原来身体康健，情绪也可以成病。

不过有了第一次过度通气的经验，许添谊开始摸索明白身体出现哪些征兆就是要"发作"。相应地,他也磕磕碰碰地探索出了一套自我疗愈的方法——"贺之昭是笨蛋"这句话如同咒语,只要不断默念,那种发麻、畏惧的感觉就会神奇地渐渐退却。虽然贺之昭是不是笨蛋有待商榷,但这都无关紧要,因为许添谊终于逼迫自己成为一个无所不能的勇敢骑士。

Chapter 4
我只能想念

天气逐渐变热。这次期末考试前,许添谊念了很多遍"贺之昭是笨蛋",如同诅咒一样。不过结局平缓,贺之昭还是班级第一,除了语文其他的都是满分。

许添谊没能拿回第二名,屈居班长蒋菲之下,位列第三。惨败过就更加懂得珍惜成功——虽然还是输给贺之昭,但这至少是个可以交差的成绩,而且也没再犯那种病。他安慰自己该知足常乐,只是仍有难以言明的怅惘。

返校领成绩那日,班主任叫了几个同学留下来誊成绩,两人都入选其中。教室里没空调,屈琳琳好心喊他们去了办公室,给他们用空闲的桌子。这是间极宽敞的屋子,全校所有语文老师都在这里办公,中间由储物柜和落地的盆栽分隔成两半。

"胡恺,第一次周测八十七……"今年学校政策变动,每个学生都要做张A3大小的登记表。许添谊负责报名册上老师记录的周测、月测成绩,贺之昭负责誊写在每个人的表上。

写着写着,屈琳琳离开办公室去问其他科目的老师要成绩记录单。大考都结束,气氛很轻松。屋子里剩下几个没走的老师在吃水果、喝茶、聊天。

隔着储物柜,另外一片正在开茶话会。

"都直接坐到厂外面抗议!可是有什么用呢……"

"迁址这个事情,是板上钉钉的。"

"那你这个二姨怎么办?"

"我记得屈老师的爸爸好像也在二厂里?"

许添谊心里咯噔一下。他隐约记得许建锋也是在什么二厂。

"真的假的,她在吗?"有个老师的脑袋出现在储物柜上方,张望两下,"小屈不在。"

许添谊一边分心听,一边不慎念串了行:"陈智萍……九十四,不对,是九十一。"他忙低头看贺之昭,对方已经将九十四写了上去。

"我念错了。"许添谊慌乱道,"怎么办?"成绩是用水笔誊写的,两个人都没带书包,砂橡皮不在身边。

贺之昭从屈琳琳的桌子上找到把美工刀:"没关系,我把数字刮下来。"好像两人在一起,一个问怎么办,另一个就会说没关系。

这间隙里,隔壁又说了厂要迁去嘉兴、工人抗议、只发一笔遣散费之类,林林总总,许添谊都记在心,只是并不知道这意味着什么。但无论如何,美好的暑假正式开始了。

今年许添宝从幼儿园毕业了。园里组织了为期三天的军训,训练内容包含立正稍息,还有军体拳。他上午刚完成汇报表演,回到大院,又被于敏叫去给邻里展示才艺。

许添宝穿着迷彩服站在水泥地上,先神气地喊"左勾拳",再做招式。那么小的人,就像发僵的面团伸出四根胡乱舞蹈的触手来,引得掌声连连。

除却毕业证书,还拿回张单人毕业照。许添宝穿学士服,戴学士帽,双手握道具卷轴,看上去文质彬彬。于敏爱不释手,托照相馆放大后贴在卧室墙上。

许添谊和往常一样,每天都去贺之昭家写作业。

过了暑假就是五年级,念完就得上初中。临近节点,他认为非常有必要和贺之昭商讨一个重要议题,即两人升学后的友谊存续问题。

贺之昭将作业一样样摆上桌,许添谊对照着清单检查。这次语文布置了两篇作文,其中一篇叫《我的朋友》。

许添谊一脸严肃地拎出作文簿子,对身旁人关照道:"你得写我,知道吗?我也会写你的。"

贺之昭答好,把簿子收回去。

065

"还有,我问过了,我们对口的初中是一附中,离家稍微远些,得乘两站公交车,但下车就是。"许添谊说,"下次我们可以去看看,踩个点。"

贺之昭点点头。

许添谊说完这些铺垫,接着说:"到时候我们是一个班就还坐一起,不是一个班,放学就一起回家。"他有些不好意思,"我会来找你的,你别和其他人玩,知道吗?"

然而还没等到回复,像什么东西灵验,门铃骤响。

"谁?敲错门了?"许添谊惊讶地扭头,这个点总不该是姜连清。

两人一同去开门,便见个熟悉的大奔儿头站在门口——正是贺之昭的前桌胡恺。这人因天热剃了个寸头,精神抖擞地背着双肩包,左手还客气地拎了个大圆西瓜,热情道:"嗨,我来了!"他看到旁边还有个许添谊,便说,"咦,你怎么也在啊?"

许添谊大脑发蒙,戒备道:"你怎么来了?"

"我来玩儿啊!"胡恺撂下西瓜,边换拖鞋边往里看,叨叨地说,"哇贺之昭,你家真干净!有啥好玩的不?对了,我带了《七龙珠》的DVD,你看过没?哦对,我出门前拿了二十块钱,等会儿咱们一起出去买冷饮吃吧!"他刚准备进屋参观,被许添谊拦下:"洗手。"

胡恺倒是挺听话,挪到水池潦草地洗完,终于得愿踏入门槛。他先去阳台转两圈,再去看客厅的金鱼缸,随意撒一把鱼食,接着跑到一扇门前,又被拦住。

许添谊怒目圆睁:"这是姜阿姨的房间,你讲不讲隐私啊!"

胡恺摸摸头,真分不清这家主人是谁。但他一向豁达,没心没肺,遂无所谓道:"哦好吧,那贺之昭的房间在哪儿?咱们先玩儿啥?"

在一道略显阴郁和不快的目光中,贺之昭把人带到自己房间。他又辗转去了厨房,从冰箱拿出一排AD钙奶招待客人——待客之仪姜连清已多次强调。

许添谊紧紧跟在胡恺后面,看他卸下双肩包,从里面掏出一条裤衩一套睡衣、一张《七龙珠》的DVD碟片、一包辣条。

"吱吱吱",碟片被机器吞进去,屏幕上播放出热血的画面,配乐也磅礴地从喇叭嘴蹿出来。胡恺兴奋道:"你们都看过吗?我们从头看吧!"

许添谊难以置信地看这套睡衣,再看贺之昭。

贺之昭竟然带了其他人来家里玩。他在脑海中翻来覆去搜罗记忆，找不到第二例。从一开始，就只有他出入过贺之昭家，两人一同写作业看电视玩耍。现在多出一个人是什么意思？还把他不好意思喝的饮料喝得一干二净。整整一排！四瓶！

趁胡恺急匆匆用遥控器按了暂停后跑去卫生间的空当，许添谊终于忍不住了，他有些怨气地质问："你为什么喊他来玩？"

"是他说要来玩的。"贺之昭回答，"我妈接的电话，就答应下来了。"

事发当日，姜连清女士听到电话那头胡恺要来玩的请求后，心中十分喜悦，这说明自己的闷葫芦儿子有不止一个朋友。开朗、外向点总是好的！于是果断做主答应下来。

许添谊听了心里更不是滋味。但纵使心里很难受，他不会向外透露半点。许添谊盯着那四个空瓶子看，明明全没喝到，嘴里却好像也泛着股酸涩的、说不上的味道。

他阴阳怪气地说："你们……你和胡恺，关系可真好。什么时候变得那么好的，我怎么不知道。"

贺之昭秉持认真严谨的态度，认为这个问题很难回答。首先，关系那么好，这个"好"字的定义就有待商榷，什么样算好？他沉思了三秒，没有立刻回答许添谊。

但许添谊误以为这就是他的回复。沉默，不就是"与你何干"的意思吗？

胡恺从卫生间出来了，大呼小叫的，像需要人接驾。他热络地对着贺之昭道："怎么样，你渴不渴？要不咱们先把西瓜切了吧？"

许添谊站在一旁，突兀道："我回家了。"

胡恺心中惋惜，随口说："别走啊，多你一个也不碍事儿。"

许添谊听了，脸更黑，大声驳斥道："我那么大个儿，当然碍事得不得了，你们好去吧！"

旋即，未等剩下两人反应过来，他就板着脸走了出去。

玄关的纱门随着开关剧烈震颤，嗡嗡作响。

许添谊开始了和贺之昭单方面的冷战，具体表现为不再每天都去找对方写作业。

天气越来越热了。因为许添宝很怕热，家里终于开始奢侈地开空调。于敏为了省钱，只开客厅的冷气，每天吃完中饭再打开，这样下午无论要学琴还是写作业都可以正常开展。

许添谊原本只是在家吃中饭，吃完中饭就去找贺之昭睡午觉，如今一整天都在家，许添宝练琴，他就在旁边写作业。小小的客厅装三个人，不甚拥挤。

许添宝早就习惯假期家里只有自己和妈妈，平白无故多出这个哥哥，他觉得很讨厌，便一会儿说不想练琴，一会儿说不想看电视，好像怎么都不得劲一样。等于敏追问了两句，他才勉强透露出自己真正的意思：客厅太挤了，他不要许添谊看着自己练琴。

练琴为大。搬出这个理由，没有人能够拒绝。许添谊当然明白这是弟弟的挑衅，但他现在没有和许添宝对战的心思，只是顺从地将自己写作业的小桌子暂时搬到许建锋的卧室。

于敏自然不会再替他多开一台空调，许添谊也热，干脆每日光着膀子坐在凳子上写作业。

一开始许添谊认为贺之昭应该很快会来道歉，或者总得来找他，然后他继续不予理睬，这样就能让贺之昭认识到自己犯了重大错误，即许添谊是他最重要的好朋友，是天下第一好的那种，没有许添谊的生活是难以为继的、过不下去的，至于胡恺之类的傻子就不必再提了。

然而贺之昭始终没有出现。

许添谊每日都去厨房那扇窄窗旁站着。他装作若无其事窥探大院的情况，心里在意得要命。

原来我不去找他，他就真的不会找我？原来真的只有我一个人把他当成最好的朋友？

他每日每夜都想去找贺之昭，但没想到贺之昭竟然完全不在意见不见得到他。

天气本就热，许添谊更觉心像被油烹。不出三日，失落就演变成了心慌——看来自己可能真的有很大的问题，反正从小都不怎么招人喜欢是不争的事实。

虽然他希望自己受人喜爱，并为之做出了非常多的努力：忍让许添宝，讨好于敏，察言观色，端茶送水。不过总是事与愿违，于是不乐意的忍让成了斤斤计较，希望得到回报的讨好就成了谄媚和油腔滑调，一切努力都浓缩成一句目的性强,得失心重。

莫非贺之昭也忍受了很久?

许添谊立刻有点坐不住了。他这该怎么办呢?赔礼道歉吧?可是为什么道歉?

或许是因为自己太霸道了呢?他表现得对胡恺太不友好了,但胡恺和贺之昭他们两个关系现在是不错的,两相比较下,贺之昭就认为许添谊这个朋友比较多余了。

这么一想,许添谊顿时觉得三个人的友谊没那么难以忍受了,这总比他什么都得不到要好。

虽然他这几天高频度视察大院情况,但也有可能胡恺趁他不备又去贺之昭家玩儿了。

许添谊望着窗户,保持沉默。

他不明白,为什么所有人都会在两个有他为其一的选项中,选择另一个。

另一头,姜连清把自己新买的冰棍放到冰箱里,喊来贺之昭:"小谊这几天来了吗?记得给他吃啊,盐水棒冰和雪糕都在这个抽屉里。"

贺之昭罕见"唉"了声,答道:"已经三天没来了。"

"怎么了?闹别扭了?"姜连清奇怪道。

"没有。"贺之昭否认。他们关系是很好的。

"那你去找他呗。"姜连清又道,"你就每次都傻等着人家小谊找你啊?"

贺之昭再叹气,怅惘地说:"他不让我去他家。"许添谊只在家里没人时让他去过几次,其他时间严令禁止他去拜访。理由暂时未知。

"我只能等着。"这人道。

贺之昭翻看两眼数独,又起身去零食柜。他清点库存后说:"妈妈,请买一点儿 AD 钙奶。"说完他又去看了眼冰箱,把雪糕放到最上面,这样许添谊来了就可以吃。

他都准备就绪,希望他喜欢的好朋友小谊同志尽快出现。然而始终未能如愿。

正当许添谊忘记自己对挚友的约束,仍旧为贺之昭不来找他心烦意乱时。下午,许建锋忽然回家了。

往日也有过许建锋半日就回家——因为用了公休或单纯翘班,今天却完全不一样。自行车的把手浩浩荡荡地挂了许多黑色塑料袋。许建锋把车停在巷子里,将脚撑放下，然后带着大包小包沉默地进屋。

"怎么拿回来这么多东西？"于敏来不及接，皱眉看杂七杂八的塑料袋被丈夫一气扔到地上，丁零咣当，滚出很多鞋油，还有一只用来喝水的搪瓷杯。

许建锋像喝醉了，他推开站在门口意图迎接的两个小孩，大声喊道："不干了，东西都拿回来了！"

许建锋失业了。

许添谊的心不断往下坠落。那一日在屈琳琳办公室听到的，竟然都成真。

"什么意思？不是说可以转岗的吗？"于敏追在许建锋屁股后面，脸色难看地问，"现在到底怎么安置？你不是主任吗？"

许建锋说："转什么岗？这里根本没岗位给你，得去外地，谁去？"

于敏失控地拔高了音量："那什么意思？我跟你说去争取了，你都没听进去？"

许建锋心中憋着一股怨气。好不容易熬过下岗潮，腆着老脸当上了车间主任，一朝墙倒，没舒服多久，这下竟然直接失业。于敏只知道催促，根本不体谅他的难处。当然，家里有两个小孩，没有经济来源是不行的。但又不是没办法了。他还能炒股票，手里几只股都已经有起色了。

于敏这数落的话出口，许建锋觉得自己像废物。他心里不舒服，也怒道："争取争取，你嘴巴动动又不吃力，我上哪里争取？到处都是关系户，哪里轮得到我！"一旁的卫生间亮着灯，他随手拿过许添宝刚用完的塑料面盆，球一样往墙壁踢去，嘴里说，"我辛辛苦苦养家，你现在就这么对我？"面盆碎成一片片的。

尽管平时什么家务活也不做，跷着二郎腿当大爷，但许建锋在家总是比较温和，尽了所谓"父"的责任。如今见他这副模样，许添宝很害怕，身边却没有可以依靠的，他下意识抓住了许添谊的衣摆。

许添谊当然也害怕。这不是他头一回看到于敏吵架，之前是和宁嘉玮。因为钱不够花，两人总有各种理由发生争执。他很惶恐，因为大人的吵架总是让小孩能感到事情超脱控制。有一件极度恐怖的事情发生在至亲之间，而你不能撼动这过程分毫，你只能站在旁边发抖。

吵架无疑是不祥之兆，许添谊害怕于敏陷入重复的深渊。

然而于敏火力不减地吼起来："我辞了工作带儿子，你就这么对这个家，说不干就不干？炒股票、炒股票，你以为炒股票……"

"你懂什么?你不工作一天到晚在家懂什么?"许建锋打断说,"你以为在工厂干一辈子就能赚钱?我跟你说,钱不是这样赚出来的!"

"胡扯!"于敏急道,"我……"

许添谊忽然大着胆子开口:"妈妈。"他突兀地、不合时宜地劝说道,"你们……你们别吵了,爸……爸爸的工作可以再找的……"

于敏正在气头上,许建锋的话代表完全无视并否认了她在家的一切付出。她扭过头,火冒三丈道:"用你和我说?来,你和我说钱从哪儿来?你现在滚出去,给我看看挣多少钱回来!"

许添谊愣在原地。

于敏看他无动于衷,气得脱口而出道:"说啊!你告诉我,钱从哪里来?"

"会……会有办法的。"许添谊怯懦地回答,"妈妈,你别生气。"

别吵了,别生气。可是问题怎么解决,钱从哪里来?

"你现在滚出去啊,看看能不能挣钱,能挣多少钱,给我看看钱从哪里来!"于敏指着门,大声道,"吃穿用度,学习练琴,哪个不需要钱?你现在就出去挣啊!"

若第一遍"滚"还能当成是气话,到了第二遍,许添谊便不确定了。

真的要滚出去吗?

许添谊的手开始不受控制地发抖。他默念了两句,把手藏到背后。

而背后的许添宝终于忍不住放声大哭:"爸爸妈妈——你们别吵架了——"

争吵戛然而止。

于敏惊讶地扭头,看清许添宝瑟缩的模样,顿时如某个卡扣被松开,"咔嗒"一下,整个人流露出脆弱悲伤的底色。她蹲下来,把许添宝紧紧地揽到怀里,终于忍不住鼻子酸了:"我一直忍着不说,因为你说有解决办法,说不用担心,现在倒好,怎么就直接回来了?开销这么大,炒股、炒股能赚多少钱,你不为孩子想想吗?"

波浪一样的噪声翻滚着远去。

贺之昭带着两个脸盆下楼。住一楼的刘婆婆正坐在外面摘豆芽,看到他说:"哟,你干什么呢?"

巷子里有个水池,谁家都能用。贺之昭走过去,从口袋里掏出个水龙头在管子上安好。他拧开龙头，一边用空盆接水，一边答道："我要把自来水晒一下，消除里面的氯气，这样小金鱼就可以用了。"

刘婆婆笑起来："哎哟，你们现在小年轻说的我都听不懂了，一套套的，懂得多。好事！"

贺之昭将那两盆水挪到阳光底下，长出口气，又从口袋掏出来一根盐水棒冰。他刚准备在阴凉处坐下，发现不远处许添谊恰好从楼道走出来。许添谊没站几秒，随后一屁股坐到了台阶上。

如果现在走过去，则相遇的地点并非许添谊家，满足许添谊"不能随便来我家"的条件。贺之昭经过推理，心里十分高兴，迅速地移动过去。

热浪与蝉鸣扑面而来，阳光热辣，如上帝审视的目光。

因为分不清是真心实意还是气话，许添谊不敢不执行"滚出去"那句命令。他最后采取了折中之策，坐在家门口。

上一次坐在这个地方，是一年中最冷的日子，一眨眼天又很热了。

许添谊抱着膝盖缩在台阶上。或许是天气实在太热，他不停地冒汗。汗从额角流下去，像大片的眼泪径直流畅地滚下去，被衣领吞没。

很久以前，宁嘉玮常偷家里的钱出去打牌喝酒，每次都要摔很多东西。于敏不会揍许添谊，但宁嘉玮会。最后一次，于敏已经瘫坐在地上，哭得上气不接下气。而宁嘉玮盛气凌人地站在她面前，像座危险的塔。许添谊害怕宁嘉玮打于敏，情急之下，狠推了一把背对着他的男人。

刚上幼儿园的小孩，轻得像纸片。宁嘉玮果然转变了对象，掐着他的脖子将他掼到墙上。许添谊的鼻血像拧开水龙头那样顺畅地流下来。

当时许添谊希望自己能尽快强大，能够在这种他无能为力的争执中保护妈妈。所幸于敏勇敢地选择了离婚。但与此同时，有些东西被真正地、永久地改变了。

许添谊想到关羽刮骨疗毒的故事，为彻底祛毒，刀刮在骨头上铮铮作响。他想自己可能也得剜去一块肉，或生刮掉身上某种毒素，才能彻底摆脱宁嘉玮的影子，才能解释，为何现在于敏一看到他就心生厌烦。

他不知道怎么走向正确的路，因为他就是错误的本身。

头上方出现一片阴影。"你在干什么？"贺之昭问。

许添谊一惊，没抬头。他假装不耐烦地举手擦汗，擦完却不收手，只将脸整个地挡住了，闷声闷气道："乘凉啊，怎么那么热！"

脑袋上方传来包装纸窸窸窣窣的声音，然后嘴唇上有冰凉的感觉传来。

贺之昭将那根盐水棒冰拆了塞到好朋友嘴里，然后顺势坐上了台阶。两人挨着，一时无言。

许添谊的注意力被迫转移。他慌忙举稳棒冰，下意识又咬了口。于敏的话又骤然浮现他心头。他擦了擦汗，含糊对身旁人说："你坐会儿……别走。我有话问你。"

"好。"

"你觉得……我烦人吗？"许添谊盯着地上的蚂蚁看，声音也像蚂蚁走路那样小。

"不烦人。"贺之昭奇迹般听得一清二楚，答得一清二楚。

"胡恺在哪儿？"

"嗯？"

"胡恺！"许添谊咬着棒冰，恶狠狠加重了声音。

"哦。"贺之昭恍然，"他不在这里，回家了。"

"好玩吗？那天。"

贺之昭认真回想起胡恺来玩的那天。实际上比较无聊，他也没怎么跟着看《七龙珠》，大部分时间都在旁边一边做数独，一边疑惑小谊今天怎么回去得这么早。可能家里有急事吧。

到姜连清快下班回家时，一个电话打来，是胡恺妈妈。原来这小子出去玩竟然没向家里报备，只偷了抽屉钱包里唯一一张二十块，再留了张语焉不详的纸条就独自出门了。这下胡恺电话里挨了一顿酣畅的骂，硬是被喊了回去吃晚饭。

许添谊见好友一直不言不语，忍不住身子前倾，着急催促道："快回答啊！好玩吗？"

"一般吧，你也不在。"贺之昭答道，"不是非常好玩。"

许添谊的屁股重新坐回台阶。他沉默地咬口棒冰，终于尝出是什么味道的。他再咬了口就递还回去，贺之昭便十分自然地接着吃下去。

许添谊擦了擦额头的汗，鼓起勇气道："你……不能……"他越说越小声，像蜡烛熄灭时消散的那缕烟。

"你说什么?"

"我说!"许添谊恼火,硬着头皮提高嗓门,脸红不知是因为臊还是热,"你以后,不能有胡恺了……就……不找我玩了……啊……"

贺之昭又沉默两秒,没理清其中的逻辑关系。有没有胡恺和找不找小谊玩,实在构不成什么冲突。

"好的,当然不会的。"他苦思无果,只得答道,"其实从主……"其实从主观意愿出发,我只想和你玩。

这时身后窜出阴风,有户人家的门打开了。一个耳熟的声音道:"吃中饭!"

话音刚落,许添谊连滚带爬地用手一撑,从地上站了起来。他匆忙丢下一句:"之后我来找你。"犹豫半秒,他又重新在贺之昭身旁蹲下。

贺之昭答好。逆着光,他抬头看,忽然察觉好友的额角都是汗,眼睛似乎也发红。但没等他询问,许添谊快速却郑重地抱了一下贺之昭。随后好友什么都没有说,像怕那扇门立刻重新阖上一样,急不可耐地扭过头起身,冲了回去。

一家人不能没有收入,许建锋仍旧每天都骑着自行车往外跑,这种忙碌的幻象向大院的人隐瞒了他无业的事实。实际一整个白天,他不是去交易所就是去朋友家,一直要到股市每日收盘才回来。

于敏新找了份工作,在离家三站路的一家小公司里做出纳兼会计。公司太小,员工都身兼数职,早就习以为常。更重要的是她暂时也找不到更好的工作。

在这多事之秋,许添宝正式成为一名小学生。

"宝宝。"于敏蹲在许添宝面前,端详儿子。

许添宝比同龄人矮小,因为挑食,体重也轻,看上去还很稚嫩,有时候激动了,讲话颠三倒四的。于敏觉得还没把他焐热、焐好,他就要正式进入学堂念书了。

她把给许添宝新买的书包拿过来,给他背上,鼻子一酸。那么小的人,竟然就要背那么大、那么沉的书包。

"中饭尽量多吃点,把包包里的水果也吃掉,这样才有力气上课。"她说,"今天早上妈妈陪你去,下午放学了就和哥哥一起回家,要乖乖的,知道吗?"

许添宝哭了:"我不想跟他一起读书——""他"指谁自不必多说。

于敏也顾不得什么了,只安慰道:"他只和你上下学路上在一起,你一个人不安全。你念书时候不会看到他的。"她转过头,佯装凶狠和另一个小孩说,"你过来保证,除了放学一定不出现在宝宝面前!"

许添谊板着脸,把保证说了遍。但出门前,于敏还是趁许添宝没注意,订正了自己的嘱咐:"看着你弟弟,没事就去教室后面瞥两眼,别让他发现。"

于敏先带着许添宝出了门。因为许添谊当时也是妈妈独自牵着去上学的,这样才公平。

许添谊换好校服,去对楼找贺之昭。他心中沉寂几日的不舒服,又因为早上的风波重新浮现上来——从今往后,他每日放学都要带着许添宝一起回家。

可他不想让贺之昭和许添宝认识,所以才总是不让贺之昭来自己家。这种警惕与提防已经持续好几年,但现在要因为这种变故被打破了。

许添谊斟酌措辞,找不到合适的,毕竟说出自己最晦涩难懂的愿望,很羞耻,也显得他太阴暗和小气。可众所周知许添宝讨人喜欢,脸长得白净可爱,爱撒娇。家里每个人都喜欢宝宝,不喜欢许添谊。

许添谊想这件事很难有例外。万一贺之昭见到宝宝了,真当宝了,他们成为关系更好的朋友怎么办?

"我弟弟许添宝……今天开始也要在我们学校上学了。"他开始诋毁,"他特别吵,走路又很慢。我得等他,没办法。你以后,你以后放学就先走吧。"

贺之昭摇头拒绝:"没关系,我不着急回家。"他认为每天和许添谊放学回家,听许添谊讲很多话是一件很不错的事情。

许添谊急得要流汗,强调道:"他很麻烦的!在一起很耽误时间,你早点回去吧。"

贺之昭继续摇头,重申道:"没关系,那就稍微走慢一点。我和你一起走。"

许添谊恼火地闭嘴,一直到中午,他根据于敏的指令,下楼去许添宝的班级照看了次。他一眼就找到弟弟的后脑勺,心中嗤笑。许添宝因为太矮,竟然坐在班级第一排。

午休时间,小孩子们都松散地或坐或跑,教室里吵吵嚷嚷。周围学生在谈天说地,比画奥特曼的姿势,唯独许添宝没参加。过两秒,许添宝从书包里慢吞吞拿出个饭盒——是于敏准备的,削好皮切成块的苹果。

他打开盖子,直接用手拿了吃,大口大口,一边还侧过脑袋看别人,腮帮子鼓着咀嚼，像只仓鼠，是那种极想参与活动又偏偏加入不进去的样子。

许添谊盯着看，罕见动了恻隐之心，觉得许添宝也没那么讨厌了。

今年学校改了接送规则，仅下雨天特赦家长能进学校接小孩。今日正是瓢泼大雨，走廊被堵得水泄不通。

许添谊带着贺之昭一起去找弟弟，就见许添宝背着书包，孤零零地傻站在走廊上，不知所措的样子。许添谊从包里掏出伞，喊："过来！"

许添宝赶紧跟过去，和他一起走过长廊，走下楼梯，走进雨里。

雨天地滑，怕许添宝摔跤，许添谊要去牵他的手。许添宝却认为周围都是眼睛，丢人，遂干脆地甩开了三次："不要你牵，我自己走。"许添谊无法，只能跟紧了，将大半伞都撑到他头上。

许添宝表面没说什么，但不断扭头去看哥哥身旁那个与其年纪相仿的人。

之前，他听说过贺之昭这个名字，也打过一两次照面。说对这个人一点儿也不好奇是假的，却也没那么期待——毕竟是许添谊的朋友。许添谊本人讨人厌，他的朋友就一定不会太好了。小孩总是爱屋及乌，恶其余胥。

一路上，贺之昭没怎么说过话，只有他哥哥说很多，说的都是学校里的事，啰里啰唆。他听得懵懵懂懂，想听明白，就听得更加专心，不小心踩到一块空心砖，溅起的水把右裤腿和鞋子都打湿了。

许添谊一把拎起他，急道："非不要我牵，然后专挑湿的地方踩！"

不就是踩了水坑吗，有什么好大惊小怪的？被骂了，许添宝极为不高兴。何况这话还当着外人说，让他很丢脸。于是更加讨厌这哥哥。

许添宝下意识偷瞄贺之昭，见对方没有反应方舒口气。到家后，看到他湿透的裤脚，局面就成了许添谊挨骂，令许添宝很高兴。

Chapter 5
背叛和冷战

风平浪静的念书生活只维持了一周。放学许添谊照常去找弟弟，便见许添宝一个人躲在走廊最角落的地方哭。

许添宝在哭。

"你哭什么？"许添谊心中警铃大作，他大步走过去，问，"是不是谁欺负你了？"

许添宝如遇浮木，上气不接下气地告状："就是……就是……"

一通话吞吞吐吐好不容易讲完，无非是被同班的男同学欺负了。许添宝被抢了一块写字用的垫板、两块寿司形状的橡皮，还被说是小豆丁、小个子之类的话，校服也被画了两道印子。

尽管在家作威作福，许添宝在外不过是一个讲话颠三倒四的小男孩，更别说在班里，因为个子矮又笨，受到了轻视。而在家里上天入地和霸王一样的人，在学校胆子竟然只有黄豆那么大，人被欺负了，缩在位子上连句话都不敢讲。

兄弟间的不和睦暂时性消失了，变成一致对外。

"哭什么哭，别哭了，哭能解决问题吗！"许添谊把人提起来，凶巴巴问，"都是谁干的，走了没？"

许添宝抽噎着被带回教室后门。教室里还剩几个男生没走。他们围在一张桌子前，拿着几块橡皮像弹珠弹来弹去。仔细看，就能发现其中有两小块颜色鲜艳的寿司模样的橡皮——金枪鱼的、北极虾的。

许添宝十分软弱地说:"嗯……就是钱余伟和张琪。"

鬼知道钱余伟和张琪是谁。许添谊急得嗓门很大:"你指给我啊!到底是哪两个?"

"那边的两个。"

"窗户边的?叫钱余伟、张琪,对不对?"

"嗯。"

许添谊确认好嫌疑人,将弟弟扔给自己同桌,他把书包掼下了,一边撸袖子,一边命令道:"你看好他,别让他过来。我要让这些人'人间蒸发'。"

"好。"贺之昭点头,还是劝诫道,"不要做犯法的事情。"

许添谊不耐烦:"我当然知道!"他只是喜欢用一些浓墨重彩的词语表达自己的情绪,不会真做违法乱纪的事情。

自从发现班级后门外边儿站了两个高年级男生后,班里的几个小孩就有点紧张。其中一个还黑着脸走进来,更是让人害怕得魂飞魄散。

三年级如同一个分水岭,过了人就开始长个子,面孔也成熟些,和一、二年级的站在一起,差别甚大。尤其像许添谊这样的,年纪大个子高,在低年级面前确有魁梧之意。

真的站到人面前,许添谊就知道自己不能打架了——体型差距太悬殊,这将是一场不公平的"较量"。况且他也不该打架,于敏不喜欢。

于是他决定友好协商。

"是不是你们俩!"许添谊深吸口气,恶狠狠问,"欺负许添宝?抢他橡皮和垫板?"

被兴师问罪的两个人显得过分迟钝又木讷,和之前欺负许添宝时的生龙活虎完全不同。

"就……就玩一下。"一个结巴说。

"他允许了吗?"许添谊说,"还过来!"

另一个赶紧掏出桌兜里的垫板,再将桌上五六块橡皮都囫囵地收起来,一股脑儿地递给了许添谊。

许添谊掂了掂,又问:"你们哪个在他衣服上画的道儿?"

哪个都垂着头没吭声。只有站在一旁，原本在一起玩的小孩用手指了指其中一个，小声嘟囔："他画的。"

被指的张琪吓得快哭了，下意识嘴硬否认："不是我。"

钱余伟："就是你。"

许添谊拿了支黑板槽里的蓝色粉笔。他一边往张琪的白色校服上也画了道，一边威胁说："我是他哥，以后你们要是再欺负他，我就会立刻从楼上冲下来揍你们，知道了吗？"

许添谊得胜凯旋，便见走廊上，许添宝缩在贺之昭的怀里看着他，眼角还有吓出的泪水。兄友弟恭的氛围顿时消失了。许添谊把他一把扯出来，说："别人欺负你，你不会揍回去吗？"

许添谊用的劲十分大，许添宝被拽疼了，哼哼唧唧不乐意道："你干吗那么使劲拉我！"

自然是因为看到许添宝黏着贺之昭，他心里不乐意。许添谊没回答，只怒目对着两人，然后拽过许添宝，拉开许添宝的小书包，把刚才拿回来的橡皮和垫板放进去，数落说："下次别带这种橡皮，别人没有就会抢你的。"许添谊没吃过寿司，只在电视剧里看人吃过。大概是好吃的吧。

许添宝不高兴地抿嘴："我有的东西为什么不能带？"

"带了就会被抢啊！"许添谊说，"你笨不笨？"

"那你跟他们说别抢不就好了。"许添宝不满道。

战火激烈，贺之昭摸了摸许添宝的脑袋，解释说："小谊不能每次都及时出现。"用意是希望他别再和许添谊吵架。

许添宝愣了愣，心中马上燃起暖意。没想到作为好友的两人竟如此大相径庭，许添谊讨人厌又凶残，只会找准各种机会骂他；贺之昭却会抱他、保护他，还会摸他的后脑勺安慰，比张牙舞爪的许添谊不知温柔多少倍。

他心里十分欢喜，像对着妈妈撒娇那样，拉着贺之昭的手臂，整个人贴过去，抬起头，软绵绵地喊："哥哥。"贺之昭被拽着，感到无措，但想到这是小谊的弟弟，他决定忍耐。

为什么？此情此景，令许添谊的血压骤然升高。他要把许添宝从好友的怀里拽出来，许添宝却抱着贺之昭的胳膊，躲着不出。许添谊再尝试，只见许添宝灵活地抱着贺之昭转了个圈,轻易挡住他的手。

"出来!跟我回家!"

"才不要,你好凶!我和之昭哥哥一起回去。"许添宝做动画片里主角逗弄反派角色的鬼脸。

"出来!"

"不出!"

"随便你了!"许添谊急道,"你以后什么东西都被同学抢走,我都不管你了!"

许添宝不以为意:"我也不需要你了。"大不了以后麻烦贺之昭出面解决一下。

许添谊打量他们俩,额头冒汗,气没处撒。为什么贺之昭不拒绝?

"还有你!"他愤怒地指着高的那个说,"你以后被人欺负我也不管了,随便他们说你的发型多丑吧,我再也不会管了!"

另一头,煤气灶上的砂锅里煮着鱼汤,汩汩作响。于敏垫着砧板切蔬菜,边切边叹气。这段时间,因为许建锋没收入,家里的饭菜水准有所下降。

今天她特意早下班了会儿,去菜市场买了点好菜,打算烧得丰盛些、有营养些。许添宝自从上了小学,每晚做起数学题的模样真令人头疼。她要给宝补补脑子。

门锁传出声响。于敏未见到人,已率先露出怜惜喜爱的神情:"回来啦——"

只有许添谊走进来又重新关上门,一言不发,像个愣头青径直往客厅去。

"你弟弟呢?"于敏敛起笑意,皱着眉问。

"不知道。"许添谊闷声闷气地答道,"在后面吧。"

于敏顿时汗毛竖起。宝宝还那么小,又不认路,路上随便有个歹人都能将他一把抱走。

"你疯了吗你!你让他一个人回家!"她登时抓狂,抓了钥匙要冲出去。许添宝会不会走错路口到其他地方去?是不是该先去警察局?

恰好外面传来许添宝欢快的声音:"妈妈!"

"妈妈你看。"许添宝蹦蹦跳跳地迈入玄关,像完全忘了被抢东西的伤痛,"今天我和贺之昭哥哥一起回来的。"贺之昭就站在许添宝身后,没进屋。这对他来说只是完成一桩任务。

许添宝却热络道:"哥哥,我晚上来找你玩!"

许添谊脱口而出:"不许去!"

许添宝看也没看他，只仰起头，期待地看有话语权的人："可以吗，妈妈？"

于敏心有余悸。因为不喜欢姜连清，她原本也不怎么喜欢贺之昭。如今她改观了，因为贺之昭把许添宝安全地带了回来，是可靠又稳妥的。而且这男孩子话不多，成绩却又稳定又好，这最为关键，比家里那个争气多了。许添宝和他玩，指不定能学到些好习惯。

她不假思索道："当然可以啊。"

许添宝得意扬扬，又扭头挑衅地看许添谊，唇形说："去就去。"他在这方面有些无师自通的狡黠。

许添谊狠咬舌尖，强忍着不让自己露出许添宝想看见的任何表情。于敏都说了行，他就没有周转的余地。

随着最后一名家庭成员到家，鱼汤终于被端上桌。满满一砂锅，炖得又香又浓。

许建锋感叹："好久没吃到这么丰富的菜了！"他用筷子要夹鱼肉，却被于敏瞪了眼，手跟着一缩。

于敏做主，将整条鱼捞出，像往常一样把鱼肚子上的肉都精心挑了出来，随后轻轻放到许添宝的饭碗里，嘱咐道："当心点吃，刺挑干净了。"

许添谊也像之前的很多次，夹了鱼背上的一块肉。这次他仔细把刺挑干净，才一口吃下去。然而防不胜防，鱼肉中间还是夹带了一根极细微的软刺。他面不改色，硬是生生咽了下去。喉咙有微小的刺痛感。心脏也是。

吃完饭，许添宝急不可耐地收拾出田字簿和文具盒，说："妈妈，我要去找贺之昭哥哥了！"

许添谊便也草草收拾好东西，说："妈妈，我也去了。"

于敏看着他说："你去什么？你别去。"

许添谊抿了抿嘴，罕见地结巴了："我也去，请……请教贺之昭点问题……"

"你们两个在一起能好好学习吗？"于敏斥道，"每天上学黏在一块儿还不够？不许去！"

像会偏心地把鱼肚子的肉都夹给许添宝，她的一切指令、措辞也都在庇护许添宝。

"就……就让我去吧。妈妈。求……求你了。"说出这如同撒娇的词，许添谊臊得舌尖发麻，像做了一件很错的事。

"不行。"于敏说。

"砰"，门关了，许添宝蹦出去了。

许添谊终于忍不住，一张脸彻底黯淡下来。他把收拾出的作业又重新放到自己的桌子上。这张桌子在客厅的角落，对着墙。他坐下来，胡乱翻开一页便拿着笔写。于敏看到他背脊都透出沮丧，心里却有种快意。她也说不出是为什么。

许添宝回来时还带了两块进口巧克力。他手舞足蹈地说："天哪，哥哥家有个外国人！他教我说外语。"

外国人出现在这巷子里，是新鲜事。于敏工作了，没有之前那么消息灵通，只隐约听街坊邻里说过，这下算是确认了——姜连清又找了个外国男人。

她盘问："哪里人？白皮肤的？"

许添宝讲话又开始颠三倒四："嗯，外国人的脸。妈妈，我还学了拿……拿加大的英语怎么说，叫砍……"砍半天没有砍出，遂转移话题，"下次我再去问一下好了。"

许添谊没有转身，耳朵却照单全收，将话语酣畅淋漓地吞下。他感到有些东西正在渐渐失控，却又对此无能为力，所以只能承受这种改变带来的痛苦和悲伤。

进入十一月，天气骤然转冷。起晚了，于敏赶着出门，她一边催许添宝整理作业，一边强调："今天外面骤降十五度！风很大，你把这条围巾给我戴好！"

然后是许添宝软绵绵的声音："妈妈，我不想戴，戳着我脖子了，痒痒——"

许添谊将自己刚从柜子里掏出来的、一股樟脑丸气味的灰色毛衣展开，他试着往头上套，愣住了。这衣服去年穿就绷得慌，今年竟然连脑袋都塞不进去了。

他犹豫两秒，没开口提自己需要新衣服的事情，毕竟那得花钱，他不想一大早因为一件衣服挨骂，只裹好校服外套就出门了。

骤然降温的第一天总是最冷，因为北风会痛击轻视它的人。一路寒风收割过去，行人都缩着脖子，瑟瑟发抖的模样如同深秋的树叶，也像刀俎上的鱼肉。

许添宝一出门就安静了，缩在厚重的围巾里不说话，脸挡成小小一张。贺之昭也自然地添了厚衣服，神情自若。唯独许添谊没有"装备"加持，咬牙坚持，只觉自己外套的每一个缝隙都被冷风活生生灌满。

不巧，今天还是周一，一早有冗长的升旗仪式。

所有学生列好队，一起站在操场上。风太大，许添谊已经听不清遥远的主席台上都说了什么，他冷得快失去知觉，只能模糊听见屈琳琳和隔壁班的班主任站在一起，悄悄说今天真冷，怕学生吃不消。

听着听着，他的念头也消失了。突然，一种陌生的不适感涌向全身——眼皮发麻，视网膜像蒙上一层雪花。原来眼冒金星，真是眼前火树银花。他又要死了吗？

许添谊举手，紧张地嘴巴张合："老师，我想回教室。"

"是不是太冷了，不舒服？"屈琳琳赶紧道，"快回去吧。贺之昭，你陪着他。"早有不少学生已经倒下。

穿过走廊时，许添谊眼前遮掩的雪花慢慢融化消解，终于能看清路。

贺之昭紧紧跟在后面，说："我背你，好吗？"

许添谊摇头："我才不用。"说完这话，却又蓦地犯恶心。他慌忙拐进卫生间，对着水池吐了口。

贺之昭说："我带你去医务室。"

许添谊拧开水龙头漱口，又冷酷地回绝："不需要。"

这段时间，他和贺之昭的关系总是忽冷忽热。这是他有意造成的，自认为算惩罚。他希望贺之昭能发现并在意这变化。当然，能因此有一点点、不用太多的伤心，就更好。

可惜显然，贺之昭目前并没有发现，还很关照他。这让许添谊有种说不上来的羞恼。

好在学生们都回教室后，空气渐渐被炒热了，好容易挨到了放学，依旧是三人行。

许添宝自认为和贺之昭已经很熟了，关系自然比与亲哥亲密许多。他一边往贺之昭身上贴，一边拿着自己的小圆零钱包说："哥哥，今天好冷，我请你喝朱古力吧。我的同学们都说好喝的。"因为许添宝挑食，胃口也不算好，因此被妈妈特批拥有一笔微小的经费，用来买零食垫垫肚子。许添谊就没有，他什么都吃。

贺之昭婉拒："不用了。"

"走嘛走嘛，我有钱的。"许添宝撒娇。

许添谊装得完全不在意，装到强弩之末，忍不住硬插到两个人中间，凶巴巴道:"喝什么朱古力?乱花钱,回家就吃晚饭了!"随后他黑着脸,持续破坏宝接近贺之昭的一切机会,让两人彻底不能交流。

许添宝不满地被挤到旁边。这段时间,他往贺之昭家跑了好几次。贺之昭教了他一些数学题,那老外教他说了很多英语,还有总是笑眯眯的姜连清,会给他印着外文单词的进口零食。

但贺之昭还是时常问:"小谊不来吗?"这话他很讨厌。

许添宝产生个想法,若是能让贺之昭当自己的哥哥就好了。他决定找机会和自己妈妈说一说这件事,看看有没有什么"法律政策支持"。这个说法是他偷听大人的话学来的。

反正许添谊不是他爸爸的亲生儿子,不是吗?这也是他偷听到的。最好是把贺之昭变成他的亲哥哥,然后把许添谊丢出去。真是无限美好。

许添宝越琢磨越觉得是这么一回事。贺之昭长得帅,话很少,不像那个许添谊,聒噪,喋喋不休十分烦人。而且,贺之昭比许添谊成绩好,几乎每次都是第一名,他常常听见于敏说让许添谊向贺之昭学习。如此重要的两个优点都占了,贺之昭已经全方位碾压许添谊了。

他要找机会劝劝妈妈换个好点的儿子。妈妈一定会同意的。

这一日的冷和不舒服都成了伏笔。凌晨三点,许添谊被自己热醒,头昏脑涨,辗转反侧,好容易挨到天鱼肚白,更是唇舌发干,脑袋热得发蒙,像一辆超载的蒸汽火车。他偷偷摸摸从柜子里找出体温计,一量,惊心动魄。水银直接迈过了三十九的刻度,直逼四十度。

许添谊身强体壮,上一次生病是很遥远的事情。虽然知道不妙,他仍旧想忍着去上学。

因为生病意味要有人照顾,可能要坐车颠簸去医院,排急诊很长的队伍。严重的话还要吊水,等待的时间更长,要无事可做,只能数掉下来的点滴。总之,很麻烦,而他恰恰害怕添麻烦。

许添谊忍了一会儿,但又被一个冒出的念头蛊惑了——他那么久没生过病,一下子病那么严重,说不定妈妈会十分紧张在意,会陪着他。

于敏正在厨房弄早餐,许添谊摸索过去,战战兢兢汇报:"妈妈,我好像……

嗯……发烧了。"

于敏吓一大跳："怎么回事？"最近有流感，她皱眉道，"你不会感染甲流了吧？"

"我不知道。"

"怎么烧这么高？躺着去！"于敏接过温度计看了眼，数落说，"麻烦，我还得请假照顾你。"她想起没叫许添宝，赶紧又推门进屋喊宝起床。

许添宝被她像小推车那样慢悠悠推出来，推向卫生间。路过站着的许添谊，于敏推开他："你回去躺着，别传染了宝宝。"

脑袋因为发烧变钝了，许添谊感到不知缘由的伤心。他躺倒回床，很久后，妈妈的声音出现在玄关，说："不好意思啊之昭，今天要麻烦你带着宝宝去学校了……谢谢啊……"他重新睡着了。

临近四点，于敏在厨房烧饭，油锅吱吱作响。

许添谊躺在客厅的弹簧床上。下午出了身汗，现在没有那么热了。隔壁房间传来没关的电视机声音，他的鼻子闻见了煎鱼的焦香味。

如他所愿，于敏上午去交接了工作回来照顾他。这宁静的片刻，屋里只有妈妈和他，像回到很小的时候。他真想一辈子就这么病下去。

趁煮汤的间隙，于敏回到客厅，倒了水，喊他吃药。许添谊乖巧吞咽药片，喝热水，夹缝中斗胆说："妈妈，我要想件毛衣。原来的那件现在一点都穿不下了。"说起来，穿不下的给许添宝其实都绰绰有余。但许添宝从来没穿过他的旧衣服。

于敏说："知道了。"许添谊感到幸福。

过几分钟，也可能更久，许添宝在外面喊："妈妈。"

美好的幻象一片片碎掉了，像那被踢碎的塑料面盆一样。许添谊落回了现实世界。

于敏开门。"一起进来呀，进来！"许添宝的声音愈发清晰，"妈妈！我想和之昭哥哥一起喝高乐高。"

宝一来，于敏天秤的那头立刻垒上砝码，干脆利落地倒向一边。她忙不迭说："好的，等一下啊……贺之昭，谢谢你今天送宝宝回来。"

许添宝忙忙碌碌，高高兴兴。今天上学和放学路上都没有了烦人的家伙，他只和自己喜欢的哥哥一起回家。他牵了贺之昭的手，吃了小卖部的辣条，还说了很多话。可惜他提议以后都只他俩一起走，被贺之昭拒绝了。他真想许添谊就这么病下去，病一辈子。

许添宝对着喜欢的人，无论男女老少，都喜欢撒娇。此刻他仰望贺之昭，说："我弹钢琴给你听吧，就是我路上说的那首曲子！"

听见门铃声，许添谊从床上蹦起来。今天贺之昭和许添宝一起上下学，独处的时间太多了。自己是不是就要失去这个最后的最好的朋友了？

他焦虑地拖着病体，火急火燎赶到厨房，看到的便是这幅景象——许添宝靠着门，看见亲哥来，便故作一副说悄悄话的姿态。挑拨离间倒是无师自通。他踮起脚，一边斜眼打量许添谊，一边在贺之昭耳边说："你看许添谊那样，肯定又生气了！他一天到晚生气。"

贺之昭骤然想起许添谊像河豚一样，能立刻气得鼓起来的脸，忍不住笑了下。

许添谊直觉他们肯定在说自己，他敏感地认为贺之昭的笑是嘲笑。他气冲冲跑过去，心中跟着冒酸水，愤然说道："笑什么呢！"许添宝竟只一句话就轻易逗笑贺之昭。

许添宝转转眼珠，往贺之昭身后躲了躲，说："没笑什么。"

许添谊就看向贺之昭，一副审问的态度。未想贺之昭也摇头，说："没什么。"

没什么。没、什、么。

许添谊错愕了。一个词语在他脑海盘旋——背叛。

贺之昭终于还是彻底地倒戈了过去，与许添宝结成盟友，背叛了他。他们二人同仇敌忾、一致对外，矛头扎准他的软肋，把他强装出的气焰整个地，戳破了。

一旁的于敏罕见发了善心，问："你要喝高乐高吗？给你也冲一杯。"

许添谊没回答，只狠咬自己的嘴唇皮，盯着贺之昭看。

贺之昭也看着他，没再笑了，眼神很平和，问："你退烧了吗？"说着抬起手，要摸病人的额头。

许添谊想起很多很多年前，他最喜欢的塑料玩具坏掉了，于敏拿胶带布缠了几圈还给他。尽管外观有折损，丑了八成，但至少又可以玩了。然而在后来的日子中，他发现很多东西坏了都不能拿胶带布解决。坏掉了，补不了。

现在他觉得自己的心也一整个碎掉了。

许添谊使出十成力气，飞快打掉覆上来的手，"啪"一下，又重又响。

这下几个人都愣住了。

可可粉的香甜气味突兀地四处飘散。这香气明明是他梦寐以求的，此刻闻见，许添谊却只是有点恶心。

他没管任何人，没管于敏的那句"你发神经啊"，他只是如困兽般鲁莽地冲进了卫生间，再"砰"地把门关上。

天花板都像在旋转，那种被剥夺呼吸的感觉又卷土重来。许添谊只能再次狼狈地拿出不称手的武器应战。

贺之昭是笨蛋，贺之昭是笨蛋……

是啊，全世界没有比贺之昭更笨，更让人讨厌的人了！

许添谊狠咬臼齿，嘴唇发麻，呼吸像要停滞。他背靠门蜷缩起身体，绝望又愤怒地想，你是真的一无所知吗？你是真的毫无察觉吗？为什么要这样对我……我们不是最好的朋友吗？别和他玩了，求你了。

然而就算心声磅礴到整个心室都剧烈震颤，外面也一无所知。隔着道单薄的塑料门，传来了断断续续、不甚熟练的钢琴乐声。

那是宝在给心爱的新哥哥表演。

许添谊再次开始了和贺之昭的单方面冷战。

但这一次与上次略有不同。上次许添谊只是希望借此贺之昭能认识到他的好，以及他们友谊的无上地位。现在他不这么幻想了。

许添谊总回想起那幅场景——贺之昭听完许添宝说的话后，看着他露出类似嘲笑的表情，但在接受他的质问时，若无其事地说"没什么"。

那种仅仅与许添宝之间存在的，暗流涌动、互通有无的默契使他受了重伤。

在笑什么呢？是笑他多余，是笑他脆弱，还是那类莫须有的东西？

许添谊不相信自己的朋友是那种人。可事实是贺之昭确实拒绝了告知对话内容，和许添宝有了两人之间的专属秘密。

奇怪，原来贺之昭也会露出胡恺、张琪、钱余伟那样的学生才会拥有的神态。这种发现令许添谊惊讶和疑惑，也很伤心。

两人渐渐断了交流。以往就总是许添谊主动，这下彻底各做各事。坐着，桌子的三八线像涂抹出的运河，隔开两岸；走着，两人不言不语从而毫不相干，连影子都形同陌路。

形同陌路，就是无法真正陌生，四个字，是貌合神离的眷侣需要的，是渐次背离的挚友需要的,不是陌生人需要的。

不幸这天中午的盒饭中,躺着大块的水煮胡萝卜。许添谊堪比饕餮,什么都吃,却唯独不喜欢这味道。只是因为要杜绝浪费,盒饭中的饭菜无论喜欢与否都得吃完,屈琳琳会检查,所以他之前总会把自己的那份丢给贺之昭解决。

今天显然无法采取与之前相同的措施。

贺之昭还是如往常一样,将自己的饭盒移了过来,说:"屈老师不在。"意思是可以把胡萝卜给他了。

许添谊置若罔闻。他往反方向移了移,随后拿着筷子,大口大口将几块胡萝卜一口气全扎起来吞进了肚。稍一咀嚼,那种奇怪的、难以忍受的味道立刻充斥口腔。许添谊紧盯着盒饭,想吐,又强忍住了。他只能不断给自己做心理暗示,暗示自己在吃很美味的东西。

贺之昭关切道:"你刚刚吃的是胡萝卜。"

许添谊连个眼神都欠奉,不言不语地将自己的那份饭吃完。

这种沉默和疏远又体现在下午的体育课——许添谊宁愿一个人做热身也不理同桌,同桌又不幸被热情的胡恺捡走了,他更加生气,但隐忍不发。

放学回家,以往三人行,许添谊总要处心积虑地走在两个人的中间,但今天他落在最后,任凭许添宝拉着贺之昭的胳膊,怂恿着说什么去吃辣条喝奶茶的话。

因为心事无从谈起。他不能说什么"你别和许添宝玩了,只能和我玩"之类霸道的话。许添宝一定会去告状,而于敏一定会帮着宝。再说更重要的是现在贺之昭和宝关系那么好,也未必会听信他的"谗言"。

所谓偏爱,无非想要一种特殊化的证明。许添谊对外总是替贺之昭击退一切风险阻碍,不许别人欺负,连说发型丑都不行;对内又常亲自欺负他,要抢喂小金鱼的机会,要睡午觉抢靠内的位置,要自己不削铅笔偏要贺之昭削。

因为只有在贺之昭身边,他的意见会被优先考虑。

许添谊运用种种微不足道的事件"欺压"对方,仿佛这样就能不断安心且得意地确认:看啊,许添谊果然是贺之昭最好的朋友。

时至今日,看到贺之昭和许添宝亲密无间,他真想问,贺之昭是不是忘了他仗义出手,帮他讨伐坏人的事情;忘了他们睡在一起,分享羞耻的秘密和真诚的忠告;忘了一根雪糕或淀粉肠都要掰成两节分享的快乐……

他以为贺之昭是特殊的,会认可不讨人喜欢的许添谊还不错,会愿意和许添谊做朋友,关系天下第一好。

然而随着友谊迁徙,像遮羞布被揭掉。原来事实并非如此,许添谊并没有得到特赦。他仍旧是那个许建锋家觉得多余、妈妈觉得讨嫌、弟弟觉得可恶的,性格糟糕又爱生气并且没人喜欢的许添谊。

许添谊捧着得来的"喜欢"两个字,如履薄冰,像捧一个盛满水的碗,但再如何谨慎珍重,总难以避免偶有颠簸。洒出一点,他就无限惶恐,以为覆水难收,接着真的狠狠摔了一跤,就什么都彻底失去了。

他居心叵测藏起来的朋友,许添宝与其接触一二,就轻易将其彻底俘获。他们过往的交情就这么比不过许添宝的两句撒娇吗?

不就是撒娇吗?他大可也撒娇,他立刻就学。

然而宝做起来自然可爱的事情,换成他做,就像邯郸学步、东施效颦,一想便足以让人头皮发麻。于是又放弃了。

十多岁的天空如此狭隘。许添谊跟在两人身后,走过不知走了千百遍的路。先是学校后街,而后是一座被废弃的桥。每每路过,总能闻到极臭的水沟味。人从栏杆往下看,能看见巨大的碎石和被丢弃的垃圾混在一起,水是混浊的绿。

这可是一个连胡萝卜都有人真心喜欢的世界啊。他却没人喜欢。这很恐怖。

许添宝捏住鼻子,瓮声瓮气地同贺之昭说:"快走!臭死啦!"

贺之昭被带着跑了两步,觉得许添宝有些麻烦。这约莫就是代沟吧,两人也差这么多岁。对于许添宝,他谈不上喜欢或厌恶,但毕竟这是许添谊的弟弟,小谊不管,他就得顶上,这是没有办法的。万一把人弄掉了,或者缺胳膊少腿就麻烦了。

他回头看,许添谊正在后面侧着头看桥,似有感应地正过身。见他看过来,遂回瞪了一眼。

贺之昭觉得反常。今天的许添谊太沉默了,上课时候没有和他说过话,饭盒里的胡萝卜也没有给他吃,体育课热身也没有和他一起做。他苦思冥想发生了什么。这约莫是心情不好的表现?又或者是生气了?嗯,大概是生气了吧。小谊经常生气,像个水烧开的壶,咕噜冒泡。

但贺之昭搞错了,所有人都搞错了。许添谊总擅长用所谓的愤怒与生气来表达伤心——因为许添宝的伤心是有用的，许添谊的毫无用处，许添谊的伤心是不正当又软弱的，是令人感到羞耻的。

但是愤怒不一样。愤怒会被忌惮、被尊重，也可能被认真回应。

所以许添谊逐渐用愤怒取代伤心，逼迫自己穿上身中空的铠甲，实际内心像有条落水的狗在哭。

这一日吃晚饭时，许建锋忽然轻描淡写地说股票"抛了"，赚了一大笔钱。具体多少没让两个小孩知道，但于敏明显松弛下来，双休日全家还吃了顿肯德基。

饭桌上，于敏吃全家桶里的胡萝卜面包，打趣说："那我要不也别工作了？"

"看你意愿咯！辞了也好，他们俩都小。"许建锋的眉梢都在得意。他大口咬着吮指原味鸡，又道："什么时候有空，咱们就去看房子，早买早安心。不是又传这房子要拆吗？不管如何，房价以后肯定会涨的，看看香港就知道了。"

钱来了，像电灯的光照满房间，那些家庭矛盾就如烛光隐匿，看不见了。

贺之昭虽然不明白许添谊为何突然疏远自己，但他知道问题很严重，两人已经一周没有讲话。他有时对自己感到焦急，因为他总是不明白许添谊为什么会生气。这像一道参考答案只写"略"的语文题。可许添谊生气的原因一定有答案，只是解题困难，标准答案很难找，于是贺之昭堕落成为差生。

"签证都办下来了。"姜连清已经辞职，这几天在家边整理行李，边分出要送给亲眷的东西，她问，"你还不和小谊说这件事吗？"

贺之昭摇头："他知道了会情绪激动的。"虽然隐瞒也只是暂时的，总有要水落石出的一天。但情绪激动就意味许添谊可能会像上次那样过度通气。他不希望再看到小谊面临那种危险。

姜连清噎了噎，道："你自己要把握好，别到时候不告而别，那是不对的，知道吗？"

这两日那个叫 Johnny 的外国男人先回了加拿大，去准备他们结婚、定居的事宜。两人暂时断了联系。

姜连清初次见到他，也觉得他有些轻浮，总是笑眯眯的。可是后来爱上他，只因他看她，是看一个女人，而不是一个单亲妈妈。

贺之昭点头，看着自己的房间，心情很灰暗。加拿大地处北美洲，上头是北冰洋，下头是美国，两旁是大西洋和太平洋。他要去的城市叫温哥华，十分宜居，据说秋天的枫叶很漂亮。他已经都了解清楚了。

虽然即将开启一种完全崭新的生活,虽然妈妈要和那个外国人结婚了,但这都无关紧要。只是出国意味着他就要和许添谊说再见了,两个人不能再做朋友了。

而如今许添谊的疏远更是让他陷入迷局。

贺之昭惯用逻辑推理事情,他能算清楚数学应用题,能明白为什么天花板常传来弹珠的声音,但不擅长解决人情世故问题。只是许添谊的情绪常常浮于表面,像害怕贺之昭读不懂,因此,贺之昭得以总结出一些不成文的规律。他知道,小谊语气激烈,脸鼓着就是生气。但这次并不一样。

贺之昭斟酌着说:"小谊好像生气了。"

"怎么会呢?"姜连清惊讶地问。

"小谊那天感冒发烧了,请病假在家。放学后我去看他,想用手摸一下他的额头,小谊把我的手打掉了。"贺之昭回忆,"从第二天开始,小谊来学校就再也没和我说过话。我可能不该做这个动作。"

姜连清表情复杂了一瞬,是真不知道说什么好。她反问:"小谊怎么可能因为你摸他额头就生气呢?"

"可能因为我没洗手,这样细菌很多,不太卫生。"贺之昭想了想,说,"我去道歉吧,不然他一直不理我,上学也没什么意思。"许添谊的冷落让他像一块被风干的冷餐面包,什么都索然无味。

姜连清再清楚不过,许添谊是个敏感多疑但心地善良的小孩,他遇上贺之昭这种木头木脑的朋友,简直是场灾难。她不确定自己的猜测正确与否,但至少有这么个现象——这段时间,许添宝频频来家里玩。只要许添宝来了,许添谊就必然不会出现。

许添宝年纪小,傻傻的又喜欢撒娇,是最讨长辈喜欢的那种类型。许添宝和许添谊,名字只差一个字,性格真是截然相反。一个家走出来的,怎么会这么不一样?

姜连清不放心地追问:"你确定是这个原因吗?你再想想其他的细节呢?"贺之昭当然想过了,但是凭借他在这方面的洞察力,那种思考是毫无意义的。

因此,在姜连清担忧的目光中,贺之昭步伐坚定地出了门。他穿过大院的空地和玩耍的孩童,迈入楼道。他鲜少有这样急切的时刻。

贺之昭刚准备按响门铃，里面却有人未卜先知，先行一步打开了防盗门。

"许添宝不在，和爸妈出去了。"隔着仅剩的蓝色纱门，许添谊神情隐绰地说，"你晚上再来吧。"

"我不找他，我来找你。"

"找我干什么？"

贺之昭看着自己昔日最好的伙伴，说："我觉得你可能生气了，所以七天没有和我说过话。"

许添谊顿了顿，生硬道："我可没有生气。"

他只是没什么事干，也不想学习，所以就站在厨房的窄窗前看看大院风景，绝对没有什么其他的意思，也没有在等待什么或期盼什么。

"那为什么不和我说话呢？你还把胡萝卜吃了。"那可是胡萝卜啊。

"我现在觉得胡萝卜很好吃啊。"

"好吧，那为什么不和我说话呢？"

刻意跳过的问题却被贺之昭追问。许添谊又静默了。

足足三秒以后，他的声音比刚才更加僵硬，极力忍耐着什么："因为我不想和你说。"

"为什么呢？不要不和我说话。"贺之昭说，"我向你道歉，那天你发烧，我不该没洗手就想摸你的额头，对不起，我已经充分认识到了洗手的重要性。我已经学习了七步洗手法……"

最后，他承诺："我会改的。勤讲卫生。"

许添谊后退两步，表情更加模糊。过了会儿，他重新凑近些，说："哦。"

"哦"是什么意思？贺之昭不是非常清楚，于是他接着问："你接受我的道……"

许添谊却打断他的话："你摸我额头，是想关心我吗？"

"是的。"

"许添宝发烧呢？你会摸他的额头吗？"

贺之昭思考了下："如果有需要的话。"他想，小谊真是重视自己的弟弟，总是嘴上挂着许添宝。

"你会主动摸吗？别骗我。"许添谊的语气有隐隐的催促。

贺之昭决定说实话，他回答："应该不会。抱歉。"

许添谊又沉默多时。应该不会就是正常情况下不会，会主动摸他的额头但不会摸许添宝，那大概贺之昭更愿意和他做朋友。推论出自己想要的答案，许添谊顾左右而言他："好吧。"

"你原谅我了吗？"贺之昭问。

"嗯。"

"好的，谢谢。"贺之昭如释重负，想接下来说自己要去加拿大的事情。

这几天夜里，许添谊常常翻来覆去睡不着，独自看着客厅的天花板反省，心中后悔和茫然交错。究竟是哪一步走错才到今天？

他曾经勒令贺之昭不准有其他好朋友，不准贺之昭上了初中找其他人玩，这确实有点过分了。

所谓如果不同意开窗，就主张掀了房顶，这样反对的人就会同意开窗了。许添谊的心境莫过如此。现在他决意痛改前非，来挽救自己岌岌可危的友情。

许添谊擦了下额角的汗。他酝酿词句，开口："我之前和你说的，你都忘掉。你上了初中可以找别人玩，长……长大了要有更好的朋友，都可以。就是，我们俩，得……"他吸了口气，"得是……朋友。一直是。"本想说最好的朋友，"最"字也省掉了。说完这段话，他心里震颤，百般无奈，像做出最艰难的退让和舍弃。

贺之昭并不知道伙伴心中复杂的心理变化，只莫名觉得，许添谊好像放弃了什么。

他说："好的。"加拿大还是下次说吧。

像什么闯关通过，许添谊打开纱门迎接失而复得的朋友："你要不……进来看会儿电视吧。"

没了东西遮掩，贺之昭看清挚友的脸，如释重负，雨后天晴。他情不自禁道："小谊，我能抱抱你吗？"

许添谊猝不及防，深受震撼："啊？"

"我能抱你吗？"贺之昭重复问了一遍。

这么一问，按照许添谊的性格，就不方便说能了。

他果然道："不能。"其实是想的。好不容易和好了，这种时刻值得一个拥抱。

"就一下。"贺之昭请求。

许添谊没再说话，贺之昭就张开双臂，郑重地拥抱了他一下，象征两人重归于好。

气氛轻松，许添谊终于笑了一下："明天放学，我们去吃烤肠吧。妈妈给了我十块钱零花钱。我请你吃，一人一根。"

"好，谢谢你。"好，好。什么都好。

贺之昭觉得许添谊笑起来，十分好看。这份感觉难以准确形容。他常想起填上数独最后一个数字的时刻；想起雨停了打开窗，一瞬间的冷空气；想起吃巧克力，刚化开在嘴里的滋味。他还能想起一次偶然在草丛旁看到的小猫。小猫端坐在那里，从背面看就像一截雨后冒出的春笋。等听到动静回头，看到他，立刻跑了。

他看着许添谊的面孔，突然感受到一种保守秘密的沉重。他，不能在这个时候破坏这种笑容，这是犯罪。

如果花瓶一定会碎，他希望越晚越好，如果两个人一定会分开，他希望那如同追悼的道别能无止境拖延，成为只提前一秒的事情。

Chapter 6
再见童年

许添谊与贺之昭恢复了友好的"外交关系",周一放学后,两人按照约定去吃淀粉肠。因为心情很好,许添谊大方地给许添宝也买了一根。十块钱用了一半,剩下的存好了,当成启动资金——明年十分特殊,是闰年,二月的最后一天将迎来许添谊的生日。

许添谊决心在这剩下几个月里抓紧"敛财",届时才有钱请贺之昭去吃奶油小方。

大院中又有消息传出,称政策再次变动,院子千真万确要拆了。年后会有政府的人来谈判。

家属院要拆这件事,前年也提过一两次,但一直都没后续,像是所有人的痴人说梦。更何况隔了两条街的二村也总说要拆迁,说了四年,一直没拆——虽然两者房屋性质不一样,有区别也是正常的。因此,这次消息传出来,大部分人还是将信将疑。

但这条消息的再次传播,还是加快了许建锋看房子的速度。他和于敏常拿回很多花花绿绿的楼盘介绍册。册子满是油墨香味,印刷的小区效果图都像另一个世外桃源。

许添谊表面什么都没说,这自知之明当然有,但心里许愿,想要一个自己的房间。

在姜连清的陪同下，贺之昭办完了最后的退学手续。坐在教务处时，负责的老师指导他填资料："这里，你和妈妈都签字，妈妈留个电话，没有手机就写座机号。爸爸电话，有的话也留一个。"

房间开了暖气，烧得贺之昭脸颊发红。他说："我爸爸去世了。"是他出生那年，早到完全没有记忆。

"哦，这样。"老师转移话题，指点他其他的表格怎么填。

填好表，姜连清拿着表格去到处签字，从语文办公室一路签到校长室，再盖上红章，算是暂时了结了。有始有终，她今天穿了双底很硬的皮鞋，下楼、走路，噼里啪啦的声音回荡在走廊上。他们一同穿过空着的形体房、美术教室，两人之间的沉默有些刻意为之。

走到校门口，姜连清终于开口："我和Johnny结婚，是我们多一个家人，对Johnny的家人来说也一样。"

"我知道。"贺之昭点头，"我支持。"

"谢谢侬哦。"姜连清佯装感动得受不了。有时候，她的确分不清做出的每个重要决定，是仅仅靠她自己，还是依靠贺之昭给的勇气。

贺之昭从校门口折返回班级。许添谊见人来，迫不及待凑上去，问："你干什么去了，这么久？"

贺之昭想，该说实话了，说了并不比不说更糟，当然也不会更好。

胡恺回过头，嘻嘻哈哈地接话："拉屎去了吧？"

许添谊不允许别人说贺之昭任何不好，尽管拉屎也没什么不好的，他还是斥道："你才拉屎，你一天到晚拉屎。"

说谎很难。但看着许添谊的侧脸，贺之昭不自主选择了沉默。不想做让小谊生气的事情，这个念头比任何其他都强烈。虽然这种隐瞒无比脆弱且愚蠢，但是，但是……

贺之昭答道："嗯，数学老师找我。"充满破绽的谎言脱口而出。

"找你干什么？"许添谊紧张地问。一般被老师找没什么好事情。

贺之昭并不擅长说谎，他心中演练一番，几秒后才开口："因为……我作业有一页忘记写了。"

好在许添谊百分百信任他，把那种迟疑错认成坦白的羞耻。他一改面对胡恺的凶悍，说："你怎么这都能漏掉呢，老师不得骂你。"他指了指桌上新发下来的练习簿，安慰说，"你看，默写本发下来了，我俩都全对。"

放学回家，许建锋和于敏正坐在餐桌前看各种房源的宣传册。看到小孩们回来，他们迅速把东西收了起来。

两人先前似乎恰好在辩论，此刻在收拾"战后残局"了。许建锋仍不甘示弱地补充道："我跟你说，肯定是这套的性价比高，三十万而已，以后这地方，家门口就会建地铁，只要一建，四通八达，房价也会上去。"

于敏用抹布擦桌子，端菜上桌，说："差五万！不是五千块！"

"总价，又不是首付要一下子多掏出五万块。"许建锋不在意地说，"你再好好想想，不过呢，反正是两房，新楼盘选择也多。实在不行，就再看看吧。"

开饭了。

许添谊协助把碗筷摆好，将饭菜端上桌。"两房"这两个字眼触动他的神经。前段时间，因为许添宝念书了，于敏搬回大卧室，许添宝开始独占小房间。

如果他的理解没有错，新家仍旧是两间卧室。所谓不患寡而患不均，这太难分配了。父母二人住，去掉一间，还剩一间。许添宝会愿意和他挤一间吗？大概不会吧。

第二天起床，天阴湿，也冷，云层的灰色是悲伤的灰色。许添宝又穿上了鹅黄色的羽绒服，天真无邪。许添谊带着他上学，像赶胖鸭子上架。

经过一夜思量，许添谊做出了重大决定——既然家里容忍他的空间有限，他决定初中开始住到学校去。他已经打定主意，只是希望朋友也能加入。

午休时，许添谊装作不经意地问身边人："欸，我听说初中学校的住宿条件都挺好的，房间大部分有空调，六人一间。"此为铺垫。

贺之昭点点头。他正在负责吃两人份的胡萝卜。

许添谊压着期待，问："我听说二附中能住宿，你会住吗？"

贺之昭困扰地看着盒饭，答道："我不会住。"他要走了，住不了。

许添谊目标明确，被拒绝了，并未立刻气馁。他继续游说道："可是，我们家……以后可能会搬家。如果住宿舍，到时候我们俩晚上也可以待在一起，你说呢？"

贺之昭摇头。

贺之昭想也不想就再次拒绝的样子让许添谊感到讶异，这不在他的预料中。就没有一点点想晚上一起学习的念头吗？为什么都没怎么思考就拒绝呢？

他再次争取道："反正……反正你想家了也可以随时回去的……"

贺之昭继续摇头。

被连着无情且干脆地拒绝三次，许添谊很尴尬。真是自作多情、用力过猛。他本自信地认为贺之昭会答应的。他抿着嘴快速回转身，强装体面道："不住就不住，反正我要住！"还是生气了。

至此，心中也不免失落。许添谊希望有个空间做点自己想做的事情，可以把自己藏起来，不用怕发那种"病"被于敏看见。但这自我的重量在庞大的家庭机构中，显得过于轻微、微不足道。

贺之昭有自己的房间，他没有。这下未来也不会有了。

窗外的灰色逐渐浓郁，终于抵达临界点，开始下雨。

冬雨越下越大，竟有成为暴雨之势。学生们随着窗外、走廊外嘈杂的雨声变得躁动，也因为接下来是周五的最后一节课，上完就是双休日了。

"同学们，这节课我们不上课。"屈琳琳拿着沓斑斓的纸进班。等大家恢复安静，她足足扫视两遍，才说，"一眨眼，大家也已经五年级了，再念一个多学期就要去上初中。时间过得很快。

"还记得大家刚进来的时候，都小小的，不会写字，现在大家都长进了好多，而且像我们的班长蒋菲啊、语文课代表尤晓雯啊，她们的字都非常端正漂亮了。我们朝夕相伴将近五年的时间，这些日子里，大家都变成大孩子了。"

这话题很伤感，班级彻底冷却下来。

屈琳琳冲大家微笑，遗憾道："我今天说这个呢，是因为有个同学要先离开我们了。"

"啊?！""为什么？""是谁？""去哪里？"

许添谊也想找自己的同桌讨论两句，但他想起自己刚在宿舍话题上遭遇碰壁，于是装作矜持，硬生生在位置上好似被冻住了。

屈琳琳道："老师也非常遗憾，因为他是我们班最成熟稳重、成绩最好的学生。来，贺之昭，你自己站到讲台上来，告诉大家。"

"啊——"话音未落，震惊四座，从座位上弹起很多个小学生。有的说："你要去干什么啊?"有的说:"你为什么要离开?生病了吗?"还有的纯粹为宣泄情感——胡恺在倒数第二排大喊:"为什么啊!别走啊你——为什么要走?"

贺之昭起身,从最后一排走到讲台上,面向大家说:"我要去加拿大了。"尽管屈琳琳已经嘱咐他要说些什么,可他实在不知道该说什么合适。

屈琳琳听了,无奈道:"再多说一些吧,介绍一下自己要去的城市?"

"好的。"贺之昭颔首,"我即将居住的城市叫温哥华,是一座港口城市。"

"没有了吗?"

"没有什么可说的了。"

屈琳琳只能代为解释:"是这样的啊,贺之昭的家人决定去加拿大生活,我们的贺之昭也得去那里念书了。加拿大离我们这里很远,大家知道时差吗?"

"不知道——"

"知道,我们是白天,他们就是黑夜!"

贺之昭答道:"地球因自转产生的昼夜更替现象。"

"……啊,嗯对,没错,大家说得都对。其中涉及的具体地理知识,大家念了初中就都会明白了。"

屈琳琳让贺之昭下去,又重新举起自己手里的纸,说:"我带来了同学录,大家可以在上面填写自己的个人信息,还有想要留给贺之昭的话。大家在正面写上自己家里的号码呀、地址呀,这样以后我们同学之间还可以联系对方,好不好?"想到带了整整五年的学生不日将各奔西东,她也红了眼眶。

贺之昭是笨蛋,贺之昭是笨蛋。

许添谊坐在自己的位置上,看大家无视课堂秩序地涌向讲台,看大家把纸举在头上运回座位,好像蚂蚁搬家。他觉得缺氧而大口呼吸,又意识到唇舌开始发麻,赶紧结束这个动作,低头趴到桌子上。

有多愁善感的小孩开始哭,像干燥的草堆不能遇见火点,班级被眼泪淹没了。大家哭哭啼啼、抽抽噎噎地接过同学录,一项项填出具体内容。

"哐当!"贺之昭走回座位,立刻被旁边人狠推了一把。椅子倒了,身体跟着倾斜摔出去。

"为什么不告诉我!"许添谊洪亮的声音带着未经掩饰的愤怒,他的眼睛瞪得又大又圆,嘴里机械性地重复,"为什么不告诉我!"

周围学生忙去扶贺之昭。

"许添谊。"屈琳琳严厉道,"冷静一点,其他同学也都是刚知道,和你没有区别。"

没有区别。许添谊委屈地想,可是老师,我不是想要公平。

为什么他已经变得和其他人别无二致,只配得到一声通知?所以谁是特别的,胡恺吗?许添宝吗?为什么忽然要去那么远的地方?为什么从来不说,是他不配知道吗?

所以你也要离开我,对吗?

贺之昭重新坐到他身旁,喊:"小谊。"

许添谊置若罔闻。他将那张美丽的纸揉成团,再撕成碎片。他说:"我才不会写,我和你绝交了!"

绝!交!了!

"别哭了啊,宝宝。"于敏好声好气给许添宝擦眼泪,说,"你还可以去认识其他哥哥啊,对不对?爸爸家里不是也有两个表哥吗,每次看到你都很喜欢你的啊。"

"我就喜欢小贺哥哥。"许添宝是水做的,眼泪汪汪,"我就要他。妈妈,你和姜阿姨商量商量,让他们别走了……"

因为妈妈又劝了几句,许添宝遂退而求其次,用手指着人,说:"那能不能换一换?让他跟着姜阿姨去,让贺哥哥留下来。"

因为于敏说不行,所以许添宝又在喋喋不休。

许添谊坐在角落写作业,装没听见。他写完语文的阅读题,打开数学练习册,又扯过草稿纸,写了两个数字,画掉,开始写"吵死了"。

写到第十遍时,许添宝停止了哭泣,因为于敏许诺他这周不用上钢琴课,会带他去游乐园,还同意去买玩具,可以选三样。

天太冷,临睡觉,许添谊把自己的外套和毛衣都压在被子上。许建锋和于敏大概因为操心买房子的事情,太累,这几天都睡得很早。

起初于敏搬回大卧室,许添宝还哀求妈妈别去和爸爸睡,后来发现了一个人睡的好处。

许添谊看见许添宝的房间灯原本是暗的,现在又偷偷摸摸亮了些——透气窗出卖了这一事实。

真是太过分了。他想,没人管就每天都晚睡,已经是班里最矮最小的了,看来是不想长高了。他早晚要把许添宝晚上不睡觉,一个人偷偷玩的事情告诉妈妈。

许添谊把自己裹在被子里,越想越愤怒。这愤怒是失之偏颇的,让他愤怒的另有其事。可他不去想,因为那种情绪太厚重,他承受不了,会犯病。

这是下意识的逃避、移情,就像他内心最深处,最真实的情感也并非愤怒。

不多时,许添宝屋里的台灯重新关了。一切黑得像煤炭,什么都看不见。

纷繁杂乱的念头到处飞舞。被窝黑得像最黑的黑洞,许添谊内心深处有一块也在被窝的宇宙中缓慢坍缩。一切是梦多好,但不是梦。

你凭什么那么伤心呢?贺之昭是我的朋友。

不,已经不是朋友了。今天绝交了。

世界上没有比贺之昭更讨厌的人,他应该死掉。

……

我为什么有这样恶毒的念头?

上帝,菩萨,鬼,我收回我刚刚说的话,对不起,如果必须有人死掉,可以选我。

……

为什么要走呢?为什么走也不告诉我呢?

我明明……明明,那么在乎你,把你当成唯一的朋友。

我到底做错了什么呢?我会改的。

……

可是来不及了,他正在失去最珍视的东西。

许添谊猛地惊醒,露出捂在被子里的脑袋。一额头的汗。他火急火燎地下床翻找自己的书包,把东西一股脑儿倒出来。规整的课本、铁皮文具盒,还有些大块的碎纸片一起落到地上。

许添谊急切地摸索着,找到存放在客厅四处的透明胶带、剪刀和手电筒。他寻好角度,架好手电筒,把那些和垃圾一样的碎纸片一张张捋平,反复比对,拼好了用胶带粘起来。捋平一道道深浅不一的皱褶,得以看清上面的卡通图案,旁边还有一列用极华丽、难以辨识的字体标注的内容,包括姓名、性别、联系电话、兴趣爱好……是他一怒之下撕掉的那张同学录内页。

许添谊将这张纸小心粘好，找出笔开始往上面填东西。地址、电话号码，这些都重要，这样以后才有可能不弄丢对方。汗随着额角落到纸上，他有些惊讶自己太会流汗了，他明明冷。

去年冬天，那一日，他忘记带钥匙，像无家可归的弃猫，被姜连清慷慨地捡回去，和贺之昭睡一张床，误以为人生就该如此平稳、按部就班，许添谊会和贺之昭一起念书，工作，他们永远都在一起。

在这之后的一年中，许添宝念了小学，发生很多事。许添谊被迫让出友谊，情绪常常如濒临脱轨的列车，他一次次地体会生之难活不易。但什么都比不上这一次。

其他的挫折和困难还有回转余地——成绩可以再考，人际关系可以研究方式方法，总归都能让自己变得更加讨人喜欢。但挚友这么一走，飞机在跑道上立正、昂首、漂洋过海，就不知归期。从此以后，他们要见的人，要走的街，要学的知识，要过的人生，或许都将彻底不相干了。那他们还能是朋友吗？

第二天一大早，许添谊就提着个袋子去了对面那幢楼。姜连清去菜场买早饭，贺之昭独自在家。

两个人四目相对，许添谊攥着指缝间的细绳，不自在地问："你明天走？"他特意趁着宝还没睡醒赶来的。

"嗯。"

"什么时候？"

"早上五点出发。"

"哦。"许添谊把手里的东西递过去，说，"给你。现在不许看。"

纸袋子模样熟悉，正是许添谊平常放在沙发后死角的那个，里面藏了所有属于他的宝物，还有那张昨夜修补好的同学录。

他知道贺之昭的电玩上校被许添宝摔坏了，但他的还是好的，甚至全新，原封未动。友谊有时候也要功利一些，他要给点好东西，给点许添宝那家伙给不了的，这样贺之昭才能记住他、感谢他。

贺之昭接过纸袋，听话地没有打开看。正巧姜连清带着早饭回来，看到两个小孩充满愁绪地站在家门口，她把他们都揽进屋，拿出豆浆、油条和大饼招待。

许添谊吃咸大饼，贺之昭吃甜大饼。那天许添谊说绝交，但现在大家好像都忘掉了，谁也没有重提。

姜连清看着他们乖巧喝豆浆的样子，忽然有点后悔。这种选择是否是自私的？是否母性中应有的、要自我牺牲的部分被她刻意忽略了？

许添谊先吃完，擦嘴，他看到一旁客厅摆了两个大箱子，快装满了，可屋里的东西好像什么都没有少，就问："这些没装进去的怎么办呢？"

"没关系，带不走的，留给我哥哥他们了。"姜连清答道，"轻装上阵。"也有私心，不想带走一切代表过去的器物。人生以此为切割点，未来注定是崭新的、不一样的篇章。

许添谊犹豫半秒，问："姜阿姨。你是要和那个外国人结婚吗？"

姜连清点头说是。

"好。"许添谊巴巴地说，"祝你幸福。"这是没有任何功利心，最真挚的祝福。

姜连清看着许添谊。和贺之昭一样，他俩在同龄人中都算高的。但多年前初次见面时，小谊就连她的腰都没到，比现在的许添宝还要小。她愧疚，因为两个小孩从小陪伴长到大，如今骤然分别，就像要活生生撕开粘在一起的橡胶。

纵使抱歉，姜连清心里仍旧不免有这样的念头——他们都还小，人生才刚开始，别离在当下是无比沉重，等过个十年看也不过如此，到时候自然有新朋友在身边相伴，又是崭新灿烂的新篇章。

许添谊扭头问贺之昭："我们家电话号码多少？"

贺之昭流利报出八个数字，摆脱性命之危。

许添谊点点头，说："你在那边，安顿好了，记得打电话给我。"

"好的。"贺之昭说，"我会打的。"

许添谊略一踌躇，还是拿出自己口袋折得有些皱巴的白纸。他说："你写个保证书给我。一旦安家落户就打电话，告诉我家里地址和电话号码。这样，我以后还能写信给你。"

贺之昭答好，接过对方递来的纸，老老实实地写下：我保证安家落户后就立刻打电话给许添谊。落款写上保证人，贺之昭，还严谨地落了个日期。

许添谊拿起纸反复看了几遍，缜密地搜罗还有什么遗漏掉的——他在思考让贺之昭按个手印的可行性。

外面有人敲门，稚嫩的声音冒出来："小贺哥哥，我来找你。"

许添谊听见这声音就知道怎么回事，趁姜连清去开门，他把桌子收拾好，抽走那张纸，对旁边的人说："我走了。"

"再坐一会儿吧。"

"不，我走了。"

"我不想你走。你的弟弟也来了……"

"对啊！他来了，所以我要走。"许添谊说，"那个袋子不准给许添宝看见，否则你完蛋了。"

走出去时，他和许添宝擦肩而过，听见宝急切地说："姜阿姨，可以换一换吗？"

他又情不自禁地流汗了。

走到转角处，身后门忽然大开，姜连清喊："小谊，等一下！贺之昭有个东西想拜托你。"

许添谊赶紧扭头往回走，却不愿再进屋，只等在门外。一分钟后，贺之昭捧着个方形的水缸走出来。

"这个带不走。"贺之昭在他面前站好，问，"小谊，你能养它们吗？"

透明的水缸中，几尾金鱼无忧无虑地游动着。走廊唯一的透气窗特赦冬日的阳光进入，光透过玻璃缸，在地上投射出澄澈的水波纹。

许添谊不想接，但还是接了。他想问这缸鱼是只给他养，还是给许添宝一起养？又听见许添宝在里面说话的声音，失去了质问的信心。比来比去有什么意思呢？他不情不愿地说："我把它们都养死。"

贺之昭很认真地想了想，回答道："没关系，每个生物都有从生到死的过程。"因为死亡是必然的死亡，所以道别也是必然的道别。无非早晚问题。

许添谊被一种宿命感击中了。他头垂着，说："记得给我打电话。"想了想，生怕贺之昭忘了，又小声撂了狠话，"不给我打电话你就完蛋了。"

"知道了。"贺之昭说，"我会打的。"

第二天，经水英阿婆特赦，计程车破例停进大院中央的空地，许多人围着车送姜连清和贺之昭。

许添谊从人群中"杀出血路"时，贺之昭已经打开后排的车门，正准备坐进去。

看到他来，就又快速站直了。

许添谊咬咬牙，当着所有人的面猛踹了贺之昭一脚。贺之昭疼得缩了下，接着发愣地看自己黑裤腿上的脚印，没说话。

周围的阿姨婆婆们沸腾起来："于敏家的小孩怎么回事？""你有毛病啊？""你踹人家干什么？""很恶劣的小孩！"

许添谊站在人群中心，被往后拉了拉，仍旧倔驴一样站在原地没动。

他想了一夜，想到自己同学录背面，写得极小极密的一串"勿忘我"，回过神很羞耻。而且他怎么都不放心，不觉得贺之昭能一直记得他。

然而记不记得是一回事，怎么记得是另一回事。是以喜悦或怀念的心情记得，还是以愤恨和讨厌的心情记得，根本无所谓。

恨比爱长久，这是公认的。

因此，为了让贺之昭一直能时不时想起许添谊这个人，许添谊只能出此下策。他寄希望于贺之昭和他一样是个非常记仇的人，这样就能记得久一点。

"我们下次再见面，你可以踹我两脚。"许添谊说，"到时候你回国，在机场，把我摔地上也可以。"

贺之昭点头又摇头，说："我不会踹你的。"

可是此后很多年，他们没有再见面。

许添谊开始了漫长的等待。

每天放学一打铃，他便像提行李一样，飞快拎着许添宝回家，然后进屋飞速扔掉书包，滑行过客厅，蹲到茶几前，屏息探查座机上这一日的未接来电记录。

没有。

为凸显出紧张感，许添谊在心中为贺之昭设置了满分为一百分的信用分。这两日，他考虑到从中国至加拿大的路途长，有时差，贺之昭刚去人生地不熟，恐怕也颇不容易，要稍许休整，来不及打电话，情有可原。

于是仅扣十分，以示警诫。

贺之昭离开的第二天，学校举行了期末考试。许添谊又不禁怀疑贺之昭是故意在这个时间点离开的，这样就可以逃避测试了。

这一年卷子批得稍微慢些，到返校那日才出排名和成绩。许添谊如愿看到自己名字后面跟着的数字笔直又单薄——象征他又一次拿到了梦寐以求的第一名。

屈琳琳把自己准备的奖品——一本有密码锁的精装笔记本送给状元,笑着表扬他:"许添谊这次考得很好哦,下次要继续保持。"

这一次,学习上的宿敌已经不在此处。

许添谊收下,想问,老师,你觉得如果贺之昭在这里,我还可以拿第一名吗?最后没有问出来。

他极隆重地捧着粉色的成绩单回家,近乎是跑着回去的。他要马上告诉妈妈自己考了第一名,要告诉贺之昭自己考了第一名。

双手有些不受控制地颤抖,这种情绪的不稳定一直持续到他好不容易走到座机前,发现未接来电栏空空如也。为什么一直都没来电话呢?

这次于敏态度和缓,给予肯定。也因为有了对比——许添宝的成绩实在令人感到遗憾。

许添谊原本期待许添宝要挨骂了,但于敏也没说什么,只让宝跟着他学学,不懂的就问。他忽然失望地觉得,这就是个考试而已,考不好,下次再考就好了。

有些东西大概比分数重要很多。他大概更希望贺之昭能一直在他的身边,即便贺之昭一直考第一名也无所谓。但他意识到时也已经有些晚了。

快打电话给我啊。

许添谊对此表示强烈谴责。他既在心里不耐烦地催促,又在行动上翘首以盼。等待一通越洋电话成为许添谊生活中最重要的一桩事。这样,他就可以无视痛失挚友的悲伤和别离的愁苦,这些都太沉重了。只有等待那串电话铃声,是让人期待的好事。

因为电话迟迟不来,许添谊又想到另一种可能性。毕竟两地有时差,贺之昭极有可能没有意识到这点,在他半夜睡觉时打过来。这就容易不知不觉地错过了。

越深入想,许添谊越发觉得有可能。这下因怕错过来电,睡觉都变成提心吊胆的一件事。

每天临睡,他都特意把茶几移到沙发旁边,这样座机离床头最近,若有电话,他就能迅速跳起来应对。

因为心里有事装着,睡眠变浅了。夜半三更,许添谊时常没缘由地转醒,然后发两秒的呆,睡眼惺忪又熟练地从被窝旁边掏出手电筒,照着看座机上有没有错过的电话。

仍是没有。

过去整一周，因为杳无音信，贺之昭的信用分只剩下六十一分。再扣，就是不合格、需努力，这对优等生来说不太体面。

许添谊宽宏大量，咬咬牙决定这一天只扣零点五分，以示警诫。

第二周、第三周，时间一点点过去，仍是没有一个电话。许添谊的焦虑逐渐难以掩盖。他怀疑贺之昭遭遇不测了。谁知道这个叫加拿大的地方安不安全？贺之昭是不是遇到什么困难了？

开始放寒假了，二月末这个重要的时间节点也在靠近。在无法拜访贺之昭家的这个冬天，许添谊学会了去图书馆，在学校的反方向乘两站公交，下来就到了。人少，书足够多，走到深处就像掉进迷宫，能让人忘记现实，消磨一些没有朋友的空寂时光。他每天都中午吃完饭去，一直看到晚上回家吃晚饭。

这一日，许添谊如常看完书回家，在晚饭前，准备给金鱼缸里的鱼喂一顿饭，就见一片鱼肚白。三条鱼齐刷刷地漂浮在水面上，眼睛睁着——因为鱼不会闭眼睛。是贺之昭最后拜托的三条鱼。

许添谊捧着缸，扭头大喊："你干什么了！"

许添宝支支吾吾，有点脸红耳热："我就是倒了点儿吃的给它们。"

许添谊去翻鱼食，发现原本近乎满着的袋子，现在消下去一大半。仔细看，鱼缸底部也沉积了不少没被吃掉的颗粒。

因为这次没人负责捞出来，鱼都被撑死了。

金鱼会预知到死亡吗？它们会哭泣吗？许添谊没学过自然科学，不知道鱼没有泪腺，所以一厢情愿地以为鱼也会哭，只是流在水里没人可以看见。一如眼泪消失在雨中，一如额角的汗蒸发在阳光里。

过完年，再次迎接新学期。年后果然来了人，说家属院因为厂子的主体搬离，政策变动，不再允许设立。这块地方要征收拆除，另作他用。

大人们常挤在水英阿婆住的门房开夜会。小孩不准参加，因此许添谊只知道许建锋会去，去了回来会和于敏商量，但不知道具体商讨什么。当然，无论哪种抉择和方案，最后落地，无非是走和不走的区别。

这一年的二月二十九日是周日。这一天，许建锋去朋友家打麻将，于敏带着许添宝上兴趣班。上午是逻辑课，下午是钢琴课和诗词课，晚上才回。

许添谊一直独自在家等待，宛如等待神谕，或奇迹。

等到黄昏时分，他坐在座机前，把最近的未接来电看了一遍，确认仍旧没有奇怪陌生的一串数字，然后独自出了门。这次他记得带钥匙，也带钱。

因为节省，他没坐公交，而是徒步走了半个多小时，跑进一家招牌写"红宝石"的点心店。

许添谊挤在人群中，极尽奢侈地要了两块奶油小方。他存的都是零钱，在收银台放下像天女散花。两块糕点一同工整地码在透明盒子里，奶油细腻，红樱桃令人垂涎。

他结完账，掀开盖子，坐在马路牙子上，用塑料的小勺子大口挖着吃。他吃得狼吞虎咽，觉得奶油极香甜，蛋糕极松软。

喜欢这个的另有其人，但那人没吃到是罪有应得。

吃了一块半，许添谊咀嚼的速度明显放缓了，他奇怪蛋糕怎么有股酸涩的味道。他边看着车来车往，边吃掉剩下的，沧桑得像活了半辈子。

天已经彻底黑了，有落幕之意。四年一次啊，时间间隔太长，普通人根本察觉不了这多出的一天。大家都忘了，也可能是故意的。反正原本生活就令人忐忑不安，生日也没什么重要的。

三月初，对楼空出来的房子住进姜连清舅舅一家。原本由大外婆做主，把这房子给了姜连清和她儿子住，他们就有怨言。现在姜连清出国，和他们没关系了，房子就归他们了，接下来还可能要拆，有钱拿，这才舒服少许。

看到门外的不速之客，舅舅不耐烦地说："我怎么知道他们俩的联系方式？我们连他们去哪里了，是死是活都不知道！不要再来烦我们了。"

许添谊窘迫地下楼往家跑。他原本就是自尊心很重的人，这下又被硬生生敲掉一小块。

在邮局承担大部分信息传递任务，只有富裕家庭有电脑，整个学校没几台多媒体设备的年代，想寻找联系上一个出了国杳无音信的朋友，远比想象中困难。

四月初，家属院要拆掉的事情确定下来了。大家都反对，因为四栋楼，住了不少老弱病残，搬起来麻烦。然而政策就是政策，那门房的会议开了散散了开，斟酌再三，许建锋做了第一批签字的人。

家里那套新买的两房还没有装修好，他们接下来要搬到许家一套老公房过渡一段时间。那是个一居室，原本是许建锋奶奶住，现在老人岁数太大，被接去和许建锋表弟一同住，房子就空了出来。四个人在一居室拥挤着很狼狈，但好在生活有盼头。

许建锋总是安慰宝："你房间的墙壁想要什么样的颜色啊？爸爸给你刷一个。"

许添宝说要粉色，许建锋却又不同意了："你一个男生要这个颜色干吗？给你刷一个淡蓝色，不然你以后肯定会后悔的。"

"我就要粉色的啊！"许添宝气愤难忍，委屈地哭了。

于敏视线如射灯警告许建锋。许建锋立刻改口说那就粉色吧，反正以后墙壁弄脏了重刷个就行。

许添谊睡在另一头，没吱声。他像阿Q一样，简直是在扬扬得意。

你看，你看。许添宝只关心自己的卧室墙是什么颜色，早忘掉什么贺之昭了。只有叫许添谊的还记得贺之昭。

想到此处，又板起了面孔。

搬家当天，不止一户在搬。隔壁栋二楼的王阿婆一家喜气洋洋，女儿争气，在市中心买了房。该房房型舒适，有电梯，采光好，交通便利。刚装修完散了气，正好接王阿姨去养老享福。

王阿姨的老伴特地购买鞭炮两串，噼里啪啦。他们大声和院中好友道别，约定以后常联系。

在这轰隆隆的化学反应中，于敏和许建锋拎着大包小包，无暇管小小的许添宝。

于敏扭头，看许添谊站在巷口磨磨蹭蹭的模样，催促道："你还在干什么？赶紧过来看着宝宝，等会儿差头马上到了！"

许添谊把自己负责拎的两袋东西撂在地上，从外套口袋里掏出薄薄的一张纸。那是他逼着贺之昭写下的承诺书。

他在心里做算术题。截至目前，贺之昭已经无分可扣。60.00784分，不比零分更光彩。

现在再看，这份协议很有漏洞，因为没有写不履行将承担的严重后果。虽然当时许添谊说了"不给我打电话你就完蛋了"，但仅为口头威胁，不具有法律效力。贺之昭不会真因此倒上大霉。

许添谊觉得是时候做出了断了。

他不得不承认，自己的等待和扣分的行为都是毫无意义的。贺之昭不会给他打电话。

为什么呢？他咬了下舌尖，避免自己重复去想这个无意义的问题，接着下定决心，做出重要决定——

清零。清！零！

贺之昭在他这里的信用分彻底清零了。

清零，就是不会再神经质地没完没了地翻看座机上的未接来电；不会再在听到电话铃时无比期待、无比紧张也无比害怕；不再想念身居海外的如同幻影的朋友。就是友谊彻底断送的意思。

许添谊愤怒地将这张纸撕得粉碎。他无处可丢，将碎屑没素质地一股脑儿扔进了旁边立着的绿色邮筒。许添谊神情阴鸷狠戾，下定决心：贺之昭此人这辈子最好是不要再给他碰到，碰到的第一面他就要把贺之昭的脑袋揍成拨浪鼓，然后……然后问为什么不给他打电话，再然后……

许添谊想不出了，心中的难过和委屈无以言表。但他不会承认，也无处诉说，只是拎上两袋东西走了。

春天。家属院被夷为平地，所有的旧故事、旧联系都随着尘土灰飞烟灭，一去不复返。

某一天，许添谊骑自行车路过——这辆凤凰牌自行车是许建锋不用了，送给他的。他路过熟悉的门口，确有物是人非之意。这片区域遥遥地拉了警戒线，里面的起重机和工人不断出入，尘土飞扬。

再见大院。再见童年。

他默念，又想到杳无音信的人，想到那四个字——

轻装上阵。

贺之昭说"好的""想的"。他全都相信。

现在他想问，这好的，想的，达到什么程度？是否作伪？还是他们对这些字词的理解有差错？

他也想问，喜欢电玩上校游戏机，喜欢数独，喜欢许添谊这个朋友，三者有差别吗？

是一样的，是解开所有答案顺利通关了，意欲轻装上阵，重新开始，就可以丢掉、忘记的东西吗？

后来，打地铺睡在地板上的一晚，许添谊失眠了。他觉得贺之昭有可能是死了——毕竟真的一个电话都没有打来过。世事难料，莫非真有意外呢？

后来这件事再无关紧要，年少的玩伴彻底退出许添谊的生活。

比起认为贺之昭是懒得给他打电话，许添谊宁愿相信，在遥远的、隔着太平洋的加拿大，他的少年玩伴贺之昭，大概的确是死了。

卷二
再见贺之昭

Chapter 7
请吃饭的许秘书

在做一个决定时,你会有一种预感,觉得这是好或是坏的,后者简称预感不祥。

至少在明确拒绝刘亦的那刻,忽然有一种紧张感爬上许添谊的背脊,惶惶然,让他认为留在这里,不和陈彬彬一起走这件事不那么正确。

多年来,许添谊省吃俭用,动心忍性,拼搏奋斗,为的就是不用再居无定所,拥有一套房产证上写着自己名字的房子。然而房价的增幅比他工资的涨幅大很多。随着年岁增长,他的目标从新两房变成了二手两房,直到现在,许秘书认可老破小或公寓房也有自己的独特魅力。

什么都好,只要是属于他的就可以。

我的书,我的房间,我的房子,我的朋友,我的恋人……

我的。

因为前半生有太多东西都在和别人共享,所以他被"我的"这简短的定语蛊惑了。

贺之昭知道这里有个员工,是自己很久以前认识的人吗?

许添谊特意避开了一切显得关系更加紧密的词语,只用最平淡的"认识"描述两个人的关系。

这也并不奇怪,因为此后又过去太久的时间。

最初，那些没有对方的时光，"贺之昭"这三个字在很长一段时间成为禁语。此后又过去更长的时间，许添谊还是偶尔控制不好情绪和呼吸，所以不得不念"贺之昭是笨蛋"。

为什么只有这句话有用呢？

慢慢地，大脑为了保护身体，选择忘掉"贺之昭"三个字的真正含义。他刻意把他忘掉了。

两人风马牛不相及地从学校走向毕业，迈入职场，穿戴一身成熟和宽容，有社会人该有的一切。这走散的时间比他们一起的时间还要长，长得多。

于是，许添谊紧咬牙关，他把那些时光，一整个忘掉了。

时至今日，记忆中细节湮灭，情节模糊。但若要他说，他已经毫不在意，忘记多少个夜晚的辗转反侧，忘记夜不成寐时年少的伤心和困惑，那是毫无疑问的矫饰之词。

如今脑海中还能闪过些许片段。他挨了被称作贺之昭舅舅的男人的骂，匆忙跑过挚友不再居住的楼道。逃出单元门那刹那间，绝望的斜阳披在身上，重如千钧。那种纯粹的伤心，竟然还很新鲜。

陈彬彬终于拨冗把许添谊叫进办公室。这间属于总裁的豪华办公室像个办事大厅，包含办公区和会客区，还设立了方便下属汇报的展示屏。最角落有个不起眼的门，里面是间简单的休息室。

"刘亦说你拒绝了。是有什么顾虑在吗？"陈彬彬看着他关门进屋，让他坐下。

虽然已有心理准备，许添谊仍旧有些尴尬。"陈总。"他措辞道，"我在集团这里待久了，没有换行的勇气。"

陈彬彬没说话，点了支烟。许添谊自然地给他拿烟灰缸。

许添谊很适合做秘书。他天生敏感心细，能及时细致地体察到他人需求，愿意吃苦付出，行动力强，做事讲究尽善尽美，同时还能尽数接纳陈彬彬情绪不稳定时的迁怒谩骂。这几点，在现在的年轻人身上并不多见。

"这时候就别说虚的了吧？"陈彬彬道。

许添谊无话可说了，被这么问有戳穿心事的尴尬，但他甚至说不清自己的心事是什么。

退一步说，虽然陈彬彬情绪不稳定，常常心血来潮，热衷临时布置任务，家

115

里私事也喜欢让许添谊帮忙，没什么边界感，但他对许添谊也算有知遇提拔之恩，不该回绝得如此无情。

"我这样说吧，我太太，你知道她现在是孕中期。"陈彬彬抖了抖烟灰，"后面生产等等方面的事情，还需要你多操心。"他比了个数，"这是我可以给你争取的年薪，你和刘亦在薪酬待遇上基本是一样的。干的事情也和这里基本一样，定秘书岗，兼任行政部经理。"

他又额外仁慈地画了个饼："当然，通过这两年，我认可你的能力，以后业务方面的东西，我也会让刘亦带着你做……"

许添谊脑海里只剩下陈彬彬比画的那个数字了。虽然比现在没有多出太多，但也足够让他心动并产生勇气。说到底，工作不就是为了钱吗？

"贺之昭吗？我也知道他的啊。"陈彬彬摘掉眼镜，嗤笑一声。

捕捉到关键词，许添谊迅速抬起头。

"加拿大华裔，之前做咨询的，非常精明。我这么和你说吧，集团这次的决定很冲动，他们内部有矛盾和斗争，我是受害者。贺之昭才几岁？三十岁都没到。这年纪的人，事业上有些建树也正常，但资源、人脉……这些都需要岁数去堆积，以他现在的资历，远远、远远不够支撑。"陈彬彬振振有词，"而且，像他这样长期生活在加拿大的人，没有接触过中国市场，一定会水土不服。政策他会解读吗？会和相关的人打交道吗？好，这些不管，我就问一个问题，他能明白酒桌文化吗？"

因为没有得到应和，陈彬彬变得不耐烦："就算不说别的，就说你的工作。想想也知道，像他这样的男人，钻石王老五，私生活不知道会有多混乱！你要是跟着他，做他的秘书，本领没学到多少，辛苦是一定的。"

陈彬彬滔滔不绝，但比起说服许添谊，他说这段话的本意更像一种泄愤的诋毁。

真是这样吗？许添谊始终没有说话。

得知新上任的总裁是个熟悉的陌生人后，他更一厢情愿地确信，自己或是会被找个合理的理由磊落地裁掉，或是会被阴险地调岗到偏远地区——比如调到墨西哥或者越南的工厂，再经过激烈复杂的职场斗争后，无奈地选择辞职。大环境很差，被裁就很容易找不到合适的工作，找不到就会出现空窗期，有空窗期就会无钱可赚。这与他攒出一套房的人生目标完全相悖。

至于为何坚信自己会被裁或调岗，许添谊想，这结论很容易得出——应该没人会放一个看着厌烦的人时刻陪伴在身边吧。

但陈彬彬的描述让他感到陌生。

周围没有人时，他曾无数次像偷窥狂打开公众号发布的文章，先放大看那张背景是枪灰色的个人照。放大到极致，背景再无更多讯息，只能由一个个五官琢磨过去，看久了梦里都能拼出人脸。看完照片，再一遍遍读那两行寡淡的简介资讯。

贺之昭。年轻、英俊、笑容内敛，履历漂亮，前途光明。

很难相信这样的人会私生活混乱。当然，也很难相信这样的人做小孩时，会绝情吝啬到不给好朋友拨打一个越洋电话。

想至此，许添谊有些生气，但他已阐释不清自己愤怒的由来。

下班，公交车上，车灯如瀑，光流畅地滑过庞大的车厢。

这样看着窗外游移的景色，总能让许添谊想到刚上初中时，为数不多的回家经历。

自从成为住宿生后，他很少回家，零星几个周五放学日，他总是熬到天已黑透，熬到不能再拖，最后不情不愿地动身。

年少的他也像这样，背着书包坐在位子上，看着窗外，想自己的心事。

时光的隧道打开，这一刻，许添谊好像终于有勇气，面对自己内心最真实的想法——一个你这辈子都没想过能再见到的人，现在即将成为你的直属上司。

他惊异于时间的流逝，以及两人如今迥异的身份地位。

因为总是过得不算很好，许添谊坚信每做出一个选择，都会导致人生走向一个新的岔口。他这辈子做了很多现在看上去很坏的选择，而坏的人生是错误的积累，正如他，就在承受一系列选择失误的后果。

许添谊早过了相信通过个人努力可以逆天改命的年纪。他更愿意相信，从贺之昭去加拿大后杳无音信开始，他们的人生就走上了完全不同的旅程。泾渭分明，好比有些人生来就是做总裁，有些人就是总裁的秘书。

同样，有些人生来是为了体会幸福，而他是剩下的、不重要的陪跑者。因为闻到过幸福的味道，所以想喝那个味道的汤，但一直都没有喝到。

汤咸了,汤淡了,汤甚至馊了。

问题不在汤,而是做汤的人。

因为没有尝过真正的汤的味道,只能依葫芦画瓢,像个糟糕的炼金术士对着自己的坩埚满头大汗地不断尝试,然后产出一锅又一锅面目全非、相去甚远的东西。

那么,第二次拒绝陈彬彬,放弃升职加薪的机会,选择留在这里,是错误的选择吗?再次见面是命运的选择吗?

许添谊当然不知道答案。

车外闪烁的灯光抚过面颊,这一刻是忘记故事,只记得生命的时刻。

陈彬彬要离开的确凿消息传开后,整个公司的办公氛围都轻快松散许多。打卡考勤制度开始名存实亡,很多同事又拾回了带着笔记本去 pantry 办公的习惯。

"问你个问题。"趁旁边桌没有人,Kelly 身体前倾,神情认真地看着许添谊,"当然,如果不能说,有难言之隐,你有保持沉默的权利。"

"你问。"

"你是不是在报复陈彬彬啊?"

陈彬彬个人的极端做派,以及许秘书恪守职责、以彬彬总为中心围绕的工作作风,导致两人的风评都不怎么样,许添谊在公司里的人缘近乎降到谷底。

私底下没什么人与他来往,除了脱离大部队的游奇,只剩下这位 Kelly 女士——就职于行政部。两人的缘分要追溯到三年前,许添谊还不是总裁秘书。Kelly 也刚进公司,岗位是前台。那时赶上公司后街改造,连着两条酒吧街,一到晚上就闲杂人等众多。

一个月黑风高的夜晚,Kelly 下班去坐公交车。当她走到后街,正被两个喝了点酒的流氓纠缠时,恰好许添谊路过。

无论熟悉与否,许添谊记得每个同事的职务和名字。他认出 Kelly 是公司新来的前台,其实那不重要,因为事情大可简化为:一个独自走夜路的女生需要帮助。

这个年纪的解围简单很多,不用再说什么"我杀了你"这样的狠话。摆脱麻烦后,Kelly 浑身发抖,紧紧挽着许添谊的胳膊。

两人一路无言,一个紧张一个僵硬。抵达象征安全的公交车站,耳根通红的许添谊终于得以开口,委婉地请她松开自己。

Kelly因此动过追求的念头。但在日后逐渐深入的接触中，她不得不承认他们俩没有那么合适。许添谊是个很好的人，对女孩子很绅士，有边界感，工作拼命努力，这都是有目共睹的。

她说不上来不合适的理由，抽象到难以形容。

因为许添谊实在太努力了，这种努力不仅体现在工作上，还延展到生活的方方面面。就好像整个人生一直在全力以赴，追求虚无的肯定和喜爱。

报复？

许添谊吃了口饭盒里的杭白菜，否认道："没有。"

"不是吗？"

Kelly根据自己丰富的地摊小说阅读经验，声情并茂分析道："我还以为你的策略是先面面俱到、无所不能地替陈彬彬打点好一切……然后时光如白驹过隙，陈彬彬蓦然回首，忽然惊觉，啊，自己竟然已经离不开他……哦，这个'他'就是指你的意思哈。"

"可是，就在此刻，集团权力中心风云剧变！他败了。"Kelly狠狠拍了下桌子，"大厦将倾的危急关头，总裁的执念终于悉数暴露！没想到，你却断然拒绝了他的邀请和再三的挽留！陈彬彬痛苦、困惑、发疯！在他执着又充满戾气的目光中，你淡然一笑，拖着行李箱，果断地消失在了他的视野中……原来你已经忍耐他许久，这离开就是你对他最后的致命一击。"

"姐啊，你文采还挺好的嘞。"游奇听得竖大拇指，"但这样的报复也太惨烈了吧。你得先吃两年糟糠，才能报复到对面。还不一定能成功。"

"谁说不是呢。"Kelly撩了撩头发，轻松道，"可是就像我们上班，就是一直在吃糟糠啊。"

"那我们在报复谁，自己吗？"游奇问。

大家不知所云但说个没完，职场的聊天总有一条安全的界线，你会知道哪些区域是安全的，所以就会在这些地方大肆兴风作浪，比如Kelly和游奇不会再问许添谊这样留下来会如何定岗，他们只会默契地一起辱骂陈彬彬。

许添谊在内心展露出一个冷酷的微笑。

如果陈彬彬这个程度的就要他报仇，那他这辈子需要处理掉的人未免也太多。他要报复的对象另有其人。

但本次聊天的确给予了许秘书比较大的启发——先让一个人离不开你，再决绝地离开，是相当残忍且不犯法的复仇手段。比把公章丢湖里、群发保密文件要好很多。

更重要的是，他亦如此经历过，所以知道这把刀有多锋利。这很公平。

许添谊已经想好自己留下的理由。他要亲眼见证一下陈彬彬说的是否真实，贺之昭是否真的成为那种私生活混乱的花心大萝卜，或是成为一个极度精明残酷、薄情寡义的商人。

如果是，那他就要进行报复。他要先让贺之昭大事小事都离不开许添谊的优质服务，然后某天，极为普通的一天，许添谊会突然递上自己的辞呈。

贺之昭需要惊愕万分，颓然地站在办公室的玻璃窗前。身后一片晴云，他开口，怅惘地问："这就是你的报复吗？"

许添谊要说，是啊，你也是这么打击我的。当时仓促得知你要去加拿大，时间已经来不及倒数，既然也挽留不下，最后只能踹你一脚。

接着每分每秒都充满信任和期待，耐心等待着属于挚友的电话。但没有电话。你还是忘掉我了。

即便有了被调岗的觉悟，许添谊还是认真地和两位加拿大同事对接了两个半礼拜。毕竟该他做的事情还是得做好，这是两码事。

此外，许秘书还从各种渠道了解了不少贺之昭的生活和工作习惯，同时办结了贺之昭回国的必要手续。

许添谊全部都记录在备忘录上，边记边想，是你吗？每多了解些，心中那近乎陌生的人像就被重新勾勒得生动少许。

接机当天，晴空万里。不巧赶上某个明星团体同时落地，机场人山人海，拿着手幅、大头照和相机的年轻人凑在一起，热闹地拥挤着。

"哪个大明星啊？"副总王磊擦汗说，"安保都不够用，挤死人了。"

机场内明星的粉丝越来越多，每个人应援的角色不尽相同，蓝的蓝绿的绿。Kelly 率先认出来："我认识，这是我表妹很喜欢的偶像团体啊，他们竟然来了？"

许添谊拿出包中对了无数遍的接机方案。即便一切从简，仍旧有必要的礼仪环节，首先，由行政处的 Kelly 女士举欢迎牌，等贺总向大家走来以后，秘书许添谊同志会接过贺总的行李，并递上鲜花一束。

如今带有维尔集团 Logo 的牌子淹没在无数横幅和明星大头照中——只有贺之昭身高高达三米五才能顺利地一眼寻找到他们。计划被打乱了，这将是一次混乱的接机。

Kelly 十分遗憾："失策了，也没问清楚，早知道给贺总安排个 VIP 通道了。"

许添谊当然考虑过，他说："那个太贵了，让他自己挤出来。"

Kelly 的表情一下变得很惊讶，继而成为肯定。毕竟现在公司财务状况不理想，开源难，就要在节流上下功夫！

二十分钟后，飞机着陆，许添谊拨打贺之昭的电话，无人接通，遂对众人扭头道："贺总的手机打不通，大家注意通道走出来的人。"说完，他夺了牌子，孤身向前挤去。

照片是精修的，看不出什么，和真人相去甚远也有可能。再者也不知道贺之昭现在到底多高——小时候对方比自己稍微矮一些，偏瘦，弱不禁风，一拳就能放倒。也可能照片看着美观，实际贺之昭的身高只有三米五的一半。对，对。

许添谊总是很有斗志，但一想到会再见到贺之昭，这一刻很茫然。

贺总。贺之昭。原来你没有死。你现在是什么样子？

"啊——"尖叫声淹没了一切。几个穿着打扮时髦的年轻人被簇拥着走出来，周围的粉丝立刻如同潮水拥抱环绕上去。

许添谊被粉丝和保安裹挟着，被动地不停向前。神奇地，在一片混乱中，他忽然看到一个人。

这人极高，穿着一丝不苟的大衣，阔肩长腿，左手推了个行李箱，右手正在看着手机，透露出一种诡异的乖巧。

许添谊的电话响了。他接起来，那头的声音和对面人张合的口型一致——贺之昭语调温和地问大家在哪里接机。声音像电流，从指尖直蹿到心脏。许添谊耳朵夹着手机，不适地抬了抬胳膊："贺总，您往两点钟方向看，我举了牌子。"

贺之昭抬头四处张望，很快捕捉到目标。

脸转过来那刻，许添谊看清楚了。那是张比照片更为英俊的面孔，一张他看到就想到很多模糊的故事，让他生气也平静的脸。

贺之昭听话地走来，却未想偶像天团恰好从旁经过，他不慎被周围如海浪的粉丝彻底掩埋。

许添谊本想眼睁睁看着自己的领导被挤走算了，下一秒还是良心发现，毕竟不去救，很可能就得失业。他抬脚大步挤进人堆。

为了避免造成拥堵，偶像们疾步向前走去，保安相互连接，形成防波堤，携带着外围如蜂群的粉丝也迅速向前移动。

像流水过滤出两颗沙粒，仅留两个人站在原地。他们已经很近了。

世界骤然如真空般安静。最后几米，贺之昭风尘仆仆走来，不慎被自己的行李箱绊了脚，但好在没摔倒，只是跟跄了一下。

许添谊面无表情，一把接过行李箱，再塞过去一束花："欢迎贺总，这边请。"

贺之昭郑重接过花，看了看，抬眼望他，微笑说："谢谢。"

许添谊千言万语含在嘴边，打了几十遍腹稿的自我介绍统统作废，心中有隐约的失落，又或者，是愤怒。

因为贺之昭表现得太自然正常了——这并不是对他的不正常有所希冀，而是指，他果然没有认出面前的这个员工是许添谊吗？

尽管公司内大家早已习惯，都喊许添谊为许秘或者小许，零星几个喊全名，况且在系统中，许添谊的名字和所有人一样，都是英文名加姓氏，默认头像。没有见过人或照片，无法联想起来，大概也正常。但此时此刻，失望的许添谊只想拎着贺之昭的领子，说，我是许添谊啊，你忘掉了吗？

许、添、谊。是你丢掉的、忘掉的最好的朋友，许添谊。

贺之昭轻轻接过自己的行李，礼貌地说："我自己来吧。"

下一秒，他站在许添谊面前，像每个想交朋友的人那样真挚，认真道："好久不见。小谊。"

小谊。

幻想被打破，许添谊的职业微笑僵在脸上，不可置信。他反应过来，立刻恨得牙痒——原来你早知道我是许添谊。你是怎么没有任何心理负担，喊出这么亲昵的称呼的？你不害怕吗？你不于心有愧吗？还是你早就忘了以前也认识一个许添谊？

贺之昭似无察觉，接着说道："当时你说，我们再见面的时候，我可以踹你两脚，或者在机场把你摔在地上。"

在许添谊惊异、阴晴不定的表情中，贺之昭冲他伸出双臂："但我还是不想那么做，所以还是抱一下吧。"

"哎呀，这一路，是够颠簸的哈。"七人座的商务车里，王磊和贺之昭一起坐在中间排，前者主动打开话题，"飞机也得十多个小时吧？不容易。"

"颠簸？"贺之昭礼貌道，"还可以，今天天气不错，气流平稳。"离开故土太久，这人中文不算流利，有些一板一眼。

王磊忙解释："不是，我说的是你远道而来，折腾，哈哈哈。要不我们还是说英文？"

"没关系。"贺之昭道，"我是该练习一下中文。"虽然工作邮件都是用英语书写，但公司里基本都说普通话，即便是港澳台的同事，也可以无障碍地用普通话沟通。

"好，你看后面还需要什么，缺什么，都可以给许秘书说。"王磊开始吐字缓慢清晰而夸张，说着说着，头往后扭，"小许，看着给贺总安排，这两天倒时差肯定辛苦，多照顾照顾。"大有提点之意。

"好的。"许添谊调动起仅剩的全部礼貌，冲他们两个点点头，错开了贺之昭投过来的目光，"贺总有需要随时和我说。"应付完就重新扭头望向车窗外。

王磊好容易把场子暖起来，这下又冷了。他哀其不幸，若他是秘书，现在早嘘寒问暖，关怀备至，有多少热情都准备上了，怎么能摆出这架势，坐在后面一句话都不说呢！他又问左边的人："对了，您之前是不是也在这儿住过？"

"是的。"贺之昭倒是有问必答，"住过十二年。"

"哟，那可真不短，我是北方人，也就在这儿待了八年。还记得住哪片儿吗？现在城中心几个区都合并了。"

"是没有了。"贺之昭道，"原来住的地方，前几年去看过，已经拆掉了，现在是商业街。"

"是，一年一个样儿。祖国的发展，日新月异。"王磊感慨道，"咱们几个，都不是本地人，但许秘书是本地人。您有什么想去的地方，要找什么，也能问他。"

许添谊的情绪骤然紧绷，没听见贺之昭回复了什么。好在是最轻微的症状，他熟练地微微垂头，把不适的感觉硬挨过去。

贺之昭是笨蛋，贺之昭是笨蛋。

一路聊至公司，行政部在pantry做了个极小的欢迎仪式，圆桌摆放点心零嘴，奶茶一杯杯也码得齐整。电视液晶屏上正在播放集团斥巨资拍的宣传片，但没人在看，大部分员工忙于拍照发朋友圈。等贺之昭发完言，普通员工开始享用美妙茶歇，高管聚到会议室开会。

门一关，几个人坐好，许添谊完成投屏等一系列的工作，王磊开始向大家介绍占据中心座位的贺之昭，主人公露出礼貌笑脸，算是开场白。

紧接着，王磊负责汇报近期的几项基本工作。目前，最受关注的是集团位于市中心的两个商场。商场的地理位置优越，也意味着竞争残酷激烈。

三年前，由于地铁站的另一个出口新开了一间商场，背靠某知名香港集团，定位更加年轻，入驻不少潮流品牌，吸收了绝大部分的客流。在陈彬彬执政后期，即便是双休日，集团商场楼上也几乎没什么客流量，只有地下一层的小食餐饮略有人气。饭点，路过地铁站的人会过来吃顿简餐，穿着蓝黄外套的外卖员穿梭其间，如同回光返照的光景。

今年年初，一些坚持不了的独立品牌选择了退租，地下一层的饮品店跟着一轮换血，楼上不少店铺也关闭了，后继招租的效果不理想，空置率不断上升。

"邱虹说招标书快做好了，还是能找的都找上，广撒网。争取能有比较好的突破。"王磊切换幻灯片页面，说，"之前合作的 agency，大错没有，但确实给的方案没什么新意。我们接下来还是想做得年轻化一点，利用商场门口那块草坪，搞一点后备厢集市啊，演出啊，把现在小年轻喜欢的东西弄过去……"

因为热，贺之昭脱掉了大衣，里面是一套戗驳领的西装——为第一天上岗隆重着装。最上面那颗纽扣紧扣着，衣服因动作勾勒出几道沟渠。他看着屏幕上的内容，答道："招标的事情，请小谊跟进汇报。"

"好，好。"王磊满口答应，反应过来，茫然道："啊，谁？谁是小谊？"

贺之昭扭头，看向许添谊的位置。于是所有人也跟着像向日葵一样看过去。

哦，小谊。

大部分人都喊许添谊小许或许秘书，连他的全名都未知，如今听得小谊两个字，有种凭空而生的亲昵感觉。

许添谊面不改色："好的，贺总。"

王磊是高管中年纪最大的，五十出头，面对其他人，想做长辈。趁中场休息，他攥着奶茶，凑到许添谊身旁，语重心长说点废话："小许啊，你看贺总多器重你，你跟着他好好干，积极点啊，会有收获的。"

　　许添谊最初的定位是刘亦的助手。刘亦负责跟陈彬彬直接对接工作，之后再向许添谊分派任务。他连进陈彬彬办公室的权限也没有。

　　现如今，办公室门口的门锁，人脸识别数据库中仅仅存放两套数据——贺之昭本人的、许秘书的。

　　许添谊不置可否，将拿来的一盘零食和一杯饮料放在贺总身边。他为自己在车上听到的一切感到疑惑，心中郁结；也为接机时面对贺之昭张开的双臂，鬼使神差上去，勉为其难抱了一下的自己感到烦躁不已。

　　许添谊发现他比想象中更沉不住气，竟然会因为一个称呼就恼火。

　　你都记得，但若无其事。

　　为什么？

　　凭什么？

　　……

　　但听完漫长乏味的汇报，他心中的波澜又隐没了下去，脑海中要复仇的意志重新占领高地。

　　贺之昭正在专心看屏幕上的数据，拨冗扭头露出个笑："谢谢。"

　　装的吗？故意迷惑人？许添谊恶毒地揣测。

　　既然对方无动于衷，他更没有现在就闹得鸡飞狗跳或翻天覆地的道理。

　　装，谁不会？

　　要无微不至，让对方离不开自己。这仍旧是他目前首要的工作目标。因此，许添谊正式开始了他的"复仇"。

　　刘亦跟着陈彬彬走了，因为没有招新人，她的那张桌子就空了出来。

　　成为贺之昭秘书的许添谊仍旧坐在靠门的位置。隔着磨砂的玻璃门，偶尔可以影影绰绰看到贺之昭走动的身影。

　　每天早上，许秘书会先进办公室，给总裁办公室的绿植浇水，简单整理桌面，再给饮水机通电。回到自己的工位后，他会开始处理一晚上因为时差产生的堆积邮件，大部分都只是抄送，他要进行整理，然后有针对性地向贺之昭汇报。

　　接着，便是各种琐碎事务，例如和一众部门抢会议室、准备材料、做咖啡、准备下午茶……

做好以上事务不属于"复仇"范畴，仅为秘书的日常工作事务。而许添谊恰恰是个严谨又不会敷衍的人。

两人的交流并不多，许添谊就事论事汇报完，就会回到自己的工位，等待属于今天的邮件。一般情况下，贺之昭会反馈一封邮件对许秘书今天汇报的东西进行总结，有时还会有一些临时性的任务。

虽然陈彬彬已远走高飞，临走的那段发言也带有强烈个人情绪，但许添谊还是可以同意其中的一点，即如果老板私生活太混乱，对他工作的开展总是不太有利。

许添谊对贺之昭的情感状况很上心。但经过两周的严密观察，他不得不承认，贺总私生活混乱的可能性微乎其微。

贺之昭过着相当规律的生活，正常情况下早上九点前进办公室，在茶水间的小桌子吃一顿早饭配一杯美式，接着开始工作；中午会再喝一杯拿铁，接下来一直工作到六点；中间如果许添谊准备了下午茶就吃，没有就不吃。晚上八点到九点之间离开办公室。

许秘书认为，这样的工作节奏，除非保持每天四小时的睡眠，否则很难谈情说爱。

因为机场的那个拥抱，许添谊心里阴暗的地方像装了只接触不良的灯泡，忽明忽暗。他表面刻意生疏，毕恭毕敬地喊"贺总"，像普通总裁和秘书的关系，将以前的事情忘了个精光。实际却不知为何，总是零零碎碎地拾回记忆碎片，想起自己那些蛮横行径——他当时不同意贺之昭有其他朋友，也不允许年仅十二岁的贺之昭在未来有其他朋友。

一生气，就要冷战，明明心里急不可耐，还要装模作样地忍到对方主动来找，才会勉强同意和好。

在这后来没有对方陪伴的漫长岁月中，霸道的许添谊不得不承认，原来世界大，生命长，人生会遇到无数的人，有的仅有一面之缘或仅是萍水相逢，有的会平淡陪伴一段短期的旅程……但最后，无一例外，都会从他的身边离开。

同学会毕业，同事会跳槽。比起别离的常态，重逢才像是一场意外。

临近中午十二点，许添谊开始频繁看钟。尽管午休从十一点半开始，但由于贺之昭这段时间早上有会，会议往往要拖延到十二点左右结束。按照前两周的习惯，贺之昭开完线上会就会推门而出，准备吃午饭。

除却工作交接，许添谊总是刻意避开和贺之昭发生更多的接触与交流。比起其他理由，本质是对自己的保护。

他也想象过在公开场合大声质询，或私底下不经意询问，但比起保持无知，他更害怕接受贺之昭从未将这件事放在心上的可能。

如果贺之昭十分坦诚地告诉他："哦，打电话，我给忘了。不好意思。"会让他的情绪抵达难以负荷的极限。

因此，许添谊会刻意和自己的新老板错开作息，但每次看到贺之昭一个人，长手长脚地缩在小圆桌吃饭，吃的还是那种寡淡到残忍的"白人饭"，看上去，真有点莫名的可怜。

高层们也有自己的站位，不会轻易坐在一起吃饭。更何况遇到这位空降下来的领导，每个人都有思量。连王磊也从来没陪着吃过中饭。

今天许添谊是有备而来——以一起吃饭为始，拉近距离，为后续的一击即溃埋下伏笔。

会议结束，贺之昭出现在玻璃后。门推开，他看到许添谊还在，显得有些意外。

许添谊看向他，问："一起吃饭吗？"

贺之昭的眼睛瞬间明亮了。

茶水间配件齐全，有冰箱和微波炉。许添谊将自己准备的餐盒从冰箱拿出来，塞进微波炉开始加热。三分钟的等待期间，许添谊看到贺之昭又弯着腰，充满耐心地搅拌不知吃过多少次的"白人餐"，他终于寻找到机会，生硬地说道："一直吃冷的对身体不好。下次你可以告诉我想吃什么，我提前帮你准备好。"

备餐是他之前每天都做的事情，一擅长，他就啰唆，一紧张，他就语速快："你可以点外卖，如果没有喜欢的，我去买。旁边有几家不做外卖的店，味道都不错。我列出来，你要吃什么提前和我说就行，我去打包。"

"这样太麻烦你了。"贺之昭说，"我可以自己准备。"

许添谊愣了愣，这话或许有人会说，但不该从贺之昭，他的老板口中说出。

"贺总，我的工作就是节省你的时间。"他说，"你什么事都不需要我，那我也该下岗了。"不知为何，语气有些阴阳怪气。

贺之昭毫无察觉，端着看上去就不好吃的冷餐坐下，闻言抬头答道："当然需要。"

需要这两个字总是在许添谊很想要的时候得不到，现在恍然间有人一本正经地说，让他觉得新鲜、得意，下意识勾了下嘴角。

贺之昭说完，话锋一转："虽然是冷餐，但都是没有精加工过的食物，卡路里比较低，营养均衡，膳食纤维丰富，对肠胃的……"卡壳了，想说肠胃的负担，想不出合适的词替代，他思索着道，"对肠胃的包袱比较小。"中文水平到此为止了。

许添谊的笑容消失了。他该想到的，贺之昭显然有健身的习惯。

楼宇的暖气开起来毫不手软，室内大家都脱了厚重的外套。他的眼睛扫过贺之昭只穿着衬衫的上半身，最顶上的纽扣没有扣，和初次见面那天看到的相差无几，但因为没了西装的遮掩，肌肉的轮廓更加明显。

"滴滴滴"，微波炉完成任务，发出快乐的声音。许添谊从里面取出热好的盒饭，在贺之昭对面的位置落座。还没开盖，浓郁的菜香就飘了出来。

贺之昭很有兴趣地问："小谊，你吃的是什么？"

许添谊原本遮遮掩掩的，说不上是后悔还是其他。听闻此，只能一咬牙，把饭盒盖子打开。昨晚他全力以赴，拿出毕生绝学，统共准备了两道菜——糖醋小排和红烧鸡翅。没有素的，都是大荤，装了满满一盒。满足精加工、浓油赤酱、高热量、营养极为不均衡、油腻等特征。

对肠胃的……包袱很大。

许添谊心情复杂地与贺之昭对视了一眼。他忽然想起恋人总说他烧饭难吃。每次他吃着以为尚可的饭菜，对方总会夸张地拿着筷子拨来拨去，说这个太咸，那个太淡，米饭太硬，汤不够鲜，调味不够。唉声叹气，吃一点就走了，但一会儿又会嘟囔饿，重新点个外卖吃。

许添谊表面凶巴巴，无动于衷，照做不误，实则万分重视，每次洗完碗都会暗地里记下来，然后下次烧饭时注意避免犯前一次的错误。

然而对方吃了还是可以不断挑出新毛病，这让他困惑也紧张。

许添谊想起上次游奇吃他做的可乐鸡翅，吃完看表情不像很喜欢，也没留下个"好吃""不错"之类的评价。他当时没说话，只低头拿手机记账，以此遮掩了微小的愤怒。就知道不该分享吃的。

他烧饭应该真的不怎么好吃，有必要这样莫名其妙、自作多情吗？

但贺之昭已经上钩了，像小孩认字一样仔细看，接着报出菜名："糖醋小排、鸡翅。"

"嗯。"许添谊犹豫着，状似不经意问，"要尝一下吗？"没等贺之昭回复，他找补道，"你可以先尝一下，好吃的话我分你一点。我今天不小心烧多了。"

见贺之昭点头，许添谊就拿干净的筷子，把一块鸡翅、一块小排小心夹在他的健康午饭上。

他盯着贺之昭，看对方把自己烧的东西吃到嘴里，想观察反应，又想自己这样显得太在意，于是低头看菜。

一旦脱离工作的场景，许添谊总觉得生活里的贺之昭，像脱掉精英的外套，有种古怪的认真，认真里包着笨拙。而这笨拙倒是和小时候一模一样。倒油醋汁认真，用筷子也认真，看着他说"需要"的时候也认真，好像没有更真心实意的话。

然后，许秘书就有莫名其妙的心软。

"好吃。"贺之昭尝完道，"鸡翅是甜的。"

许添谊心想，真的假的，舌头坏了吧，嘴上说："好，我分你一点。"

贺之昭没有接他的话，只看着他的脸说："你笑了。"

许添谊不笑了。这是什么意思，他不能笑？还是笑起来很难看吗？

"这是这次见你以来，你第一次笑。"贺之昭轻声说，"常常觉得你不太开心。"

许添谊把饭盒洗好，决定下次还是不做这种蠢事。虽然他最后吃不完的，都被贺之昭扫光了，但贺之昭说鸡翅是甜的——鸡翅怎么样都不该是甜的，这不就是不好吃吗？他听得明白。

这次见你。这次的意思就是还有前一次。

他没有回复贺之昭。有什么好开心的？又见到本以为这辈子不会再见的、讨厌的人。

可贺之昭满口"小谊"，脸上也常挂着温和的笑意，充满见到他便很高兴的意味。这种若有若无的亲昵之意迷惑了许添谊，让他恼火却无可奈何，怀疑自己在中间的岁月是否缺席了什么。

俗话说，伸手不打笑脸人，这下更没有报复的理由。

许添谊闭上眼睛，能流利背出贺之昭的漂亮履历——名校毕业，咨询行业出身，以华人身份在行业中杀出血路，实属不易。但除此以外，他对贺之昭过去那么多年的生活、人际关系、经历，一无所知。

前有公众号传闻说 Tom Evans 是贺之昭的挚友，但这串英文字符更像特供集团全球版面新闻的名字，即便配上照片，都没几个同事关心或知道是中间哪一个金发碧眼的人。

许添谊什么都想知道，唯独缺失询问的立场。总裁和秘书，上级和下属，仅此而已。

工作没那么好找，既然留下来了就认真干活。这算是个不错的上司，连给吃两道中国菜都高兴满意成那样，还有什么可以追求的呢？

Chapter 8
钥匙

周一一早,早高峰有路段出现连环事故,公交车被堵在高架上,动弹不得。虽然出门时间留有富余,许添谊还是比平时足足晚了半小时进大楼,迟到十分钟。

他一路疾步,先向前台确认没有贺之昭的快递,再蹿到安全通道,直接跑上楼。今早贺之昭有线上会议要参加,还差四分钟就开始了。

许添谊一把推开办公室的门,紧绷着脸:"抱歉——"若是陈彬彬,早就不分青红皂白,先骂得狗血喷头再说。

贺之昭恰好拿着自己的笔记本要去会议室,见他出现,安抚道:"没关系,都准备好了,工作邮件已发给你,注意查收。"

送走老板,许添谊缓了缓神,将包搁下,启动电脑。他原本打算先查阅贺之昭的邮件,却意外发现最上方还放着一封新的邮件,来自邱虹——是上次汇报说的招标书。

集团和目前合作的千乘咨询签了两年的传播合作合约,到现在也才一年出头。考虑到各项线上数据都不尽如人意,尤其去年夏天做的营销活动,物料投放了很多,钱扔下去,什么水花都没看到。王磊大为光火,年初提过几次要提前终止合作。

许添谊看了遍方案,觉得完备,没能提出什么修改意见,毕竟自己是半个门外汉,这件事当然还是得交给专业人士评判。他将这封邮件移到待处理事项,预备午休时再整理一遍框架，下午与贺之昭汇报。

再点开那封来自 Zhizhao He 的邮件，许添谊熟练地将需要今天完成的事项标红，分好优先级次。他一边记一边梳理思路，将邮件划到最后，意外看到这样一段话，是一个极为简短的要求——希望许添谊能寻找推荐一家地理位置近、环境比较优质的健身房，以供日常锻炼。

同时，邮件中提到，如果许添谊有兴趣的话，今晚两个人可以一起健身。

锻炼身体？

下午，许添谊按照惯例为贺之昭做杯咖啡。他从茶水间顶层的橱柜中拿出茶杯，在等待浓缩液铺满杯底的间隙，想起健身房的事情。

这是贺之昭头一次委托他与工作不那么相关的任务。许添谊拿出手机看地图，看了半天，认为那些精修的健身房照片不能反映真实情况，决定亲自排摸。

郑重，因为想把这件事做好。

咖啡机缓缓流出香浓的咖啡浓缩液，直到停止。许添谊盯着成阶梯状摆放的泵瓶糖浆，心里的灯泡却骤然熄灭。他突兀地产生了一个邪恶的念头。

许秘书的手触碰上按泵。一泵、两泵、三泵……再多一点？

尚未完全融化的五泵糖浆浮在富有油脂的咖啡液表面，像毁灭的岩浆。许添谊从冰箱取出牛奶加上，再用搅拌棒调和开——这是一杯充满榛果香气，馥郁到令人战栗的拿铁。

他端起来，又放下。要不还是算了吧，这和喂大郎喝药无甚差别。

"在做咖啡吗？"

做坏事太心虚，竟然彻底没听见融在地毯里的脚步声，许添谊差点把杯子摔到地上："没什么……嗯，对的，咖啡。"

"大郎"站到他身后。

许添谊硬着头皮夺回主动权，露出职业的微笑："贺总，您喝什么，拿铁好吗？"贺之昭说"好"和"谢谢"，没有离开的意思。

许添谊又重新拿了只杯子，即便没有扭头，他也知道，贺之昭一定站在后面认真地看着。一如前尘往事，两人在大院，他负责站在前面张牙舞爪，贺之昭在后面当沉默的影子。但他讨厌什么都能让他联想到那虚无缥缈的岁月。

许添谊木着脸，像咖啡店第一天上任的咖啡师。他快速操作选完机器上的菜单，以刻意强调自己的熟练。然后两人一同沉默地注视着机器再次投入运作，缓缓淌出醇厚的浓缩液。

安静中，许添谊开始无来由焦躁，怀疑咖啡机的出液速度是否太慢了些。他扭头，就见贺之昭垂眼看着咖啡机运作。两人对视，贺之昭就腼腆地笑了一下。

许添谊心里郁结着一股气，难以抒发，堵在心口。每每看到贺之昭露出微笑，无时无刻不散发着明显的善意，这股怒火就更加有燎原之势。

他不明白这游刃有余的友好从何而来，并且因为知道是真心实意而非伪善，所以更加讨厌，很想给自己老板的脸来上一拳。

许添谊忍耐着这种会让他失业的冲动，直到把做好的咖啡送出手——也许放上五泵糖，那股气才能消散一些。他也想知道，贺之昭喝之后会不会流露出什么不同的表情？

一无所知的贺总小心接过杯子，喝了口，赞道："非常好喝。"或许因为脱离中文的使用环境太久，普通话水平退化，他有时用词显得用力过猛。

许添谊的情绪跌宕起伏，因为这四个字，一瞬间，将自己的气，沮丧又无可奈何地统统放掉了。

你对自己以前的秘书或助理，也会这样吗？

贺之昭余光扫到桌上那杯，冲他友善抬抬下巴，示意："不喝吗？"一句话让人进退维谷，也像命运的回旋镖。

泄气的许添谊只能端起杯子，或许只是有点甜呢？下一秒，受到榛果味糖浆的甜蜜暴击，他的表情管理终于失控，背过身猛烈地咳嗽起来。

贺之昭上前，拍了拍秘书的背。待他不咳了，又问："晚上一起健身吗？"眼神真挚。

许添谊泪眼婆娑，被蛊惑了："好的。"没道理拒绝啊，锻炼身体多好，坚持下来有硬邦邦的肌肉。这样打人也疼，他练成后首先要把贺之昭的脑袋揍成拨浪鼓。

许秘书亲自排摸，截至晚上七点，共完成六家周边健身房的实地踩点。从地理位置到装修环境、设备数量新旧，全部都在他的考察范围内。经过严格筛选，他挑出两家作为备选，经贺之昭同意后，又敲定其中一间作为最终的健身场所。

许添谊并无健身的习惯，自然也无健身的装备。为了达成约定，等踩完点，他又匆忙去隔壁的商场置办了一套运动装。全部完成，已经临近约定的时间，许添谊只能舍弃了晚饭。每次做选择，他总能轻易将利己的部分向后拖延，甚至舍弃。

这是间半自助的健身房，二十四小时营业，只要缴费后输入密码就可以进入。大约因为时间太晚，又位于 CBD，这个时段一个顾客都没有，连保洁员也偷闲走开，屋内极为安静。

许添谊坐着等待。十分钟后，夜晚九点，贺之昭背着运动包准时出现。

两人首次不在工作场合相见，许添谊颇感尴尬，甚至不敢与贺之昭对视，只能盯着身前落地镜打量身旁人的模样。

贺之昭难得脱掉了一丝不苟的大衣、西装和衬衫，穿着宽大的运动外套，这让他看上去年轻了几岁。

"前段时间太忙了，没怎么运动。"贺总卸了包，颇有遗憾，随即问，"小谊，你平时运动吗？"

许添谊不假思索道："当然。"如果陪着陈彬彬的太太逛商场也算的话。

实际上，许添谊统共跟着舍友，进过两次大学宿舍楼下的免费健身房，也只尝试过最简单的跑步机，今天是因为一种冲动驱使才答应了下来。许多器材摆在那儿，他都叫不出名字。

"那我们可以经常一起来。"贺之昭极为高兴，卸下包再脱了外套。许添谊强势地接了过去，放到更衣室寄存。

贺之昭问："有什么健身计划吗？"

"没有。"许添谊尽量让自己看上去没那么业余，谨慎地站在贺之昭的身后，打算跟着依葫芦画瓢。他抬起眼，就看到镜中两人清晰的身影。贺之昭轻装上阵，连外套也脱掉，只穿了件短袖速干衣，配运动短裤。

这么壮？！

许添谊佯装镇定，多次礼貌地移开眼神，最后忍无可忍，干巴巴道："你这衣服买小了一号吧。"

贺之昭毫无自觉地拉了拉衣摆："不合适吗？我只有健身的时候会穿，很舒服。"

太不合适了。许添谊无言。他的心情难以描摹，大概因为相形见绌、自惭形秒、无地自容。

小学时候还矮他一点点，感觉不会打架、弱不禁风的人，现在不仅身高直逼一米九，肱二头肌发达，连胸肌也……

许添谊的自尊心支离破碎。

没有健身过的人常对健身有一些浅薄功利的看法，包括对健身过程痛苦的轻视，以及对收获成果的急切。

不巧，许添谊两样全占。

健身房的大灯熄灭着，仅有两盏昏暗的氛围灯亮着；落地的玻璃窗外，隔壁商厦外立面的天幕屏不停切换着画面，当红男明星捧着粉底液微笑；远处江面灯光交错。这应该是很美、值得欣赏的画面，而许添谊，正坐在腿屈伸训练器上。

十分钟前，两人完成了热身动作，贺之昭说："今天我要先锻炼大腿。"

许添谊对健身的认识还停留在举举哑铃、上个跑步机上。他不认识大部分固定器械，不知道怎么用，怕露怯，遂装模作样跟在贺之昭旁边，在一模一样的训练器上落了座。

不同的机器对应训练不同的部位，连哪一块肌肉负责发力都分工明确。随着小腿缓慢将那圆柱样的东西抬起，贺之昭的大腿雕刻出明显的肌肉线条，感觉一脚能蹬死八个陈彬彬。

许添谊很累，且疑惑。他不明白，为什么对方看上去游刃有余的动作，他做起来如此吃力，直到大腿接近发抖，才能将那圆柱缓慢撼动。

真实答案也很简单，因为没有任何健身基础，上来就进行力量训练本就吃力。此外，前一个使用者将器材归还不到位，将调整重量的插销随意放在了最后一个插片上，这意味着下一个训练者要负荷最大的重量进行训练动作，这是一个对初初健身者极为不合理的参数。

一旁贺之昭的速度并不快，许添谊一开始还能勉强咬牙跟上，等同步匀速做了十次以后，大有筋疲力尽之感。心跳不断变快，手脚开始发软。没有摄入足够能量的身体开始发出警告。

千钧一发之际，贺之昭提速了。

好胜心让许添谊憋了口气，也同步跟上。他误以为那种不适，是因为太久没运动造成的，又再接再厉坚持了两下。身体终于无法摄入足量的氧气，眼前逐渐模糊。

过度通气？为什么会在这时候发作？

许添谊的眼前开始发黑发暗，冒出金星。他如同搁浅的鱼，动作无限放缓如慢倍速，紧接着整个人佝偻起来。

一片模糊中，他听见有人问："小谊？"

像遗失很久的名字，忽然被人打捞上来。

为什么要这么叫他？这么叫他的，只有很久很久以前他最好也最坏的一个朋友。

……

争强好胜的许添谊已经什么都感受不到了。他只能感受到眩晕。

天地混沌，山抱水，水绕山，层层叠叠，恰如盘古开天辟地。

贺之昭长腿一迈，迅速将人扶住，他通过翻开眼皮，倾听心跳，感受人中处呼吸等手段，冷静地判断："吃晚饭了吗？你可能是低血糖了。"

许添谊浑身使不上力气，双手自然垂在地上，一种宛若骑士中箭，弥留的姿态。他听见问题，只气若游丝地摇了摇头。

贺之昭一手扶着他上半身，一手捞过自己的运动水壶，说："里面是电解质水，你喝一点。"

声音如隔着水波。许添谊眼前发晕，听到头顶上方有人这么说，后知后觉地乖乖张嘴。

贺之昭扶着他的上半身，然后让他起来些，将运动水壶上的吸管口塞进他嘴里，再将瓶子慢慢倒立起来。

"稍等。"喂完水，贺之昭将人摆放在瑜伽垫上，他起身去前台绕了圈，端来一个巨大的玻璃碗，"这里有糖。"

他拆开圆饼形状的阿尔卑斯糖往许添谊嘴里塞，像往公交车的投币机凹槽投币。咔嗒咔嗒，足足塞了四颗。

草莓味在口腔漾开，许添谊捡回半条命。眼睛很久都不能视物，呼吸发麻，等他彻底回神，想赶紧站起来："不好意思，贺总。"但他并没有成功。

贺之昭取了纸巾，细心给他擦去额头冒出的冷汗，说："没关系，你休息一下吧。"想了想又道，"对不起，下次我要提前几天和你说。"

还能有下次吗?

许添谊绝望地闭了闭眼睛,最恶劣的社会性死亡事件不过如此。他气若游丝道:"贺总,是我不好,我应该吃晚饭的,和你没有关系,你别道歉了,我很想死。"

贺之昭听完笑起来。不是那种散发善意的笑,大概是单纯感到好笑。他摇摇头,把那壶电解质水拿过来,又递给许添谊:"再喝一点吧。"

再健身是不可能的了,好在不需要去医院。许添谊的脚仍旧有些发软,他站稳了,坚强地弯腰拾起自己的包,却有人先行一步背上。

许添谊尚未平稳的心跳又脆弱地急跳起来,他挣扎着,连称呼都忘了:"干什么?我自己可以!"

一时间什么繁文缛节都尽数省略,他像回到年纪最小、颐指气使的时候,对着自己的朋友说要这个不要那个。而朋友全部接纳。

"你需要休息。"朋友有自己的想法。

许添谊想起自己人生第一次过度呼吸,那时是被贺之昭一路背到医务室,头晕和心悸的感觉倒是与现在相似。那时他以为自己要死了,心里很伤心。混沌时分,鼻间蹿入清爽的肥皂味,也隐约与当下的气味重合。许添谊因此愿意相信那时,背着他狂奔的贺之昭把他当成了好朋友。至于之后,变数太多,不是朋友了,忘记了也是不能勉强、情有可原的。

走出电梯,他们进入地下停车场,空气变闷,光线随之陡然变暗。

许添谊明白,这时候再说什么"不用了贺总,不麻烦了,我自己能回家",就显得多余,这件事是他必将欠下的人情。

贺之昭走到一辆车前,掏钥匙开门,搀扶他坐入副驾驶位:"我送你回家。"

公司的司机只有在工作时间段可以用,开另一辆商务车。这辆轿车虽然在公司名下,实际是专门配给贺之昭做私人座驾。

许添谊硬着头皮,公事公办地礼貌说:"谢谢贺总,给您添麻烦了。"

贺之昭将许添谊报的地址信息输入到导航系统内,刚刚开出地库,不多时,却又就近把车停在马路牙子旁,示意:"稍等。"

隔着车窗玻璃,许添谊看到对方快步迈进了便利店。便利店是夜晚一条街上最明亮的光点。贺之昭很快地要了几样吃的,结完账,匆匆走了出来。

许添谊收回目光,开始研究中控台显示屏上正在播放的歌曲。他要找机会告诉公司的司机,可以迎合老板的口味,将披头士的歌曲加入播放列表。

歌曲因为驾驶员的离开中断了播放,停在一句歌词上。

"For well you know that it's a fool who plays it cool..."

(你应该懂得,傻瓜才会假装坚强……)

许添谊承认自己很蠢,连健身这样的小事,都要不明不白地意气用事。但他好像也已经习惯自己什么都喜欢逞能,甚至无法设想自己不逞能是何种姿态。

贺之昭从车尾绕到驾驶位,拉开车门。寒风跟着一起吹进来,让人清醒半分。

"抱歉,久等了。"他捧出一碗热关东煮,又拿出几个饭团和两条巧克力,"可惜太晚,周围的饭店都已经关门……你还是吃一些东西比较好。"

密闭的空间即刻被关东煮的香味充满了。被这味道一刺激,许添谊骤然体会到难以抵挡的饥饿。他道完谢,端着纸碗喝了口咸汤,随后拿出里面的鱼丸吃起来。嚼着嚼着,他才发现贺之昭并未将车开动。

许添谊举着鱼丸,这也不是,那也不是,最后看到贺之昭盯着他,终于面有愠色:"想吃自己拿。"

贺之昭摇摇头:"我不饿。"他俯身去够了后排的运动包,把里面的水壶拿出来,打开喝了口。喝完贺之昭终于说出实情:"关东煮有尖的地方,开车吃危险。"他中文又说不利索了,"到处便利店二十四小时营业,真是伟大。"

许添谊吃完,下车将纸碗丢进街边的垃圾桶,因为吃得饱,心情跟着好很多。即便时间已经很晚,车子驶上高架,在汇入口还是见到尾灯一片红眼。

堵车之际,贺之昭的电话响了。

免提接通后,热络的声音富有感染力地从汽车的音响传出。对面用英语询问自己下午发来的设计方案怎么样。贺之昭也用英语回复,少数句子夹杂专业术语,让许添谊的理解慢上半秒。他敏感地察觉到两人虽然谈着工作,语调却带着松弛与随性。对方甚至插嘴说了句新买的车,关系应该不仅限于普通的同事或合作伙伴。

"小谊。"挂断电话,贺之昭又转化回没那么熟练的中文,说,"明天我会将这份文件发给你,麻烦你也给出三点修改意见,详细的我会在邮件中说明。"

"好的,贺总。"许添谊答道。秘书的任务当然包括"其他领导交办的任务"。

贺之昭又介绍道:"刚刚是 Alan,我的朋友。他也有计划近半年来中国,到时候介绍你们认识。"

我的朋友。

从贺之昭口中听见"朋友"这二字，许添谊心跳漏一拍，像见到新奇玩意。他本想讥讽，说"你的朋友还挺多""你对这个朋友真好"之类幼稚的风凉话，基于他们目前只是上下级的关系，最后说出口的便只剩"好"。

车停在老小区门口。周围没有路灯，树木高高地从护栏的缝隙伸出来，像从都市开进了丛林。作为城区著名的空心树地带——往前往后都是极为不错的居民小区，步行可直达几座高端商场，可只有这里是一片楼龄超过二十五年的公房，像被发展的洪流遗忘了。住在里面的居民基本是已经退休二十多年的高龄老人，这个点都睡了。小区很暗，没几户开灯。

许添谊说："贺总，您不用开进去了，里面窄，车不好掉头。今天谢谢您。"

贺之昭未勉强。他一边按住车侧解锁的按钮，一边道："如果你不介意，还是喊我的名字吧。"

"啊？"许添谊没反应过来，"这不太合适吧。"

"毕竟我们从小就认识。"贺之昭耐心地补充一句，"现在也不在工作场合。"

许添谊用舌头抵着上颚，控制自己露出得体的表情。

你没提过这件事，我便也当忘了。可是凭什么你能平静从容地说出这些话，显得我们关系很好？

许添谊的报复心又出现了。他说："抱歉，贺总，我们之间是不是有些什么误会？"

他咬着牙，一字一顿道："您一口一句小时候，似乎认为我们从小就认识，关系还不错。但是我不记得自己有去加拿大的朋友，我自己也从来没去过加拿大。"

他意气用事道："之前也从来不认识叫贺之昭的人。""从来"两个字咬得很重，斩钉截铁。

空气陷入凝固状态。许添谊表情紧绷地与贺之昭对视，对方的表情却没有太大的变化，只是明显在思考，飞快地思考。

明明音乐已经掐断多时，他却又想起那句歌词。

傻瓜才会假装坚强吗？

正当许秘书想不出这次讨论会以何种形式收尾时，贺之昭沉吟片刻，冷静地问:"你有遇到过……让你短暂失忆的事情吗?"

"没有。"

"头部是否遭受过比较严重的外伤?"

"没有。"

"有没有经历过比较大的情感波动,出现记忆前后无法衔接的情况?"

"没有,你不用再问了。"

"我明白了。"贺之昭点点头,"这的确奇怪。"

"贺总。"许添谊微笑着,决定将错就错下去,"我真的没有关于您的记忆,您是不是将我和其他人搞错了?或许那个人也叫许添谊?"

"也不能排除这样的可能。"贺之昭说,"但你和小时候长得很像。"

"我这样的普通长相,随处可见。"

贺之昭又道:"你还有个叫许添宝的弟弟,对吗?"

许添谊脸上的假笑挂不住了。他没再回复,扭头打开车门:"多谢今天送我,再见。"

"明天见。"贺之昭的声音从背后传来,"忘记了也没关系,我们可以重新认识。"

许添谊目送轿车转弯,从视野消失不见。他像是回到大院外的路口,目送车开走,知道里面载着贺之昭,心中随即产生难以抵御的悲伤。那辆车载着他的朋友和童年一去不返。

当听见贺之昭称电话那头的男人为"朋友"时,他最先冒出的情绪,竟然是嫉妒。可能因为过去太久,也可能因为贺之昭不知所谓的笑太多,许添谊总忘记自己内心的仇恨,又或是有着更混浊抽象的情绪。

他现在终于可以勉强认为,贺之昭是个不错的人,他可以不用再去准备"杀掉"对方。可是那个问题仍旧悬在他的脑中,蛊惑着他,让两人之间有着不可消弭的隔阂。

许添谊闭了闭眼,他发现自己被童年困住了。

暮色四合,连风声也没有。这又是个黑得和煤炭一样的夜晚。

可是真会有答案吗?真会有他想要的答案吗?

许添谊深吸口冷气,像灌一壶冷汤,刺激到让人颤抖。呼出来,好像也抖搂了什么。

受了太多挫折，悲伤的事情发生了太多，他已经能接受自己不是什么无所不能的勇敢骑士。他没有想象中坚强勇敢，所以就像贺之昭说的那样，重新开始吧。

从小到大，他向来是一个别人稍微对他好一些，他就感恩戴德、无所适从、不知该如何是好的人。那就用更好的书写方式把开头重新写好，把一身沉重的往事都抖搂干净，像一切伤心的事情从来都没有发生过一样。他们或许可以再次成为不错的朋友。

"好久不见。"屏幕另一端，一个和蔼的中年女性看着镜头微笑，"你回去了，是吗？"她用英语问，"一切都好？"

"是的。"坐在电脑这一端的贺之昭也微笑，以英语作答，"回来待了快一个月，一切顺利平安。"

田沐春点头，又调整了一下自己的镜头。贺之昭从二十岁起在她这里接受心理咨询，此后三年间一直维持着低频率的定期咨询治疗。最近几年，由于改善的效果不错，咨询的频率逐渐降低，两人已经半年没有联系。田沐春本以为自己和对方的联系也将到此为止，再次见到，熟悉也陌生。

"我找到自己小时候的朋友了。"贺之昭没停顿，说，"他现在是我的秘书。"

"是你之前所说的，那个最重要的朋友吗？"田沐春试探问，"'河豚'？"

视频窗口那头的人点点头。

她记得在此之前，贺之昭依靠自己在国内的亲众联络到了"河豚"的弟弟。但据弟弟所言，"河豚"本人已经与家断联许久，并不知道在哪里。

一年前，贺之昭称在朋友公司的网站看到了很像幼时朋友的照片，经核查名字也对得上，打算借此计划回国任职。

"即便不是他，长时间在国内停留，也能够显著提高寻找的概率。"那时的贺之昭道，"这或许是比较关键的步骤。"

他说："我在寻找自己的钥匙。"

这些咨询记录可以将贺之昭的人生经历串联起来。田沐春常常为他惊人的记忆力感到惊讶。贺之昭连自己在中国念书的生活细节都记得一清二楚。过往，他多次提到这个代号为"河豚"的朋友。

河豚，河豚。他们约定了用这个名字称呼"那个朋友"。

"因为他经常生气。"贺之昭用手比了个圆形,"就像河豚一样气鼓鼓的。"

幼时相识,一直到分开前,两人近乎形影不离。

与"河豚"道别后,贺之昭来到加拿大,经历了一系列的生活变动,跌宕起伏,直至谷底——以罗曼蒂克书写的爱情,实质是场彻头彻尾的骗局。临近出国前,那个名叫Johnny的男人以安顿、投资等由头,向姜连清借了笔钱。不多不少,恰好是她全部的积蓄。

姜连清相信Johnny短暂的失联只是因为忙碌。她带着重新开始的期盼,轻装上阵,带着贺之昭破釜沉舟地抵达了温哥华。下飞机搭乘出租车,她递上圆珠笔写的地址纸条,司机眼光里有探究,问:"确定去这里?"

姜连清笑起来:"是的。"

两小时后,他们抵达约定的地点,发现根本没有楼房,没有新家。

那是一片墓地。

原本是风光出国,这下故土难归。无论如何,母子二人还是坚强地选择了留在加拿大。

作为心理咨询师,作为典型的、同为从中国来到加拿大打拼的第一代移民,田沐春很能理解贺之昭当时所受的打击,以及他母亲的选择。

尽管受骗上当,但初初抵达这片陌生的大陆时,太多人坚信遍地黄金,坚信自己能在这里站稳脚跟,做出点事业。姜连清也不能免俗,有着这样乐观的心态。

贺之昭没有开房间的灯。时间晚了,黑暗如鱼得水地游进来。

"他说对我完全没有印象,认为我可能是记错了。"他的语气一如既往,没有明显的起伏,显得很平和,"但的确是他。我认为,这是对过去经历的刻意否认。"

沿袭了之前咨询的习惯,田沐春先问的是:"当时你是什么感受呢?"

贺之昭这一次回答很慢,像信号从加拿大抵达中国,漂洋过海,需要一定的时间,产生了延迟。

田沐春耐心地等待,没有加以刻意的引导。

贺之昭曾在抵达加拿大的初期出现极短暂的失语,并且分不清现实和梦境。这些症状的本质都是遭受剧烈变故后,他的述情障碍陡然加重所造成的。这意味他无法顺利表达自己的情感,也无法成功感知其他人的情感变化。原本只是表现得比较迟钝,因这些变故骤然抵达了爆发点。

然而经过前几年不断的、有针对性的反复训练，贺之昭的情况得到了很大程度的改善，已经可以比较顺利地表达自己的情绪变化，并对他人的情绪共情，与普通人基本无异。

田沐春认为他现在完全有能力表述出来。

下一秒，对面的人说："我不相信他不记得我，很沮丧。"

"和'河豚'说了吗？"

"没有。我发现自己使用中文时又出现了表达障碍。"贺之昭说，"也有可能因为是他。我还没有寻找到答案。"

从小因为对分析别人的情绪、表达自己的情绪感到困难，他开始习惯用逻辑推理一切事情发生的原因，同时潜意识习惯用直接的行为表达自己的情感。对他来说，喜欢是跟随、注视、倾听。唯独不是表达。

唯一的松动，是那天拿到许添谊给他的费列罗，说他的发型不丑。那天的空气也像巧克力，很香甜。

他也记得后来许添谊把他推到地板上，和他说"绝交"，记得上车时许添谊踢的那一脚。贺之昭能后知后觉捕捉到朋友的愤怒，却无法顺利理解对方生气的原因。不安、紧张，所以觉得做什么都没意思，想知道究竟自己哪里做得不对。

在发现被骗后，为了解决生计问题，也为了省钱，姜连清白天在中餐馆打工，晚上就带儿子暂时睡在老板提供的员工宿舍里。

饭点，在安静的员工宿舍中，十二岁的贺之昭坐在床沿，从自己的包裹里摸出红色的老爷爷游戏机。这台电玩上校一启动，就发出刺耳的游戏声音。他又摸出叠得齐整，但充满皱褶的纸张，看到背后细细密密的"勿忘我"。陌生的中文字，在耳朵里嗡嗡作响。

于是他恍惚明白，虽然之前还在操场上做广播操，在房子的客厅养金鱼，在许添谊的身边，虽然现在失去一切，经常在充满油烟味的厨房发呆，在歇业后帮忙算账，但这些都是真实的，不是梦。

接着他和最好的朋友失联了。

"不用紧张，刚切换语言环境，你又很久没有用过中文，这是很正常的。"田沐春道，"要我现在说一长段的中国话，我也有困难。"

"一开始，'河豚'会避免在非工作时间段与我产生交集，我能感觉到。但有一天他邀请我一起吃饭,我非常……高兴,也顺利地表达了对他准备的午饭的赞美。我误以为这是我们两人变得友好的信号。随后,我就邀请他一起健身。"

田沐春:"你希望和他增加接触。"

"是的。"贺之昭说,"但他没有吃晚饭,低血糖了。我决定把他送回家。我在路边的便利店买了吃的给他,当时氛围不错,也可能是我自以为是了。"

田沐春感到信息量的匮乏,追问道:"你觉得'河豚'是一个怎样的人呢?和小时候,或者和你想象中有没有什么区别?"

贺之昭的大脑又像过载了一样,良久说:"抱歉,一谈到'河豚',我的表达能力又下降了……我觉得他有点忧伤。"

"没关系,是你很重视他。"田沐春理解道,"你们两个人之间的关系对你来说很深邃。"

"深奥。"贺之昭道。

田沐春笑起来。又说回到许添谊表示,自己完全不记得贺之昭这个人时,田沐春问:"当时你希望他的表现是什么样的呢?或者他说的会不会是反话?你们两个共处的时间很长,不应该那么轻易遗忘才对。"

贺之昭说:"之前的咨询中,我们一起分析过,他重新回到自己的生父身边,也象征着开始一种崭新、截然不同的生活。

"所以全然地忘掉过去?或者,全然地否定过去?"

"但我印象中,他的生父应该并不是一个很好的人。"

……

两人聊满五十分钟,一次咨询的时间到此结束。

贺之昭将电脑关机,习惯性拿出笔记本,对今天的情况加以总结。在离开许添谊前,他的述情能力并没有那么糟糕,但随着时间增加不断恶化、退化,终于在上大学时,他被建议接受心理咨询。

贺之昭将笔记本翻到前面很多页。田沐春建议他可以试着将情绪表达写在本子上。前几年他写得比较多,这两年的记录随着咨询频率的降低也减少了。他翻到一次咨询结束后,自己记录的一句话。这是他曾经比较满意的造句,但因为句子中没有直白的情绪用词,并不是合格的作业。

"离开'河豚'以后,生活逐渐变成黑白,失去了色彩。"

在和许添谊的相处过程中，他曾经感受过极为强烈的情感变化，这种能够捕捉的东西让他喜悦，产生依赖，并且觉得生动。

他也想起自己前两年找到许添宝，并被对方邀请到家中做客。

离开大院，在新房子也住了有些年头。客厅一片混乱，乐器、跑步机把不大的地方塞得满当当；一旁的橱柜也很拥挤，里面摆放了很多三口之家的合影。慢慢变老的于敏和许建锋在两边，逐渐长大的许添宝在中间。

从小到大，全部是三个人。

贺之昭翻开笔记本，开始训练。太久没写中文字，不比十二岁时写得更好，一个个汉字摇摇晃晃，像会跌跤的小孩。每到这时他都无与伦比地郑重，一如小学生完成最没有把握的作业。

但不知为何，他比往日有信心许多。下次见面说什么？用中文写出来，要把情绪表达出来。既然忘记了，可以重新好好认识一下吗？

笔尖划过去，歪歪扭扭地，他只写出一行：很高兴认识你。

周一早晨，电梯门开合，吐出一个总裁，总裁路过前台说："早。"

前台的王茉莉原地起立："早，贺总！"

走过 pantry，几个员工在吃早饭，看到也都说"早上好""早"。经过只有几个人的办公区，工位上的同事们也纷纷抬头道："早，贺总。"

大家心里感叹，真是个完美的男人！

贺之昭穿着衬衫，胳膊上勒着袖箍，手里拿着自己的外套。他从办公区中间的旋转梯快速上楼。许添谊恰好路过，被吓一跳："贺总早。"

"早，小谊。"贺之昭微笑，一鼓作气，"很高兴认识你，我很幸福。"

见鬼了？许添谊满头问号，心中暗示自己要温良恭俭让，遂答道："哦，知道了。"说完他就很快扭头走了。

Chapter 9
饭搭子的情谊

今年春季的雨水格外丰沛，一连下了几场大暴雨，不少街区低洼的地方都积水严重。出行不便，几乎所有人都选择了居家办公。

当然，这不包括许秘书和他的老板。

窗外飘泼大雨，把景色都遮去了。许添谊已经习惯风雨无阻地上班，因为陈彬彬每天都到岗，必须有个人跟着，方便他随叫随到地差遣使唤。而刘亦家里有小孩，所以每次都是许添谊留下照应。

安静的办公区中，许秘书正站在茶水间接咖啡。因为雨声磅礴，他抬头看了眼窗外，又继续发消息给 Kelly，请行政部挂心总裁办公室东南角漏水的事宜。

维尔的办公楼基础建设都还算到位，唯独天花板似乎因管道布局不合理，一下雨就会传出水流的声音，经常洇湿发霉。

早在陈彬彬坐镇时，东南那块角落就曾有墙皮剥落，梅雨季节还有水滴下来。彬彬总对此大为恼火，让许添谊请专人铲了墙皮，重刷墙面。然而问题根源没解决。这段时间，在过于丰沛的雨水的摧残下，天花板衔接处洇湿的痕迹变得更加明显，显然不能再拖下去了。

许添谊等待咖啡接满杯子。办公区很安静，只有他和贺之昭。贺之昭在里他在外。

陡然，在雨水的声音中，他忽然听见一声响动夹杂其间，像什么破土而出，奔涌而来。许添谊脸色微变，果断搁下杯子。

"忘了说，意见收到了。"视频那头是个黑头发蓝眼睛、混血特征明显的年轻人，"这个这个，怎么说来着？哦，'多谢多谢，收获颇丰，感恩的心！'"最后十二字由散装中文组成，不忍细听。

贺之昭顿感钦佩，Alan 的中文水平真是出众。他说："不客气，这个案例分析是小谊做的，针对中国市场的需求分析很到位。"

"小谊？"Alan 在那头喝了口咖啡，随口问，"谁是小谊？"

两人念书时认识，Alan Evans 是 Tom Evans 的大儿子，母亲是华侨。由此可见那些传闻只说对了一点，至少姓氏是对的。

贺之昭道："是我现在的秘书，也是我的朋友。"

"……哦！对，你已经顺利找到他了吗，恭喜恭喜！"Alan 露出沮丧的样子，浮夸地道，"我不再是你最好的朋友了，是吗？呜呜。"

贺之昭："我想你的沮丧是装出来的。"

"啊是的，演一下，别当真。你知道的，我为你感到高兴。"Alan 知道朋友的情况，已经习惯直白回答这类关于情绪的问题，"你们关系好吗？相处是否融洽？"

他声称已经完全不记得我了。贺之昭心里这么想的，甚至有点沮丧，但嘴上说的是："我们关系很好，下班还会一起健身。"这大抵就是，男人的虚荣心吧。

Alan 饶有兴趣，追问："哦，他是个怎么样的人？下次介绍给我认识一下吧。"

贺之昭思考半响，举起桌子旁边的咖啡杯，说："细心。这个是他帮我做的咖啡，每次味道都一样好。"

"哦，伟大的秘书！除此以外呢？"

"漂亮，和小时候一样。"

……

"砰——"视频通话的信号中断，贺之昭望向天花板。

角落的一整块天花板终于承受不住压力，重重掉了下来。同一时间，顺着那巨大的缺口，一束水柱滂沱地倾泻而下，浇在地毯上、沙发上、桌子上。

许添谊推开办公室门前，最担心是贺之昭出事。遇到不好的征兆，他总是不经意会钻牛角尖，往最坏的方向想，这已成为他思维的定式。他一把推开磨砂的

147

玻璃门，看到的便是这幅景象——仿佛末日降临，"洪水"从天而降，天花板垂了长长的瀑布下来。

贺之昭坐在办公桌后，只来得及站起来。他望着瀑布，看到许添谊进来，先露出一个笑容，平和道："雨好像下进来了。"然后他慢慢踱步趋近水源，有些探究之意。

人没事自然是好的，但看老板真像没事人一样，许添谊又有点说不上来的生气。他那瞬间忘了自己作为秘书该有的周到，取了把长柄伞撑开，几乎是兜头塞过去："拿着撑好，当心别被水给浇了！"

贺之昭听见这说话语气，立刻有种熟悉的感觉。他又想起自己解开数独的瞬间，闻见雨后空气的瞬间，以及看见春笋一样的小猫的瞬间。这些感觉像在记忆深处被保存起来，这刻又重新体验一遭，他感受到相同的安心和喜悦。

贺之昭举着伞，因许添谊这种久违的生动感到舒畅。

许添谊因为这突发情况焦头烂额，他先打电话给物业，接着要转移办公室里的东西，便说："桌子离水太近了，我把这个先给移到旁边……"只是脚下还有地毯，产生的摩擦力让他撼动不了桌子分毫，于是他更加生气。

贺之昭将伞撑到许添谊的头上，开口道："别着急，你拿这个，我来搬。"说完他脱了西装外套，挽了两下衬衫袖子就要上场。

"不用。"许添谊忙阻拦，"我来，或者等物业的人一起……"让老板亲自干重活总不合适。

"没关系。"贺之昭毫无这样的意识，"我力气大，非常适合搬。"果然一抬桌子就起来了。

十分钟后，楼下物业派了三个人急匆匆出现，看见这"盛况"，也大为震撼。

为首的道："真不好意思，我们也头次见。你们外面先坐一会儿？我们给看看，有需要再找你们。"

两人不敢走太远，只去了楼下的便利店。

贺之昭又是跃跃欲试的样子："吃什么？我的手机支付应该已经可以用了，我要试一试。"

许添谊睨了他眼，跟看小孩似的。主要因为这人的中文太烂。

便利店没有其他客人，卖剩的关东煮孤苦伶仃地散落在格子里。贺之昭拿了架子上的脆脆鲨，再将剩下的关东煮一网打尽。

结账时，他站到柜台前，慎重掏出自己的手机，点了两下，二维码弹出来。营业员不会觉得这是一个神圣的时刻，她随意抬起机器，扫了一记。"嘀"一声，手机就出现了扣款成功的界面。

贺之昭扭头看人，郑重说："成功了，真是方便！"

许添谊愣了会儿，真不知该怎么捧场："恭喜。"

结完账，他们一同坐到便利店的桌凳上。长条桌紧贴玻璃，玻璃外是铺天盖地的雨。许添谊闷头吃自己那碗关东煮，余光里，他看见身旁人正在小心翼翼地拆脆脆鲨。手很大，但脆脆鲨很小一根，动作笨拙充满反差。

他无声地观察着，就见贺之昭拆完，把威化拿在手里，咬了一口，又露出一种很淡、很满足的笑容。

许添谊啼笑皆非，头一次知道这零食这么好吃。他故意问："这个好吃，还是我做的饭好吃？"

"你做的饭最好吃。"贺之昭立刻答道。

骗人的吧。许添谊这么想，但当他不以仇恨的目光与贺之昭盲目对峙后，又忍不住动摇。贺之昭说话的样子的确总是很真挚，如果不相信就像辜负了什么厚重的信任。尤其是此刻说他烧的饭好吃，真心实意，眼巴巴地，就好像在等待反馈或表扬一样。

许秘书矜持道："谢谢啊。"

贺之昭马上说："不客气，这是我应该做的。"他认为自己这次发挥不错，感到满意。

而他要寻找到许添谊说不认识他的原因，届时要有更清晰的表达，他还需要练习和准备。总之，不该在便利店，也不该在天花板漏水的这一天。

许添谊看向桌前的落地窗。外面极黑，玻璃是掺杂雨水的镜子，把他的表情清晰地印在上面。他在不自觉地笑，心中总有两种矛盾的情绪同时膨胀，但现在一种暂时性地完全压倒了另一种。

对他这样的人来说，贺之昭那句"很高兴认识你，我很幸福"的杀伤力是超乎想象的。

许添谊把这句话颠来倒去地想，心头泛暖，连贺之昭在他心中的形象都一并神化。他简直有点后悔当时说"不记得了",他一生气就喜欢说反话,从此他们所有的话题都有了泾渭分明的界限——只有现在,没有过去。

许添谊别扭地掏出自己的手机,决定讨论工作:"邱虹上次的招标书,我又看了两遍,对媒体公关这一块还是存疑……"

手机小,两个人只能凑在一起看。听了几分钟,贺之昭点头道:"我将上一版顶层设计的方案又看了一遍,发现有几个问题至今没有解决……"讲回工作,气氛变正常很多,工作是最安全的话题。两人聊了近一个小时,雨停了。此后几日,日日也都将是好晴天。

回到楼上,经过物业工作人员的努力,天花板暂时不再漏水,只剩下残局要收拾。空气中残留着雨水气味,几个工人忙着将地上湿透的地毯卷起来。

负责的中年男人向他们致以歉意:"不好意思啊,我们也是头一次遇到。估计是当时建楼水管预埋有问题。给你们带来麻烦了,保证一周内彻底解决!"

办公室仍旧湿漉漉的。

许添谊看着,脑海浮现一个成语,叫覆水难收。水泼到地毯上不能装没发生,那故事有办法回到一切没有发生的样子吗?

或许要原谅,只有一种方式,就是,前行,继续下去。

大概把地毯卷一卷,清洗好晾干,把天花板的水管修理得严丝合缝,就又可以永以为好。多美的词。

"最近怎么样呢?"韩城比以往更加热络地给许添谊倒酒,"工作忙不忙?"

许添谊又错过了许多场"韩交际草"组织的聚会活动,一半是因为没有兴趣,一半是因为聚会太浪费钱,他想存钱。他对韩城能记得自己表示感激,拒绝太多次,怕直接失去这个朋友,因此这次还是答应了下来。

除了限定范围的特殊饭局,韩城的日常组局热衷"大乱炖",以本人为出发点,只要关系沾点边的,统统都叫上再说。吃过饭的是朋友,朋友圈点过赞的也是朋友。由此导致同一桌常常坐着相互不认识的人。

今天赴约的人实在太多,还几乎都不认识,许添谊又有点后悔答应了。

"忙,什么事情?"他抵抗了一下,终于明白韩城最近为何三番五次邀请自己,显然是有事相求。

韩城仍旧不说,或者是不能说。他只从其他地方着手:"身体呢?身体好吗?"

"好，都好。别废话了，到底什么事情？"

"想问你个私人问题。"韩城深吸一口气，斟酌道，"你最近还是一个人？"

"不然？一条狗？"一个人不悦。

"那就好。"韩城明显松口气，"对，你真聪明！就是关于一条狗的事情！嗯……是这样的，我有个朋友，现在出国了，他有只狗，实在没人照顾。"

许添谊想也不想："我也没空。"

韩城肉眼可见地慌乱起来："等等等等，稍等！别急着拒绝，我把狗的照片给你看一下，这狗是现在很有人气的网红品种！伯恩山！伯恩山你知道吧！"不知道，伯恩山和拿破仑在许添谊的脑海里没有任何区别。

韩城划动两下手机屏幕，恭敬地端上。许添谊勉为其难地凑过去看，他左右看了几张狗的照片，有些动容，道："还是大狗，我更不会养了。"

韩城如丧考妣，垂死挣扎："只要三个月！我其他朋友都问遍了，实在是没有办法了。"这么干脆就拒绝，委托人还说一定会答应的，哪来的自信？

"没有人照顾，就送到宠物店啊。"许添谊说。

"宠物店那环境，两三天也就算了。"韩城说，"真的离开长时间，哪舍得让狗受这种苦啊，当然想找个好人家托付一下。"

"好人家"三个字让许添谊神情舒缓少许。这种态度的松动让韩城备受鼓舞，他再接再厉道："你放心，这狗很乖的，而且养它的费用、需要的东西，杜……"他咬了下舌头，紧急勘误，"我的朋……朋友都会负担。你只需要给个地方住就行。"

"当然还要每天遛它，还要给它洗澡。"许添谊并无察觉，怒道，"你以为养狗很简单吗？"

韩城认错态度良好："对对对，你说得很正确！"

许添谊端详照片上的狗。这些照片都拍得极好，像出自专业人士之手。品种为伯恩山的大狗或跃动或端坐，情态沉静，笑容温和。

不知为何，他看着狗，脑海中却意外浮现出一张人脸，更糟的是这张脸还属于他的上司。

养吧？他这辈子大半的时间都在和孤独做伴，可恰恰并不享受孤独。他不止一次地想，不能停下来，停下来就剩自己一个人了。但工作再忙碌，终究有可以休息的时间。

下班回家,打开门里面是黑的,摸索到电灯开关,一瞬间明亮,接下来看见一室安静的死物和自己离开时一样。而生活就是每天都将这样的场景重复。

Kelly说他这段时间工作时长吓人,每天都不知道几点才走。其实根本没有必要,不是他走不了,是他不想走。大办公区的灯都关了,但他办公室的灯依旧开着,透过磨砂的玻璃门,能看到贺之昭办公室的灯也亮着。一屋亮堂,他知道人在里面,这种并非刻意的陪伴让他没那么可怜或孤单。

韩城滔滔不绝,许添谊状似勉强地问:"它会自己上厕所吧?"

胜利在望,韩城大喜:"会,当然会!"

"只需要照顾三个月,对吧?"

"对,对!只少不多!"为了达成目的,韩城开始满嘴跑火车,"这狗很听话,很好养,虽然身躯庞大,但被主人教得很好,什么指令都听得懂,性情温和,'狗德'高尚……"

"知道了。"许添谊给自己留了点余地,说,"我考虑一下。"

韩城因为顾及一人,冷落众人的做法遭到了斥责。他忙举起杯子,加入酒局。

许添谊虽然没有明确地答应下来,也早已心动。他见韩城忙着吹牛和摇骰子,便一个人挪到了吧台的角落看手机,偷偷摸摸地搜索伯恩山犬的详细资料和饲养注意要点。

精力充沛,性格温顺,富有礼貌……他一行行看过去,还没见到狗就有点喜欢了,随即看到最后一行字——该犬种虽然性格温顺,很受欢迎,但寿命较短,通常只能活七八年。饲养请谨慎。

韩城神清气爽地混迹人群,到处灌酒,过了会儿,他又强行把躲在角落的许添谊招呼到自己身边。

"韩交际草"面露讨好之色:"喝什么?我给你点。"

许添谊却忽然伸出手:"你也加了微信的吧,给我看看。"

韩城一蒙,误以为他说杜琛宇,讶异道:"诶,那个,你怎么知道?你们不都那么久没联系……"

许添谊咬着牙,见韩城犹豫,他又加上一句:"给我看看,我就答应你养狗的事情。"

的确加了。作为一个合格的猎头，韩城为自己打造了资源极为丰富的朋友圈。只要是能新认识的人，全部必须加好友成为"点赞之交"，为以后业务拓展埋下伏笔。出于多方考量，主要是寄养狗的事，韩城小心翼翼递出手机，试探问："要联系？"

许添谊并不回答，只接过手机翻看。

一段时间不见，即便只看头像下方那一横串的图片内容，他也知道这位热衷分享的朋友又更新了很多条朋友圈。

许添谊屏息点进去，一路往下划，神色如常。无非是分享吃了什么、喝了什么、买了什么，夹杂零星几条工作进度。他一条条看过去，没什么想法，直到看见一条三个月前的朋友圈。

此条朋友圈虽然只配了一个表情包，但下方却同步了当时的定位。点进去看，原来这长串英文意指一家黑珍珠餐厅。同一时间，软件又跳出餐厅的地理位置和人均消费。

"这么贵。"许添谊盯着人均四位数的数字看了片刻，皱着眉嘀咕道。他从来没吃过这么贵的餐厅，也不会去吃。工资水平勉强跟上了，思想和消费水平没跟上，舍不得。

韩城接过抛回来的手机，长舒一口气，这代表许添谊会养狗了，"间谍狗"即将被成功安插。

出酒吧，许添谊幸运地赶上最末班的地铁。过了市中心的几站后，乘客才渐次下车，车里的人越来越少。到最后，一排位子只剩他一个人。许添谊又在习惯性地看工作邮箱，脑海里梳理明天的行程——上午有两个会，他要准备材料；对，下午还要记得验收物业重新装修的天花板……

许添谊有点难过，但他从小不会承认自己的难过。他的手机界面仍旧停留在工作邮箱。他忽然发现会肯定他的红烧鸡翅和糖醋小排，会承认他的微小价值，对他任何的付出都不视为理所当然，给予诚挚感谢的人，的确存在。

有，但是他的顶头上司，是他当下曾试图报复的对象，也是让他念念不忘、难以释怀的年少时的挚友。

冲动答应养狗，第二天酒醒了，许添谊又有些许反悔。虽然房东自己养了两条金毛，也提过他可以养宠物，但人的想法总会随着时间变化，现在又说不能养了也极有可能。

他忐忑地向房东报备后,没想到大爷立刻表示高度认可,还主动要了狗的照片看,看完称赞说:"这狗的样子没见过,挺精神的,是什么品种?"

"伯恩山犬。"许添谊向他解释写法,"是起源瑞士的犬种。"

"哦,真洋气。体型大,毛亮,好狗,好狗!小家伙叫什么名字?"

许添谊顿了顿:"……叫壮壮,强壮的壮。"名字不该有高低贵贱,但他说出来这两字,还是有点耳朵红。

"好,你养吧,把壮壮养得壮壮的!"大爷爽快道,"你搞卫生我是放心的,反正也就是一楼,狗跑起来不用担心楼下。就是你在外面遛它的时候,记得捡屎,不然会被别人说的。"

大爷是个实在人,过两天还特意拿来新的狗玩具:"送给壮壮。"

过了一个星期,早上六点,许添谊起床,开始坐立不安地擦桌子、整理东西、看表、查看工作邮箱。这心情和之前在飞机场给另一个"壮壮"接机类似。未知、紧张、害怕搞砸,还有他自己都没察觉,也绝对不愿意承认的期待。

大狗难养,但养了就要负责。许添谊用了一周时间挑灯夜战,疯狂学习饲养要点和注意事项。尽管只有三个月,他也要让壮壮在自己身边过上上流生活。

早上十点,韩城打来电话通知快到了。不多时,越野车出现在许添谊的视野中,它极为小心地挤过小区内狭隘的过道,连续遭到三个买菜回来的大爷大妈的呵斥,终于艰难地停在楼门口的空地上。

前来送狗的只有司机韩城,狗主人并没有出现。

许添谊盯着车窗往里看,但贴了防窥膜,什么都看不见。翘首以盼半天,终于等到韩城跑下车,从车后排张罗着将主角牵下来。

车门缓缓打开,一庞大身影如流窜的乌云飘了出来。壮壮迈开步子,端庄轻盈地下车,随后坐在两人中间,吐着舌头露出友善的笑容。

雪山圣犬,温和高洁,威武雄壮。

今年三岁,堕入市井,名为壮壮。

好大。虽然已做足心理准备,许添谊还是受到视觉上的巨大震撼。壮壮才三岁,但蹲坐着已经到了韩城的大腿处。它的眉毛是两个棕色的豆点,眼睛圆滚滚的,面孔中段一直到胸前都是白色毛发,背部却披着大面积的黑色,像一名穿燕尾服的绅士。

有人在，许添谊只把牵引绳紧紧攥手里，用眼神将狗来回抚摸。

韩城把塞满一后备厢的海量罐头、狗粮和其他的狗的生活用品搬下车，喘口气："累煞我也！"他真没想到杜琛宇准备这么多东西，全搬上后备厢去了他半条命。

不过他做事这么地道，当然不是为了什么杜琛宇，是惦记自己的大学好舍友。这两年杜琛宇联系过他几次，问许添谊怎么样。这人隔个大半年才问一次，莫名其妙的。如今杜琛宇又是回国又是寄送狗的，还直白地说自己对不起许添谊。

韩城心道，倘若是几年前的他，定会自作主张，干脆地回绝杜琛宇。可现在年纪大了，心境亦跟着不同。年轻气盛时，一点矛盾就看得比天大，但现在明白只要没有原则性错误，人际关系都是可以挽回的嘛。

韩城想，特别像许添谊这样的，没有家人的牵绊，朋友也没几个，真像漂泊的浮萍。从这里漂到那里，连个能抓、能依靠的东西都没有，很容易一不留神顺流而下，不知道漂到哪里去了。

"需要这么多？"许添谊不知韩城心理活动，脑子里只有狗，"不就三个月吗？"他接着又自顾自思维跳跃地说："它的脚好大啊。"

"是啊！"韩城道，"脚大狗大食量大，一次就能吃好几个罐头，总归把东西往多了准备嘛。"

壮壮仰头看许添谊，咧着嘴微笑，好像很信任的样子，极其真诚。

许添谊面孔紧绷，因为从小表达过喜欢的东西都会被拿走，所以别扭，不习惯当着别人的面表露喜爱之情。等韩城走了，他才很快蹲下来，露出很淡很满意的笑容，狠狠揉了揉壮壮的狗头。

许添谊的生活骤然忙碌又有盼头起来。他期待每个工作日的早晨看到邮箱里来自贺总的工作邮件；期待竭尽所能完成任务后汇报工作，得到肯定的言辞；期待两人能一起吃午餐，随便聊两句；期待饭后把咖啡端到贺之昭桌上，听到谢谢；期待贺之昭再次邀请他去健身房；期待给 Kelly 和游奇看壮壮的照片，得到羡慕的回复；期待回家看见壮壮，摸很柔软的毛，把壮壮一整个抱在怀里，或是带壮壮出去溜达，呼吸新鲜空气。

许添谊发现自己没有想象中记仇，他很轻易就忘掉生活的沉重。因为对他不好的人多，对他好的很少。从心底的愿望来说，他希望被人温柔以待，虽然并没有过，也并不习惯这样被对待。

许添谊本人也不知道如何身体力行表达"温柔"两个字，所以无比珍惜，只会笨拙地用切实行动对一个人很好，又寄希望对方给自己很不错的回复。

过了夏至，气温逐渐攀升，有天热的实感。

午休时，趁游奇去拿柠檬茶的外卖，Kelly把口袋里的东西掏出来，递给身旁人："别告诉那胖子，他会吃醋的。"是两张当下流行的浸入式戏剧的入场券，票价很贵。

她解释："这票退不了，但我朋友不是正好约我去马尔代夫吗，我想着没去过这种海岛，当然要去。现在年假已经批下来了，正好和这个时间冲突。"

许添谊想要拒绝，只听Kelly说："拿着吧！反正也不是特意送你的，算帮我解决烦恼，不然就浪费了。"末了，她又小心翼翼轻声补充，"你可以找个朋友一起去。"

许添谊郑重道谢收下票，想到贺之昭邀请他去健身房，他自然也可以邀请对方去看个戏剧，陶冶情操，这不是很好吗？毕竟这么贵的票，浪费是很可惜的。

游奇端着外卖袋上来了。一共三杯柠檬茶，Kelly一杯，游奇两杯。许添谊省钱，没点。

一时无人说话，他们吹着空调冷气，各看各的手机。

Kelly照常浏览自己最热衷的社交平台，刷着刷着忘记喝柠檬茶，猛地坐直身子。"我给你们讲个很劲爆的东西，好吗？"她捏着手机，瞪大眼睛，强调，"大瓜！"

游奇含着两根吸管，含糊道："当然好啊！赶紧说别卖关子。"

"好，首先，我得先问个问题。"Kelly深沉发问，"贺总有对象吗？"都知道在问谁。两人的目光迅速转向最后一人。

许添谊端着公司免费茶包泡出的热茶。他抬眼睛表示听见了，却保持沉默没回复。

Kelly见此，压低声音，神情恳切："哎呀，看在我们多年情谊的分儿上，小小透露一下吧。只用说有或者没有就行，不用说其他的。"

许添谊的沉默并非出于对老板个人隐私的保护，而是他真不知道，不清楚。他慎重回答："应该没有吧，我不确定……他工作很忙。"

"哦——"Kelly拖长调子，"那这个也不一定是贺之昭的女朋友吧？"

她将自己的手机屏幕调了个向，对准剩余二人，感叹道："大数据真的太神奇了吧！我完全不会在网上搜任何关于公司的讯息，可还是给我推送了这条推文，是不是因为大数据知道我的信息？还是未经允许使用了我的地理位置？"

许添谊凑近看，原来是有个初始头像的账号发布了所谓的，关于维尔集团高管的绯闻，这是该系列的第一条，说的是现在的首席执行官贺某唯爱金发碧眼的美女，私生活无比混乱。文字上方附了张偷拍的照片。一个背对着镜头的金发女生正和贺之昭在露天餐厅吃饭。

贺之昭的面容很清楚。贺之昭抬头看着她，神情倒是仍旧平静，无猥琐状或痴态。

游奇凑近反复看，赞道："哇，不看脸就知道很美！"

Kelly把手机抽回来问："可是你不觉得奇怪吗？这么一张照片，就能被有声有色地编出一篇故事。而且我们算什么高大上的公司啊，连高管的私生活都被发网上，是不是有点太夸张了？"

这么一说，游奇也觉得颇有道理，立刻赞同道："确实，有点奇怪。"

"对吧。"Kelly说，"而且照片里也没什么亲密动作啊，可能只是朋友呢。"

"这年纪不就是该谈恋爱吗？"游奇做了个"请"的手势，"他这样的，霸道总裁！这种条件！"

"嗯，虽然看上去好像是那种不会太懂女孩子心思的类型。"Kelly十指交叉支于嘴边，她客观评价道，"同志们，但这单拉出任何一个条件，都能超越八成男人啊，什么长相、身材、五官，还有职业……"

游奇无情揭露："什么车轱辘话，你就想说长相身材呗。"

Kelly翻了个白眼："不要这么直白好吧，显得我很猥琐！"

三十岁，未婚，完完全全、实至名归的钻石王老五，合该说，若没有交往的对象，才令人意外。

Kelly和游奇相谈甚欢，并不把帖子上关于贺之昭的"私生活混乱"是否真实当回事。好像只是八卦精神发作，借此旁敲侧击打探听听贺之昭情感生活的真实情况。

Kelly眉飞色舞地和游奇相互分析着，越说越离谱。她的手机草率地搁在桌面上，界面停留在那篇讲述贺总风流韵事的帖子上。或许因为根本无人在意什么维尔集团的高管干了什么，这帖子挂了三天，至今只有两个人点赞，既没有人收藏也没有人回复。

屏幕因为放得太久没动过，慢慢暗下去。许添谊伸手，又点了一下，让它重新亮起来。

游奇缺少眼力见，见许秘书盯着看个没完没了，在旁边添油加醋道："你最了解他，你说呢？下次多注意观察！不过人不可貌相，公司里是个假正经，在外面当多情浪子也是有可能的。当然，我个人坚决抵制这种行为……"

许添谊将发布帖子的账户 ID 记录下来，说："我后续会一直跟进的。"然而怎么跟进，他没有任何思路。

回到办公室，许添谊偷偷注册账号，搜索 ID，将帖子上的照片保存。

重新认真钻研这图片，场景不像国内，一旁的招牌写着英文，衣着季节也对不上，恐怕是贺之昭还在加拿大的时候拍摄的。女生的身体微微前倾，是正在表达的样子。诚如游奇所言，是光看背影都知道很美的程度。

为什么贺之昭在加拿大的照片也会有人偷偷拍摄，为什么有人要揭露集团这群高管的私生活……这些都有探究的余地。

许添谊有一种上当受骗的感觉，心中像有一团火在烧，没人观察到，没人在意。

所以小时候不打电话也是因为如此吗？

许添谊能很轻易地就承认自己没那么洒脱——既不能直接忘记或干脆怨恨，也不能抛弃前尘旧事，简单地选择原谅。

他又开始进行最坏的揣测。或许贺之昭天生就会计算如何使利益最大化。在去加拿大后，觉得从此不会再接触了，没有必要维系关系，所以把打电话也忘掉了。如今再意外见到，知道工作上需要他，于是就又当之前的事情全然没发生过，自顾自和蔼可亲地靠近，用他最想要听的话和最想要看到的行为迷惑他。

贺之昭推开门，发现外面那间办公室没有人。这代表许添谊已经先行离开，可能和其他同事一起吃中饭了。

怎么会这样呢？贺之昭对网上的帖子毫不知情，只知对方已有两天没和他吃中饭，也拒绝他再一同去健身房的邀请。这对已经隐隐形成习惯的贺总来说，并不习惯。

贺之昭重坐回茶水间外面的小圆桌独享午餐,这下没有了许添谊投喂自制特色餐点,也没了壮壮的照片可以看。他的心里有点困惑,想和许添谊说很多话,一些不适合在工作场合表达的东西。

又经过两次心理咨询,再加上有针对性的练习,贺之昭自认感知能力正在恢复,使用中文时的表达障碍正在慢慢消失,中文也流利少许。他并不会一味将自己全部的困惑都交付给田沐春解答,他希望田医生只是给他可供采纳的思维模式,能够让他理解学习并加以利用。

所以他认为现在的局面可以自行解决。

贺之昭吃完饭,回到办公室,发现许添谊正靠在桌前,看到他来,像没预料到,措手不及地点点头:"贺总。"

"小谊,你吃饭了吗?"贺之昭没往里走,站定。

许添谊当他兴师问罪,心道脸皮好厚,答道:"吃过了。"

"吃的什么?"

"我自己带的便当。"

贺之昭点点头,还是没走:"明天早上是九点五十的飞机,对吗?"

一谈工作,许添谊就正经了:"对,证件机票都在早上给你的信封里面,别忘记带了。另外,"他道,"我列了份可能需要的东西清单,发在邮箱里了,你可以对照参考看看。"

本周后几个工作日,贺之昭要和王磊一同出去开会。

"你有什么想要的东西吗?"贺总感谢完,思考如何延伸话题,"我可以带回来。"

许添谊嘴上冷淡道:"谢谢贺总,没有什么想要的。"

聊闲天很难啊。贺之昭想,之前 Rachel 每次都会叫他带东西回去的。

"你的体形偏瘦,增加一些肌肉会更加健康。"他又切换话题道,"现在很像模特。"

许添谊客套说:"谢谢,暂时没有这个想法。"故意的冷淡有着有恃无恐的成分。他知道摘去面具和礼节,这么说也没关系,但贺之昭本人并没有察觉。

又聊完了。贺之昭心中有一种难以描述的陌生情绪,忍不住来回走了两圈。

许秘书已经坐回座位。他抬头看老板像陀螺打转,终于动了恻隐之心,问:"怎么了?"到底要干什么?

贺之昭看着他,坦白:"怎么这两天没等我吃饭呢?"

还委屈上了。许添谊心里冷笑,实际却错开眼神,语气放缓了:"哦……因为有点饿,早饭没吃饱。"

"原来如此。"贺之昭豁然开朗,"那还是你先吃吧。"

许添谊不胜烦躁,想问的很多,都问不了,遂只道:"知道了!下次会等你的。"是河豚泄了气,暂时投降的意思。

Chapter 10
疮疤

贺之昭出差，秘书像行星失去恒星，没了绕着转的对象。但尽管老板不在，要做的事情仍旧不少。比如公司要团建了。

原本团建总发生在春天，不过是某个周六去个就近的公园野餐，再做些莫名其妙又让人尴尬的团队游戏就结束了。今年因早春涉及大规模人事变动搁置至今，现由比较宽容的人拍板——贺之昭同意工作日出市并在市外住一晚。于是在大部分人认为团建要取消时，它又闪亮登场，营造出意外之喜的氛围。

Kelly摩拳擦掌，打了鸡血似的做民意调查，将一众热门团建地点加以罗列，大有要不负众望的意思。因为天气热，漂流意外受欢迎。最重要的娱乐项目就这么确定下来。

许添谊将预算和策划的表格点开研究，Kelly在旁边忐忑看着，解释道："晚上预备是订这个公园的烧烤套餐，报价是一百二十元一人，还是比较合算的。炭火、食材这些全部都是公园提供，也可以借用帐篷，不过还是住酒店吧……"

在许添谊被提拔前，两人短暂共事过两个月。平日玩闹归玩闹，工作上对方是她严厉的前辈。

财年临近财年结束，又要准备年会，时间紧任务重，他们不能再拖，要赶在这周敲定方案，将一切安排完毕，下周便出发。

许添谊斟酌问："漂流不会游泳的人怎么办？是否能保障安全？"

"没关系，漂流全程穿救生衣的，不用会游泳。而且毕竟是人造景观，水深只有一米。"行政部另一位同事做补充，神情犹豫道，"反正现在不会游泳的人应该还是比较少的吧……"

许添谊的表情微妙地变了变，他就不会游泳啊。但被这么一说，他自尊心又那么强，就不方便继续向下询问了。

核对行程、联系场地、统计人数、租用车辆……许秘书一边推进工作，一边挂心航班情况。若一切顺利，飞机现在应该已经在香港着陆。

许添谊认为贺之昭很矛盾，工作效率很高，开会时语速甚至会有点快，什么都能做数据分析。生活上却又很迟钝，与人交流前要很长时间，慢吞吞地，还经常说莫名其妙的话。

可每次都能猜到许添谊想要什么，话语如同一记记直球，打得许添谊晕头转向，只能丢盔弃甲，心甘情愿地全力以赴。他不愿意承认，但在内心深处的某个角落，他依旧把贺之昭视为最重要的朋友。

回到家，刚开门，巨大的黑色乌云飞快流窜到脚边。许添谊和往日一样，先把狗带出去遛一圈，再给狗准备晚饭。打点好一切，最后再轮到给自己做饭。

时间回溯至接壮壮回家那天，他虽然喜欢壮壮，但伯恩山犬的体型太大，导致自己还是有些束手无措、畏手畏脚。一人一狗坐在客厅，谁也不说话，气氛透着尴尬。

随后喂上几顿饭又带着出门遛了几天，壮壮就开始眼巴巴地凑过来，把自己很大的脑袋搁在许添谊的大腿上，眼睛向上看看人，暗示"请抚摸"。

被狗需要也是被需要。不过即便没人看着，许添谊也不会捧着壮壮的狗头，表达什么夸奖、喜爱，脸皮太薄，他只用行动表示——早晚各遛一次狗，傍晚陪同在客厅玩耍，夜里让壮壮进屋睡在脚边，双休日还要做营养加餐。

快八点，许添谊拿着手机，准备最后看一次工作邮箱。壮壮又慢吞吞凑过来，是想要抚摸的意思。他盘腿坐下，狗便与他一般高，栽倒在他身上。许添谊极为满足地抿嘴。这种毛茸茸的拥抱让他感觉到陪伴，没那么孤单。壮壮对他的喜爱毫无保留，也不需要回报。

许添谊摸着它柔软的毛发，别扭地说："你还挺好的，比我遇到过的很多人都好。"可惜一人一狗统共相处三个月，只能珍惜地倒数日子。

手机也没有来自老板的新消息。

"……也很正常吧，第一天也很忙。反正只是上下级，做好工作就行了。"不管狗听不听得懂，许添谊就是自顾自说，"明天把做好的完整方案发过去过审。"

飞机穿过晴云，贺之昭与王磊抵达香港。两人在机场吃完简餐，直接去公司开会。议程紧凑，内容很多，中间只进行了两次茶歇，一直到晚上才结束。

去晚了，酒店的自助餐临近歇业，味道不佳，两人都没吃多少。王磊提议说："吃个夜宵吗？"他来香港开过很多次会，第一次被本地的朋友带去吃一家冰室的云吞面，味道极鲜美。之后离开香港无论探索过多少家港式茶餐厅，也没吃到过一样的好味道。因此现在每次来香港，他都会专门打车去吃。

冰室在很深的巷子里，店面小，过了饭点生意还是好得出奇。环境一般，不算干净，也因人多吵吵嚷嚷。但就是要这种地方。

等餐时，王磊开启话题："我每次来开会，是肯定要来找这个吃的。念念不忘。"说完笑容淡了些。原本陈彬彬离开，上面也造势引导，让他以为自己有机会，却没想到空降下来一个更加年轻的领导。平心而论，他羡慕贺之昭。如今他年纪增长，精力大不如以前了。他的事业巅峰已经过去，贺之昭的却刚刚开始。

几分钟后，在谭咏麟的歌声中，两碗一模一样的云吞面被利落端上桌。清淡的汤水经头顶的暖光一照，波光粼粼。

王磊笑着掏手机："我给我家人看看，汇报下行程。"

贺之昭若有所悟，也拿起手机拍起来。

"贺总也有要发的人吗？"王磊打趣。八卦之心人皆有之，更何况对方的确神秘，透出的个人信息极少。

贺之昭拍摄态度认真，却不知道随图发表什么意见看法合适，就真的只发了张照片，配字：云吞面。

没几秒，电话响。他很快接了："小谊。"

"对，因为去的时候太晚，食物剩下的不太多了。我来吃夜宵。"贺之昭一板一眼回答，"好的，你发给我，明天我会确认。"

最后他说："你也早点休息，晚安。"

反应过来对面是谁，王磊着实惊讶："小许？"

王磊本以为许添谊作为前任领导的秘书，贺之昭会用不顺手新找人选，没想看上去两人关系不错。

许添谊挂了电话，抿着嘴，开始很用力搓壮壮的狗头。

这是否可以算作一个良好的开端？他想自己很快就可以有足够的勇气面对过去了。

第二天一早，会议室没抢到，不祥之兆。许添谊带着 Kelly 坐到 pantry 沟通工作。正进行到一半，办公区走来几个人。为首的是两个部门的负责人，人事部的 Yvonne 和品牌部的邱虹。

"大家早上好呀，打断一下，我们来介绍新同事啦。"Yvonne 大声道，"这位是咱们品牌部新来的 Betty，刚从藤校毕业的高才生……"她带着身旁瘦小的女生向同事们打招呼。

许添谊抓紧时间，盯着电脑看最后一行，顺便回忆起前几日贺之昭的确是批过一个品牌部的招聘计划，简历他也看过。美本英硕，专业对口，四段实习经历，是相当优秀的女生。

近两年新员工的学历越来越高，实习经历也都越来越丰富。每每看到，许添谊都会很羡慕。因为经济原因，这是他错过又梦寐以求的东西。

若是他写大学期间的实习经历，只能窘迫说自己是奶茶店的优秀员工，此外还会同时做手抓饼和烤肠。仅此而已。

大家纷纷起立，各鼓各的掌，说："欢迎欢迎！"

介绍完 Betty，Yvonne 带着另外一个男生冲大家笑："正好，这位是我们新来的实习生 Eric，也是今天来报到的，大家一起认识一下。"

实习生的招录手续宽松很多，只要部门经理邱虹批准就可操作录用。聚散有时，因为流动率极大，平日并不会特意带着转一圈请大家认识。只因今天恰好有个同部门的正式工入职，便也带着一同亮相。

许添谊原本背对着人群，此刻也赶紧起立，扭身鼓掌欢迎"新鲜血液"。

这男生长得不高，很瘦，他皮肤很白，又染了粉红色的头发，半扎了个小髻，每只耳朵都戴满饰品。衣着也时髦，脖颈挂了项链垂到胸前，腰带掐住牛仔裤，显得身段单薄。这身打扮哪怕去创意公司都算足够亮眼大胆。

Kelly 忍不住小声"哇"了一下，她靠近许添谊，说："好特别的小男生哦，一下子就能看到他。"不止她一个,大部分人的目光早就被吸引过去。

特别。溢美之词。

许添谊大脑运转不顺畅,盯着看,呼吸也顿挫,像突然创伤应激,硬痂被狠狈揭开来,也像乘完噩梦中的车,想连滚带爬摔下去,大声呕吐。再然后,他想把自己彻底藏起来。

许添宝腼腆地笑:"大家好,我是品牌部这边新来的实习生,可以叫我 Eric,请多多指教。"

可是,为什么?

"你为什么也在这里?"许添宝手撑着办公桌,不悦地看坐在显示器后面的人。

两人已经许久未见,之前也并不亲密,如此重逢,硬生生迸发出短兵相接、水火不容的气势。

"出去。"许添谊头也不抬地坐在工位上,他看着屏幕忙碌地处理邮件,冷漠道,"你没有资格随意进出我的办公室。"

"我问你话呢!"许添宝急道,"贺之昭呢?"

"和你有关系吗?"许添谊嗤笑,顿了顿,笑也装不出了,他移开眼问,"他叫你来的?"

并非如此,是于敏打听到消息后,许添宝擅自投了简历来的。贺之昭并不知情。

许添宝把握不好如何回答的尺度。如果是其他人,他肯定先应下来,后面再去主动找贺之昭就是了。但许添谊居然在这里,不符合他的预期。看来两人还是见上面了。是巧合?还是通过其他途径联系上的?

毕竟当时贺之昭的确打来过电话——那天是许添谊的生日,一开始谁也没记起来。许添宝被妈妈带着上完一天的兴趣班回家,许建锋还未归,许添谊却也不在。

于敏嘀咕了声:"又去图书馆了?"就去厨房做晚饭了。

许添宝待在客厅,把小包里的乐谱、拿到的贴纸、同学给吃的糖都乱哄哄地扔到沙发上。他天女散花地铺开检阅了一会儿,再煞有介事地翻了两下琴谱,立刻失去兴趣,去找电视遥控器。就在这时候,座机电话响了。

"妈妈——"厨房里噼里啪啦的,于敏在煎鱼,没听见。

许添宝想了想,自顾自接起来:"喂?"

"喂。"对面是个年轻男孩的声音,"请问是小谊家吗?我是贺之昭。"

许添宝刚想反驳,凭什么说是许添谊的家。但听到来电人的名字,他这念头顿时被抛在脑后。

"哥哥,我是小宝!"许添宝坐直身体,兴奋又埋怨地说,"你都去好久好久了,你什么时候回来呀?"

贺之昭回答:"抱歉,时间有些紧张,小谊在吗?我找他。"

又是小谊。许添宝嘟着嘴重新靠回沙发,懒懒地说:"他不在啊。"

"是吗。"对面沉吟片刻,"他什么时候回来呢?"

许添宝骤然生出一种破坏的念头。他这辈子遇到的所有兄弟姐妹、长辈,无不喜欢他。许添宝是被追着捧着的,许添谊是被故意无视掉的。大人怎么会认为小孩不明白?小孩全部都看在眼里。

可是贺之昭是唯一的意外。许添宝猜想,恐怕是因为许添谊占了先机,所以他无论怎么样亲近贺之昭,贺之昭却还是想着小谊小谊的,实在烦人。

"他可能不会回来了。"许添宝说,"嗯……反正他也不是我家的小孩,跟着亲生爸爸过了吧!"如果他能一语成谶,更好。反正他的确不知道许添谊去哪里了。

"是吗?"贺之昭疑惑道,"怎么才能联系到他?有电话号码吗?"

许添宝大声打断:"你不要老想着他了!"

"我每天都很想他。"旁边似乎有人说话,贺之昭转而道,"但现在这里的情况比较复杂,我不能再聊了,要先挂了。"最后,他说,"遇到小谊,请替我祝他生日快乐,我后面会再打电话来的。"

挂了电话,许添宝回味几秒,起身去厨房和于敏说:"妈妈,今天是那家伙的生日啊?"

于敏愣了愣,还真忘了:"哦,是的,今年是闰年。"

过半个小时,许建锋先回了家。左等右等,不见人回来,三个人都饿了,便提前开了饭。许添宝隐隐喜悦,以为自己梦想成真。但饭吃到一半,门锁声音响了响,有人推门进来了。

"干什么?你出去过生日了啊?"于敏打趣,"生日快乐,过来吃饭。今天

166

有鱼。"

"生日快乐。"许建锋也端着饭碗,一边吃一边笑着说,"想要什么?给你买。"

许添谊路过他们,倒在沙发上,随后把脸压在靠垫上,一直没动弹。

于敏催:"过来吃啊!"她催了两遍。大儿子的脸仍旧没抬起来,只是说:"我不吃!"声音和情绪都被压进靠垫的棉絮里了,闷闷的。

她看喊不动他,心里也不高兴起来,说:"干什么啊,毛病。"

座机狭窄的屏幕上还显示着上一个通话的号码。许添谊没看,也从此再没看过。

之后他们从大院搬了出去,住进那过渡的一居室,没人再提贺之昭。许添宝误以为无论住在哪里,电话号码都会一样,等着贺之昭再打过来就可以。一直没等到,后来他已经长大了,才明白过来。但那又如何?反正他朋友很多,贺之昭哥哥也不过是其中比较喜欢的一个。

许建锋空闲时间带他去水族馆、动物园、科技馆,于敏带他上兴趣班,他实在没有时间和精力惦记这件事情,更没空闲工夫伤心啊!

手机上消息不断响。同部门的人问他去哪儿了,要他一起中午出去吃饭。许添宝看着手机"啧"了声,说:"我等会儿再来。"

之后许添宝再次听到贺之昭的消息,已经是两年前。

得知对方前来拜访的理由,许添宝十分惊讶,毕竟贺之昭所寻找的人,自从上大学后便和他们一家没了联系,是死是活都不知道。不过也没人对此多在意,反正这人在家本就多余。

许添宝唯独没想到,自己当时说的什么许添谊去找亲生父亲的话,被贺之昭信到现在。于是干脆顺水推舟,就这么应付下来。

将前来拜访的贺之昭送走后,于敏却动了心思。早些年许建锋炒股赚了些,家里又买了套小房子。但后来许添宝成绩太差,就动脑筋走上了音乐生之路,改学小提琴。人被宠得骄纵,许添宝好面子,琴要十多万一把的,平日的课时费像天价,别人出国旅游他也要出,泡酒吧、染头发,去年因为旷了太多课也没修够学分,留了级,最近又嚷嚷要玩乐队。

家底早就耗完,小房子也卖了。

钱不够用,许建锋脱离社会太久,找不到好工作,年过半百,只能每天开十二小时的专车补贴家用。

不过于敏再着急，也舍不得说一句重的，只想别的办法。眼前贺之昭一表人才，维护好关系，后面许添宝工作，也能提携提携。

虽然许添宝自己也常意欲联络，但或许因缺了中间关键的钥匙，尽管贺之昭的回复礼貌也有比较明显的疏离。

许添宝藏着私心，他这次来实习当然不是为了工作，是奔着和贺之昭打好关系来的。

好在实习生的面试并不复杂，为了提高成功率，许添宝还顺手牵羊，带了前女友的作品集和案例分析，面试官不疑有他，进展很顺利。

门骤然合拢，光中的尘埃重新随着光线消失。下一秒，许添谊终于强忍不住濒临失控的情绪，将身体微微佝偻起来。

他被巨大的羞耻感笼罩。这是他至今取得的最好职位，他开始接手先前刘亦才能接触的业务工作，直属领导贺之昭对他的成果表示充分认可，给予指点支持和鼓励。

许添谊惊觉自己常有思想上的越界，他自以为是地想象贺之昭的友善包含过去单薄的情谊，以为自己说的"从来不认识"是最好的打击报复。所以他每次也都无比郑重，希望交出去的东西是完美的，满心喜悦期待贺之昭说些什么，再一点点重新垒出很小的自信，像收集萤火虫的光点一样。

慢慢地，他把仇恨也戒掉了，回忆里不好的都被摘除，他只想到很久很久以前，无数个开空调一起午睡的假期，想到一起放学橘色的黄昏，文具店门口淀粉肠的香味，连剪得太丑的发型，他都觉得那缺口丑得可爱……

许添宝没有回答自己是怎么来的，但许添谊还是很容易能想清楚。他承认自己先前有很严重的认知错误，此刻终于无比接近真实答案。

贺之昭是笨蛋，贺之昭是笨蛋。

……

贺之昭恐怕不是笨蛋。他很聪明，所以挑挑拣拣，选择了许添宝，丢掉许添谊。

许添谊写过很多次辞职信，文件都偷偷放在电脑里，准备哪天承受不住了就真的打印下来交给人事部。但每次过了一两天，他冷静下来又决定再继续坚持。

因为生活就像海洋，只有意志坚强的人，才能达到彼岸。不是上帝的宠儿，就要为自己一切的选择承受相应的后果。

许添谊深呼吸了一下，敲打笔记本键盘的手指有些颤抖，至少得找到下一份工作再辞职。他联系好韩城，请猎头留意不错的工作岗位，随后开始编辑文档。

打印机在公共区域。许添谊抱着笔记本下楼，谨慎确认没有人使用，才按下电脑上确认打印的键位。庞大的机器传来投入运作的声音。单薄的一张纸，吐完却没有歇息，接着开始打印下一位同事的文件。

许添谊拿了自己的辞职信，正欲离开，背后传来Kelly开朗的声音："哈喽，你也打印东西呢？"

许添谊镇定地将纸折了起来，转过身向她示意："嗯，我已经打好了。"

"报销单报销单，我攒了一堆一起打。"Kelly凑到打印机的出纸口，期待地说，"我还打了份团建的通知安排，等会儿贴到电梯旁边，营造氛围！"

刚印好的文件叠在一起暖烘烘的，Kelly摸了又摸，说："每次纸都热乎乎的，摸着好幸福。"

许添谊愣了愣，冲她笑笑。上楼梯时，他想问，这也可以幸福吗？这么简单就可以幸福吗？

他摸到纸想到的是要交出去的任务，他看到贺之昭，内心总是产生巨大的震动，也或许，他在故事还没开始前就预知到了自己肯定会受到的伤害。

飞机落地临近四点，再从机场出发，紧赶慢赶，贺之昭抵达办公室时还是已经过了下班的点儿。

贺之昭匆匆路过办公区，算简单亮个相，随后乘坐电梯上楼。等待时，他看了看那张贴在旁边的团建通知。其实今天没有必要进公司，但是他想见见许添谊，所以就又回来了。

人际交往中的送礼也是学问，商务上的许添谊可以把关，但给许添谊买的，只能自己斟酌，把握好度。

贺之昭很有成就感。虽然自己不会买，但跟着王磊买手信就行了。

只是王磊还在机场给女儿买了包——贺总也跃跃欲试想问自己的秘书，后来运用逻辑推理分析得出这种行为不太妥当，遂放弃。

169

除此以外，他都收入囊中。

还有在香港吃完云吞面那天，路过老街最普通的纪念品店，在门口看到一排钥匙扣，花草树木动物，有只和壮壮很像的狗。他想许添谊大概会喜欢。

办公室是黑的，许添谊已经走了。既然来了，贺之昭干脆拖着行李箱，推门进了自己的房间。他走路很快，带起一阵风，让许添谊桌上夹在书里的纸跟着上下动了动。

深蹲完成，休息，硬推完成，休息。贺之昭将耳机摘下，拿出水壶喝了口水。

这间健身房的确很好。他在心里肯定，干净整洁，环境清幽，只是没有人，感觉会倒闭。下次再试试喊小谊一起来吧。

贺之昭想了想，坐到空闲的器材上，从自己的运动包掏出笔记本，又写了两行字。笔记本里新记了很多东西，有的和情绪有关，有的没有，再好的学生也有神游天外的时候。

"可以请你吃饭吗？"树状图分叉出来，好的，不行。又分出两个答案，画到最后，枝繁叶茂，有些填了最终的答案，有些没有。

如何才能触摸到无形的情绪？

最强烈最难解释那次，是许添谊兜头塞给他伞，很凶地说拿好。挨骂了，他心情很舒畅，因为那种怒气冲冲的神情让他想到两个人的小时候。

每个句子的前缀一定有"一起"，刚念书要手拉手春秋游，手心捏出汗也不松开；运动会跑男子三十米，人小得像滚出去，跑道下面一定有嗓门很大的许添谊在声嘶力竭地喊"加油"；一个话太密，眉飞色舞，另一个只是听，但也要一起被叫到门口罚站。

或许被困在童年的不止许添谊一个人。

现在他能问出口的，只有为什么不找他一起吃饭。

贺之昭又在旁边写了"壮壮"，想写"鸡翅"——翅字不会写，得查手机。但他想要一起吃饭的目的，不是为了看壮壮照片，也不是为了吃点鸡翅。

他没什么头绪了，心里有团雾，像迷路的狗，闻见少许气味，可在外面转了三圈，没找到入口。他合了本子站起来，套上外套，拎包走了。

许添谊罕见踩点下班，迎面撞见晚高峰。公交车堵在高架上足足半小时，才成功顺着匝道开下去。

车载满人,他站在过道间,拉着吊环,跟着摇摇晃晃。辞职信虽然打印好了,但人并不在,所以他没有和预期一样,把这张轻飘飘的纸甩到贺之昭的脸上。

当然,真看到那张脸,可能也就下不了手了。

总得找下一份工作再说。许添谊换角度思考,他是没有家、没有退路的人,收入来源不能断,更何况就算辞职了也不能一走了之,还得把工作都交接完毕。

出去还可以做什么呢?他也没什么兴趣爱好,无趣、爱生气,喜欢计较小事。有过一些渺茫的规划,但都没实现。

许添宝却恰恰相反,粉色头发亮得光是站在那儿就能吸引目光,穿戴着万事顺心如意的自信。

许添谊知道家里把所有钱都砸在这个弟弟身上了。他上初中时,许添宝小提琴课请的老师就大有来头,算拜师学艺,一节课四十五分钟,报价四位数。那时他要一次生活费可以拿到五十块钱。

这是于敏唯一的、满意的作品,所以她舍得,所以许添谊的人生与其无数次对垒,没有过获胜的时候。

回到家,壮壮倒是很快贴上来,像是地球上最需要许添谊的生物。

"我今天不想遛你。"许添谊板着脸看着它说。但壮壮还是很高兴地摇着尾巴,积极地绕着他转,像不知所谓的撒娇,也像很能包容主人的坏心情。过了会儿,小狗又跟水壶开了似的,发出"嘤嘤呜呜"的声音。

听见这声音,许添谊还是老实拿来牵引绳。

以往遛狗的时间晚些,路上没什么人。今天刚过饭点,许多人乘凉散步,出来遛狗,刚跨出小区门,他们就遇到了一只吉娃娃。大概因为伯恩山壮硕的体格令它害怕,感受到威胁,这只迷你狗在步行道中央叉开腿,瞪着眼珠子对着壮壮狂吠起来。

壮壮庞大,胆子却比芝麻还小一些。道路明明宽敞,它却贴着自己的临时主人,踌躇着不敢上前。

许添谊想干脆往后撤绕路,壮壮仍旧纹丝不动,无助地贴着他的小腿,像被吉娃娃骂得自惭形秽。生而为伯恩山,它很抱歉,任凭许添谊怎么拉都拉不动。

吉娃娃的主人隔岸观火,没什么作为,但看着壮壮瑟缩的样子,忍不住嗤笑了声,说:"胆子这么小啊。"接着他弯下腰,把自己的狗轻轻一捞抱到怀里,径直走了。

"你的脚长这么大干什么用的?"周围没人了,许添谊气得半死,举着壮壮毛茸茸的前爪大骂,"一巴掌呼过去不就好了,你往我身上躲什么?躲能解决问题吗!"

壮壮只是冲他微笑。它是一位真正的绅士。

这么一笑,让许添谊想到一个人,又一想,自己明明也喜欢躲避,遂决定不再进行谴责。

"你说你主人什么时候来接你?"他站起身问,"时间过得很快的。"当时说至多三个月,日子一点点减少,人和狗之间倒是关系越来越好。

车灯的光线扫过去,一辆车路过他们,然后掉了个头,又重新贴着开上来。

许添谊原本没在意,直到在风中捕捉到一个声音:"小谊?"天底下只有一个人会这么特立独行地喊他。

没想过会在这个时间地点遇到对方,即便辞职报告夹在笔记本里——贺之昭应该没有看到。许秘书的声音还是透着心虚:"怎么了?"不是问怎么来找我,怕自作多情。

贺之昭从车上下来,仍旧是那身运动装,头发有些乱,说:"正好想来找你,把东西给你。"

"什么东西?"许添谊戒备地跟着贺之昭绕至后备厢,就看到车里摆着一小堆手信模样的东西,包装都很精美,遂有猜想,问,"是需要我寄给谁吗?"

"不是。"贺之昭说,"都是给你的。"

许添谊愣了愣,问:"为什么?"

"觉得你可能会喜欢。"

许添谊良久才开口:"……不用了,谢谢贺总。"他声音发涩道,"我就是一个秘书,您不必对我这么周到。礼物太昂贵了,我还不起,心里很有负担。"

"为什么要还呢?"贺之昭道,"我只是希望你开心。"

不可能。许添谊心道,付出什么才会得到什么,可我已经竭尽全力在工作了。你所求的是什么东西呢?

他又说:"我不要。"心中症结总因软弱避开,明知话尖利也要说,一说完又后悔。他明明想要。

不在乎礼物价值昂贵与否，不在乎是否合心意，只是因为这是有人买来专门送给他的。一想到贺之昭对着琳琅满目的货架若有所思地挑选，推测许添谊可能喜欢这个那个，所以都结账买下带回来，而自己只说出"不用了，我不要"，就很后悔。

他想贺之昭也冒出些什么尖酸刻薄的话，他应得，心里可以好受些，可对方只是想了想，然后问："那可以这样吗？"

明明体积很大，却被两人无视许久的壮壮终于得到想要的关注。它心花怒放，摇着尾巴请求被抚摸。

"壮壮，很高兴认识你。"贺之昭蹲下来，与它视线齐平，随后一手摸了摸它的脑袋，另一只手掌心向上，递向它问，"送给你，你愿意收下吗？"

壮壮不知这是极为重要的"外交场合"，当是这个友好的陌生人跟它训练握手。它迅速把刚才被许添谊强烈谴责的大脚放在了贺之昭的手心上。

成交。

没人能抵挡伯恩山的魅力。贺之昭笑起来，他还是蹲着，抬眼看站在后面的许添谊，问："可以吗？"

许添谊有些难以言表的伤心，也像防线被瓦解。

"多余。"他心里别扭，声音压得很低。他是嘴巴毒、脾气差，但没有理由再伤害一个正在向自己示好的人。

贺之昭默认他同意了，把袋子从车上拿下来，轻轻放在壮壮身旁，随后贺之昭直起身，站到他跟前，小心地从外套口袋中掏出小铺子买到的玩意儿。

"这个不贵，收了没有包袱，可以吗？"包袱和负担还是分不清楚。

路灯的光照在金属制品的表面，把卡通黑狗的轮廓照得发亮，是当时王磊在一旁腹诽他买的是幼稚又廉价的东西。

许添谊这次半天没说话，过了会儿接过去，很使劲摩挲了一下表面的花纹，才说："谢谢。"

"不客气。"贺之昭道，"我走了，周一见。"

"嗯。"许添谊答道，"周一见。"

贺之昭很爽快地走了，许添谊贴着狗目送，想把辞职信藏起来。就这样离开

173

吗？这一次再离开，以后的人生，两个人就会彻底没有关系。

他希望把两个人分开，但种种行为迹象都在提醒他，现在这个对他很不错的是贺之昭，过去那个道别就不再打电话来的，也是贺之昭。他没法讨厌或干脆去恨，也没法忘掉。

又有谁能轻易摆脱自己曾经最好的朋友？

许添谊自嘲地想，自己的确很软弱，听一点好话就能动摇，收点小恩小惠，就在心中感激得涕泗横流，不知如何是好。他这样的人实在太容易被破掉防线，依赖上别人。思想穷困，就贪图蝇头小利，如此就好像许添谊这个人在被人很在意、珍重地惦记着，实在舍不得不要别人送的礼物。

哪怕综合衡量，比不上其他人，总是备选项，优先级靠后，也可以接受。反正他也总是矛盾，就像明知之后马上要归还狗，狗过段时间大概也会忘掉他，他也要无条件养好。

不希望被伤害，但被伤害是常态，习惯被冷落，也就习惯了不停付出不求回报，要蜡炬成灰才罢休。

所以，他对贺之昭的态度，盘清楚了，搞明白了，又如何呢？

他不需要回应，也不相信会有回音。

团建当日，全员出动。两辆巴士，浩浩荡荡。

原本先订的行程放在一周的后半截，想让大家回来后直接过双休日休息。但因预订太晚，公园烧烤和漂流的排期都满了，这才调整到周一出发。

然而同事们依旧保持高度肯定，因为可以占用工作日的团建活动都是好活动。

许添谊分明看到了另一辆车上坐着许添宝。他一头粉色头发混在人堆里，正在和周围的同事说说笑笑。

没人放在台面上说过，但这一阶段的实习生都是招来专做重活累活，工作任务包括写简单的文案，做周报月报的数据统计，以及最重要的体力活——秋季的活动需要邮寄大量物料，合作的机构会负担一些，其他的全部都需要他们自己完成。

换言之，尽管听上去光鲜，其实男女学生们都领着一天一百出头的工资，用很多时间在明亮的写字楼完成发货打包的工作，然后拿一张看上去不错的实习证明。

因此，秉持人道主义关怀，一般遇到下午茶、团建之类的活动，团队也会带着实习生一起参加。

大巴上了高速，手机振了振。通信运营商发来短信，提醒离开了原本的城市。

宠物店的工作人员发来遛壮壮的视频。许添谊今早出发前将它送到店里，又想起韩城的客套之词。宠物店是速食，总得找个好人家托付才稳妥。

他看车窗，一路碧空如洗，让他跟着内心澄澈，短暂忘掉很多烦心事。他认为壮壮能遇到自己，真是运气不能再好。他的目光又掠过前排贺之昭的后脑勺。这样也算为他自己积德。

大巴行至目的地公园，临近傍晚，适时开饭。太阳已经下山，草地上的地灯向周围散发光亮，晚风柔和，杂糅着自然的香气。

不需要全部人马都上阵烧烤，炉边站的几个都是熟面孔，那些乐于为群众服务的人。

贺之昭原本站在许添谊身边，还试图亲自上手操作，被秘书强势地挡开："我来就行。"恰好一旁王磊端着iPad过来喊人，两人就一同就近坐下了，对着屏幕开始商议事情。

等不及吃烧烤，像春秋游，有人先掏出自己带的零食分享起来。因为是年纪小的实习生，许添宝成为第一批拿到的。他惊喜道："哇，是果冻。"

"好久没吃过了。"他接着说，"我五六岁时候，因为吃它差点死掉，所以后来都没买过。"

因为人显然没死且康健，所以话题轻松。旁边同部门的同事笑作一团，彻底接纳他，问："怎么会啊，吃呛到了？"

"对啊。"许添宝道，"遇到一件事特别好笑，结果边吃边看戏，就呛到了。"

大家追问什么事这么好笑。他却说："忘记了。人小嘛，什么都有意思。"

烧烤的气味混杂在欢声笑语中，话题陡然转而变为了谈论童年，众人谈及最近常被提到的童年创伤，有女生说因为小时候总被妈妈用衣架抽打背部，现在心里常常有很极端的念头。每个人都有，程度不一。

许添谊都听见了，许添宝说的也听见了。但他装作没事人，机械地完成一次又一次地摆放食材、翻转、移动。

对他来说，这种行为是彻底的无视。每一分每一秒都如履薄冰，觉得自己好多余，呼吸也多余。尤其是看到另一个小孩却接受着过度丰厚的爱、关怀、呵护，更是嫉妒到发狂。

童年总被预先知晓答案的问题困扰：为什么羽绒服这样的好衣服，那人有却不珍惜，穿个两次袖子就脏得没眼看？为什么钢琴凳子，归了那人，自己就连坐都不能坐？为什么高乐高放在柜顶，只能闻味道？为什么那人可以轻易夺走一切，连最好的朋友也是？

为什么都讨厌我？又是为什么只喜欢那人？

每次看许添宝得意扬扬，其他人哄着宠着，拥有他所没有的一切，许添谊看在眼里，心里都在想：我也想要。

但他说不出来。更何况也不是说了就会有，所以每次他都冷酷地保持沉默，像只黑猫昂首挺胸、目不斜视地路过走了。

Kelly原本也坐着和别人聊天，看见许添谊忙忙碌碌，有些不好意思，挪过来说："功臣啊，你去休息吧，我来，游奇在那儿分啤酒呢，你也吃点。"

许添谊又强硬地拒绝道："没事，你们吃，我来烤就行。"炭火将他眼睛熏得有点红。他习惯做背离自己愿望的选择。

食材都已提前腌制过，无须调味。许添谊将烤好的东西整齐码到餐盘上，随后端到贺之昭坐的地方，说："喜欢什么和我说，我多烤一点。"一会儿又倒了几杯饮料，再端过去。

他一边继续烤，一边瞟向远处观察，发现贺之昭似乎并不爱吃。他想起对方年少时候也口味清淡，不爱吃过咸的，也不吃辣的，心里有了猜想。

因此烧烤结束到达酒店后，许添谊不甚熟练地翻找查看社交软件上的一众推荐，他看到附近有家极为有名的老店，专做梅花糕，便做好决定。热的、甜口的、能饱肚，最合适。

店家没有外卖，他又坐车去寻到了公园后面离公园两条街的地方。来回折腾近一个小时，许添谊幸运地买到打烊前的最后一炉。他拎着轻飘飘的一袋东西回到酒店时，自己都觉得可笑。他的报复计划是让贺之昭离不开许添谊的精心服务。可如今，他表达关心的方式，也不过如此。直白、简单也无用。

另一边，许添宝在房间放下东西后，就立刻去找了贺之昭。

"哥！"门一打开，他就兴奋得想要扑上去，"好久没见，我来啦！"

长年累月的职场经验让贺总警惕地躲开了，他问："你是？"

"我啊！"许添宝笑得天真无邪，还是使用几岁、十几岁那套。因为童年太顺遂，亲友宠爱他，所以他很容易产生人际交往靠循环往复，就可以轻易成功的错觉。本质是太自恋。

贺之昭毫无头绪，不记得什么粉头发的人，便说："你走错房间了？"

许添宝一字一顿说："我啊，许、添、宝！"

念出这旧名字，许添宝自己也有点陌生。青春期后他开始嫌弃本名太土，刚一成年，就不顾于敏和许建锋的强烈反对去改了名。

现在他身份证上叫许明橙，工作场合叫 Eric，都和"宝"字彻底切割，沾不上边。也因此，招录时没人将他和那个楼上平时严肃得让人有些害怕的小许秘书联系在一起。

贺之昭果然想起来了，礼貌请他进屋，让许添宝认为这本名也没那么糟糕。

Kelly 给几个高管订的房间比普通员工的宽敞些，而且是单人间，没有室友。床铺很整齐，只有行李箱在旁边摊开，取出了书桌上那台笔记本。

"我自己投简历来实习啦。"许添宝找了最近的沙发坐下，一边看贺之昭，"你居然都忘掉我长什么样了。今天你都没认出我。"

"抱歉。我经常忘记别人的长相。"贺之昭边解释，边重新回到桌边坐下，他继续着手完成那封写了一半的邮件，问，"找我有什么事吗？"

"来看看你。"许添宝道，"我现在在品牌部实习，帮忙写文案、发快递。发快递好累啊，每天都要发好多。"抱怨完，又话锋一转，"哥哥，留在这里很难吧？我问邱姐，她说部门没有招聘计划了。"

"是的。"出于礼节，贺之昭解释说，"现在已经满额了。"

许添宝思考了，故作天真："我表现很好，什么都愿意做。之后可以帮你也做点事情吗？我都会学的。"

贺之昭写邮件的思路被打断，不经意皱了皱眉。原本幼时对方作为许添谊的弟弟，小谊不管，他就得跟着管上。因为逻辑推理可得，两个人都不管，就可能会有问题。但现如今许添宝已经是个完全民事行为能力人。他实在没有看管的兴趣——当然，如果许添谊有这个想法，他也可以进行相应的考虑，至少看一下简历。

讲到一半，门铃响了。

在走廊寻找房间号时，许添谊还是产生带有心理预期。他希望贺之昭能把东西吃完，满足满意，然后简单感谢一下自己考虑周到、工作贴心，就可以。他站到正确的房间号门口，按响门铃。

许添宝开的门。见是他，许添宝便说："有事商量，等会儿再来吧。"他又把门阖上了。

"啪嗒"，走廊恢复安静。

商量什么呢？

许添谊站在门前，发呆想了几秒，随后重新开始按门铃，没完没了得像催命符。随后又等不及，他开始直接用指节叩门，力气大得像不管不顾要把骨头敲碎。

漫长，但其实也只有十几秒，门重新打开。因为无功而返，目的没达成，许添宝走出来时，不耐烦地说了句："神经病。"

许添谊错开身走进屋。屋内，贺之昭因为那敲门的噪声刚站起来。许添谊没看贺之昭，沉默地将塑料袋子搁到桌上，说："梅花糕。"他回头，看到那张软沙发有坐过的痕迹，遂过去将平，把两个靠垫重新摆规整。

"谢谢。"贺之昭捞起袋子，闻到味道，真的饿了，招呼道，"小谊，过来一起吃吧。"

许添谊置若罔闻，又看到床边行李箱开着，最外面是两件衬衫，就走过去说："我挂起来。"

贺之昭看着许添谊把衣橱门移开，挂上一件，又去弯腰拿另一件，欲阻拦打断。他说："小谊，你不用干这些。"坦白讲，虽然许添谊是秘书，但许添谊的工作职责的确从不包括这些，也不用做这些。

"其实烧烤你也不用帮我弄，我可以和你一起。"贺之昭用力思考怎么描述，"毕竟你是秘书，不是保姆，能帮我在工作上……"

保姆。听到这两个字，一晚上艰难维持的体面被揭开来，破碎的、摇摇欲坠的勇气彻底消失殆尽。自尊心像脆弱的气球，飘到最高点。随后，一整个，窘迫地爆炸了。情绪攀升至巅峰，咒语失效，他压抑着的许久没有完全暴发出来的症状如洪水袭来，裹挟住全部的理智，一起冲走了。

"对，保姆。不用管，我这个人就是很贱。"许添谊浑身颤抖地站起来，将

178

原本拿在手里的衣服扔到旁边。

"什么都愿意做，廉价货色。"他努力让自己平静，但气息不稳，像最烈的蒸汽不断顶铁锅的盖子，"跟狗一样，随便给根……骨头，就能……能……"就能欢欣鼓舞，就能赴汤蹈火在所不惜，连最重的伤害也要假装原谅。

"我不是这个意思。"贺之昭知道自己说错话闯大祸。他走近了要解释，忽然敏锐地发觉许添谊的呼吸不对。

这症状，让他想起那个太多年前的，极不普通的放学后。

"我不舒服。"

"你别怕，我带你去医务室。"

……

"老师，是什么会导致过度通气呢？是害怕蟑螂的情绪吗？"

"对呀，我们太害怕了、太生气了、太激动着急了，就有可能引发……"

……

"我以为你要死了。""我很害怕。""你才要死了！""我要活到一百岁的！"

一路颠簸，全身上下的肌肉都被调动起来，身上背的许添谊却很轻。那个时候，贺之昭心里很迷茫，以为自己要失去最好的朋友。

"小谊，你过度通气了。"贺之昭的声音没了平时那种冷静，"别紧张，慢慢呼吸，我帮你。"

许添谊充耳不闻。他五指扒住桌沿，想把自己撑起来。但脚又软了下去，烂泥一样。眼前景物开始模糊，可是在此之前，他要离开这里。

贺之昭要去拿桌上的纸折成信封来用，来不及，只能折返优先把人扶住，手掌覆上去，想要掩住许添谊的口鼻。

"滚！"许添谊吸口气，丝毫不领情，狠狠咬了上去。

贺之昭吃痛松开手，但没放弃："不要再深呼吸了。小谊，听话。"

许添谊像被挟持的人质继续挣扎，上气不接下气，濒临崩溃道："松开！"

一片混乱中，贺之昭箍住许添谊，手掌按住他面孔。

许添谊忘了挣扎，脱力后靠着背后的橱门缓缓滑了下去。

贺之昭不敢贸然松开，过了十几秒，被控制住的人似乎没了顽抗的迹象，他几乎是哄道："慢慢来，会没事的。"

179

下半张脸都被遮着，许添谊只用眼睛盯着贺之昭，呼吸跟着指令节奏放缓。过几分钟，四肢渐渐恢复知觉，他将对方捂着的手推开。

谁也没有说话。

贺之昭心中充斥着难以解读的复杂情绪。一看到许添谊的眼睛，他不禁开口说："小谊，抱歉，我……"

"我不明白。"许添谊却打断他的话，自顾自地问，"……你能好心告诉我，我哪里做得不对吗？"经历过强烈的情感波动，许添谊无比疲倦，头很晕，想吐，但还是要说完。他再装不出什么都好像忘了的，强装的豁达和自以为是的报复。

"你早忘了吧？你那时候去加拿大，我叮嘱你一定要打电话给我，你也答应了，我每天回家第一件事就是查未接电话。怎么都没有？"

如今再将以前的事情翻出来讲，许添谊发现自己小时候的行为可笑得令人心疼。

"现在看来你打电话了，只是不是打给我的。"他本想边说边笑一笑，显得从容些，最后没忍住，哭了。

"每次有好吃的、喜欢的玩意儿，我自己不剩下也想全部给你，别人说你一句我要顶十句，替你打架出头，从来没有犹豫过。和你形影不离那么多年，一直不让你接触许添宝。后来他一出现，你就真的立刻……"

他这辈子都忘不掉那次浑浑噩噩发烧，听见声响火急火燎走到厨房，看到刚回家的许添宝黏着贺之昭，嫌弃地瞥了他一眼，就踮起脚尖开始说悄悄话，贺之昭听完就笑了。随后无论怎么质问，两个人都默契地说"没什么"。

"从小所有人都只喜欢他，不喜欢我。"许添谊说，"你也不例外。"

"那时候每次看你放学牵着许添宝，允许他去你家玩，你还给他讲数学题，给他吃好吃的。听到他回来炫耀，我都恨不得把你掐死。我对你那么好，把你当作最好的朋友，甚至最重要的人……你反过来和他一起欺负我。你能告诉我，我究竟是哪里做得不对，哪里特别讨人厌吗？"

从那时起，被排斥、被后置、被无视就已然成为他一辈子亲密人际关系的底色。

可是再怎么介意愤恨，一想到贺之昭也曾散发善意，一切事情总是以他意见为准，背过他跑着去医务室，同甘共苦，这次再见面，也什么都想着他，低血糖时护着他，连出差都惦记他买很多礼物，神经一样说很多话，许添谊觉得对方给的已经太多、太丰盛了，所以恨得不彻底，讨厌也没法完全讨厌起来。

他像被肉骨头砸中的流浪狗，要小心把东西叼到角落藏好，舍不得吃，只时不时摸出来看看，既不相信是单独送给自己的，也不相信之后还会有。

眼泪砸下来，像一片雨降落。贺之昭大脑一片空白，艰难地低声说："我给你打电话了。"

等到在加拿大的生活趋于稳定，失语的症状得到改善后，贺之昭想要给许添谊打电话。然而那年代加拿大都是来打工的人，根本没人有昂贵的手机。唯一的通信设备是摆在餐厅收银台旁的一台座机电话，用来接收为数不多的客户预订与外送订单。

电话响的频率并不高，因此贺之昭在生意不错的一天，鼓起勇气向餐厅的老板借用。

谁料老板拒绝了："不行，你这个是国际电话，收费太贵，而且万一错过订单就麻烦了。"老板也有顾虑，害怕小孩不懂人情世故，后面一直借，也怕旁边的员工看到了，起心思，开了坏头。他建议道："你到外面去打，外面有公用电话。"

贺之昭不善言辞，这下身旁也没个帮忙出头的，只能说："好的。"

然而最近的公用电话在公路旁，白天走不开，晚上十点餐厅才打烊，黑夜无灯的路很长，雾也浓，根本不安全。

就在这矛盾的时刻，因为精神恍惚和过度疲劳，一天姜连清去完超市，回去的路上，被轿车撞到了左腿。因为不能移动，被迫住了几天医院。

病房和走廊常年冷光，不分白天黑夜。看护期间，贺之昭望着走廊上那台电话，用磕绊的英语问护士自己能不能使用。护士看他是外乡人，也怕他在走廊胡乱奔跑，每次都用极为迅速的语速和不耐烦的神色驱赶。

贺之昭不停在那台电话周围打转，终于一天凌晨，一个护士趁早上六点交接班时把他叫到身边，不忍道："看你两天了。你是不是想打个电话？"她掏出自己的手机，直板的，九个数字按键，"给你打一个。但电话费很贵，你要长话短说，好吗？"

接电话的人不是许添谊，是许添宝。

这份好意的程度也有限——打到一半，这位年轻的护士站在旁边，礼貌地提醒该到此为止了——所以，那句生日快乐，也没有人带到。

护士接过手机时，还是好奇地问了句："接电话的人不是他？"

"嗯。"因为时间太早也没休息好，接完电话，贺之昭感到后知后觉的困顿，他说，"是他弟弟。我以后再找机会吧。"

不该对陌生人说，但也没别的人可以说，他叹口气，感叹："他好像和自己的亲生父亲一起生活了。我有点担心，这父亲明明不好。"

"是谁？你的朋友吗？"

"嗯，最好的朋友。"贺之昭想了想，补充，"也是唯一的吧。"

后来事情得到转机，姜连清遇见来就餐的贵人，他们有了住处，贺之昭也能读上书。再后来，姜连清又勇敢地选择了结婚。

这次漂泊多舛的人生终于落了地，奔向幸福，奔向书里写的那种，物质可靠、情感和睦的完美的幸福。

其中太多次，贺之昭都尝试往那串号码打电话，但再也没接通过。某一日拨打，号码成了空号。

而消失杳无音信的亲属们，因为他们衣锦还乡的消息又全部浮出水面。贺之昭通过舅舅一家联系上于敏，借出差名义回到中国。那日他在金融中心的会议室开完会，下午乘车到了陌生的小区。

当年的新楼盘，现在已经老旧，地段没能成为区域发展重点，周边设施建设零零碎碎，传闻中的地铁和高架都没建成，房屋也不是电梯房，没能乘上东风，房价算周围涨得最慢的。

走进房子，到处是岁月的痕迹——两间房，许添宝带贺之昭去自己住的次卧，只见房间贴满乐队海报，地上靠着把吉他，屋子不大但物质丰富，风格太强烈，完全没有第四人存在的痕迹。

贺之昭说得很慢，多少年的话攒在一起，堪称滔滔不绝。

"我从来没放弃过。"他说，"一直很想你，一直在……找你。"

贺之昭想起许添谊之前说的"从来不认识叫贺之昭的人"。他终于清楚地意识到这意味什么。他们中间的误会太深，错过的时日也太多，小时候埋下的刺，错过风华正茂，即便本心纯洁无瑕，现在解释清楚了，那疮疤也早就形成了，永远留下了。

182

Chapter 11
想念和寻找

许添谊一直没说话，当然也没哭，哭是极为意外的情况。上一次哭不记得是什么时候，他泪腺像有问题，小时候再伤心，也只会不停地额头冒汗。后来梦见过贺之昭，他捉着对方的衣领，直截了当地大声质问："为什么不给我打电话！"梦境中无数次复仇，泪腺却因此像被修好了，次次都能沾湿枕头。醒了就把枕头熟练翻个面遮掩，等洗漱完卷进被子里，放到充满樟脑丸气味的壁橱中，合拢沙发，去上学。

现在，贺之昭却在说和他想象完全相悖的话。

加拿大和中国，十多个小时的时差，彻底黑白颠倒。一个睡眼惺忪收拾完起床洗漱去上学，一个正逢傍晚用餐高峰，帮忙端盘子打包盒饭；一个反复翻看完未接来电，写完作业在客厅的弹簧床失望入睡，一个刚被弄醒，开始准备新一天的餐馆营业，并思考怎么和老板说借用电话的事情。

……

从电话号码变成空号开始，他们的人生轨迹如同两道平行线，觉得应该再无相交的可能，可他们似乎都小看了自己在对方心中的重要性。

一个在惦念，一个在寻找。相遇像最适宜的巧合，实际却是迟到的命中注定。

许添谊相信世界上存在这样的人——无条件把自己放在十分重要的位置，不需要自己刻意讨好，但他不相信自己能遇到。

许添谊没有对视的勇气。那目光太诚实，不该在这年纪有，像壮壮看他的那种不求回报的忠贞和欢喜，让他倍加自惭形秽。他总保持怀疑态度，误以为贺之昭精明市侩。原来贺之昭真是笨蛋，捧出来的都是真心，说的话也都是真心话。

"有用吗？"许添谊抬起手，用胳膊挡住眼睛，很轻地问。

不是问贺之昭，是在问自己。这样的寻找，有用吗？

"失望吗？"许添谊捂着脸，靠着橱门，没动弹，问，"现在的许添谊和你想象的不一样吧。"

念书时最艰难的事不是考试，是思考生活费用完了，怎么再开口去要。每次谨慎斟酌讨要五十元，把钱不断拆分，再拆分，掰碎了用。每次要完钱都觉得有压力，下定决心要赶紧上班了还。于是他念完大学，放弃保研机会就急忙出来工作。他也奢望过工作了再念在职研究生，然后发现工作就是出卖时间换钱。

时间变得更廉价，又如此容易被剥夺。努力尝试与人建立亲密关系，却被背叛，最后失望，遍历伤害。像流水锻造岩石，有些东西早已经悄无声息留在了他性格的轮廓中。

"没人能和小时候一样。"贺之昭却说，"现在也很好。"他回想那时看到工作周报中一张照片，觉得太熟悉了，好像许添谊长大就应该是这个模样。

最后发给 Alan 第一句话是：可以知道他的名字吗？

现在也很好。

许添谊无话可说了。

最后一句，他问的是："姜阿姨最近好吗？"

景区。

Kelly 担忧道："你今天眼睛好肿啊，黑眼圈也重。没休息好？"怎么关心她都不会想到，看上去无所不能、性格冷硬的许秘书会流眼泪。

"……嗯，床有点硬，没睡好。"许添谊绷着脸点头。他清点完人数，带着团队入闸口，没等后面的人反应过来，就强势地同游奇上了一只皮划艇，"我和你一起。"

许秘书本不想参加活动，但总得负责组织到底。况且车停在漂流完的登陆点，距离这里有十多公里，不上船辗转，就跟不上大部队的节奏，后续吃饭和返程都会成拖累。

从今早起，他就若有似无地疏离贺之昭。这是单纯的尴尬。昨天晚上说得有多痛快和撕心裂肺，今天早上睡醒感受眼睛肿胀后就有多后悔，他想直接让漂流的河水淹死自己。

因此许添谊只能退而求其次。至少，不和贺之昭坐一起。

踩着踏板登上去时，艇在水里晃了晃，许添谊心里跟着抖三抖。不会游泳就是不会游泳，逗小孩的水深都能让他紧张。

入座完毕，前一只皮划艇漂走了，轮到后面一只临港。王磊笑着揽住贺之昭的肩膀，两人一同登了上去。

尽管水位低，但借助水道走势设计和人工造浪等多种手段，皮划艇在水中不停颠簸起伏，远比想象中还要刺激。每个人都戴着头盔，穿着救生衣，手里拿着水枪和水瓢用以相互攻击。水面漂浮着嘻嘻哈哈的声音。唯独眼前这只皮划艇十分沉默。

许添谊和游奇面面相觑，两个人的手都紧紧抓着艇内两侧的把手。许添谊差不多猜到了："你不会游泳？"没加"也"字。

被这么揭穿，游奇嘴硬地说："那怎么了！又没说一定要会游泳才能漂啊！"许添谊很深沉地点了点头。这一点他们立场一致。

所幸是没人对泼他们两个大男人有兴趣，也没人敢拿水枪对准许添谊。两人平安无事地抵达了激流道的入口。此地不断涌现大团白色浪花，水流湍急，每只皮划艇都要顺着窄口直接滑下去。两人只能看见前一只艇上的同事原本还在大声尖叫，等真的下去了就像被吞没了，艇与声音一起消失不见了。

皮划艇载着他们悠悠逼近，像坐在过山车前进上升的轨道上。谁都不说话，大有赴死的凄凉之感。

游奇先坦白了："啊——怎么办啊！我不想玩了！"

许添谊也害怕，但到底自尊心强一些，没吱声。他的目光下意识四处寻找起贺之昭在哪里。因为习惯了不以自己的第一意志做决策，所以现在感到后悔。他或许应该和贺之昭坐一起。但周围人都穿着类似，坐的艇也颜色相同，他实在找不到。

皮划艇卡到了入口，工作人员拿着竹竿让艇稍作停顿，紧接着猛地开闸，载着许添谊和游奇的皮划艇立刻冲了下去。

巨大的冲击力将两人东倒西歪，好容易稳下来，未料中段的缓冲池聚集了好几只没及时离开的皮划艇。他们硬生生横着截停在了刚下去的地方。

紧接着后面传来王磊的声音："啊——"

王磊中年发福，贺之昭个高肌肉多，船只吃水很重。下来后，船头猛烈地撞向了前一只皮划艇，随后如锅铲一抬，将许添谊两人直接铲进了自己这艘皮划艇内。

莫名其妙乾坤挪移，许添谊跟着呛了口水，这下头晕目眩，脑袋发蒙，不知道该做什么了。他扭头猛烈地咳嗽，回神才发现自己竟然倒在贺之昭的身上。

许添谊的脸涨得通红，随后一个不稳又跌下去，直摔在贺之昭身上："抱歉，抱歉。意外。"他真不知除了这个还能说什么。

贺之昭与他面对面坐着，像对付小孩，安慰说："坚持一下，还有一段，马上就到下游了。"许添谊咬着牙没说话。

贺之昭抬眼看他挂着水珠、很臭的脸，忽地笑了："别害怕。"

这么说，许添谊就出奇愤怒了："我没害怕！"

一只小小皮划艇超额地挤了四个男人，精疲力竭，苟延残喘，有漂不动的趋势。好在身后来船助力，把他们硬生生推了下去。

游奇紧抱着王磊的脖子，撕心裂肺大喊："啊——王总，对不起——"

再紧接着，是一个急转弯。于是理所当然地，他们翻船了。

皮划艇撞到岩石，一整个倾覆，将四个人掀进水里。

眼前的波纹，像童年看到的光线透过鱼缸，倒映在水泥地上。耳朵也听到水流动的声音，如同回到羊水，似乎身体就属于这里。许添谊内心很平静，但有很轻微的悲伤。早知道他就该学游泳，错过小时候，长大再去学，趴在泳池边沿觉得好丢人。他的自尊心总过分强。

除此以外，如果时光倒转，他还有很多要做的事情。

他要踩着单车回家。大院外的警戒线被撤下来，尘土漫天和施工队一起退出去，倒下的老楼又拔地而起，水英坐在门房，他要路过说"阿婆好"。回家把金鱼缸里太多的饲料捞出来，然后等清晨的到来。黑车停在水泥地上，那是他站在窗边凝视过无数次的中间地带，他从房间走出去，绕过阿姨妈妈，对自己刚要跨进车里的朋友说："祝你幸福，我会想你的。"

画面无限放慢——下一秒，眼皮一红，皮划艇被掀开，他被整个从水里用力拉了出去。

许添谊睁开眼睛，灵魂归位，开始猛烈地咳嗽。

贺之昭喘着气托着他，紧张地说："还好吗，小谊？小谊？"

"……活着呢。"许添谊答道，只是脑子像蒙层雾，说话要反应一下才能答，"我在水中待了很久吧？"差点把前半生都回顾一遍。

"没有没有。"王磊抹着脸站在浪花里答，"大概就十几秒。"

其间，一边是他扶起可怜的不知道姓名的下属，一边是贺之昭扶起的许添谊。王磊心说真奇怪，觉得滑稽，想笑又忍住。

游奇站在水里不动了，犹豫着，小心翼翼地搭上王磊的胳膊："王总对不住，我感觉自己要被冲走了……"再来十吨浪也冲不跑他这个吨位的。

工作人员姗姗来迟，从旁边的坡上滑下来询问他们的情况。

"你们这个太吓人了啊。"王磊说，"我们的同事差点就被淹死了！"

"哎呀，不好意思。"工作人员道歉，"水浅，意外情况，意外情况啦。"

这人把皮划艇重新拉过来，问："你们还坐吗？不坐的上岸，我可以喊我们工作人员开车把你们送到终点。"

好比在儿童泳池溺水的许添谊没说话。

柏油路热气蒸腾，两人站在路边等面包车来。周围蝉鸣不绝，呼吸间尽是湖水气味。衣服的水分被慢慢蒸发出去。许添谊倚着热栏杆，一肚子脏水，不想说话。

贺之昭问："身体还难过吗？"应该是难受。

许添谊冷冷地答道："没有。又以为我要死了？"

贺之昭摇头："这次心里有把握。"

两人沉默了瞬间。一闭嘴，气氛就古怪起来。

许添谊低头看路上影子，怀疑影子也糊弄他，心里的不真实感因为淹了水更深刻。尽管他记了大半辈子，可这并不稀奇，毕竟他从小就心胸狭隘，斤斤计较。现在却告诉他，贺之昭也一样。

手机振了振，宠物店又发来壮壮今天的遛弯视频。许添谊别扭地递过去："给你看壮壮。它被我送到宠物店了，今天回去我要接回家……"贺之昭将头凑过来一起看。

回程第二天上班，许添谊在去往公司的公交车上收到了贺之昭的新邮件。对方称自己感冒发烧了，今天请假一天。

许添谊内心斥责这人的羸弱，犹豫两站路，随后请了假。他下车直奔便利店和药店，买好东西再出来，径直打车去了贺之昭的住处——贺之昭的家人理应都不在身边，生病了只能自己一个人硬扛，这怎么行？总得有人照顾。况且他这秘书是领钱吃饭的。

尽管贸然登门并不合适，但他还是这么做了。

按门铃前许添谊还是做了假设，如果贺之昭有人照顾，他就放下东西离开。

贺之昭头重脚轻，听见门铃声挣扎起来开门。没想到门口站着许添谊。他原本眼睛都没什么精神，等看清来人骤然亮起来，像冬眠刚醒就有人做三菜一汤端出来："小谊，你怎么来了？"

许添谊也吓一跳，从头到脚看着贺之昭身上那套舒适的睡衣："我……你生病了，我来看看啊。"

以往他看到对方，大多数时候西装革履，极少时候穿运动装，但都穿得十分规整，外加长相好个子高，多少有精英风范。眼前人套着睡衣，看上去懒懒洋洋的，十分放松，最后那点距离感也自然地消除了。

"没人来照顾你？"

"嗯。只有我回来了。"贺之昭捋了下自己的头发，默默跟在许添谊后面，然后找了只口罩自己戴上，含糊说，"没事，我一个人可以。"

许添谊听出话外之音，又在强调秘书的工作职责。他道："你当我换个地方上班？我自己想来才来的。"这种时候，贺之昭居然还敢泾渭分明论这些，太不把他当……朋友。

贺之昭面有错愕，刚要继续绕在他后面，被许添谊撵了，于是很听话地躺回床上。

许添谊偷看屋中少得可怜的摆设，和小时候一样，连张海报都没有。唯独床头柜上东西多。他见没地方放带来的一塑料袋的冰宝贴、温度计和药，便说："你这书、本子、笔，我给你放抽屉里，行不行？"说着他极为自然地拿起柜子上那厚实的记事本，却未想病榻上的人行动比他更快，立刻转手拉开抽屉丢了进去。

"好了。"贺之昭示意。

许添谊顿时心悸了一下。刚有得意忘形、不知自己定位的倾向，现在贺之昭一个动作又将他抽得清醒过来。

"本子怎么了？"许添谊还是阴阳怪气地说，"这么紧张。"他又不是那种拿在手里就会随意翻看的人。

"因为那是我的秘密。"贺之昭道。如此直白，倒也没说谎。

许添谊有些不高兴，囿于没有立场质问，心里闷得慌。但给贺之昭一量体温，三十九点二摄氏度，他又马上原谅，只当对方烧糊涂了。

成年后许添谊很少生病，发烧更是罕见，他习惯自己穿厚实点，吃粒布洛芬，在床上躺着，过一晚出身汗就好。但没吃过猪肉总见过猪跑，他依样画葫芦，又是端水送药，又是进厨房，一边内心唾弃自己爱当保姆，一边搜刮出电饭煲和白米，开始煮白粥。

忙活完，他搬了张椅子坐到床边。房间窗帘拉上了大半，太阳光透进来，只剩极暗淡的暖色光，极为静谧。

许添谊莫名有些微的焦虑，坐不住，总想做事情。他起身给贺之昭掖了掖被角，看冰宝贴贴得严实不严实，随后问："现在感觉怎么样？"

"很好。"贺之昭虚弱说，"你一来我就好多了。"生病时有人陪伴真好。况且这人还是自己一直在寻找的重要的朋友。

许添谊被噎住了，跌回座位。

贺之昭又信誓旦旦道："你看我一会儿，我等会儿就好了。"难以置信幼稚的话出自这个岁数的男人。

许添谊当然被蛊惑了，连声音都掺杂妥协的甘于奉献的温柔："知道了，你睡你的。"

然后等电饭煲发出工作完成的信号，他开锅一看，无言以对——大概因为水位线不分明的关系，粥里加太多水，煲得太稀。他的厨艺就是连最简单的白粥都做的是同类里的二等品。

贺之昭却很给面子地喝了两碗，说："谢谢，舒服多了。"

许添谊不自在地把碗小心收好，把勺子都小心地贴着碗壁放着，想显得自己很干练能力很强，配得上称赞。

许添谊把碗洗掉，擦干放回橱柜，四处转。路过客厅，连茶几上的 ipad 都放得整齐，心想，还能做什么？

走进房间，见贺之昭闭了眼睛，好像很习惯他出入来去。

许添谊走时，贺之昭依依不舍地送到门口，果真挨了骂。许添谊让他赶紧回去好好躺着。这种斥责让贺之昭觉得心里妥帖满足，遂舒畅地重返病榻。过了会儿，他又翻身拿出抽屉里的笔记本。

贺之昭没说谎，里面的确是他最大的秘密。

本子翻到了最新一页。原本不外乎记录些许琐碎的情绪与事件，但今天贺之昭认为合该进行一次比较完整的叙述。从前天夜晚的坦白开始，到昨天的溺水、今天的照顾。

尽管回国已有段时间，但仅有这本子用中文字记载——他还是经常提笔忘字。

稀稀拉拉写完，重点描述："我推测小谊应该原谅了我当时的用词不当。我将与'保姆'二字永别。"自从两人重逢后，除了对着田沐春仍旧称呼许添谊为河豚外，贺之昭开始逐渐唤回许添谊本名。

"解开误会，让我们的关系变得……"贺之昭思考着，打了个喷嚏，然后写，"崭新，很有希望。虽然并不完全正确，但世界正在恢复色彩。希望未来可以陪许添谊一起高兴、难过。"

虽然他从小成绩优异，但不通人情世故的症状一度严重，令姜连清倍感担心。

事实证明社会上奇怪的人太多，贺之昭并不是遭到排斥的那一类。何况他是个足够真诚的人，这意味某年某月一定会有值得期待的回报。

过了会儿，贺之昭换了块冰宝贴，这次贴得不算很好，边缘有些翘起。他起身打开笔记本电脑检查邮箱，回复了八封邮件，随后疲倦地睡了过去。

"小许呀，今天贺总来不？"邱虹敲了敲门，露出脑袋，"临时情况，咱们招标会时间改了，定在下午一点半再开始哈，我邮件也发给你了。"

"好的。贺总在楼下小会议室开会，我会安排好。"许添谊忙不迭答应。他刚确认完邮件，手机的振动打断节奏。前台的王茉莉打来电话。

"抱歉许秘书，打扰你，请问贺总现在有空吗？"王茉莉声音很小，透着为难，"他有个……闪送……是束鲜花，或者您现在方便吗，过来签收一下？"

许添谊没反应过来，耳朵听的鲜花，在脑子里变成锦旗之类的东西，误以为贺之昭做好事遭人表彰，等下了楼走到前台才发现，真是鲜花。

一个穿着外卖制服的男人抱着一大捧鲜花站在前台,头盔下的表情有不含恶意的揶揄:"帅哥,你的花?过来签收一下!"

旁边悄悄集了几个看热闹的同事——平常送花的也有,这样一看就贵的大捧鲜花着实不多见。但看到来签收的人是许添谊,又都瞪了瞪眼睛,纷纷作鸟兽散。没人想得罪许添谊,这人原本跟着陈彬彬风评就不好,现在他终于可以被大家勉强评价为长相上乘,但神情古板,不像开得起玩笑的。万一八卦被传出去,就是他们遭殃。反正八卦肯定会在半小时内传出去的。

有人给许秘书送鲜花!超大一捧!

只有王茉莉坚守自己的岗位,很端正地站在那里,紧张询问:"许秘,您看……"

"你确定没有送错?"许添谊看向男人,问,"收件人姓贺?"

闪送的小哥奇怪地瞥他一眼,掏出充满裂痕的手机给他看订单确认:"喏,贺之昭啊,地址没错吧?薇篮花艺,怎么,有啥问题?"

许添谊踌躇两秒,还是接了黑色签字笔:"我来收吧,他在开短会。"

终于完成任务,小哥长舒口气,很快走了。王茉莉站在前台,和许添谊对视一眼,有些不好意思。

花束大,重量也重,许添谊捧了个满怀,闻到馥郁的花香。即便不太礼貌合适,等电梯时,他还是试图在簇拥的花朵中寻找到名片——肯定有张名片啊,解释清楚来者何人,什么用意。说不定什么协会送的呢?说不定是什么积分礼物呢?

怎么没有?一共几朵?是带数字九吗?这数字又是什么寓意?

许添谊用目光检视花束,用手小心拨了两下,什么都没找到,没有名片也没有暗器,只有花。他走向办公室,见贺之昭恰好结束短会,从另一边的会议室出来,两人狭路相逢。

贺之昭的病已经完全好了,精气神很好,穿夏天的衬衫西裤更显肩宽腿长。他走过来时潇洒、容光焕发,眼睛跟着愈发明亮。

许添谊一将花递过去,贺之昭立刻说:"给我的吗?"

"嗯。"许添谊答道。本该有疑问句,但他目不转睛地看着贺之昭,眼前人高兴到像长了条尾巴在摇,终究无言以对。收花者自知是谁送来的,这就够了。

贺之昭衷心赞美："太漂亮了。"

许秘书勉强笑了一下，吐不出应和之词，很快逃也似的走了。

贺之昭捧着花回到办公室，开始思考放在哪里合适，他没想到自己能收到花，还是小谊送的，好东西。姜连清在自家院子里也种了，不过种得不是很好，不知现在长势如何。他思考一分钟，决定做出如下规划，一是今天先要抽空把花打理好放在水里，二是后续在水中添加得以延长鲜花寿命的营养物质，三是无可挽回之际就做成干花，永以为好。

此外，贺之昭思考，他也该礼尚往来。

下午的招标会按时举行。原本算是初试的海选筛去了大部分代理机构，这次第二轮共来了六家公司竞争市场代理权。几位高管全部参加，品牌部倾巢出动，几个重要部门也都抽调人员一同列席，参会人员堪称史上最多。

许添谊跟在贺之昭身后进入会议室，同周围人打招呼，入座。人太多，最大的会议室也稍显局促，长椭圆的桌子边挤满椅子，还不够，小部分同事只能靠着墙壁坐。他的位置特殊，藏在王磊和贺之昭身后的中间，又因为秘书的身份，靠近贺之昭，纵线上靠外，略显突出。

这样贺之昭若回头，他便可第一时间前倾身体做出回应。

虽然有招标竞标的动作，但王磊心中已经有比较合适的选项。玮成咨询，执行董事王玮春是他的老朋友，两个人私交密切。原本玮成只做快消市场，这两年市场变冷，蛋糕小了也终于开始四处觅食。

王磊授意邱虹邀请玮成咨询参与竞标，但毕竟是快消，不算玮成生意里的主业，王玮春不亲自管这件事，只派了负责竞标的队伍来。

许添谊拿着笔记本认真看每家公司的信息，心里也有了些概念。玮成咨询被放在倒数第二家出场，前面几家无论是本土还是4A的队伍都很年轻。也无论哪家，做出的产品屋和顶层设计方案都有画饼的嫌疑，喜欢往当下时兴的元宇宙、数字孪生的概念靠拢。然而对目前的商场而言，如何做好招商，降低空置率，增加游客量仍旧是最大的难题。

他的目光掠过最后一家公司，恰好听到耳边王磊也介绍："这家是本地的，老板今天亲自来了，姓魏。他自己是做新能源汽车捷费起家的。之前他们主要业务都是做汽车公关。不过我和他提了一下这个，他也挺有兴趣的，真的带着团队三天交了方案。哈哈哈，大概因为时间匆忙，这个方案是最简单、最实在的。"

许添谊点开方案最后的队伍构成看了眼，没找到什么姓魏的，只看到金字塔尖端有个英文名，叫 Zebra。

诚如王磊所言，尽管来的队伍都身贴厂牌，但代理各种岗位的流动性大是不争的事实。常常一个队伍内的组员也只磨合了很短的时间，就磕磕绊绊拼凑出成果来竞标。方案中的大部分内容都很套路化，可操作性偏低，偏偏展示时又喜欢拖长战线，面面俱到，反而超出了原本约定的半小时。几组听完，同事们都有些乏味。

等第三家退场后，王磊把自己看资料的 iPad 搁到桌上，说："两个商场还各做两个虚拟云地图，还来个首席虚拟导游，那我们也不用做线下了，直接开网店吧。"

邱虹笑了笑，答道："大家都在做这个，我们的公众号现在也的确需要新的突破口……"

轮到玮成咨询，对方来的也都是新人，连领队都是两个月前新入职的客户总监。等讲完，王磊好奇地提问："看到你们对主流媒体进行了一个分类，我们作为外资企业，针对目前越来越严格的舆论环境，的确也有一些担忧。想请教，如何以主流媒体为切口，做好一个比较正面的舆论把控、风险把控呢？"

王磊之前与王玮春曾私下沟通过，王玮春曾提出过极为恳切的观点。他以为团队会针对此有更深入的推进解释。却未想那位客户总监很年轻，之前也没有接触过类似的案例。

无论如何，甲方的要求为天，需要就得有。

因此这位总监与身旁的同事交换了几个眼神后，自信答道："我们的春总和几家比较重要的媒体的关系都很好，也能够达成合作共识，会有一些打包价……"

"我想，主流媒体不存在这样的合作方式。"之前一直没说话的贺之昭忽然开口，他笑了笑看台上的人，"或许你们的信息渠道需要更新。"

王磊一时也有些尴尬，原本他听了王玮春的一些意见，对这支队伍很有信心，却未想对方竟然会犯这样的低级错误。

在最后一家机构入场前，贺之昭略一扭头，同许添谊耳语了两句。

这是个很高的男人，仅带了一个同事随行，看上去三十出头，线条硬朗。他看了看表，冲大家笑笑：“时间太久大家都累，我们长话短说。”

没有太多的铺垫和开场白，也没有那些老生常谈的营销方式，英文名为 Zebra 的男人对他们招商引资、降低空置率等最关心的几个问题进行了重点的逐一解答，精准击打了要害。原本一直没有提问的贺之昭忽然发声，问了和王磊问玮成咨询的相同问题。

Zebra 思考速度很快：“简单说两点，一是针对信息发布要做好发布的追踪跟进，避免遗漏，确保舆论风险可控；二是确保和媒体保持沟通，了解日常选题。主流媒体发布了负面新闻要提前准备，打好提前量弱化负面影响。您如果有兴趣，我们可以出一份案例详细说明。”

"谢谢。"贺之昭点头。

结束后，贺之昭扭头给了一个眼神。许添谊立刻会意，起身跟着走了出去。

"魏总您好。"他在走廊叫住对方，心道斑马那名字实在太有个性。喊什么合适，斑马总吗？

Zebra 停住脚步回头，与他握手："你好。"或因行业不同，尽管年轻，这个人站在那儿便气场强烈，目光洞察力很强，大有不怒自威之意。

许添谊介绍了自己的身份，旋即递出名片："感谢您方案中的意见。"

"不客气，你们关心的问题都回答了吧？"Zebra 接过，给出了自己的。名片上倒是未提英文名，白纸黑字设计简洁。真名叫魏丞禹。

"是的。贺总很重视您的意见。"许添谊斟酌回答，"后续多联系。"

魏丞禹心道好赚哦，这项目也是随便捡来的，能够收获这么高的评价真是令人喜悦，答曰："好的，周一我会对接邱虹把案例发给你们，供参考。周末愉快。"

"谢谢。"许添谊一直送到电梯口，等两人进去才折返。

已经过了下班时间，大部分人都忙着下班。但几位高管又留下来继续讨论。趁中场休息，许添谊去拿水备点心，走到茶水室，里面正在进行一场八卦。

一个男人的声音说道："你看他那个鞍前马后的样子，比当时巴结陈彬彬还用力。团建吃烧烤你记得吗？他烤的谁也吃不到，全部都端过去给领导了。"

"狗就是狗呗，这不是他的老本行吗？那不得用力吗？现在就他一个秘书，巴结领导应有尽有。"

"你说，他这种为了升职不择手段的，如果是个女的，不得直接爬上老板的床……"

"哈哈哈，你好恶心，别说了。他天天板着张脸的，老板怎么看顺眼的！"

因为不知道如何应对，许添谊的指甲掐着肉，面色如常地很快离开。无论自愿与否、工作关系如何，他常在大事小事上与同事有利益冲突，产生摩擦，有时候能察觉，有时候不能。若追根溯源、刨根问底，可能也只是件琐事，占据他日常事务的百分之一，但就因此轻易被人记恨上。这次也不明白什么时候得罪了几人。

他讨好贺之昭的样子的确明显，比起其他情绪，当下是窘迫占了上风。

贺之昭是笨蛋，贺之昭是笨蛋。

许添谊连忙念，然后慌乱地意识到自己在玷污这个名字，改成用指甲狠掐自己的虎口。他的鞍前马后有目共睹，他的雷厉风行皆有所乞求。

回程遇见邱虹要走，许添谊佯装自然地问："你们那个粉头发的实习生呢？今天没看到。"

"没来。"邱虹皱皱眉，小声和他告状，"唉，小年轻长得蛮好看的，就是做事情太不认真了，打包快递都马马虎虎的，这两天，说是什么乐队排练就请假一礼拜。虽然是实习，也真不像话。"

她继续道："贺总也对他有印象，上次和我说的意思是别用了。我们打算劝退了。"

许添谊与她道别，把准备好的点心和咖啡端进会议室，说："吃点东西吧。"他又将之前自己与魏丞禹的沟通告诉贺之昭，把名片也交了出去。

贺之昭盯着点心，认真道："好，谢谢小谊。"趁周围人起身去露台抽烟，他又凑近一点，问，"今天晚上可以请你吃饭吗？"为答谢那捧美丽的花。

许添谊该拒绝，但还是很利落答应下来。

回到办公室，趁着短暂的休息时间，贺之昭快速地将花整理好，放进翻找出的花瓶里。他看了眼时间，拨打了一通越洋的视频电话。接听很快，但对面人仍旧是睡眼惺忪的样子，打了个哈欠问："你算好了的？"

"是的。"贺之昭说，"根据起飞时间的推算，这个点你必须起床了。"

"谢谢，是专门来提醒我准时出发的吗？"Alan 说，"感恩的心，友谊万岁，之后中国见！"

但贺之昭对此表示否认。他调转镜头，对准鲜花。

Alan惊讶地瞪大双眼，困意被碾得灰飞烟灭了。

贺之昭愣了愣，说："小谊送给我的。"

"哈？"

"我们是朋友。"贺之昭回答，"当然，是非常好的那类。"

贺之昭盯着桌上的花朵认真思索。视频里的Alan戴上了自己连帽衫的帽子，翻了个白眼下楼。他早就不记得小时候那批一起玩耍的伙伴都叫什么名字，也完全不关心他们现在在哪里。挂断电话前，这个年轻人敷衍道："花很漂亮，我真的该出发了，祝你好运，拜拜。"

许添谊坐在人均四位数的餐厅，听经理介绍今天的菜单和食材的产地，心想，这可能是一辈子只会有一次的时刻。

虽然也跟着陈彬彬出入高消费的酒局，但那时只需要做好察言观色、端茶倒水，最后送喝醉的领导回家就可以。现在却是他和贺之昭面对面，吃一顿晚饭。

学过的礼节有些忘了，运用起来僵硬。许添谊不时观察贺之昭怎么做，随后依葫芦画瓢模仿，尽力掩盖住自己的不熟练。

可是为什么要请吃饭？

没带记事本，贺之昭只能打了个简单的腹稿，单刀直入道："谢谢你送我的鲜花。"

许添谊脸上因着紧张本不多的笑容变得更少："啊？"

贺之昭点头："我已经将它们妥善安置在花瓶里，这样可以存活得更久一些。"讲那么详细，是寻求表扬的意思。

"鲜花不是我送的。"许添谊答道。

"不是你送的？"

"不是。你在开会，茉莉说你有快递，我去前台签收的。"搞清缘由，许添谊窘迫得嘴唇发麻，看来这顿饭不该他吃，"没有礼物卡，不知道是谁送来的。你没问，我当你知道。"

因为花不是许添谊送的，贺之昭苦心推理建设的逻辑体系从根基上被打碎了。

"那谁会给你寄一束花？我确认过，收件人和地址的确都是对的。"许添谊前倾身体，开始努力排除可能，"是不是机构或者协会送的？"

贺之昭思索:"都有可能,但也不重要。"

主菜上了,话题一时间被打断。

许添谊握紧了刀叉,盯着桌上的东西看。Kelly已经在遥远的马尔代夫潇洒,她送的那两张昂贵的票还留在许添谊外套的口袋里,演出时间恰好是今晚。

这次许添谊决定抛掉那么多顾虑,只问自己,想不想和贺之昭一起去看戏剧,或许今晚就是两人恢复邦交的最佳时刻。

"我……"许添谊掏口袋,把两张票轻轻放到桌上,"你想看吗?就是今天晚上。"

"夜晚开快车会让我有些紧张。"距离戏剧开始仅剩半小时,贺之昭坐上车说,"但今天我一定可以准时抵达。"

一席话让许秘书十分紧张,坐在副驾驶不敢讲话。高架上速度拉满,他们很顺利地在开场前十分钟抵达剧院,验票进场,一气呵成。

工作人员已然入戏,递给他们两人一人一个遮住半边脸的面具:"抓紧时间,两位,舞会马上开始了。"

"……我的怎么和他的不一样?"许添谊犹豫地接过。普通的面具为暗色调,仅粘了宝石勾了金边。他的却格外特别——白色面具粘了圈华丽宝石,边缘还沾了两根轻盈的羽毛。工作人员狡黠一笑:"您很幸运,这个是代表佩西公主的面具。"

再往前两步,进入场景后,像怀表倒转,他们迈入十六世纪的一场假面舞会。所有人在入场时被打散了,许添谊摸黑向前进,想扭头寻找贺之昭在哪里,却又迷迷糊糊地被推着进入了房间。

房间里,公主正坐在四柱床沿掩面哭泣,一旁的公爵扮相凶恶,傲慢地来回踱步,跟着音乐唱歌,表达对公主的控制和占有。阳台的门忽然被风吹开,光线造出的雨水飘进来,电闪雷鸣,房间跟着昏暗明灭。公爵拉着公主的手腕,要整个人压下去,却未想公主猛地发力,两人一同移步到了暴雨中的阳台。

轮到公主歌唱。在她愈发愤怒的、表达不愿意配合的歌声中,剧情急转直下。又是一组闪电划过,她一个用力,将公爵推到阳台边,阳台的栏杆应声断裂,公爵哀号了一声,翻滚着摔了下去。

公主踌躇地在原地停顿了两秒,忽然扭过头,像刚发现许添谊在那里:"佩西,你怎么在这里!"她快步走过来,拉起佩西公主的手,神情惶恐地说,"你都看到了？你是我最好的朋友，你一定可以理解我，对吧？我不想和他在一起……

"你不会想问我怎么推过去的吧？佩西，你小看我在绝境中能够爆发出来的力量了。"

最后，公主哀切地问："你可以替我保守这个秘密吗，佩西？就说你一直陪在我的身边，没有看到过公爵。"

许添谊决意不让自己的声音破坏这剧情，只点了点头。公主高兴地笑起来。这段单人剧情结束了。她将他送到门口："啊，舞会要开始了，快，去吧。祝你拥有一个美好的夜晚。"华丽沉重的门重新打开，公主的手掌在他背后轻轻送了一下。

许添谊走得很稳，心里踉跄一下。原本走散的贺之昭正安静笔挺地站在门边，他穿着西装戴着面具，只能看到清晰的下颚线和嘴唇。

"抱歉。"许添谊说，"久等了。找来的吗？"

这位骑士回答："嗯，不会。"

再转场需要经过极长的黑色走廊。

走出长廊，再一同沿着楼梯走下去，外面主宴会厅的盛大舞会才刚刚准备开始。音乐声飘了起来。无论是否真的会跳舞，在卡司的引导下，周围人都默契地两两组队摇曳起来。

音乐逐渐变化，从欢快到恢宏。

Chapter 12
和好

许添谊将壮壮的东西都清点好放进包里。既有主人送来用剩下的,也有他给买的。后者更多,玩具、营养补剂、小毯子,导致回去的包袱也不小。

许秘书对自己比较抠门,但对壮壮大方到了溺爱的地步,就差说狗能读书就让狗去念国际学校,狗需要房他就掏首付了。

他刚将包的拉链拉好,又犹豫着重新掏出里面两件被咬出痕迹的玩具:"你主人也会给你买新的吧,这也不是什么很贵很好的东西。"

昨日从剧院出来,重连网络,才发现韩城发了消息,称自己那位朋友回国了,希望这个双休日有空能把壮壮接回去,再向许添谊当面道谢。

因为已经超出三个月,许添谊常常惦记时限,时间越久心里越忐忑高兴,越养越舍不得放手,也越清楚明白这是别人的狗,总有归还那天。

根据韩城发来的消息,他加了壮壮主人的联系方式,约定周日晚上在滨江见面。

壮壮并未察觉即将到来的别离,仍旧将自己的脑袋搁到许添谊的手臂上,眼巴巴看着他请求抚摸。许添谊看它很大一只整个拱过来,嘴里嫌弃说:"烦人。"实际很快转过身,开始揉伯恩山犬的脑袋,又亲了一下。

许添谊认为自己虽然人缘比较差,但在猫狗里还算受欢迎,至少没那么容易被讨厌。壮壮毫无保留地喜欢他,同样他也是。他甚至可以承认自己有些离不开壮壮。脚很大的壮壮不只是狼狈借宿的小狗,它用自己庞大的毛茸茸的身体陪许添谊度过了比较艰难的一段时光。

因为壮壮可以总是被他抱着不反抗,每次见到下班回家的他都无与伦比高兴,会不知轻重地扑上来,哪怕听不懂也还是很认真听他说话,反应过来是自己被骂了就牵拉耳朵,挨的骂过一会儿就忘了,又恢复之前的热情。

总是很别扭的许添谊希望有人也可以这样对待他,一直没有找到。

壮壮依旧在客厅做运动。过了会儿,它叼起没放进包的玩具,乐颠颠地跑了过来。

许添谊又重新清点了遍壮壮的行囊,有临近检阅的紧张。

或许可以和壮壮的主人成为朋友呢?他颇有心机地策划,这样以后还可以假借其他名义再见到壮壮。

紧接着时间到了,再无法拖延下去,许添谊换了衣服,带上包叫好车。壮壮跟在后面,被很乖地套上散步用的牵引绳,以为这是每一天都会有的快乐散步时间。

许添谊打开门,和狗一起出去,扭头关了房间的灯,他想了想又重新打开,就和以前每一个孤独的夜晚一样。

飞机穿过晴云安全着陆,Alan 摄入陌生的空气,上次到中国还是十年前去外婆家。他落地前还牢记嘱托,时间紧任务重,落地后忘个精光,头件事当然是见朋友,贺之昭。

见面的地点是他点名的滨江区域。两人上学时因编程结缘,向来有切磋的习惯,来不及寒暄,Alan 先献宝似的拿出手机:"你知道我怎么决定要来这里的吗?"他一本正经道,"我下载了这个 App!里面有非常多用户到处去商场,这个……怎么说,对,'打卡',知道吧,然后留下评价。都是真人,很有参考意义。"

"知道。"贺之昭谦虚道,"但的确没有使用过。"适应不同职位要求,他现在已经很少亲自做数据分析和筛选的工作。

"真的,这里的商场中间还有一块非常大的草坪,我刷到好多关于他们的帖子,太值得学习了。等会儿我们沿着滨江走一圈。"

见他聊工作,贺之昭当然欢迎。

许添谊抵达咖啡店,这个点生意好到人满为患。他带着壮壮入座露天向着草坪的位置，壮壮目标太大，路过的人看到都很喜欢，二十分钟内不下五个人询问是否可以抚摸。

许添谊都答应了，这时心里尴尬，想自己不是能定夺的主人。

几分钟后，韩城发来消息，问那人到了没有。许添谊如实回复，韩城却猛地发来几条很长的语音。

"不好意思啊添谊，瞒你那么久。"韩城说，"我是一开始拒绝了的，但是我感觉他很真诚，所以还是答应下来了这件事，你可别生我的气。"

"归根结底，是希望你们双方别再有误会……"话音未落，有个人在小圆桌对面的位置落座。许添谊举着手机听语音，下意识抬眼看，这个人就冲他淡淡笑了笑。

五官太熟悉，只是发型不一样，理短了，神态不像以前总毫不在意的模样。一瞬间，二十岁的记忆如洪水涌来，有溺毙的感觉。

许添谊看着他，沉默几秒，开口道："东西全在这包里面，狗也在这儿，我养得很好。"

"我知道，谢谢。"杜琛宇却没接狗绳，"许添谊……"

许添谊起身打断了："没什么问题我就走了，再见。"壮壮像墙横亘在两个人中间，一不小心拦住了他的去路。

"等等。"杜琛宇也站起身，声音很低又很恳切，"对不起。"他说，"看在壮壮的面子上，给我个机会解释清楚吧。"

像石缝里的草，尽管没人期待，甚至也没什么人注意，许添谊就这么利用不经意落下的阳光和雨水，一个人野蛮生长到这么大了。

考上大学，忽然课余时间多出来。尽管用了助学贷款，生活费也得自己赚，够忙碌了，许添谊还是贪心，想多蹭点课，多认识些同学，多参加点活动。

他站在大学的校园，看到来往的自行车和操场上跑步运动的男女，感到从未有过的轻盈和自由。因此在韩城带着一厚摞社团宣传册，挨个逼问同宿舍几个人要报名哪个社团时，他很认真做了挑选。

尽管刚入学，但大家都是同龄的男生，自我介绍完就算熟悉了。

"都看看啊，这么多社团呢，你们都去哪里？"明明在室内还是夜晚，韩城却仍旧戴着副墨镜，据说是王家卫同款，"我想去吉他社，肯定最受女孩子欢迎。"

"怎么样,你们到底都去哪里?总得去几个社团吧?大学不参加社团也太无聊了!"见大家沉默,他催促道,"许添谊,你先说,你去哪个?"

许添谊思考半天:"我想去摄影。但是我没有相机……"

"这个方便。"韩城大手一挥,并不介意,"我有台卡片机,八百万像素!到时候借给你!"

去摊位留个名,就算正式进入了社团。摄影社每周有两次社团活动,大三的社长总缺席不在,只有大二的叫张伟奇的副社长负责每次带着大家——实际也没几个认真学,大家凑一起吃吃零食聊聊天。零食是用社费买的,社费倒不用社员出,都是社长出的钱。

不出一个月,大家都同意社长有钱且神秘。

一天,张伟奇忽然问:"明天周六,有没有愿意来当拍摄模特的?"

张伟奇是个长相遗憾的大龅牙,大家误以为给他做模特,实在不情愿。最后只有三个人报名,许添谊是其中之一,因为他看最初没人举手,觉得张伟奇有点可怜。

结果第二天剩余两个又临阵脱逃,只剩他独自到了社团教室。教室很空,没开灯。有个穿黑衬衫的男生站在那里,头发微长,盯着手里一看就很贵的单反相机。

"你是?"他没抬头,听见脚步声淡淡地问。

"我是来给张伟奇做拍摄模特的。"许添谊有点拘谨,"他人呢?"

"他昨天替我问的。"杜琛宇道,"你别动。"

许添谊遂僵硬地立在原地。

杜琛宇调试了两下相机,抬起头对准他,微微一怔,接着随便拍了两张,看了眼说:"可以。你跟我走。"

两人走去红枫林道,一路许添谊跟在后面,问:"你是社长吗?"

"嗯。"杜琛宇扭头看他,"怎么了?"

许添谊笑起来:"之前没看到过你,我们都只见过张伟奇。"

杜琛宇不置可否。到了拍照的场地,他开始指使许添谊调整位置,或站在树下,或坐在长凳上,并不复杂。尽管如此,杜琛宇显然要求很高,两个人折腾了一个下午。

回去时，虽然拍完了，许添谊还是担心对方不满意。早知该换最贵的那套衬衫——于晓桃给的，因为自己的儿子穿不下。于敏回家拿给许添宝，许添宝说不喜欢，最后辗转着幸运地落到许添谊那里。牌子货，肯定体面，效果好。

许添谊旁敲侧击问："今天拍的可以用吗？"

杜琛宇："可以。红枫林很衬你。"

这话简短，却让许添谊感到高兴，他又主动问："这个拍了要做什么呢？"

"给杂志。你叫什么？"杜琛宇掏出手机简短答道，"号码多少？加个联系方式。"

许添谊感到窘迫。对方手里是当下时兴的 iPhone 4，可他连手机都没有。

他说："我叫许添谊。手机忘带出来了，我背不出号码，下次给你，可以吗？"

"好。"杜琛宇说，"照片洗出来了给你。社团见。"

"对了。"许添谊忙喊住，"社长，你叫什么名字？"

"杜琛宇。"

后来杜琛宇开始经常出现在社团，两人越来越熟悉，又配合拍了几次照片，经常同进同出。许添谊开始被大家寻开心："哎哟，你是社长的亲传大弟子、御用模特！"

许添谊当然不敢认为他和杜琛宇已经是朋友，只是把杂志、照片都很认真收纳好。

后来遇上运动会，学生会的干部委托他们出几个人拍照。

卡片机根本赶不上趟，许添谊就帮着做点杂活当志愿者。忙活完一上午，中午他按约定去找杜琛宇，对方却在教室里和另一个人拿着相机坐在一起说话，神采是他从未见过的飞扬。

大学生不用穿统一的制服，像摘掉遮羞布。有些人不用细看就知道他们家里条件好，隔着玻璃看，他们俩更像一个世界的人。

许添谊没进去，扭头去了隔壁教室坐着，心里有些失落，有些失望，又知自己没资格去问，就开始生闷气。过了会儿，杜琛宇推门进来说："怎么不过来？"

"我不认识他。"许添谊道，"尴尬。"

"都是朋友，尴尬什么？"杜琛宇却道，"过来吧，不是想学摄影吗？我教你。"

这像一锤定了音。自此，两个家境、性格都迥异的人做了朋友。

203

杜琛宇气场极强，有自己的想法。许添谊常感觉自己在仰望对方，也有年轻人不愿意承认的崇拜，因此反而倍感珍惜这段缘分，相处起来束手束脚。他总揣测杜琛宇欣赏什么样的个性举止，然后无视压抑内心的需求，把自己像橡皮泥一样笨拙地尽量捏成类似的，试图获得更多认可。

然而杜琛宇却恰恰相反。自从两个人熟悉后，他像卸去所有社交礼节的面具，露出了漫不经心，甚至有些恶劣的本质。

许添谊的课很多，还有校内勤工俭学的岗位。杜琛宇已经大三，课少，之前不在社团出现，人不在校内的才是常态，如今又慢慢恢复这节奏，经常出校去很远的地方拍摄。

许添谊知道他重视摄影，但也忍不住想多和对方沟通。

"你可以不要一直问东问西的吗？"杜琛宇皱眉道，"你这样让我很有压力。看电影不是随时可以买票吗，为什么一定要提前两天安排好？我后面还有摄影计划，随时都有变动，就算现在订了票也完全有可能到时候去不了。"

许添谊忙解释道："你如果到时候去不了，我可以再去……"

杜琛宇打断他的话："那么先前定计划有意义吗？"一连串的质问太强势，让许添谊没有辩驳的余地。

杜琛宇家境优渥，早习惯高水平的消费，吃穿用度都很好。许添谊和他出去，不愿意只对方请客，钱很明显开始不够用。他开始被迫寻找新的打工机会，从校内找到校外，终于找到学校后街的一家奶茶店。

当时的奶茶店还没有现在这么多，只有这一家。菜单也简单，只要学会用开水冲调开不同口味的奶精，再往里面加圆滚滚、嚼起来像塑料的黑珍珠就可以。旁边连着的店面是同一个老板，墙打通了，主要卖手抓饼和淀粉烤肠。

许添谊熟悉业务后，就要同时管两个摊位。

稍微赚了点钱后，为了能和同学们保持联络，也是不落伍，他咬咬牙买了台直板按键的手机。

许添谊很节省话费，每次发短信都要把自己要说的事情全都讲完，精准控制在六十八字左右——字太少浪费，但超出七十个字就得收两条短信的钱。

一开始杜琛宇也会稍微回一下消息，随后不知是因为失去耐心还是忙起来就不爱理人，开始隔个半天回"好的""知道了""没有空"之类的。

许添谊迷茫又纠结，推测自己哪一条引起了对方的反感，又或者哪一条内容不怎么值得回复。也敏感猜到杜琛宇嫌烦，于是降低了自己发送短信的频率。

这一天上午隔壁理工大学正好校园篮球赛，几个学校来的大学生看到奶茶店都嚷嚷请客。

许添谊饭都来不及吃，饿得前胸贴后背不停做奶茶。尽管非常累，却很兴奋。奶茶按杯算，他有微薄提成拿，这样可以稍微多赚些钱，他下次可以请杜琛宇去看电影。

一上午近百杯做好，他饿得手发抖，趁没生意，一边吃着淀粉肠，一边收拾上午的残局，擦桌子。外面有女生喊："有没有人呀？"

"有！"许添谊忙把最后一口淀粉肠吃掉，"要什么？"

他站起来钻到前台，抬头一看，愣了愣。是杜琛宇和一个女生站在菜单旁边。

女生叫冯秋茗，看他们对视完，一个扭头看别处，一个板着脸，好像都有点尴尬，便问："你们认识？"

"是我同学。"杜琛宇简短说，"快点买吧，买完就走。"

冯秋茗做不出决定，仰头问："有什么人气奶茶推荐呀？"

不是说，没有空吗？许添谊握着抹布站在那里，声音紧绷答道："茉香奶茶。"

"好，那就要两杯这个。"

"冷的热的？"

"要冷的。"

"大杯还是小杯？"

"大杯好啦，谢谢！"

许添谊拿了塑料杯做奶茶，动静很大。他将两杯做好的奶茶推出去，冯秋茗这才后知后觉没问价钱："一共多少钱呀？"

"不用了。"许添谊用抹布用力擦桌子，没抬头，"我请你们。"

两个人走后，许添谊手指发麻，他敏锐察觉到苗头，随即默念了两遍咒语，让呼吸慢下来。

贺之昭是笨蛋。可咒语中这人不也和他之前形影不离，后来就连一个电话都不屑于打过来吗？他究竟是哪里惹人讨厌呢？

许添谊逼迫自己调整好情绪，下午下班丢垃圾，才发现杜琛宇在后门等他。

一看到人，原本的怒气消下去。他总很容易心软原谅。

"干吗来？"

杜琛宇靠着墙说："刚忙完拍摄，陪冯秋茗吃点东西。"

"知道了。那你下次回我短信吧。"许添谊低声说。

杜琛宇又不耐烦了："你的短信太长太啰唆了，什么都说，我根本不知道回什么。"

一见朋友情绪不佳，许添谊便自然而然占据下风，说："那好吧。"

杜琛宇非常不喜欢被约束，做事仅凭自己心意，他毕业后没有找朝九晚五的工作，仍旧在做摄影师，似乎靠着家里的关系，开始接国外的单子。而许添谊的成绩稳定优异，拿了奖学金。老师暗示两次，有意让他念研究生。

许添谊没想多久，还是拒绝。虽然心里想念下去，可他实在没有钱了，不像杜琛宇的家境好，自己接项目也挣得多，没为钱烦恼过。许添谊太需要工作有稳定的收入，尽快摆脱窘迫的经济状况。

杜琛宇从大四就开始搬到校外的宿舍住，留了个房间给许添谊，不收房租。因为摄影工作太繁忙，许添谊做他副手，没课便住过去，顺便打扫卫生。

因为工作发展理念不合，两人常常产生冲突。每次吵架，杜琛宇习惯冷战。明明许添谊原本也擅长冷战，现在却为这来之不易的朋友学会低头，一次次主动求和。

临近许添谊毕业，两人开始因是否继续搭伙吵架。杜琛宇解决的方式就是持续冷战。而许添谊无论如何都忍受不了长时间被无视，又只能每次低头。一天早晨，杜琛宇一边闲适喝一杯水，一边蓦地宣布自己要留学，希望许添谊把工作室独自经营下去。

许添谊还半闭着眼睛，听到这话强睁眨开来："什么？"

"和你说过，应付家长。我已经耽误两年，他们很有意见。"

许添谊一时脑袋发蒙，说："我根本不懂经营，这怎么做？"更何况他已经有心仪单位，准备和对方签约了。

"设备场地人员都是现成的。"杜琛宇道，"你只需要日常运维，也没让你扩张业务。"

许添谊急道："这也不是小事啊，都不和我商量一下吗？"他说，"我的家人都知道我要上班了。"

"我和你能一样吗？"尽管许添谊没怎么提过，杜琛宇靠平日也能猜到他家里的情况，"你怎么样对他们来说重要吗？他们关心吗？更何况有了收入也会按照之前那样给你分成，不会让你白干活。"

话语像最烈的火倒在身上，许添谊却像没察觉，脸发白，他好像每次都没有拒绝的权利。杜琛宇没听见身后人再说话，他扭头看了眼，发现对方低着头，呼吸起伏不正常，手抓着被单的样子很奇怪。

"怎么了？生气了？"他又喝了口水，随意问，"手好像鸡爪。"

慌忙中许添谊忙将手缩到袖子里。"过度通气。"他费力挤出这几个字，摇头说，"没事。"

等过了会儿，他彻底缓过来，杜琛宇早已经走了。

许添谊突觉无比的疲惫，突然想起搬出大院那年，等电话的心情却好像比现在更绝望，因为最初明明很有信心。人生是无数次重蹈覆辙，他的生活就是错误的重复。可到底从哪一步开始走错的？

许添谊再用直板手机打电话，对方接得很快。许添谊在电话里很轻地说："你再想想其他办法呢？"

"那你想怎么样？"

"等我毕业，工作稳定再说。"

"行啊，那就先别联系了吧。"杜琛宇料到他会这么说，冷淡又笃定地说，"以为自己靠上班能赚大钱吗？对了，你上次过度呼吸的样子很丑。"因为意气用事，他很快把电话挂了，根本没给许添谊再说话的机会。

断交之日，没下符合情境的伤感之雨，阳光灿烂，空气清新，风和日丽。

许添谊脑子荡着杜琛宇最后说的那句话，夜半十二点骑着自行车出门，横跨三个区，再沿着江骑了圈，骤然发觉世界的广阔之处。所以凌晨四点半，他又一口气骑回去了。

杜琛宇游刃有余地挂了电话，他以为许添谊会和平常一样，用别扭的语气、拙劣的借口主动约他见面，并对他的安排表示退让，然后他就大度地装作没事情发生，继续下去。反正许添谊总会听他差遣，是他最好用的棋子。

出差一周，其间没接到许添谊的电话，杜琛宇不得不承认许添谊的退让比往日来得迟。好不容易回来，他在屋子门口转动钥匙那刹那，近乎松一口气，或许还是面对面解决比较好。

屋里没开灯，也没人很快地出来打招呼。挂在沙发上的外套依旧在那里，没心善的人丢进洗衣机。喝了一半水的杯子还在床头柜上，照理应放回厨房的玻璃柜，第二层。

杜琛宇阴着脸拉开次卧的门，这才发现许添谊的确没有来过，他的两身衣服还留在这里——除此以外，没有任何东西。

许添谊留在这里的痕迹很淡，存在感很低，只忙忙碌碌把原本有的东西归纳收拾回该在的地方。不怎么被人发现，也不怎么被人感谢。

又过两天，杜琛宇坐在客厅的空沙发上，没有表情地看着电视，那件灰色外套还是扔在旁边，像布罩，所有器物都不能按照既定的轨道运作了。

第二天杜琛宇赶到学校。上次他因为拍摄拒绝了参加许添谊毕业典礼的邀请，现在毕业证件已领完，最后那批毕业生也早就搬出宿舍。寝室楼像废墟，宿管大爷们忙着把学生们清出来的东西卖钱。

故事的发展开始脱轨，尽管不能接受，杜琛宇依旧认为工作室的事情可以找其他人接替，身边少个许添谊这样的朋友也无伤大雅。

然而他把这租住的屋子都打扫一遍，发现比想象中还要麻烦，他把许添谊那件可笑的名牌衬衫扔进垃圾桶，过了会儿又捡出来叠好，他原本习惯打车，从不知道，原来从学校到这间公寓需要辗转三辆公交车，许添谊每周来一次，路上要耗费无数时间。

实际又何止这些时间？耗费的哪里仅仅是时间？

秒针转动，一时杜琛宇忽然想到很多瞬间，跑马灯一样。他做错很多事情，有时候却是恶劣的将错就错，见到许添谊的表情知他因话语伤心，更加痛快，上位者一样认为对方理所当然该承受和原谅，一切都在他的掌控中。

许添谊这个朋友的不可替代性只有等他失去才发现，随时间越发膨胀明显，他奇怪自己之前为什么觉得许添谊这样的人随处可见。杜琛宇终于明白，自己弄丢了一个很重要很好的朋友。

他向韩城隐瞒了自己过去的所作所为，只表达了想要和好的心愿，也计划到许添谊一定会喜欢上壮壮。他不停地借助外力增加可能性，因为缺乏底气。

咖啡店晚上翻了台变成酒吧，不少人站在柜台旁边点酒，站着喝完了就走。杜琛宇讲着讲着开始声泪俱下，看上去很惨，又有点莫名其妙。

服务员端来他们点的酒，许添谊听完杜琛宇一路踽踽回国寻找他想要和好的故事，拿起杯子喝了一些试图让自己平静，记忆里的形象被涂抹得很陌生。他问："所以呢？"

"许添谊。"杜琛宇猜到他要说什么，着急地否认道，"不需要你原谅我，我们就当重新认识一次行不行？"

他再这么恳求了一遍："看在壮壮的份上，你舍得再见不到它吗？我补偿你，可以吗？"

壮壮原本轻而安静地趴在许添谊的脚边，随后它发现草坪游人如织，游狗也如织，情不自禁受到了感召。又因桌上两人注意力不在脚下，如一片乌云般顺利地飘了出去。

晚餐后，为了克服时差，在飞机上坚强的没怎么睡的Alan被突袭的困倦击败。原本的豪情壮志化作瞌睡的泡影。他一边呵欠一边道歉："抱——歉了，考察研究还是下次再做吧。"临分别，又多嘴一句，"好奇地问问，你到底想怎么和人家和好？"

贺之昭认真思考片刻，说："这可以问小谊本人的想法吗？"

"啊？能问吗？"Alan难以苟同，但也不忍直接否定他的意见，回答道，"你这么说倒也有道理。"

因为想到许添谊，贺之昭兀自笑了笑："嗯，要是有数据可以量化就好了。"

道别后，贺之昭一个人向草坪走去。Alan提到的东西他也很感兴趣，决意自己先去看看。商场门前的一块草坪是之前运营的盲点，如若这个方案的确有参考价值，接下来就可以和新代理机构沟通并纳入案例范围。如今经过招标会，代理机构的选择也已八九不离十。不日就将促成合作。一切都在有序运作。

正是晚饭后，是散步的最好时间，草坪上热闹得超乎想象。到处是主人牵着或是用小推车装着小狗，每只狗身旁都有一两名人类卫士。

贺之昭横闯入草坪，看到一只绅士的伯恩山被好几个人围着，正在热情"营业"。他因此联想到了许添谊养的壮壮，得到非常好的灵感。

可以下次邀请许添谊带着壮壮一起来玩,一起饭后在绿草地走走也很好。他就这么想着壮壮……壮壮撞到了他怀里。

许添谊听杜琛宇讲完,心里许多想说的,却千丝万缕郁结在一处,像毛线球难理出头绪,他放弃地站起来:"我要走了。"

杜琛宇抓住他的胳膊,语无伦次:"等等,许添谊……"

"小谊?"贺之昭从后面牵着壮壮过来,"好巧,是你的狗丢了吗?我在帮它找主人。"

壮壮颠颠地走过来,它感觉自己和贺之昭还蛮合拍的。

或因别离太久,或因没怎么被真正的主人照顾过,伯恩山绕过了杜琛宇,直接扑到许添谊身上。

许添谊喝了酒脑袋发晕,更没想到会在这种场合遇到贺之昭。

一时,氛围微妙。杜琛宇问道:"这是谁?"

许添谊扭头,挣了两下:"松手!"

"你应该明白,他已经表示拒绝。"贺之昭一把攥住杜琛宇的手腕,微笑了一下,还是平常那副见谁都友善的样子,但此刻克制和冷静也像一种超然的压迫力。

杜琛宇把手松开,加快语速道:"抱歉,但我还有话要和他说。"

贺之昭挡在许添谊身前,扭头轻声问:"小谊,你想听吗?"

许添谊抬眼和他对视。就像开会时简单一个眼神,两人都能迅速默契地捕捉其中的含义,像存在一种加密信息,只对方可破解。

许添谊从这一眼获得支持和安抚,变得很有勇气,有了力量:"不想。"他犹豫片刻,下定决心看向杜琛宇,"不过我也有想说的。"

呼吸开始发麻,许添谊有些战战兢兢,像在高空走钢丝,但他意识到这是绝无仅有的时机,他不是那种可以一笑泯恩仇的人。他心胸狭隘、小肚鸡肠、斤斤计较。

他记仇,还偏偏记性好,什么都记得一清二楚。

"那时候没钱,我只能几乎每天都打工,一次下了班出来和你还有几个朋友一起吃饭,你当着大家的面,皱眉说我身上很难闻,都是手抓饼的油烟味。你总是这样。每次随口一说，我却要消化很久才能暂时忘掉。你可能早就忘了吧？你说我过度呼吸的样子很丑……"

"那都是我的气话。"杜琛宇立刻打断他的话，着急地解释说，"当时，我实在是不知道怎么了，想着要攻击你。但是你对我很好，我都知道，我说不出你别的不好，我只能说这个……我……"

可是我一直被这句话困扰。许添谊心想，本来这病症，就像烂疮，越焐越长，于是只能安慰自己，虽然控制不好，但是被最要好的人看见，应该也没关系，刺猬也得有能安全露出肚皮的地方。

但是你说我手像鸡爪，过度呼吸的样子很丑。

"我早就准备好一辈子不原谅你了。"许添谊说，"刚开始我常常想自己到底哪里不对，做错什么。为什么一开始说做朋友的人是你，后来肆无忌惮伤害我的人也是你？现在我知道原来也有其他相处模式存在，不用提心吊胆害怕被下一句话伤害，偶尔错觉自己人可能也不错。"也有人看到过度通气的许添谊，第一反应不是去看鸡爪一样的手。

"谢谢你把壮壮寄养在我这里，我发现养狗很好，付出什么就可以得到什么，不像和你做朋友。"许添谊说，"我讲完了，请你不要再出现了。"

"好。可以走路吗？"贺之昭静静听完，既没插嘴也没表态，只问了这句。他已经很熟悉许添谊的情绪变化。许添谊现在有些上头，情绪不稳定，一连串讲了很多话，脚下轻飘飘的。

许添谊说："不可以，怎么办？"其实可以。

贺之昭说："没关系，我送你回去。"一个说怎么办，一个就会说没关系。

杜琛宇愣怔在原地。原来没人是傻子，被伤害了就会记得，许添谊只是要得不多又容易满足，所以一次次默许了他的伤害。

车门合拢，密闭的车厢将外面的世界阻挡起来，刹那天地安静。贺之昭没再说话，给许添谊系上安全带，系好又默默观察，数他的呼吸频率，确定是正常的，松了一口气。

许添谊用胳膊遮着眼睛，他比以往迟钝，也没以往装得那么无懈可击，终于舍得露出比较脆弱的面目，轻声问："你怎么在这里？"今天应该只是他将壮壮还给它的主人的一天而已。

"上次和你介绍的朋友 Alan 刚回国，和他吃完饭，我来这里的绿地看一看。"贺之昭老老实实地回答，不知道再讲什么了，接一句，"绿地很多狗。"

贺之昭闻到许添谊身上很淡的酒味，说："在那里捡到壮壮，然后遇到了你。"

安静感太有压迫力，许添谊下了决心后将手臂移开，缓缓露出眼睛与贺之昭对视。再暗的光都看得出他眼角泛红，分不清是因为流泪还是疲倦。

"好笑吗？"他问。

"好笑什么？"贺之昭耐心地问。

"笑我擅长把所有的关系都越搞越坏，笑和我相处时间越久的人就会对我态度越糟糕。"许添谊顿了顿，声音变轻，"小时候看到你和别人玩，每次都气得和你冷战。现在知道了，被忽略这么难受。对不起，对不起。"

原本私心想藏着掖着的一切，现在却自暴自弃一股脑倒出，像展示伤口一样反复提到关键词，似乎要用无数重复相似的语言来回碾压，强调自己是怎么样不好的人。

人生思考过无数次的问题始终得不到答案，究竟从哪一步开始出错，因而失之毫厘，谬以千里？是不是他该从人生犯的第一个错误开始道歉，从第一个纰缪开始赎罪，才会有被原谅、才有得到转机的可能？

贺之昭现在他很后悔自己没能更早找到更好的方式让两个人重新相遇。

"我也有四遍都没过的方案。无论做什么一次成功都很困难。"他终于表达出自己的心愿，"那就以后不要忽略我，相信我说的话吧。"

许添谊嘴里说的却与之背道而驰，如同要将他推得更远："谢谢你解围，希望没给你困扰。"

贺之昭再没给他机会妄自菲薄："我不困扰。"

"……壮壮送走了，我没有狗了。"

"我们也去养。"

"不要。你现在说得这么好听，以后看清楚我了，也会觉得我讨人厌的。"

贺之昭看着他，说："不会。"

"问你。"

"嗯。"

"我过度通气的样子很丑吗？"

"不丑,还是很漂亮。但不希望你再过度通气,想你一直健康开心。"

"我不相信你。你的分数已经被我扣完了。"

"什么分数?"

"干吗告诉你?"

"告诉我吧。"

……

"每天都等你的电话,等不到就扣分,扣光了你也没打过来。"许添谊冷硬地总结,"所以,你很讨厌。"

他没说自己那天被贺之昭舅舅指着鼻子大骂着驱赶,没说那天斜阳如血,也没再说责怪的话,因为本意并非如此。他别别扭扭,下意识希望拉近关系,又非常不擅长这个,所以只能说这些。

"是吗?"贺之昭看着倒退成小学生的许添谊,忍不住问,"那我还有增加分数,变得不讨厌的机会吗?"

许添谊偏偏要生硬地扭开脸:"我怎么知道?"

"还是给我个机会吧。"贺之昭说,"我会努力的。"

Chapter 13
六分之六

"今天行程无变动,上午十点参加签约仪式。"许添谊文质彬彬、有礼有节地汇报,"下午是去商场的考察活动,还有上次招商公司的人说希望活动结束后,后续由他们陪同,您和王总一起和投促办的领导再简单聊聊。"

"好的。"贺之昭关掉正在看的文件,确认好今天的行程,看着他却问,"昨天晚上休息得好吗?"

一个晚上明明发生太多事情,讲出来会让当事人感到难堪,最后只简略成这样一句休息好不好的问候。

许添谊抿着嘴,强装镇定自若:"嗯,休息很好,谢谢。"半晌憋出这一句,他观察贺之昭的发型与往日不尽相同,又生硬地转折话题问,"你去剪头发了?"

"是的。"贺之昭略略低头给他看,"理得比平时短,参照你的意见。"

昨天下车前,许添谊原本睡着了,被叫醒又拽着贺之昭脑后的发茬,一会儿说贺之昭头发太长很好拽很危险,一会儿又嫌车里太热之类的,其实是想再和他多说几句。这么久,许添谊第一次觉得,他和贺之昭还是像小时候一起写作业、一起睡午觉、一起分享羞耻的秘密那样要好。

但贺之昭压根没懂,当夜就去把头发理短了。

"那头发理短了,这是可以加分的吗?"

许添谊无言以对,他虽然也记得自己说的那番话,只没想到贺之昭非要通过一种手段将其量化来完成指标。他过好一会儿才恼火地小声说:"可以。"

好在这僵局被及时打破。在没通知任何人的情况下,Alan从他的豪华江景房中缓缓醒来,吃完客房服务送来的早餐后,独自背上个双肩包冲到了维尔所在的办公楼楼下。因为他人生地不熟,神情看上去有些鬼鬼祟祟,还掏不出员工卡,随即被安保人员怀疑地拦在了大厅,并要求打电话求证。

前台的王茉莉接到电话,听见有人找贺之昭,大惊失色请示Kelly,Kelly又去找许秘书,终于把老板家的傻少爷给坎坷地接回了公司。

Alan是标准混血长相,帅得像明星又性格阳光,一路在办公区和大家自来熟地握手合照,用蹩脚的中文到处说:"恭喜发财。"他手里拿着Kelly给的,实际是许添谊临时备好送下来的红包发给大家。

一切事了,Alan心满意足地被领着上楼梯去找贺之昭。他先看总裁一旁规矩站着的许添谊,明白是谁,露出微笑,高高兴兴地打招呼:"幸会幸会!"

来之前,他想许添谊在贺之昭嘴里真是完美得无懈可击,是一切美好集大成者。他期待见到,但也真想象不出个符合标准、合情合理的普通人模样。

然而面前这个男人神态严肃冷淡,穿着熨烫好的笔挺衬衫,站姿很直,透着点紧绷。好像和好友故事里那个小男孩无关,也无论如何都联想不到对方生气很可爱的样子。

尽管和贺之昭说的联系不到一起,Alan却凭借直觉就能了然明白,这个人便是许添谊,是贺之昭那些年的救命稻草。

他不带恶意的打量目光让许添谊有些不自在。后者勉强扬了下嘴唇表达友善。

Alan惊恐地看向贺之昭,希望对方可以懂自己的眼神,但总裁压根没看他。于是他只得硬着头皮伸手说:"小谊,很高兴认识……"

"Alan。"贺之昭却忽然打断,"你喊许秘书。"

Alan了然,改正了,和许秘书握手:"不好意思,我不能抢他的专属称号。"

许添谊尴尬得无言以对,他问完客人想喝什么,出去准备咖啡,将办公室留给两人交谈。

"你的和好计划如何开展?"Alan拉椅子坐下,"他看上去非常冷酷!"

贺之昭看着手里的文件,面色凝重说:"小谊还没有认可我,因为我的印象分已经在十二岁那年被扣完了,现在要从零开始积攒。"

215

他想了半天，又在网上搜了几次才找到合适的成语，认真道："我为了积攒分数是不择手段的。"

两人又就此聊了几句，许添谊敲门送进来咖啡，适时提醒十点马上到了。

经过多方的权衡比较，尽管报价最低，高层最终还是放弃了和玮成咨询合作，并在贺之昭的率先表态下促成了决议。品牌部准备了极小的签约仪式。拍完照片，走完所有流程，中午前临时安插进一个会议。

贺之昭赶着去开会，为表重视，许添谊和邱虹负责将魏丞禹送到了门口。

"谢谢，许秘。"顺利拿下维尔集团两年的市场代理权，魏丞禹商务地和他握了握手，"日后再见。"之后和他对接更多的将是邱虹。

送到大楼门口，魏丞禹示意不必再送，有车等。

还是周到到底，许添谊看着他走到对面马路，走到一辆正在试图侧方停进路边的车旁。那车的车主似乎开车并不熟练，要停进这样的位置显得艰难，连着调整了两次也没完整停进去。

车彻底不动了。

面对众人，举止总是干脆、目光总是锋利的魏丞禹敲了敲车窗。胳膊肘撑在车顶，这一瞬间他像卸了面具，笑容吊儿郎当，还有点妥协的无奈。他微微低头说了些什么，对方回复完，他就拉开车门坐进了副驾驶。

不应离合作方的私生活太近。许添谊决定装没看见，很快地折返上楼。

视频会议没那么快结束。贺之昭不在，作为一名编外人员，Alan闲来无事寻找地方驻扎。

他评价贺之昭的那张人体工学椅最好，舒服，但总不能真篡位把位置给占了，又嫌总裁办公室接待用的那套沙发高度太低、pantry太吵。七转八转，Alan转到贺之昭办公室外的秘书处，一屁股坐在了先前刘亦的位置上，接着开始满意地掏出笔记本看文档。

许添谊给他把咖啡和点心端过去，让他有需要尽管提，随后颇有些紧张地坐回了自己的工位。

两人共处一室，没人主动开口，唯剩下打字声。

许添谊不自在就更要闷头干活。等他勾画完两个待办事项，抬头往桌那端随意看了眼，就发现Alan早搁下了笔记本，正出神地望着他。

"……有什么需要吗？"许添谊内心一凛，表面仍微笑着。

Alan摇头，用比贺之昭更烂的中文回答："没有，没有。我就看看。"他好奇去掉贺之昭神奇的"滤镜"，许添谊究竟是个怎样的人。

总不能说"好的，您随意看"。许秘书沉默半秒点点头，目光重落回显示器。

"真没想到，贺之昭会这样重视你。"Alan托着腮懒洋洋看他，讲话没什么顾虑，"我之前还一直以为贺之昭对人与人之间的联系不怎么关注。"

许添谊想到他与贺之昭毫无交集的许多年，出于好奇问道："他很受欢迎吗？"

"那肯定啊。"Alan被问得茫然，答案显然易见，"念书时他一向是系里最优秀的，不然我爸也不会找上他帮忙。这种条件，无论在哪儿都会很受欢迎吧。"

那次许添谊在健身房出师不利，低血糖被贺之昭送回家，头一回听说有Alan这个人。和Alan一样，他也对对方好奇。

许添谊仅知道贺之昭刚去加拿大时过了一段非常艰难的时光，但对贺之昭后来的生活如何，交了什么朋友，每天都干什么一无所知。

贺之昭称Alan是朋友，现如今又知晓其少爷身份，再与贺之昭的工作相结合，推测可得出，两人的关系恐怕比想象中还要紧密。他们共同相处的时间很长，志趣相投，目标相似，对彼此知根知底。Alan对许添谊想知道的事情全部清楚。

"……你们关系很好。"许添谊说。

Alan不确定贺之昭接受过多年心理咨询的事情能否告知，于是暂时隐瞒起来，委婉道："你知道，这家伙有时候比较……迟钝。很多人想和他做朋友，拉他进圈子，他根本没察觉。"

"不过呢，"他眨了眨眼睛，很自信地说，"毫无疑问，再怎么样都是我更受欢迎！"

贺之昭风尘仆仆地推门走进来，毫无察觉："我开完会了。"

Alan的讲话声戛然而止，站起来伸懒腰："秘书还给你。我约了别人吃饭，明天再见。"虽然时间紧任务重，但还是玩乐最重要。

贺之昭将笔记本在自己办公室桌上放好，又处理了两封比较紧急的邮件，这才出来找许添谊一起吃午饭。

瞬息之间，许添谊又变回了别扭的许添谊，吃饭时只把多做给贺之昭的菜递过去。

贺之昭吃个精光，收拾好问："怎么了？"

这别扭的成分十分复杂。许添谊道："没怎么啊。飞机票帮你订好了。下午一点半的车去商场。"本周后两日贺之昭又将出差，为期一周半。

因下午要外出，吃完饭贺之昭忙着看早上来不及处理的堆积如山的邮件，给几个着急的部门回复。

许添谊又协调各方确认了一遍下午的行程，一边在茶水间接好咖啡，给贺之昭端过去。

进办公室时人正在打字。等许添谊把咖啡放到桌上，贺之昭按了发送键抬头看他。

许添谊不动如山："贺总，咖啡放这里了。"

"谢谢。"贺之昭道谢完，盯着秘书思考。

这终究引起后者警觉："干什么？"

贺之昭说："所以，理短头发可以加分吗？"他又补充一句，"你如果不愿意加分就算了，但请不要倒扣我的分数，我追分会变得很困难。"

这么绅士地提出请求，让许添谊无法顺利表态。可以是可以，但这么爽快答应就不是许添谊了。

恰好外面王磊敲门，大咧咧喊："小许啊，是一点半对吧？我先下去打个电话哈。"

许添谊跟出去道："对的王总，今天是那辆丰田埃尔法……"

贺之昭端起桌上已经冷掉的咖啡喝了两口，许愿自己没有被扣分。

为推进商场全面升级，业态重新洗牌，集团的两座商场都正处于不同的改造阶段。为方便区分筹划，公司内部统一简称为商场一和商场二。

今天前去考察的商场改造范围小、进度快，地理位置也相较更好，并且在商场门口拥有一片极为宽阔的绿地，是一期改造工程的重头戏。

绿地上已经先行试运营两天的快闪活动，今天是最后一天。与此同时，引进的国外知名甜品品牌的亚太首店也已经装修完毕。

为顺利引进品牌，并能够享受首店政策福利，贺之昭和王磊多次与招商公司交涉沟通，又经过牵线搭桥及和区投促办反复协商，终于办理齐全相关配套手续，将引进的流程顺利走完。

前期工作完成得差不多，今天邀请各方表面为考察，实际是为后期活动铺垫造势，希望再博得些区里的支持和重视。对辖区而言，该案例具有一定的政策示范意义，也是宣传素材，双方可谓双赢。

下午天气极好，绿地上来集市活动打卡的人很多，午休的白领、专门来的游客和KOL（Key Opinion Leader关键意见领袖）混在一起，热热闹闹。车子路过时，王磊衷心道："这次活动的宣发做得还是可以的，选题也好，大家都感兴趣，这片草坪真是头一次看到这么多人。"

几人先同招商公司的负责人会合，检查场地设施后，他们一同迎接了投促办的相关领导莅临。贺之昭为首作陪，整支队伍跟随讲解员的脚步，从南门步入商场，首先观看店面布置装潢，进店入座后，服务员适时端上提前准备好的甜点。

讲解员仍在介绍品牌历史，摄影师不停拍照，许添谊和邱虹原本站在旁边，在热情招呼下也入了座。

每张小桌子上都摆了几样不同的甜品饮料。这家甜品店主打产品是芭菲，每支高约二十厘米，上面装点应季水果、松饼和冰激凌球，造型美观，色彩多样。

许添谊看到，第一反应是很高兴，因为贺之昭爱吃。他将一支芭菲推到人面前："你尝尝。"

芭菲的数量不够，并不是一人一份，许添谊拿了杯挑剩下的、上面加了奶油的咖啡喝。

贺之昭很专心看眼前的甜品铁塔，分出一只尾巴雕花的银色长勺子，说："小谊，我们一起吃吧。"

许添谊没上心，以为吃宝塔形状的甜点很容易，所以从朝向他的侧边入手，随意挖了一口冰激凌。

旋即，他发现贺之昭偷偷将芭菲转了过去，像什么人工智能重新规划路线，将他挖掉的那个缺口的周围吃掉了。整个芭菲因此保持住类似完好无损的模样。

"这样就看不出了。"贺之昭发现许添谊在看他，便很高兴地这么解释了一句，然后又从顶上慢悠悠开始吃起来。

许添谊立刻想到以前和贺之昭一起去吃肯德基，对方吃个蛋挞都要遵循顺序，从角落开始吃。他心里产生了邪恶的想法。

在贺之昭吃芭菲上面的奶油和松饼时，许添谊的长柄勺又从横里切入，坏心眼地挖掉了旁边的一颗草莓。

整个芭菲的美感被破坏了,像精美的外立面被人撬开一块。

贺之昭愣住半晌,然后说:"让我想一想。"他的勺子像个铲车上下移动,兜兜转,唯独找不到合适的切口进行补救。最后,他决定先把一圈草莓都吃掉。

明明不是什么非常好笑的事情,看着贺之昭认真嚼着草莓,许添谊忽然憋不住了,一个人低头笑起来:"难受吗?"

贺之昭看着他笑,也笑了:"不影响,一点小习惯而已。"

许添谊收了笑,忽然感觉自己过分。他因为贺之昭和小时候一样,还是有点强迫症而安心,像他们从未走散分开。

外面的集市活动已经临近尾声。等开完会送完客出来,幸运赶上最后一班。天黑了,草地一顶顶帐子支起露营灯,泡泡机造出的幻境飘在风里,音乐声如水。领到集章卡,摊主给他们倒咖啡品尝:"猜到是哪里的咖啡豆,送一小袋豆子带回家尝尝哈。"

两个人捧着迷你纸杯,很认真地品尝。

贺之昭先认真地说:"是苦的。"

许添谊小声道:"清咖当然是苦的。"

最后都没有尝出来,只有摊主往集章卡上盖了第一个章,六分之一。然后他们去下一个摊位,分到最后两小块原味贝果,六分之二。再在梅子铺含两片陈皮梅饼,把嘴里咖啡的涩味道冲掉了,六分之三。

下一个摊位,围了一圈小朋友和女学生,许添谊拽不住旁边人,面红耳赤跟着挤了进去——是家卖手工黏土戒指的,都是猫狗样式,戒圈上还有两个凸出的小角,是小动物的耳朵。

六分之四。许添谊拿回盖好章的卡片,看旁边人很认真在挑选。人高摊位低,贺之昭在一群小学生中显得格外显眼。

"叔叔你买什么?"身旁一个齐刘海的小女孩很大声问,"我帮你找!"

贺之昭说:"我要黑色的狗。"

小姑娘目光往篮子里一扎,手扒拉两下,举起来:"喏,这两个是黑的!啊,但不是狗,是猫!"

"没关系,猫也可以,非常感谢。"贺之昭用手机扫码支付结了账,很满意挤出来,借着微弱的灯光送给眼前人,"没有找到壮壮,我买了黑色的猫。像我妹妹养的一只,叫 Pepper,很不爱我。"

"你还有妹妹?"许添谊问。

"是的。"贺之昭说,"是继父的女儿,叫 Trista,比我小两岁。"

"金头发?"许添谊想到什么,又试探问。

"对,不过是染的,因为她是模特。"贺之昭点头,"你知道她?"

"不知道。"许添谊心里自说自话为那张照片做了很好的解释,轻快地说抱怨的话,"你又从来没说过。"毕竟再次重逢至今,你都没有说过分开那些你的故事。

"抱歉,我没想到你有兴趣。"贺之昭说,"从 Pepper 开始,以后一件件知道吧。"

许添谊收下礼物,惴惴然激动,下次去那个魏总面前比画两下。啊,戒指看上去有点小啊,戴不上可怎么办。他重新举起卡片,像海盗举藏宝图:"还差两个摊位。"

可惜因为到的时间太晚,最后两个摊位已经收摊了。

六分之四,六分之四……

两个人站到街边准备打车,临时反悔,决意直接走回公司加班。

夜风凉爽,沿路灌木丛茂密。许添谊没有口袋,只能手里拿着那张集章卡片来回看,心里满满当当:"完成六分之四。"

虽然表达需求还是很羞耻,不完美好像也不对,但是当下他忽然汲取到很多力量。他又想到和贺之昭非常要好的很多年。

之前他常常为自己的一些选择而后悔,以为自己在人生岔路口做了很多错的决定,也早就过了需要被保护的年纪,独自面对许多困难、苦涩、无解的事情,从没真的当过那戏剧里的聚光灯主角,只做过勇敢坚强的骑士。尽管不安还是没有完全消除,顾虑还是有很多。但现在,许添谊想做点什么,让自己开心、不再那么容易后悔的事。

贺之昭忽然在后面说:"小谊,我想了想,觉得我们这样不对。"

许添谊停住脚,僵在原地没回头:"……怎么了?"

贺之昭上前两步探身,捏住那张卡片:"我认为可以改进一下,我的分数条最好能像这个卡片的集章进度一样,有量化指标可以看得到。"他说,"不然我不知道自己怎么努力，什么时候才可以……"

许添谊忽然推开他。

贺之昭错愕："小谊？"他追上去，但被人不断推开。

许添谊快步走出去几米，试图用比较自然的方式把眼泪不动声色擦掉。他发现自己最近总是出奇软弱，也可能潜意识相信眼泪或可打动人。

第三次靠近，贺之昭终于赶上，很紧张："我说错了什么吗？"河豚总不能是被夜风吹鼓的。

许添谊真想给他一拳："还以为你后悔了！"

贺之昭终于明白自己造成怎样惊天的歧义与误会："对不起，我不是那个意思……"

"我知道！"许添谊闷声闷气，"马上好。"

把眼泪擦掉平复好心情，两人一时都有点尴尬。

贺之昭难得如此木讷，说："不要扣我的分。"

"分数就那么重要吗！"

"是的，希望能和你重归于好……"

"那你不会直接问我？"

"好。那我们现在可以和好如初吗？"严谨。

"嗯。"

许添谊很生气但是很快地答应下来了。

六分之六，百分之百。

贺之昭出差当日，许添谊跟着公司的车把他送到机场。这次贺之昭要去越南的工厂考察，其余两位同事从香港办事处直接飞过去，只有他要先从内地出发，到香港转机。

临近安检口，许添谊叮嘱说："别出厂区了，注意安全，在那边有什么需要的就和他们负责人马之说，别的要做什么你就联系我，手机一直开着。"不得不说，许秘书的工作还是相当到位的。

"明白。"贺之昭回答。

周围人来人往，行李箱滚轮的声音隆隆作响，没有很好的道别时机。明明还是同样的人，又不是什么生离死别，再也不见，况且再也不会像许多年前一样，走了，就真的不再回来了。不过许添谊还是有点伤感，虽然他不会承认。

许添谊常常希望自己可以迟钝一些，这样就不会轻易被挫伤。现在那些敏感的触角又重新生长了出来，渴望探知到更多被重视的痕迹。

许添谊说："工作为重。有空的话……"

广播声突兀地响起来，将这未尽的发言打断了。

贺之昭问："什么？"

"没什么。"许添谊因为自己有点生气了，"你进去吧。"

虽然许添谊已经在尽力遮掩，还是被贺之昭顺利发现他在闹别扭。

他凑过去，说："感觉我又该剪头发了。"

许添谊神情严肃，动摇片刻，没绷住笑了下："回来剪，快走吧。"

"还有时间，我慢慢走。"贺之昭说，"后面几天见不了面了。"

"……空了给我打电话。"许添谊说，"如果很忙的话，打一个就行了。"

"知道了，我会打的。"贺之昭承诺。

许添谊把人送进了安检，因怕贺之昭临时还有什么需求，许添谊没直接回公司，在安检口旁边找了地方拿出笔记本办公，又坐了快一个小时，直到航班顺利起飞。

贺之昭不在，许添谊也跟着慢慢闲下来。没心思工作的不止他一个，Kelly 从马尔代夫回来后，一段时间都接受不了自己每天都需要工作的事实，戾气丛生。

"太不能接受了。"她抱着笔记本说，"外头那么多美丽景色，阳光沙滩、风情海浪，我竟然只能坐在这栋楼里上班，有什么意思。"

"Kelly 啊。"旁边有男同事喊，说饮水机似乎出了些问题，请她负责看看。

"干什么啊。"她走过去，面无表情把空水桶摘下来，"出了什么问题？没水不会自己换一下啊！"

许添谊从柜子下面拖出新的桶装水，拆了包装扛起来换上，安慰说："坚持一下，马上放假了。"

"对了。"Kelly 平复心情道，"我都忘了，我上次给你的那票用了不？"问的就是那戏剧票。

许添谊说："演出很精彩，谢谢。"他真心很感谢。

Kelly 得意，想问他和谁去的，又意识到这是窥探隐私，转而说："是吧，很

223

有意思的。我记得其中一张还是角色票呢！"

游奇站在旁边反应过来，好奇地问："什么票啊？"

Kelly 惊觉自己说漏嘴，赶紧补救："地铁票、地铁票！"

"你刚刚还说什么角色票了！"

Kelly 急得想给他一巴掌，口不择言道："是啊，可以角色扮演地铁乘务员！"因为游奇听到时的表情实在太惊讶，让她反而有些愧疚了，选择如实道来。

前者听完表示谅解，并表示自己并没有可以一同去的人，给他也是浪费，没有关系的。

"要不我给你介绍个女朋友吧……"见他这么说，Kelly 的怜悯之心飞速生长，"你挺好的，就是得减肥，或者你也找个胖胖的小姑娘吧。"

游奇虽然胖了些，但性格比较好，有自知之明，说："嗯，我这样的，条件太差了，还得努力努力，不然女生跟……跟着我，也没什么意思。"

"也别这么妄自菲薄。"Kelly 安慰道，"现在网上还流行无论交朋友还是谈恋爱，都拿表格列条件匹配呢，说白了，人际交往，关键还是看合不合适。对吧许秘！"

许秘说："做什么表格？"

见两人都有兴趣，Kelly 只能去拿了张白纸取了支笔，解释："就是把自己身高啦体重啦，关键还有收入、资产兴趣爱好之类的罗列一下，对标另一个人，这样就知道两个人差在哪儿了不是吗？朋友还是恋人都得旗鼓相当。"

她圈圈画画讲到一半，邱虹兴冲冲加入进来："讲什么呢？"

邱虹比他们大十岁，比王磊小十岁，恰好是四十岁的中间段，有个刚上初中的女儿。对此类话题极为感兴趣。她苦恼道："现在是这样的啊，别说小年轻谈恋爱门当户对，连我女儿都说他们交朋友也要'门当户对'，这样才玩得到一起去。"

说到小年轻，Kelly 问："对了，虹姐，你们部门上次那个很好看的、粉头发的小男生呢？"

提到这个，邱虹摆手："已经不来了，做事情一塌糊涂，把我们小晴气死了，上次还骂了他一顿。"

裁员的风波已然远去，大家恢复到了平常的工作节奏里。对普通职工来说，总裁变不变不重要，自己的实习生好不好用才更要紧。不幸是不好用。

邱虹轻声说："而且这小孩也挺厉害的，好像不知道哪里得罪过大 BOSS。"

"这都能得罪啊？"Kelly 也降低分贝，伸长脖子追问，"又不是陈彬彬，贺总人还挺好的吧，就是个不拘小节的工作狂。连他都能惹到，干什么啦？"

八卦贺之昭有种很刺激的感觉。他从不透露秘密的秘书还静静地坐在旁边。

因为级别差得太多，办公也不在同一层，大部分员工和贺之昭都没有直接接触，更多是邮件抄送时可以看见带着那串名字拼音的邮箱，自然也不了解他是什么样的人。

"不知道怎么得罪了。"邱虹回答，"后面小男生就没来了。组里其他小朋友加了他微信，看他朋友圈好像在搞什么乐队，还要参加音乐节。感觉还挺适合他的……"

下班回到家，灯和往常一样打开着。壮壮的气味已经全部散去，剩下那些没带走的玩具被许添谊收了起来。洗完澡，随便弄些吃的，许添谊躺在沙发上，奢侈地发了一分钟呆，随后去找了张纸，开始很认真做表格列条件。

左边一列是他自己，右边是正在出差的那个人。

他越写越慢，笔尖重如千钧。表格将此间曲折的故事都抹去，只剩下最直白的结果。可能因为之前离得太近，让许添谊差点忽略彼此之间客观存在的巨大鸿沟。两个人除了性别一样，出生地一样，此后人生的故事就是天南地北，毫不相干。投射到纸上成为对比，可谓云泥之别。

许添谊盯着自己做好的表格看。因为实在差得太多，除了表格一般会包含的信息，他又徒劳地添了些额外的项目，比如他给自己增加了会做饭、做家务、非常勤劳这些优良的品德。

然而再绞尽脑汁也写不出什么亮点和加分项了，倒是缺点十分明显。

许添谊蹲在茶几旁，小心把纸叠起来，让自己看不到上面的字。

客厅太安静，他摸出遥控器将电视机打开，看了会儿才发现是保健品广告。晚饭用挂面敷衍了一顿，酱油失手倒多了，味道过咸，但他也懒得起来倒水喝。

说到底贺之昭总有要回加拿大的一天，到时他们这段岌岌可危的友情何去何从也是问题。

脆弱是留给自己的东西。许添谊捏着遥控器，用指尖掐上面的按键。就当是友情有效期也可以。他会全力付出，好好珍惜。他握着手机等得睡着了，过了会

225

儿被手机振动惊醒。

"小谊，你睡觉了吗？"贺之昭在酒店房间，"我刚到酒店，等会儿还有一个会。"

许添谊很快站起来，把灯打开："没有睡，我在客厅。"

因为时间仓促，他们没聊很多，最后许添谊又叮嘱一遍："需要我做什么就说。"

贺之昭答应下来："那就回国那天来接我吧。"

许添谊说好的，很快答应下来。

贺之昭挂掉电话，随后在桌前打开笔记本，等到了他今天的最后一个会议。

"最近怎么样？"田沐春调整镜头，让光线看上去好些，"我感觉你有很大的变化哦。"

"是的，我现在中文越来越好了。"贺之昭说。

"只有这样吗？"田沐春点着头笑。

两个人心照不宣对镜头笑了半天，不是遇到好笑事情的笑，而是高兴的笑。

"我和河豚和好了。"贺之昭微笑着说，"他叫许添谊，但我平常喊他小谊。"

不再是回忆故事中的河豚，是日后将一直陪伴左右的许添谊。

田沐春知道贺之昭说出这个名字意味什么。她从对方还是青涩的年轻人开始为他做咨询，看着他念完书工作，也目睹他做好决定，毅然决然地回到了中国，只为寻找一个年少的伙伴。

换成别的谁，做相同的事情都足够奇怪。

因为时间实在太久远，往事不可追，追的成本难以估计，风险无法控制，能够收获的成果也不明朗。任何考虑性价比的正常人都会选择放过自己，妥善忘掉。

但了解过这是个怎样的故事，知道贺之昭究竟是个怎样的人后，也就能跟着明了，大院一隅天空，酸甜苦辣岁月，年少的约定和错过有着怎样的重量，代号叫河豚的少年究竟对贺之昭有着怎样重要的意义。

所以田沐春也坚信他不会无功而返。

这次无须再引导，贺之昭主动讲了很多。他表示："我以为自己还需要争取机会积攒信任分数，但小谊大方地给了我机会。"不够顺利，坎坷很多，但贵在圆满。

"你是很有勇气表达的人，这点很重要。"田沐春实事求是评价，贺之昭对情绪的感知能力已经得到了非常好的改善，达到了从未有过的、最好的状态。

"不仅我是，小谊也是。"贺之昭说，"他经历更多艰难的事情，比我更加勇敢，也愿意相信我。我很感激。"

他说："现在我要保护好他，就像收好钥匙那样。"

钥匙。田沐春恰好同步翻看着过往的咨询记录，也看到了自己在本子上写得大而醒目、被黑笔圈画了几次的字迹。她说："钥匙找到了。"

贺之昭回答："是的，钥匙找到了。"

时间临近结束，田沐春又一次调整镜头，让自己的脸出现在中间。她很快做完记录，托着腮微笑："我有预感，我们之间的旅程要到此结束了。"这是这阶段的最后一次咨询。

"谢谢。"贺之昭说，"也许以后也会在别的场合遇见。"

"是的，说不定呢。"田沐春用中文说了最后六个字，"有缘自会重逢。"

两人道别后，屏幕熄灭了。

有缘自会重逢。现在贺之昭很赞同这句话，他查了其中三个字怎么写，将它工整记录在了自己的笔记本上。

寻找，重逢，和好。

笔记本很厚，但也快用到最后两页。

从此以后，他需要收好钥匙，把每一个许添谊都保存好：工作严谨的许添谊、勇敢善良的许添谊……以及，非常重视贺之昭的许添谊。

Chapter 14
记事本上的河豚

许添宝随意将包甩到地上,整个人埋进沙发。

鱼汤香气飘出。于敏听见关门的声响,手忙脚乱把煲汤的灶火调小些,高兴地小跑出厨房:"宝宝回来了?"

自从许添宝念大学后,双休日也极少归家。于敏埋怨他不恋家,他反而变本加厉两个月都杳无音信。做母亲的这下算是害怕,她劝自己孩子大了,知足常乐,之后便不再提这件事。

于敏差点又没认出沙发上那个是她儿子。

"宝宝,又新染的?"她轻轻坐到许添宝身旁,打量他的新造型,花里胡哨,必然花了很多钱。她心痛又小心地捏起一撮粉头发,委婉地说,"我看短视频上面说呀,浅颜色都是要用什么漂白剂才能染出来,是不是?那个东西多刺鼻呀,很伤头发的,你要当心啊……"

许添宝烦躁地打开她的手:"你怎么不告诉我他也在那里上班啊!"

"他?"被指责,于敏面色僵了僵,没反应过来:"谁啊?"

"他啊,许添谊!"许添宝发现自己妈是真不知道,"人家是秘书,给贺之昭当秘书去了!两个人办公室都只隔一堵墙!"

于敏慌乱道:"我完全不知道啊宝宝,你遇到他了?他怎么会在那里?他说你坏话了?"最关心最后这个问题。

不然呢？

自从那次团建过后，贺之昭对他的态度有了相当明显的变化，想必是许添谊说了什么。也可能是直接知道了许添谊压根没有去什么生父家的事实。但他当时那么小，怎么知道随口的话会被记这么久？

于敏见他面色不豫，不知道他年少做的事，赶紧劝慰道："你理他干什么，当他是空气。做好自己的事情就可以了。"

说完她却心情复杂，因为尽管只是个秘书，许添谊也比她想象中更加出色一些，至少没让她操那么多心。然而现在别人寒暄问她大儿子如何，她都要尴尬地寻找措辞转移话题，像被碰到心口的一根硬刺。

"不想看到他，我早就辞职了。"许添宝满不在乎道。

真实原因是他去了第一天就发现，招聘的职位描述上美其名曰写什么品牌部实习生，实际就专干发快递的累活。他嫌太累，后面又因为乐队训练忙，请了太多天的假，引起了其他部员的不满。

更难堪的是，他动了脑筋，思忖换个轻松点的部门继续实习，因此趁许添谊不在，偷偷去找贺之昭。

贺之昭接过他的简历看了看，用很平淡的语气实事求是地做分析，得出的结论是他大学生活像在梦游，履历一无是处，不可能胜任其他部门的工作，自然也不可能转正。

就差明说，他只能发发快递。

许添宝又为自己争取："哥哥，你和小时候一样教教我嘛，我还没毕业，很多东西都不明白。"

贺之昭已经知道许添宝的所作所为，但其中的情绪要表达出来，对他来说过于复杂，所以他只是干脆明了地拒绝了。

"我没有义务教你。"贺之昭想象许添谊会怎么表现，模仿着说道，"小时候教你，是为了减轻小谊的负担。你比你哥哥笨很多。"

向来只接受赞美的许添宝面色难看，更难以理解的是，贺之昭显然对许添谊的工作很满意。

他从来没有比不上许添谊过，这是头一次。

许添宝没心思把活干好，打包快递时三心二意。他想那些礼品都长得差不多，除却颜色不一样，压根没什么区别，于是为了提高打包的速度，他贪图方便，没有按照木晴给的清单寄送，而是每一箱随便挑了几样放进去就寄出了。

这样做没几天，先前寄出的快递有 KOL 收到了，纷纷向木晴反馈问题。

木晴这才发现这实习生给自己捅了多大的娄子，工作本就压力大节奏快，这下工作量莫名其妙翻几倍，几欲崩溃。她又是脾气火暴的人，忍无可忍了，把许添宝拎到了会议室，关上门，以惊心动魄的声音骂了足足半小时，将他说得一文不值。

想到这里，许添宝的脸色又很难看，他应该早两天就辞职。

于敏听许添宝这么满不在乎地讲完，真是想扼腕叹息。这么珍贵的机会，儿子却弃之如敝屣。但显然许添宝今天的心情极为不好，她也不敢再多说不好听的触霉头，便安慰道："也没关系，就是让你去试试，不合适的话就算了。"

她接着说："我最近又和方阿姨聊了聊，她说你现在的水平，再好好打磨打磨，进乐团还是有希望的，到时候她会帮你想办法。所以呀，小提琴一定放在第一位。你最近是不是没有练琴？"

小提琴，轻飘飘又重千钧，一把琴几根弦，梦魂萦绕十多年……让整个家倾家荡产。

尽管现实处处碰壁，于敏还是做梦都想着许添宝能进乐团，这已经成为她的执念。

"还有啊，你后面不要翘课了，知道吗？"太久没见，于敏要说的事情太多了，她哄道，"今年一定要好好念完，顺利毕业。"

"别说了！每次回家都说这套，烦不烦？"许添宝蹦起来，"我都讲过多少次了？我不会去什么乐团，也不会去上班，你到底能不能听明白我意思？而且现在我们的乐队正在起步期，几乎天天都排练，怎么可能练什么小提琴？"

"爸呢？我今天是来找他的。"下个月郊区有个音乐节。原本轮不到他们，但有个乐队临时退出，腾出空档。主唱和鼓手正在积极周转，快敲定下来了，可惜没有演出费。这意味着他们要上场，就只能几个人自己贴各种差旅费用。全部金额加在一起，没有五位数下不来，但他手里根本没钱。

"早上五点就出去了，今天第一单是跑机场的……"于敏知道他找许建锋肯定没好事，就是要钱，苦口婆心道，"宝宝，你爸爸最近真的很辛苦，没有一天休息的……"钱要用时间换,要一单一单赚出来。许建锋自己舍不得花,两件衬衫洗得发白了轮换着穿,就差住在车上了。

"那谁叫他当时偷懒不找工作,就知道炒什么股票呢?现在要花钱拿不出!"长大后,许添宝总要埋怨这件事,"别喊我宝宝!我都改多久的名字了?"

"你要多少?"于敏手里也没钱,心里无比苦涩。

这些年,她总想起许添宝小时候,雪白粉嫩讨人喜欢,不停黏着她喊妈妈。究竟是什么时候变成这样的呢?她又想到自己的大儿子,一个在这个家的生活痕迹近乎被全部抹杀的人。

她想到他总是在观察她、讨好她,落在她身上的眼神,当时竟然被自己那么厌恶。是秘书吗?真不知道他现在怎么样了。

许添宝当讨债鬼,最后勉强答应会练琴,顺利从家里拿了八千块。下午他去乐队排练的地方,其他人已经在等他,几人练了一下午,晚上,许添宝和主唱、鼓手一同去泡吧。

音乐声很大,比心跳更重,灯光明灭交错,舞池蹦迪的人紧紧挨在一起。他们在卡座喝酒,许添宝连闷三杯,被夸赞很猛,露出个笑。

那次学校音乐节,他看见主唱与鼓手两个人站在台上,万众瞩目,羡煞旁人,他想这才是他想要的大学生活,这才是他想要的人生。

许添宝吉他弹得一般,在其他方面却全部跟着学得有模有样。他在外也佯装和两人一样是有钱人。跟随脚步,尝试了泡吧、抽烟、飙车,也试着接触搭讪过女粉丝。

在他眼中,这都是自己成为一员的凭证。凭借这些,才能让他面对两人时不显得局促或自卑,能够游刃有余。

主唱想起来,问:"明橙,你那个班上得怎么样?"

"不上了。"许添宝佯装随意道,"早上起不来,算了。"

"我就知道。"鼓手笑起来,拿起杯子喝酒,"我宁愿外面多跑几圈都不想进我爸公司。"

主唱眼尖,说:"前面都没发现,你这表不是之前那块啊。"

许添宝也笑笑,盯着那块表没说话。对这两人,他的说法是去家里哥哥开的公司实习,只是去玩玩。

可再装，小钱尚能应付，鼓手腕上那块水鬼手表，他是无论如何都没有钱去买的。

一时间，对两人游刃有余的艳羡，对自己家经济状况捉襟见肘的憎恶，以及对未来的迷茫交叠着，一瞬间冲垮了他、淹没了他。

主唱与鼓手开始谈论自己最近搭讪的女粉丝。"有没有中意的？"氛围合适，主唱扭头扫视一眼场地，和两人随意说，"喜欢的叫过来啊。"

鼓手起了兴致，说要和之前一样比赛，看谁今晚先能成功搭讪到女生。最后一名要请客。

许添宝佯装镇定扭头往后看，今天酒吧里大都是男人，女生并不多。这挑战的确已不是第一次，套路也重复，唯一不变的是，无论赢或输，都需要花钱。

手机余额里新增的八千是早上刚要到的，是之后去音乐节的开销费用，但许添宝这刻已然忘了，他随着背景音乐微微摇晃脑袋，想，真的要点两瓶贵的酒也是够的。

没关系，大不了用完了再去要。

叫酒、搭讪、开玩笑、介绍自己。

"再来！"在所有男男女女的视线中，许添宝彻底醉了。他高举手臂，潇洒地打了个响指，要了瓶五千元的轩尼诗。

音响低音震动鼓膜，心脏像在同频共振，嘈杂的欢呼声让许添宝沉浸其中，迷失自我。最终不知何时，昏沉沉骤然失去了意识。

头疼欲裂。宿醉的感觉很差。许添宝醒了，闭着眼皱着眉，身下的床比他想象中硬，简直坚如磐石。他第一反应要寻找手机，指腹的触感却没有预料中床单的光滑绵软，只有粗糙和坚硬。

这下他彻底惊醒，发现入目是一片天空。他半截身子在人行道上，半截在绿化带里。周围再没有其他人。

许添宝面色发青，要把自己撑起来，却发现下半个身子毫无知觉，就像没有一样。

他后心冒出冷汗，铆足劲往下看，所幸手脚齐全。只是衣服上有明显的尘土、鞋印，不知道是在昨天晚上什么情况下弄脏的。

瘫痪了？

他又强撑着要站起来，没有成功，指腹用力在水泥地上摩擦划出了红痕，敲打大腿，只有极微弱的麻痒，比头发丝更不可察觉。

去医院看看，肯定没什么事情的。

许添宝头疼欲裂，手机也快没有电了。他佯装冷静地快速翻阅好友列表，发现这时候竟然一个可以联系的都没有。

翘课太多，他不和大学那些学生交往，而乐队的人知道他这样会笑掉大牙。再说这种耻辱的事情，告诉现在哪个人谁都后患无穷。

会有事吗？说不定再睡一觉就会好……

许添宝百般纠结，没头绪，最后还是惜命的念头占了上风。音乐节也还没参加，他的一辈子不能因此被毁了。他要立刻去医院。

找谁帮他？

找个可靠的，可以差使的，不用怕泄密的。可能因为前段时间刚见过，许添宝顺利想到一个人——他的哥哥，许添谊。

从小，他对许添谊的感情十分复杂。说不上非常讨厌，而且说到底根本无须讨厌，因为对方对他毫无威胁，仅是他人生中的衬托品。

为什么对哥哥态度那么恶劣？忘记原因，只是长年累月察言观色，知道这么做没关系。

因为许添谊忍气吞声不会反抗，因为欺负他是被允许的，不会被任何人责怪。因为于敏也这样做。

他当然不会可怜或心疼许添谊。只是这次实习看到对方，与他擦肩而过时突然想到，这个人，可能，随时崩溃啊。

他虽然揣测错了贺之昭，但对他的哥哥倒是把握很准确。电话那头的许添谊听到许添宝的声音感到反胃，但因为这个人说自己要死了，求他帮忙带着去医院看看，终究还是没狠下心。

为的是他自己，怕许添宝真因此死了，他会愧疚。

去目的地时，许添谊一闪而过是去料理后事的念头，想完又觉得自己邪恶。趴在担架上被运上车，急救员给他绑上各种测量仪器，许添宝这才懊悔自己怎么没想到这个办法。

许添谊在他身旁入座。许添宝思量了下，咬牙切齿地威胁道："不许告诉别人。"

许添谊没什么表情地看了许添宝一眼："到底谁快要死了？"

许添宝找对人。巨婴一样长大，他连看病什么流程都不清楚。幸好另一个自立自强惯了，上下楼办手续。

医生诊断许添宝的脊椎没问题，只是因为在大街躺了一晚上，大概压迫到了神经。虽然没有内伤，但多个地方有擦伤，接着护士开始给他上药。

等待时，许添谊站在医院的走廊，看墙上几十年如一日但渐渐斑驳的长颈鹿壁画。这是他们小时候常来的医院。因为看病太花钱，身体也比较强壮，他来得很少。

许添宝倒是每次都很娇贵，一有风吹草动就会被于敏忙不迭送过来。看好病，他会在对面马路的书报亭买一本有玩具的杂志回家。

那时候许添谊发现这件事，心里很羡慕，希望自己也生病。终于赶上一波细菌感染，两个小孩一同病倒，发烧到四十度。

请病假旷了学校，然后用半天在医院吊完水，于敏带他们回家。路过书报亭，许添宝说："妈妈！米老鼠！"

书报亭好像城堡，花花绿绿的杂志装满漏风的门面，新的叠在旧的上面，玻璃后的封面模特像被抹去五官的混沌。最新的报纸在台子上，日期一致，隐隐约约可以闻到油墨香。本月的杂志琳琅罗列在下面那排，喜人的新奇玩具紧紧绑在封面上。

遇到小熟客，书报亭的老板站起来："哟，你又来啦！"

于敏嗔怪说他又要，上次的放哪儿了都不知道，但还是很快付了钱。

因为还没退烧，许添谊的脸有点红，晕晕的。他站在后面看着，没说话，看许添宝踮脚拿好杂志，然后就一起乘车回家了。那种氛围让他觉得有些压抑。

而有些记忆一生都无法忘却，也没办法原谅。

于敏从入口那头慢慢走过来。她的腰前段时间很不好，拖了些时间才看医生，现在正在接受每周三次的理疗。她经过走廊时，发现一个人站在那发愣，惊讶地顿住脚。

"许添谊？"于敏的第一反应是试探着喊。

她细细打量着，许添谊穿着衬衫，像临时从工作脱身出来。因为刚刚想到这个许久未联系的儿子，她满意地想，秘书就该是这个体面样子。她又小心翼翼地关切地问:"你怎么了?生病了?"她会问出口,因为对方不是穷凶极恶的人,因为他们是母子。

许添谊应声扭头,错愕地叫了声:"……妈。"

后面的门被打开,护士喊他:"药涂好了,你过来扶一下吧。"

于敏跟着探头看去。许添宝还是那个样子,痛觉倒是先行恢复了些。这下手也没什么力气了,撑不起来,看上去像搁浅的鱼,状态不能更差。

"宝宝?"于敏难以置信地扑上去,"宝宝、宝宝?"她的腿一下子软了。

许添谊虽然有心理准备,但被于敏崩溃地质问"是不是你教坏他的?"时,还是有种被粉碎的感觉。

教,坏,他。

他都已经这么大了,她真没必要一遍遍来提醒他,妈妈不爱他的事实。

尽管根本不知道发生了什么,于敏已经忘记了腰疼,跌坐在地上,像被抽掉支撑她一辈子的信念,那根最硬的脊梁。

这本该是她收获的季节。她苦心经营的家庭,她耗尽一生心血灌溉的幼苗。一种错误早就被埋在里面。

许添谊磊落地站在走廊边,接受阿姨妈妈的目光洗礼。不知道为什么,他渐渐变得冷静。他在想贺之昭,一想到贺之昭挡在他身前的背影,心里就很有力量。

于敏趴在许添宝身上哭,可能也一如既往,并不会在意许添谊说的话。

但现在许添谊要赞同表达很重要,表达是给自己一个交代,是给自己机会——丢掉过去沉重的东西,筑起内核,有勇气继续往前走。

"怎么轮得到我教坏他?他自己要和别人在酒吧厮混,现在没出大事已经是万幸了。"许添谊说,"他知道得少吗?七岁的时候就会到处撒谎,天生的坏料。"那通轻飘飘接起的电话,造成的却是贯穿十多年的误会,和让两个人兜转在原地,无法释怀的遗憾。

许添谊觉得自己很像个失望的小孩,像那个站在书报亭面说不出请求的、看晚上那扇关着光的窗嫉妒失眠的、闻到高乐高香味嘴里发涩的小孩:"从小起,你就一直把最好的给他,连边角料都不屑于施舍给我。他想要什么就得到什么,以自我为中心,肆意挥霍不知道珍惜,理所当然养坏了。现在才受到惩罚,也不算早。"

"钢琴、小提琴,买的都是贵的,现在有哪一个练好了吗?来实习,连发个快递都做不好。"

他说:"妈妈,你会养他一辈子的。"

因为声音太吵,保安及时赶过来,要将他们带出医院。

许添宝还是不能走,是被架起来的。他一言不发地低着头,粉色头发已经足够显眼,不想被人看见脸。

这类似瘫痪的模样让于敏情绪失控,丧失言语能力,也只能被搀扶着走。她还哭着,不过她马上会接受这个事实,因为那是许添宝。

只有许添谊正常走了出去,与他们分道扬镳。他发现那家书报亭已经被拆掉了,露出后面的一片绿地。

阳光烈烈似要刺破眼皮,他心里很不舒服。他不喜欢和人产生正面冲突,但这段时间总在发生这样的事情。可是人生的郁结总要梳理开,压抑无视太久就会乱如蓬草,牵连拉扯。无法温和地解决,就必然要有下决心斩断的一天。

其实他想问问自己到底做错了什么,从小就不被喜欢。后来又想通,其实心里早有答案。不是什么都可以有让人接受的理由。

现在他要离开这里。心又有种漂泊的感觉,知道自己彻底失去了一些一直奢望的东西。

许添谊摸出手机看时间,还有五个小时。内心消化不良,像吃完一桌残羹冷饭。他怕自己的消极情绪波及贺之昭,或做出些泼冷水扫兴的事情。

许添谊犹豫几秒,权衡利弊,最终决定扯谎逃避。

贺之昭飞机落地时,分析自己现在是极为快乐的。然后他看到许添谊发的消息,说自己身体有些不舒服,为今天不能来接他感到抱歉,并承诺过完双休日,后面几天会来正常上班。

许添谊扯的谎太拙劣,他只想到自己缺席的合理理由,却真没想到也有人当然会因此担心,想立刻要去看他。

贺之昭坐着车抵达熟悉的小区外,后知后觉打电话报备。他说:"小谊,我可以来看你吗?"绅士礼节。

他又说:"我在小区楼下了。"堪比威胁。

许添谊打开门,见贺之昭已经端正站在门外。

许添谊遮遮掩掩，笑了下说："这么快。"他连客厅地板上的酒瓶子都没来得及收拾。

贺之昭放了行李箱，闻见他身上酒味，便问："小谊，身体哪里不舒服？"

"……没有，就是喝了点酒。"

贺之昭在房间里兜兜转转，他把自己的行李箱推到角落，天黑了拉上窗帘，走到厨房，许添谊替他随便指了指水杯在哪儿，他倒了杯水喝，如在自己的地盘一般闲适。

最后他们坐到沙发上，客厅很暗没有开灯，一切都很静谧，只有茶几的角落摆了几个很不起眼的酒瓶子。像浮木遇到可以暂时栖息的港湾，许添谊一直没出声。

"小谊，你喝了很多酒。"安静中，贺之昭思考片刻，说，"遇到了什么？可以和我说吗？"

"不觉得麻烦吗？"

"为什么？"

"因为我老是不高兴。"

"不高兴总会有原因。"贺之昭扭头看许添谊，发现对方脸颊干燥，没有眼泪，放心很多。

因为醉了，许添谊靠着沙发滑下去一点，闷闷地说："你是笨蛋。"

尽管不知这攻击从何而来，贺之昭很温顺地答应："我是。"

"我今天送许添宝去医院，是他自己选择在酒吧宿醉闹事，妈妈却说是我教坏他的。"他说，"但是我反击了。"

"我这次没有过度呼吸。"许添谊闷闷地说，"厉害吧。"

"厉害。"

"你小时候实在太笨了，睁眼瞎。"许添谊自言自语，"每次你来家里做客，我都带你去卧室，装成是我的房间。其实我每天都睡在客厅的沙发上。"

"对不起。"贺之昭觉得自己应该要道歉。

"没关系。虽然你很笨，但又对我很好。谢谢。"许添谊说，"所以我已经原谅你了。"

"小谊，你也对我很好。我都知道。"贺之昭的内心又充盈着一种陌生的情绪，十分酸胀，因为知道过去的事情无法改变，所以更加无可奈何。

"但不只我对你好，很多人都愿意主动向你示好。你可以有其他很多选择——现在反悔离我远点还来得及。"许添谊语气很冷静，手却抓紧沙发靠背，他不敢直视，只口头警告，"你现在答应了，之后不能再和我随便断掉联系。"

明知这话霸道，像从小不愿意贺之昭有其他朋友。但他总该有些特权，因为他什么也没有了。

"许添谊。"贺之昭罕见叫他大名，"从小到大，我只将你当成真正的朋友。如果不相信需要确认，可以每天都问。"他说。

这让许添谊有了勇气，声音很轻道："你多给我点机会吧。我经常不知道自己哪里做错了。别和大家一样，如果对我不满意就说出来，我会努力改正的。"

贺之昭说："那就先给我机会，相信我很重视你吧。"

许添谊不知道自己怎么睡着的。半夜热醒，他发现自己在卧室。他很轻地翻了个身，又安心睡下来。

然而第二天一早，宿醉的许添谊睁开眼，发现世界很安静，昨天贺之昭的到来宛如梦一场，尽管头有点疼，他心里着急，还是跌跌撞撞地下了床。

推开门，迎接他的是温暖的早晨阳光，以及一室黄油的浓厚香气。

贺之昭穿着围裙，手上戴着很厚的隔热手套，正半弯着腰，聚精会神地盯着烤箱暖色的玻璃看。

听见身后有声响，扭头："小谊，你醒了。"

"我在烤饼干。"他解释，"早上吃点甜的心情可以变好。目前它们看上去进展不错。"

趁贺之昭在厨房，许添谊移动到客厅，想把自己昨天晚上的酒瓶子收拾掉，藏起来。这才发现原本堆在那里的东西不见了。只有张原本叠得很好、写了东西的纸被展开，抻平放在茶几上。

许添谊瞳孔紧缩——是他上次写的评分对照表。

贺之昭神圣地捧着一盘金黄色的曲奇走出来，看到他在看那张纸，解释说："早上收拾的时候，看到压在纸巾盒下面，以为是不要的。"他不知是故意还是真好奇，"小谊，为什么要写这个？"

许添谊尴尬地想要离开，半天没说话，过了会儿小声道："……就是看看差得多不多。你别管了！"

这么一说，贺之昭把纸拿了过去，又重新认真看了遍两个人的表格，架势像看一份投资计划："差得不多，几乎一样。我们连性别也是一样的。"

"又不是看这个。"

"那重点看什么？"贺之昭求教，"有几个字不太确定，可以念给我吗？"

"还给我！"许添谊真的生气了，恼羞成怒地伸手去夺。

生气了。贺之昭任由许添谊拿走纸，他看对方逐渐河豚化，迅速敏捷地往许添谊嘴里塞了块黄油曲奇："这样可以放气吗？试试看。"

许添谊愣住了，情绪被接得很好，所以没道理再发飙。他吃着饼干，很快把纸撕掉了扔进垃圾桶。

贺之昭还在身后不知死活地追着问："真的差很多吗？"

生气。

许添谊涨红脸，含糊地大声回答："都是男的，没差别！"

"河豚"洗漱完，快快地坐到小桌子前吃早饭。因为地方小，桌子也小，两个人对坐，一人一杯咖啡、一盘饼干。

"家里没有鸡蛋。"贺之昭认为这有些营养不均衡，解释，"所以只有这些了。"

"我会马上买的。"许添谊很快保证。

他趁人没有注意，拿了手机对着这顿简单的早餐拍了很多照片，用以纪念有人愿意专门做东西给他吃。

饼干烤得一般，更胜在心意满分。许添谊吃得很慢，如同品尝珍馐，甚至夸张地舍不得吃完，他斟酌自己该说点什么。

贺之昭总是直白地表达满意，但是他却耻于表达。这羞耻有半分的天性，也有后天的养成，当表达总是无人欣赏和在意，就会自然而然地遮掩着抹去了。

斟酌再三，许添谊严肃开口："饼干很好吃，谢谢……我很喜欢。"最后四个字是硬挤出来的。

"不客气。"贺之昭的神情变化没那么明显，但所有人听到这样的话都会高兴，"下次我做其他你喜欢的。"

吃完早饭，贺之昭坐在小餐桌边继续办公，许添谊替他续了一杯咖啡，像秘书一样。

放好咖啡，许添谊站在旁边有点踌躇。不想太明显，他就绕着茶几走了一圈，还没下定决心，就又去阳台看那台正在运转的滚筒洗衣机。衣服正在里面纵情翻滚。

他巡视屋子里有什么被他忽视、不妥的地方，又回到卧室整理床铺。这刻很希望自己昨天并没有喝酒。

许添谊的酒量虽然很差，但基本不会喝断片儿，该记得的都记得。他将枕头拍松软摆放好，发现自己放在床头柜上的黑猫戒指不见了，心悸一下，慌忙寻找。旋即发现戒指还在，只是被挂在了闹钟的耳朵上。

许添谊回到小饭桌边，看贺之昭闲适地呷咖啡、认真地看电脑，好像很适应，没有马上要走的意思，他舒口气。

许添谊唾弃自己的畏手畏脚，他走过去，确认道："你箱子里还有什么要拿出来的？没有的话，我把它收起来。"

贺之昭想了想认真回答："好的，我给电脑充个电。"

箱子被重新平放下来打开，里面的物品摆放很整齐，一看就是贺之昭的作风。

东西很少，只有在酒店就洗干净叠好的衣物、充电器、证件袋等出差必备的物件。除此以外，还有一本装在透明防水袋里的，很厚的皮质记事本。

贺之昭拿出充电器后，小心地给记事本换了个更加稳妥的位置，让它睡得更好。

许添谊认出那本子就是之前贺之昭生病时，放在床头柜的那本。当时他要拿起来挪个位置，还被贺之昭警惕地拿走，说是自己秘密的那本。如此珍视，重要程度可想而知。

许添谊说服自己每个人都有隐私，必须尊重。他该明白自己上次想动就已经被明确拒绝。

可在贺之昭要关箱子前，他还是没忍住，状似不经意地指了指问："你的日记本？"

贺之昭沉默了瞬，回答："可以算是。"

气氛因为这个问句，陡然有些奇怪。

"知道了，没什么。"许添谊后悔自己唐突问了，"我只是……别在意……"他一边帮着贺之昭把箱子关起来，一边观察对方是否因此有所不满。

未想贺之昭也看着他，温和地回答："其实也不是日记本。"

箱子被重新打开，贺之昭从防水袋里取出本子，递过去，示意他可以看。

许添谊没立刻接下来，下了决心说："你不方便的话就收起来吧。我知道了，以后不会动也不会看的。"

"这是我治疗用的记事本。"贺之昭却坦白了，"当时咨询师建议我写下来，有助于改善我的述情障碍。"

述情障碍。冷不防听到一个从未听说过的词语，许添谊愣了愣："什么意思？"

贺之昭分析自己现在可能有点紧张和焦躁，他解释："意思是，我经常感受不到别人的情绪变化，也无法顺利地表达分析出自己的情绪。"

许添谊很慢地翻开本子，看到很多歪歪扭扭的中文字。

每一页基本由几小段话组成，像日记，但不是每天都记录。一开始的语言总是干巴巴的，像报菜名，而后组织得越来越好和生动。

他看到了不断重复的人名，和夹杂其中的"河豚"代号。生活枯燥，贺之昭一笔一笔缓慢地勾勒出了他的那一段人生旅程，以及关于"河豚"的点滴。

许添谊向后翻阅，其中有一页的纸被压得很平，显然被经常查看，上面写着：

"离开河豚以后，生活逐渐变成黑白，失去了色彩。"

看日期，要足足追溯回五年前。

还有太多、太满的情绪，是重逢之后的快乐、疑惑、悲伤，以及，最终的幸福。

许添谊又想起当时自己再听到贺之昭的消息，那时状态很差，觉得站到了人生十字路口，找不到方向，也一念闪过，怀疑如果生活像海洋让他溺毙，死亡是否就成为很轻盈的事情。

然而紧接着，"贺之昭竟然没死"的念头占满了内心，年少的彷徨和悲伤又翻涌上来，撞得他茫然失措，也无暇顾及丧气的念头，甚至满心想要"复仇"。

重逢那日，机场人山人海站满粉丝，贺之昭走过来的时候绊了一下，喊他小谊，说"当时你说，我们再见面的时候，我可以踹你两脚，或者在机场把你摔在地上"；也说，"但是我还是不想那么做，所以还是抱一下吧"。

所以，自己恨他竟然还记得自己，也满意他还记得自己。

现在许添谊终于彻底明白那意味什么，那后面所有的友善和照顾意味什么。还有那句"很高兴认识你，我很幸福"究竟有怎样的重量。

贺之昭是他忘不掉的挚友，他也是贺之昭日复一日的惦念之人。

贺之昭盘腿坐着，希望通过观察得知许添谊对此事有何看法，可是看不出来，他只知道小谊看得很慢、很仔细，像班主任查作业。

虽然已经和好，贺之昭不确定扣分制是否被彻底取消，便说："但现在经过几年的心理咨询，我的症状已经快好了，现在只是有些……"忘记迟钝怎么说，只能形容，"感觉慢慢地和正常人差得不多。"

许添谊垂着头反驳："你本来也是正常人！"

贺之昭认可："重新见到你以后好很多，以后应该会更好。"

良久，许添谊终于放下本子，声音很闷地说："这'河豚'不会是我吧？"

"是的。"贺之昭礼貌地肯定，挽救道，"我可以都改成小谊。"

因为没有希望再见到，所以重复许添谊的名字一次，分析不清楚自己情绪的贺之昭也会跟着难过一次。看不清许添谊的表情，贺之昭凑近了些，却听见对方这时候说："对不起。"

怎么都想不到是这个反应，贺之昭大脑飞速运转，逻辑已死。他问："为什么要道歉？我有点紧张。"

"……一直误会你没打电话，对不起。"许添谊看着地板说，"我还说了很多难听的话，对不起。"

"没关系。"贺之昭拍了拍他的背安慰，"对不起，我也错过很多东西。"

但是一切都还来得及。

许添谊如愿将箱子藏到了贺之昭找不到的地方。中午他烧的三菜一汤挤满小餐桌，获得真诚的溢美之词和一个个光掉的盘子。他高兴得有点夸张，不再是那个严肃的许秘书，像一只很高贵的猫咪，翘高尾巴到处走来走去，心里满意想，这才对。

夜里两人吃完饭，在沙发上看电影，许添谊不记得自己什么时候睡着的。第二天，许添谊睁开眼睛。明明没喝酒，居然也睡熟到这个点才自然醒。

他洗漱完，很慢地挪到餐桌旁边。

"小谊，你醒了。"贺之昭恰好跨出厨房的门槛，又系着自己心爱的围裙。

许添谊看他一眼,"嗯"了下,拉开椅子慢慢坐下来。

今天桌上既有牛奶,还有鸡蛋。牛奶昨日做饼干用完了,这显然是今天贺之昭采买的。

见许添谊盯着看,贺之昭便自然地解释说:"昨天晚上看电影时你腿抽筋,可能是身体缺钙。因此,我准备了牛奶和鸡蛋……"

他像在分析说一道题为什么错,要怎么排除选项得到答案。

许添谊无言以对,只能点头。

吃完早饭,贺之昭如常处理邮件,太多事都需要直接请示他,也只能他亲自定夺。处理完,他站起身想找许添谊在哪儿,手机振了振,有一通视频通话的邀请。

贺之昭接通,喊:"妈。"

许添谊听到洗衣机完成工作时发出的大叫,跑去了阳台晾衣服。他有竞争的心理,既然贺之昭对他很好,他就要更好,能干的活要大包大揽。仅几件衣服,他很快晾好,带着一手皂香味回到客厅。

贺之昭恰好来寻他,把他带到沙发上坐下。

"我们今天去市中心吃了晚饭,现在在看电影。"姜连清盘着腿靠在沙发上,懒洋洋地用英文做了介绍,顿了顿,手机镜头随之翻转。

"这位在吃酸奶。"画面有个扎了丸子头的金发女生陷在旁边的单人沙发上,举着盒希腊酸奶吃。她听见声音回头,冲着镜头挥挥手打招呼。

画幅有限,许添谊并未登场,只在旁边一同看着手机屏幕。应验他的猜想,金发女生果然是上次在照片上看到的那个,正是贺之昭的妹妹。

镜头又摇晃着转到了姜连清身旁,对准一个蓄了大胡子的男人:"这位在吃冰激凌。好了,你在做什么呢?"

贺之昭坐在许添谊右边,用中文回答:"我已经出差回来了,现在正在小谊的家。"说着,他将手机微微倾斜,画面里就跟着出现了身旁人。

姜连清也将镜头转向自己。过了这么多年岁,她的五官几乎没有变化,只是不再年轻,稍微胖了些,气色更胜以往,看上去很松弛,处在一种很好的生活状态。

许添谊原本以为贺之昭只是让自己跟着看,没想到需要自己出场。他慌乱地盯着手机屏幕的小图，看了看自己有无不得体的地方，然后看清楚姜连清的样子，一时间百感交集，真不知道说什么好："姜阿姨。"

姜连清听见这声音，打了一个激灵，坐直身子。她很快反应过来，神情难以置信，像没有比这更好的消息："小谊？"

许添谊眼睛发涩，觉得自己又变回了那个在肯德基被推着走的小孩："嗯，我是许添谊。"

"天哪，太久……太久没见了。之前我听贺之昭说了，但一直没机会联系你。"姜连清用中文语无伦次道，"你在那边都好吗？身体好吗？"

"好，都好。"许添谊说，"我现在和贺之昭一起工作，我是他的秘书。"

"贺之昭和你说了没有？我们现在在温哥华，准备过两年搬到多伦多……旁边这位是我先生，你可以喊他Carey，刚刚出镜的是Trista……哦对了，我们还有一只猫……"姜连清不住点头，讲话一时间没了重点。她想给许添谊介绍清楚，所以连只猫也要顾及。

零零碎碎说完，姜连清不好意思道："我现在讲中文也不太标准，是不是有点奇怪？"

其实她说话很流利，唯一遗憾就是带着些微的台湾腔。

"我们的邻居来自台湾，时间久了，我被带跑了，哈哈哈……"姜连清说着说着，原本哈哈大笑的，却骤然收声，猛地哭了出来。

"……小谊，天哪。"她很轻地说，"一眨眼你都这么大了，我差点没认出你。时间太快了。"

许添谊认真地看着屏幕，强忍泪意。他想，现在保持笑会更好："您还是很漂亮。"

大胡子男人搂着姜连清安慰，本该是很伤感的时刻，但画面里多出颗金色脑袋。

Trista奔赴过来，只为一睹为快："是贺之昭的朋友？"她对着屏幕打招呼，"你好你好！"

她和Alan一样，想看看让"机器人"念念不忘的朋友到底长什么样。

发现许添谊看过来，贺之昭解释："我向她也讲过你的故事。"从容自若，像说明天有雨。

许添谊跟 Trista 打招呼，比年会上台唱歌前还要紧张，他觉得自己准备得太不充分了。他想留下比较好的第一印象，但他只随便穿了件家居服，甚至都没梳过头发。他决定现在开始讨厌贺之昭。

姜连清平复好情绪，擦掉眼泪，解释自己只是太高兴了，看到许添谊，一切断掉的故事像被重新接了起来。

接着由贺之昭起头，许添谊简单补充，将他们最近的生活简单汇报了一遍。

姜连清笑着认真听。作为母亲，她太清楚地感受到贺之昭身上的变化。在贺之昭述情障碍的症状最严重的那几年，她也有过最朴素的愿望，只希望儿子能够健康快乐成长，别无所求。

如今时光如白驹过隙，贺之昭很顺利地长大成人，有了自己喜欢、合适的工作，有了交心的朋友、很好的生活模式。她没有什么可以更满意的了。

最后，姜连清欢迎许添谊到加拿大做客，祝他们生活工作顺利，相处开心。

挂了电话，许添谊没回过身，静静坐着。他很感谢，觉得自己在被一点点重新撑起来。

Chapter 15
好朋友

秋意飒爽。

Alan 睡过头，十点半才到公司。推开秘书办公室的大门，依旧理所当然把刘亦的位置当成自己的临时工位，一屁股坐在老位子上。

他很开朗地和坐另一张桌子的男人打招呼："早啊。"

"早。"许添谊冲他点点头，"早饭给您放在桌上了。"

Alan 大声感谢，拿出纸袋子里的三明治，就着咖啡吃起来。

这段时间所有事务都有贺之昭把关，他根本没有出现的必要，很省心。所以只是借了个工位，在办公室做自己的事。他和贺之昭都是学计算机出身，他以研究算法为主，贺之昭学了数据科学，转而做了咨询。两人刚毕业时合伙开了家科技公司玩，但因为都没什么时间，一直放着没折腾，只在开头接了两个项目，现在由 Alan 负责着后续的运维。

Alan 认为现在的时机不错，几个朋友都有项目想做，资源丰沛。唯独不知道贺之昭怎么想的。

虽然当初因为一张照片，贺之昭私心回国来找人，但即便不入职，他自己也能用麻烦些的办法达成目的，无非是花费的时间多与少。真的在维尔集团走马上任，紧急救火的意味胜过其他，是于公于私一拍即合的事情。

在原本的组织架构设计中，陈彬彬快成一言堂。两年间成立部门、又随意解散，大批量裁员，公司已经到不可挽回的程度，迫切需要及时止损。

现在朋友已经找到，想必贺之昭会回加拿大发展，无非早晚问题。说到底，以贺之昭的工作成绩、经验和主攻方向，待在这里颇有些浪费。日后，Alan 希望说服贺之昭多分配些精力在科技公司的运营上。

Alan 看着和他同一个办公室的许添谊走出去，过了会带着叠打印好的文件进来，敲门进了贺之昭办公室，交代完工作，又出来。

Alan 吹了声口哨："心情很好？"

他以为许添谊这样内敛冷酷的男人不会理他的，他只是故意逗两下，却没想到对方真的笑了笑，算是默认。

Alan 觉得这段时间许添谊的气质不太一样，算是柔软很多。也可能许添谊原本就是这么外表看似冷硬，实际很好相处的人。看着许添谊如常工作，Alan 脑海中却也闪过一个问题。等贺之昭回加拿大，到时候两个人还怎么继续维持友谊？会不会再次出现多年前分别的窘迫境地？

许添谊正在勾画自己的待办事项。

明天上午有杂志来采访。虽然采访对象是贺之昭，但本质上还是给已经基本整装完毕、临近重新开业的商场制造小范围话题。

杂志将问题提前一天发过来，许添谊准备了一份参考答案，以供贺之昭参考。问题并不多，无非是谈个人经历、市场观察、未来计划。谈到贺之昭的新上任感言、组织架构变化的意义，也有零碎的、不太重要的私人问题，问他如何平衡工作生活，休息时间都做些什么等等。

许添谊知道答案。

大概因为没找到自己的行李箱，贺之昭真的在小房子借住下来。他工作日下班后的时间常常用来工作和健身。

现在许添谊可以承认，自己作为秘书的职能的确有限，虽然能够帮助贺之昭减轻负担，但真正涉及关键决策的，全部需要贺之昭亲自定夺。

他很会处理生活的杂事，但也仅限于此。

下午王磊找来向贺之昭说明情况——商场马上就要对外重新正式营业了，品牌部准备做一部宣传片。目前魏丞禹那边已经给出了几家制片公司做备选，需要他们做定夺。

"三家制片的报价差得不多，WER这家最便宜。"王磊道，"他们的作品还是比较丰富的，我现在放的这部宣传片拍了Commo，就是那家步行街上卖生活用品的牌子。片子的质感不错，导演是路裴一，这个人我也认识，拍车拍商场，拍过很多东西，经验丰富，口碑也是不错的。"

许添谊跟在后面，一同看了几部样片。贺之昭看完扭头询问："怎么样？"

王磊鼓励："许秘，你可以从一个消费者的角度出发说说。"

"……挺好的。"许添谊答道，他很喜欢那个金鱼缸切入的镜头，"不过都是室内场景，我们这次……"

"对，这次有户外的场景，我们的想法是做一个类似爱宠日的主题，加强大家对绿地的印象，也是个挑战吧。"王磊汇报完离开了办公室，只留下两人。

"你觉得怎么样？"许添谊问。刚刚贺之昭只是批准了王磊的计划。他想知道贺之昭工作中都会怎么具体思考得出结论。

岂料，贺之昭坦然道："抱歉，在我看来都差不多，分不出区别，相信王磊就好了。预算上也都是合理的。"

许添谊没忍住笑了一下。

"怎么了？"贺之昭问。

许添谊心里想的是，以为你无所不能，什么都懂。但又想，什么都懂不可能，能够坦诚说自己不懂，可能才更真诚可贵。

午餐时间，Kelly端着杯咖啡，矜持地喝一口，坦然宣布："同志们，我辞职了。"

游奇忙不迭地说："姑奶奶，小点声……"不知为何以往职工离职的消息总是被严格封锁，身旁工位的人一直到某一天才忽然消失，已经成为公司的常态。

Kelly不以为意："没关系，我也只告诉你们。"

人员流动是最正常的事，但原本并肩作战的伙伴要走，还是不免伤感。

游奇问："你之后怎么打算的？换家公司？"

Kelly否认："不是，我打算去留学。"她道，"已经在准备申请了，如果顺利的话，明年就去，这段时间就在家休息休息。"

对于她的决定，两个人都有些意外。

"可是……"游奇迟疑，一切尽在不言中，这个年纪再去学习，对职业发展未必有利。

"这个念头在我去完马尔代夫就有了,想去看看外面的世界。"Kelly 说,"反正我的日常工作不就是监管饮水机、咖啡机、搬年货吗?"

大家一同笑起来。游奇:"那我就是收电脑、修电脑、发电脑。"

许添谊摇摇头:"给老板泡咖啡。"半是自嘲,他们都将自己的工作内容做了简化。

"其实如果有机会的话,我也想留在国外。"原本大家聊天都避讳谈到隐私,Kelly 这次决定直说,"希望能顺利,反正我爸妈都另外有家庭,我在国内也没什么牵挂。"

"牵挂"二字击中许添谊。他犹豫几秒,试探问:"年纪再大些也可以念吗?"

"当然可以,我都是超级年轻的呢。"Kelly 说,"四五十岁念的也有,不用在年龄上设限嘛。"

不用设限。许添谊想到自己的存款,想到自己的规划,想到很多。

年少时因为接不到电话,他曾经有段时间非常讨厌加拿大,觉得温哥华是个只进不出的魔窟。他不完全明白时差的意思,觉得昼夜颠倒也很恐怖。红枫叶漂亮有什么好的呢?红枫叶又不能当饭吃。

他也想到自己迫不得已放弃的念研究生的机会,还有辅导员和老师可惜的眼神。

他喜欢念书,因为念书是为数不多付出就有回报,成果可以控制的事情。他也不止一次考虑过贺之昭要回加拿大自己该怎么办,一直当秘书也很好,可是就这样吗?

想要可以看到的未来。这问题一直横亘在中间,许添谊也常逃避思考它。但现在,他或许寻找到一种解题模式。

然而因为杂志采访、商场开业、宣传片拍摄、财年结束,几件事情堆积在一起,许添谊没有空暇理会自己的私事,只能按部就班跟着节点完成各类工作。

第二日杂志社派了两个年轻女生来采访,都是温和心细的风格,即便是多问的问题也保守克制。在用大部分时间讲完了集团目前的情况和商场的变化后,话题才很迟迟转到了贺之昭本人身上。

最后一个问题是:"贺总平时的工作想必还是比较忙碌的,您都怎么平衡生活和事业的关系呢？会选择什么方式解压？"

另一个女生认为这么问不太严谨，改成："您平时休息时间怎么放松呢？"一个可以简单回答也无伤大雅的问题。

许添谊侧耳倾听，只听见一墙之隔的贺之昭想了想，回答："享受每一刻的生活。"

两位记者记下来，不明觉厉地点头。贺之昭的中文太好了，这回答充满哲理性。

许添谊在心里回答："我也是。"

商场的开业仪式安排在周六上午，制片摄影都同步进场，录制仪式阶段的素材，下午则拍摄绿地和商场的宣传片段。仪式当天除却本公司的高管、部门经理全部出席以外，还邀请了诸多媒体，以及当红女明星杨青宜到场。

几家公司的人都已经到了，聚集在一处。魏丞禹高得极为显眼，他手下的员工在旁边协调工作，他本人则拿着手机，给邱虹看照片。

邱虹俨然十分欢喜，不迭地称赞说："哎呀太可爱了，这只狗很可爱。"

她身旁穿了白色卫衣的女生也赞同："小白真是超级乖宝，每次来办公室都要做主人的黏人精。"

"是的，黏人。"魏丞禹笑着说，"就爱跟着。"

因为这段对话，许添谊推论，魏丞禹和这位女士是同事，狗是魏丞禹的。谁料邱虹却礼貌带着人介绍："许秘，这位是WER的senior producer（高级制片人），Lucy老师。"

来自制片公司的，英文名和中文名读音近似的卢诗宜笑着连连摆手："哎呀，别喊我老师！"

几人熟络几分钟，身后又有人来，是个背着双肩包的年轻男人："哎呀大家，好久不见，好久不见。"是导演路裴一。几个人显然都是多次合作，相当熟悉，如同朋友一般。

卢诗宜扭头问魏丞禹："岑筱今天不来啊？"

"来的，前面太早了睡觉呢，现在应该在路上了。"魏丞禹自然答，"还要带着小白一起来。"

绿地上的人越来越多，高管也都就位，贺之昭却迟迟未到。许添谊想发消息确认，又顾忌他也许开车，左等右等，终于等到他抵达的消息。

许秘书赶到停车场接人，确认总裁的形象无误。衬衫、西装、领带，贺之昭早习惯一丝不苟，穿衣搭配上完全不需要秘书担心。

许添谊一边看他，一边问："前面的会拖时间了？"

"延时了半小时。"贺之昭点头，"我还找了一会儿衬衫夹在哪儿。"

贺之昭出现在绿地现场，人群渐渐以他为中心聚拢。十分钟后主持人上台，王磊发言，剩下的高管们和媒体代表一边在台下相互交流，一边准备上台剪彩。

同一时间，杨青宜穿着礼服，在所有人惊叹的目光中款款出现。闪光灯不断亮起，一切西装都在极亮的金色、流动的金色中黯然失色。

在卢诗怡的指引下，她提着裙子上台，站到贺之昭的右边，两人礼貌地相视一笑。

"让我们倒数三个数，三——二——一——"

礼炮彩纸纷飞，印着集团和商场标志的彩带断成几截，落在每个人的手里。大家一同鼓掌庆祝起来。

下台时，在贺之昭的绅士带领下，穿着高跟鞋的杨青宜用手搭着他的胳膊。随后贺之昭将人交给了明星助理，旋即离开。

仪式结束，餐车缓缓推出来，工作人员将准备好的下午茶三层架放上长台子。为做宣传，点心全部由这次新入驻的国外甜品店供应，不少人掏出手机拍照。

许添谊挑了几样总裁喜欢吃的放在盘子里，给正在和别人交流的贺之昭递过去。

起得太早，几个人都饿了。邱虹边吃边招呼他："许秘你不吃吗？"她说，"点心都蛮好吃的，不甜。"

许添谊没胃口，和她一样站到路裴一身后，一同观看监视器里上午录制好的素材。

正在播放的片段恰好是剪彩。礼炮的彩纸隔着屏幕飞舞起来，所有人脸上都有应有的高兴。接下来的一个镜头则给了杨青宜特写。

"青宜真是太美了。"卢诗宜说，"现实生活中竟然这——么瘦。果然，见过这么多明星，上镜的秘诀还是头小。"

邱虹和她聊了两句杨青宜演过的电视剧，随后又对着监视器的画面抬抬下巴说:"我们贺总也是一表人才啊,这个效果太好了。"

许添谊背着手赔笑。

魏丞禹坐在旁边,看了眼消息,站起身打招呼:"人到了,我去接一下,看看车停得怎么样。"

卢诗宜十分无情地嘲笑:"哎呀学了个半天,到现在车还倒不利索,啊哈哈哈!"

许添谊实在分不清他们几个什么关系,忍了忍,还是悄悄问邱虹:"魏总说的是谁?"

邱虹想了想:"嗯……应该是卢诗宜的同事,WER的项目经理,我记得姓岑?不过岑不负责这次的项目,只是拍摄绿地的场景要借只狗,他们家那只西高地被请来当男主角。"

说话间,魏丞禹带着一个牵了只狗的人走过来。后者一靠近,就遭到了路婓一和卢诗宜的言语夹击:"哎哟,到现在倒车入库也不行啊?"

这人穿了件薄毛衣,身高比魏丞禹稍微矮些,气质很干净。听到这儿为自己辩解:"他在败坏我的名声,到的时候我都停好车下去了。"

身后的魏丞禹发出得逞的笑,又秒变正经带着岑筱介绍给邱虹和许添谊,说:"岑筱,也是WER的项目经理,今天要负责照料男明星。"

岑筱脚下那只脑袋很大、毛很蓬松的白狗立刻吸引了所有人的注意。

白狗的眼睛圆圆的,耳朵竖着,毛发垂顺。最特别是尾巴,高高竖着,随着它在人的脚下蹦来蹦去跟着一晃一晃的。过了会儿小狗又不动了,机警地站着。

"哎呀太可爱了,小白,你是叫小白吧?"邱红眼里再容不下其他,"男明星啊,是不是你?"

"又人来疯了。"岑筱笑着弯腰,将狗抱起来,"昨天刚洗完澡,还是别下地了,影响上镜。"

许添谊也喜欢,眼馋地盯着狗看个没完没了。

魏丞禹替岑筱去取了满满一盘点心,为方便岑筱吃,他把狗拐过去摁在怀里。卢诗宜坐在旁边趁机汇报工作,岑筱就搁下了盘子,很认真听完,给出回复。

同上次看人侧方停车一样,魏丞禹又失去了他看似精英的假象。他凑上前,对着身旁人耳语两句话。岑筱似乎无言以对,手握成拳,冲着他胳膊顶了一记,很亲密很自然。

剪彩仪式结束，贺之昭转场到商场继续开内部会议。剩下的人群缓慢地散开。

经过极为短暂的休息后，"工头"路裴一大手一挥，宣布："开工！"

众人纷纷撸起袖子加油干，投入下午的工作中。

剪彩仪式已经结束，绿地清场空出来，岑筱不是工作人员，便抱着狗坐到许添谊身边，一同看导演的监视器。

小白太好动，岑筱检查它仪态，又拍它屁股。"乖点。"名叫小白的西高地白梗十分温顺，脑袋钻出主人的臂弯，直愣愣地看着右边的许添谊。

手机里跳出几条工作消息，岑筱低下头回复。不知道小白正和许添谊大眼对小眼，过了会儿乘人不备，翘着尾巴就要爬过去。

"哎呀。"岑筱看了眼许添谊，见他神情冷淡，不太好相与的样子，误以为他不喜欢狗，便把毛茸茸的大脑袋往回压，紧张道，"小白，别去打扰人家。"

许添谊说："没关系，我也养过狗。"他很轻地摸了两下小白的脑袋，冲岑筱笑了笑。

以此为始，聊了两句后，岑筱更正了自己认为许添谊可能不好相处的第一印象，问："秘书工作很忙吧？像这样的双休日也得陪着。"

许添谊看着岑筱，觉得对方的气质很容易让人亲近，所以没用公事公办的语气，回答道："还可以，贺总一般不做强求，今天是我想来看看。"

拍摄完绿地的空镜，轮到小白上场了。许添谊交出不知不觉跑到他身旁、瘫在他怀里的狗，指腹不舍地轻轻捻了捻西高地尾巴上的短毛。

岑筱拿了梳子给它梳毛。小白很乖地站着，尾巴还是竖着，像根天线。

剩余具体的事宜都有手下的员工负责操作，花名叫曲奇的女生忙上忙下。

魏丞禹在回消息，过了会儿坐过来问："晚上想吃什么？我现在买点菜。"

岑筱回道："今天回去肯定晚了，别忙了，点个外卖。"

"老吃外卖。"魏丞禹不赞同，"没营养。"

"哪会没营养？好好点菜就可以了。"

许添谊都听进耳朵，捕捉幸福生活的细枝末节。还想再听下去，远远看到贺之昭从楼里走出来，他立刻冲所有人打个招呼，先行离开了。

岑筱目送许添谊近乎是跑着去的，看不清贺之昭脸上的表情，但应该是高兴的,两个人站着说了两句话,随后肩并肩一同向另一侧走去。

岑筱向身旁人确认:"那位是贺总?"

"对。"

"他们关系很好啊。"岑筱道。

"那肯定啊,领导心腹。"魏丞禹看到远处小白狂野地奔跑,料到明天肯定又得带这小子去洗澡,叹口气,"我只有心腹大患。"

然而许添谊只是过去很快,面上并没有坦率地展露出高兴。

尽管装修时已来过两次,贺之昭仍旧提议在商场转几圈看看。大部分店面要明日才正式营业,顾客数量并不算太多。唯独甜品店门前已然大排长龙,队伍折叠成几层,还是延伸到了扶手电梯的地方。

空气中充斥着甜品香气,工作人员正举着牌子,尽心尽力地与队伍中的顾客沟通排队时间,安抚顾客的情绪。

因为走了一段路,许添谊一直没说话,经过观察和思考,贺之昭甄别出许添谊似乎有些"鼓起来"的苗头,他也不会拐弯抹角,就问:"小谊,你生气了吗?"

许添谊又不会说,是的。他只沉默不语地走在前面。

比起生气,他更像只是一种遗憾,他发现自己没那么甘愿仅仅做总裁背后的影子,也无比希望自己的能力拔尖一些。

这念头本质和贺之昭没什么关系,至少不是贺之昭主观导致的,但他仍旧希望贺之昭能够对此做出些理想的回应。

贺之昭倒是自我感觉良好,以为是谁令许添谊感到不悦,推理得出:"是同事们工作不配合吗?"

一楼的一家首饰店恰好是杨青宜做代言人。她的半身海报被印刷成落地的大小布置放在灯箱里,海报上的人看着镜头微笑,手腕抬起贴近脸颊,展示腕上的钻石手链。

许添谊走在前,经过时随意问:"杨青宜好看吗?"

贺之昭:"杨青宜?"谁是杨青宜。

"今天刚和人家一起走过花路,现在就忘了。"

贺之昭努力推理答案:"投促办的主任?"他怎么记得主任姓张。

许添谊沉默了,他走到没人的地方,扭头给了贺之昭一拳。但他并无恶意却没有把握好力度，发出"咚"一声干脆的闷响。

许添谊认为情况不能更糟。他佯装镇定把手收回来，这下真不知道说什么了。

因为无法破局，他一个人往前很快走出侧门，这才微微偏头，艰难开口道："对不起，我不是……"真不是有意置你于死地。

一商场有 AB 楼之分，两栋楼底楼的中间设计了露天的中庭。从侧门走出去有一段台阶，直连着中庭的迷你花园。许添谊光顾着要解释，没注意前面的台阶，一脚踩空下去。

贺之昭拽住他："小心。"

许添谊因为刚刚踩空的感觉心悸两秒，小心站稳。

贺之昭看了看周围，思考说："地灯不够亮，该有个提醒顾客的标识。"

"嗯，我去联系。"许添谊轻声道。不知为何，他内心忽然不郁结了。

他们绕过花园，对面的 B 楼底层是一家瑞士钟表品牌店。因为最便宜的一块表也要几万元，虽然开着门，光临的顾客并不多，只有几个人在里面走动观赏。

许添谊原本只是随意瞥了眼，看到什么，骤然停下脚步，望过去。

贺之昭很快关注到许添谊正盯着表店看，意识到这是一个机会。

虽然薪资很高、身为精英的贺之昭在物质上依旧保持了一种钝感。住江景行政套房和借宿许添谊租住的破房子，后者更让人高兴。

事情的起因是因为借宿好友家太多日，包吃包喝，连家务都需要抢着做，贺之昭为表示感谢，拿出了自己的银行卡给许添谊，被断然拒绝了。

"你怎么能这样做呢！"Alan 恨铁不成钢，"这太直接了。"

"可是买东西就要花钱，我是在感谢。"贺之昭无辜道，这是简单的逻辑关系。

"你得买东西。"入乡随俗，Alan 最近如痴如醉徜徉于名叫"小红薯"的软件中，他还专门下载了一个翻译软件，就为弄明白每篇推送中看不懂的中文词，"直接给钱，这怎么行？你懂不懂人情世故？"

"我也问过他想要什么。"贺之昭解释，"小谊说没有想要的。他只收过我一次礼物，还是我送给壮壮的，现在壮壮回家了。"

"唉，教你吧。"很会来事儿的 Alan 苦口婆心道，"注意观察，特别是在商场这种环境。如果他看什么店铺时，眼神停驻的时间特别长，进去买。"

"明白了。那么如果他继续说不要呢？"贺之昭的眼神中闪过思考和智慧的

255

光芒。

Alan:"问柜姐他合适什么,挑贵的买。"

买!

贺之昭很有自信地拍了一下许添谊的肩,说:"我们去买。"

许添谊迷茫地跟着走了两步,反应过来这人说什么,指的哪家店,简直魂飞魄散:"不了!"一块表要他一年房租,开什么玩笑!

然而为时已晚,门口站着的高个保安已经将玻璃门打开,礼貌地欢迎他们到来。

店里面的两位顾客正在为谁结账进行一场争吵。

贺之昭走到柜台前,对着柜姐道:"请给这位男士挑一块表,谢谢。"

柜姐被他的一板一眼弄得乐不可支,开始戴上手套,介绍比较流行的表款:"这款是宝藏系列,方形表盘会比较秀气,设计也有好的寓意,是不错的选择……这款则有两个时区可以显示,平常差旅比较多的,也可以考虑。很实用。"

贺之昭温和看向许添谊:"小谊,你想要哪个?"神情和语言都太自若,就像在面包房买可颂一样。

趁柜姐走开的几秒,许添谊拽着他往外拉,压低声音:"我真不要,太贵了,走吧。"

"不贵,可以买好多。"

"我不戴手表。"

"买吧,我想和你戴一个牌子的表。"竟然有点可怜。

就像小时候玩得好的玩伴什么都想要同款,一样的衣服,一样的鞋子,一样的书包。许添谊无法拒绝,他只得僵硬地试戴手表。贺之昭看着立刻说:"好看。"

柜姐笑眯眯地点头:"是的,这款表看着普通,戴到手腕上就很衬人。"

"手表的确也不错。"贺之昭道,"就买这个吧,谢谢。"

贺之昭动作迅速,结账也一气呵成。他们要走出店门,店员站在门口欢送。

经历了纸醉金迷的消费,还是要回到脚踏实地的生活中。两人最后的目的地是商场B1层的超市。重整开业第一周有折扣,这竟是人最多的地方。

把价值六位数的东西在购物车上挂好,进入超市,许添谊舒口气,活过来,像士兵回到自己的战壕,问:"明天你想吃什么菜?"

每每买食材，下班来得及就赶去小区旁边的菜市场，来不及就在网上订菜。精挑细选，还要思考性价比，算得上全力以赴。然而即便如此之前也总是被挑三拣四，所以热情也慢慢熄灭。

现在有人总会边吃边说好吃，还每次都吃得精光，对他做饭这个行为很感谢。

许添谊常常想，是我该感谢才对。

贺之昭思考了片刻后回答："想吃糖醋小排。"这个认识。

"好，素菜呢？"

"上次那个通心粉菜。"这个不认识。

蔬菜区拥挤人多，推车进去不方便。"知道了，空心菜。"许添谊面容严肃，很有斗志地下指令，"我进去买，你看好车子上的东西。"

等他抱着两捧包装好的菜挤出来，却发现贺之昭已失踪，并不在原地。

超市里人很多，推车像驶在不同航道的船，平稳划开空气，纵横交错。而他耐心地寻寻觅觅，路过一排排货架，穿过人群，终于找到要找的人——贺之昭站在生活用品区，看货架上摆的几种饼干模具。

贺之昭拿了两件，正很认真地对比权衡，最后舍掉了花朵图案，选择了海洋生物主题的模具。总之比挑选手表更慎重一些。

临睡前，许添谊把手表拿出来，对着台灯的光悄悄看，一边看一边感叹，为什么这么贵呢，也太贵了。

没人不喜欢好东西。但此时的欢喜并不是片刻虚荣、得到昂贵玩意的喜欢，而是竟然有人认可许添谊的付出，送如此昂贵的礼物。

钱的多少和感谢的程度不该成比例捆绑在一起。但花的钱比较多，想必也的确是真心感谢吧。

许添谊想到贺之昭的笔记本和述情障碍，他想他是有点迟钝，居然问自己生气什么，在超市对着两个饼干模具都得选半天。

可是也都很好。

许添谊连同贺之昭的迟钝、动作慢、不好的中文，一并都非常欣赏和感恩。

临近感恩节，财年结束，终于轮到近期最后一桩大事——开年会。

Kelly怒喊着："让我们释放最后的火焰！"Kelly承担了大部分的布置策划工作。年会别出心裁安排在酒馆内，大家呼朋唤友，随意地挨挨挤挤围着长桌坐。

Alan自告奋勇当主持人，但主持词是别人提前替他写好的，且标注了拼音。

完成热场，轮到几位高管轮流发言，贺之昭最先发言。所有人都严阵以待地看着他上场，因为之前的惯例，领导发言时，其他人不能吃东西。上一任陈彬彬每次都可以说接近两个小时，所有人都饿得在心里骂人。

贺之昭的发言简单很多，先为自己不流利的中文道歉，随后简单地阐述了最近各个项目的建成情况，并感谢大家的付出，祝大家今天过得愉快。用时不到二十分钟。

高管们发完言，各个部门开始表演节目。

大家无不感慨，也有点劫后余生的意味。大裁员已经结束了，所有人都相信接下来会越来越好。这个"好"最好能体现在年终奖上。

许添谊也暗暗庆幸，因为职位关系虽然挂靠在行政部，但Kelly念其工作较为忙碌，排练节目时没有带上他。

游奇和他的部长两人扮女装跳完舞，所有节目都结束了，开饭。

许秘书坐在离贺之昭最远的桌子，决定放弃关心对方吃得好不好，反正也不是三岁小孩。

今天是Kelly的last day（最后一天），许添谊接了三杯啤酒，游奇点吃的，Kelly捋了袖子准备大展身手。幸而三人都酒量奇差，仅是浅酌两杯。

今天把工作中所有的不愉快都短暂忘掉，也把职场界限一概忘掉。三个人作为朋友坐在一起，为其中一个饯别。

"我也说不上来为什么，感觉最近虽然忙个不停，但你的精神面貌特别好！"Kelly拍着许添谊的肩，说，"哥啊，以后也要天天开心，祝你幸福。"

随后Kelly又端水地看向游奇："弟啊，也祝你幸福。"

"谢谢姐，开心最重要。"游奇感恩戴德，"虽然有点儿冒昧，但可以知道你的真名吗？"尽管不少人以中文名在集团工作，但大部分人还是习惯用英文名做代号，心里多份安全感。

Kelly露出一个神秘的笑容："你猜。"但很快笑出来，"我姓施，叫施伶竹。"

游奇很郑重地把名字记下来，说："好，我会记得你的名字。如果我遇到你，我喊你，记得回头，不能当不认识我。"谁都知道，出了这道门，日后生活再无交集，天南海北，联系和见面的可能性近乎为零了。

Kelly笑着揍他："知道了！一定会的！"

年会结束，同事们临走时都来祝Kelly发展顺利，给予年会高度评价。高管也都从最远那一桌过来，祝她未来一帆风顺。Kelly遂大哭一场，觉得那几个老喊她搬桶装水的男同事也没那么面目可憎了。

年会做了面签到墙，贴合时节装饰成感恩节的主题，允许大家写完便签随意贴在上面。

散完场，许添谊帮着Kelly一起收拾，将属于公司的用品都收进纸箱带回去。收拾到一半，Kelly站在墙前观看大家的便利贴。因为都是匿名，所以她只是单纯地欣赏内容。

有的人感谢父母，有的人感谢公司，有的人感谢配偶。

"唉，其实我也想过未来会怎么样，也想过万一读完书在外面留不下怎么办，年纪也大了，那就真的好尴尬……"Kelly忽然开口，她轻轻抬手取下了一张粉色的便利贴，上面写：感谢自己的勇敢。

许添谊站到她旁边，问："那你是怎么下定决心的呢？"

"选择嘛，就是得到什么也会失去什么，权衡再三，还是觉得万一是最坏的后果也可以承受。"她说，"反正我就是再也不想天天都换饮水机的水桶了。哈哈哈。"

得到什么，失去什么。

"嗯，我也要向你学习。"许添谊道。

他下了决心，跟着看签到墙上的便利贴。他自己没有写，但是希望有个人可以写。

彩笔、黑笔、荧光笔，怎么都找不到想要的那张。

许添谊余光扫到角落，一张淡蓝色便利贴，如总裁办公桌放的两本：感谢我完美的朋友降落到我的世界。是那本写满河豚的笔记本反复出现的字。

许添谊很小心地摘下这张翘起的便利贴，仔细叠好，妥帖地放进衬衫胸前的口袋，一时百感交集，鼻酸，但他忍住了。

完美，我怎么配？你才是最完美的朋友。

许添谊将一切忙完，拿出手机准备叫辆车，这才发现贺之昭先前发给他的消息，说自己在车里等他一起回去。他急匆匆地下楼，一眼扫到已经近乎空了的停车场里，果然有辆眼熟的轿车停着。

259

他拉开车门，贺之昭正开灯抵着方向盘，很认真地在自己的笔记本上写着。看到他来，贺之昭把东西高兴收起来："回家吧。"

许添谊因此心中煎熬、无比内疚。年会已经结束一个多小时，在这段漫长的时间中，贺之昭就一直处在不知何时终止的等待里。

他责问："你等我干什么，自己先回去好了。"

"太晚了，这里不太好打车，你又喝了酒，我不放心。"

许添谊惊讶自己都没怎么关注贺之昭，对方倒一直观察他的动静，知道他喝酒了："但浪费你的时间了。"

"我想和你一起回去，你也肯定想我等你。"贺之昭说，"所以不算浪费。"

"我才没有这么想。"许添谊口是心非道。

贺之昭认真说："小谊，如果是你，肯定会等我的。"

许添谊想说，会等，因为我是秘书，你是总裁。转念又全盘否认。他过往的等待和付出，绝不仅仅因为自己是贺之昭的秘书，是他甘愿如此。

"你对我怎么样，我也要对你一样。"贺之昭道。

许添谊感到自己衬衫口袋那张便利贴正在源源不断地发热，不然为何他心口也发热。

是的，当下最明显的情绪，是被他刻意回避掉的高兴。许添谊很高兴贺之昭愿意耐心等他、接他。因为他对父母、胞弟、过往朋友与恋人都甘愿忍让付出，一直希望有人看见能回应，但从来都是遇到刻意无视的睁眼瞎。

所以渐渐忘了，他也可以得到、有资格得到。现在终于有人愿意回应他。他受之有愧，对方却自然地告诉他，这是礼尚往来。

为什么这好事轮到他呢？唉，别想了，可能就是因为他是完美的朋友吧。

许添谊头一回决定坦率，矜持道："嗯，答对了。"

"太好了，可以加我的分数吗？"

"可以。"

"分数可以兑奖品吗？"

"兑什么？"

第二天早晨，许添谊起来时，贺之昭已经意识清醒，饼干也都烘烤完毕，正躺在托盘里被小心取出来。他的心情很好，迫不及待地使用了自己精挑细选的海洋生物系列饼干模具。

第一次使用不熟练，饼干压得比之前的薄，火候却一致，不慎烤裂了几个锤头鲨的脑袋。

贺之昭认为这有碍观瞻，看了十分难受，于是很快自己吃掉了。

许添谊正好走进厨房，就见贺之昭站在灶台边，一个人静静地站着吃饼干的一幕画面。

见他来，贺之昭解释："我把丑的都先吃掉了。"

许添谊已经很习惯贺之昭的完美主义。他看着贺之昭认真地挑选，把剩下长相周正的饼干都放到盘子里，忽然和之前一样产生了破坏这秩序感的邪恶念头。

这一次，他忍耐几秒后没有成功劝服自己，于是悄悄从贺之昭背后伸出手，把剩下锤头鲨的脑袋也都掰断了。

最漂亮的小饼干们被端到外面的小餐桌上。锤头鲨全都不翼而飞了。许添谊只吃到海马、海星形状的饼干。

吃完早饭，许添谊坐在小餐桌前，思考措辞。

就如同 Kelly 所说的，这个年纪再要去外面念书，必然是件得到什么，也会失去什么的事情，心里最坚定的念头当然是不想和贺之昭再分开，当然也想念书，想弥补遗憾，想……

许添谊回想自己听见贺之昭即将走马上任时挫败的心情。当年的差距不过是分数上的几分，如今个人经历、身份地位却早已迥然不同。

他想有机会，以更好的身份和状态站在贺之昭身旁。因为他能够为贺之昭分担的实在有限，想做到更多。做起梦，也想轻而易举买像手表那么昂贵的东西回赠过去。

然而来回琢磨，现在许添谊的脑海仍旧只有简单、不成形的念头，也对这样重大转折点的到来感到不安，所以只先问："贺之昭，你什么时候回加拿大？"

这是他们头一回正式触及这个问题。

在贺之昭还没回答前，他就自顾自分析补充起来："你总不会一直待在这里吧？按照惯例待两三年，至多五年，就可以回总部了。"

贺之昭点头，将正在记录"小谊讨厌 chui 头 sha（锤头鲨）"的记事本合起来："是的，几个项目结项，就可以考虑回去了，即便不去总部，我也可以去其他的地方。"

"那你后面怎么打算的？"许添谊问，"我……"

"如果你不想去加拿大的话，我可以继续留下来。"贺之昭流利答道，"有几种解决途径。"他去拿了自己的电脑，竟然真的开始画树状图，以期提供多种可能性。

"可以留在这里，我申请永久居留证。"他继续道，"如果你愿意去加拿大，也有几种途径留下来……"

许添谊发现贺之昭神色无比平静自然地说这件事，一时间内心产生极大的震荡。他原本充满顾虑，也怕这么早问显得自己很着急在意，又怕自己表达了也想去加拿大的想法却遭到否认，就会无比尴尬，会反复想这件事，没完没了。

可是最后他还是没忍住："……我也去加拿大？"他不可能抵挡这样的诱惑。

贺之昭说："当然随你的意愿，不能做强求。"

重点是这个吗！

许添谊佯装平静，头一回紧张得讲话卡壳，又错开话题自顾自说："我还没去过加拿大呢，是……得去一次。"

"和我一起去吧。下个月总部要开会，我们一起去。"贺之昭说，"我妈也很想见你。"

Chapter 16
答案

　　Kelly离职交接完毕后，原本坐在前台的王茉莉就被正式调进了行政部，人事又新招了个小姑娘坐她的岗位，叫小琴。
　　短期的交接时间终究有限，行政一条线，许添谊不能坐视不管。他刚教完王茉莉圣诞节的活动策划案怎么做，午休时间到了，三人一起到外面吃顿简餐。
　　小琴刚毕业两年，原本的工作经历极为简单，只在花店做过学工。
　　"花店是我表姐开的，我帮着她一起做单子。"她道，"但是现在生意不太好，所以我就出来找工作了。这边离店很近，也方便我下班再过去帮忙。"
　　王茉莉好奇地问："哪家店呀？我也喜欢买花，到时候去照顾你们生意。"
　　"薇篮花艺。"小琴给她看软件上的评分，"之前几个节日经常给你们楼送花呢，我记得给咱们集团也送过不少。"
　　王茉莉回想自己喊人签收过的无数鲜花，深表赞同："嗯，今年收到花的人都特别多。"
　　"薇篮？"许添谊敏感地抬起头。这名字与他记忆中的重合。他追问，"是不是之前给集团送过一大捧鲜花？"
　　过去的时间太久，小琴陷入了沉思，不确定地说："可能有？抱歉，我有点不记得了。"
　　许添谊没那么轻易放弃："当时你们花店寄来以后，虽然地址姓名都对，但没

263

有人通知过当事人要寄花,至今不知道是谁寄的。"

"哦,这样。"小琴心道莫非能牵出段暗恋秘事,说,"许秘书,我帮您看看,但是我们这不一定有客户的真实信息,也得保护隐私,只能简单参考。"

她掏出自己的手机,切换到薇篮花艺的微信号,随后确认:"收件人是贺之昭?名字怎么写呀,我搜搜聊天记录。"

许添谊如同在破案,极为快速冷静地回答完,等待答案的揭晓。

同一时刻,他的手机振了振,贺之昭发来消息,是一只小熊坐在那儿的表情包。

之前许添谊看他只发中英文夹杂的消息,误以为他习惯如此。现在才知道,原来是贺之昭太笨了,不知道怎么添加表情。

一旦学会,贺之昭打开新世界的大门,开始热衷在一段话里带三张贴图。他觉得这样很好,文字立刻就非常有情绪了。

许添谊发了个微笑的表情包。

贺之昭发了个转圈的表情包。

"啊,是小刘姐定的欸。"对这个客户,她有印象,每两周都会买一束新花回家。

小琴不确定这算不算隐私,但她也仅知道对方姓刘,朋友圈常年对她关闭。她斟酌着,将此人的微信头像打开了,给许添谊看:"是这位女士定的,其他不方便说了。"头像是一只热气球。

原来是刘亦订的。许添谊道谢:"我明白了,谢谢你,小琴。"

他曾经多次回想,也依靠直觉,总觉得贺之昭人生地不熟,被人诽谤这件事着实奇怪。可又想到贺之昭没来前,陈彬彬信口雌黄断定他私生活混乱,会再诽谤其他的也不足为奇。只可惜帖子发给过法务部,现在已经删除,花也早就不知道扔哪儿去。

许添谊在心里腹诽,低下头,又回复消息。

过去的问题都在迎刃而解,唯独一件事。

总部的会议规格较高,陈彬彬没有被邀请过,许添谊自然也毫无经验,不知道该如何准备,心里十分不安定。更重要的是,开完会第二天,他们要从多伦多坐飞机去温哥华,探望姜连清一家。他总在惦记这件事。行也思,坐也思。

姜阿姨。许添谊想，希望你能喜欢我。

一个月后。

两人乘坐接近十五个小时的直达航班，抵达多伦多时临近傍晚。多伦多的气温已经跌至个位数，天气预报称这几天或将下雪。

许添谊从下飞机便开始紧张，四处张望这座陌生城市的一切。出租车窗外是不同风格的街景，不同肤色的人走来走去。他心里也有预感——这是第一次来，但不会是最后一次。

当夜，酒店顶层准备了晚宴招待。入住套房，换好正装，贺之昭神情自若地站在上升的电梯中，许添谊站在旁边，却想象这方箱的金碧辉煌都有不同含义。

他平日虽然也穿衬衫，穿如此正式的正装却不多见。之前的西装都廉价，不怎么贴身，毕竟无人会在意。这次他额外定做了一套。

金灿灿的镜面，映出他这张强装镇定的异乡人面孔。

许添谊想过贺之昭在加拿大是何种的交际圈，但如今管中窥豹，发现差距，还是有难言的窘迫。

晚宴的厅极大，水晶吊灯下香槟塔垒得很高。女士的晚礼服摇曳，灯光交相辉映，造出浮光跃金之景。宾客几乎都未入座，人头攒动交谈。乐队在角落演奏乐曲，还有小部分人在自娱自乐跳舞。

虽然表面上是集团的名义，实际私人的性质更浓厚。参加的几乎都是朋友，相互认识。

贺之昭一进场，就有几个人围上来，用生硬平直的口音喊："贺之昭——"

许添谊下意识后退一步，给他们交流的空间，却忘了自己今天不仅仅是贺总的秘书。

说英文的贺之昭没了说中文时那种吃力的不流畅感，举手投足显得很适应这样的场面。他扭头轻轻拉住许添谊，十分自然地介绍道："许添谊，我最好的朋友，也是我的秘书。"

许添谊迎接了所有人好奇的目光。他尽量得体、流利地打招呼，不是为自己，是为了给贺之昭挣面子。

Tom Evans 和秦兰原本在另一头，他们端着香槟走过来问好，前者失望地问：

"Alan 不来？我发的消息都没回复，他总是不回消息。"老父亲的抱怨。

他长得和集团所有发布的照片上一样，瘦高个、鹰钩鼻。虽然是 Alan 的父亲，但单论五官，联想不出来他们会是父子。Alan 还是和母亲更有几分神似。

贺之昭推论他若是说出 Alan 当时的原话，会影响父子之间的关系，所以只是确认了这个不来的说法。

秦兰则对着许添谊，笑眯眯地说："你是许添谊，对吧？你会说中文？"

"是的。"许添谊忙不迭答应，"我在中国长大。"

秦兰一下子很高兴，揽过他多说两句："我儿子都不肯练习中文，到现在一句话一半的字不认识，得看拼音。"

许添谊想起 Alan 拿着主持词拼读的场面，这让他没有再那么紧张，跟着笑起来。他也总是很感谢与母亲年纪相仿的女性能够对他散发出友善，像找回点什么。

"听他说，在中国多受你照顾，谢谢。"秦兰继续笑道，"在加拿大玩得开心。"

渐渐地，说话声小起来，乐曲演奏的声音越来越洪大。大部分人都放弃了站着交谈，转而自发在舞池中跳了起来。

即便应付得了语言，预先也有心理准备，做了足够的功课，但面对如此西式的社交场合，许添谊还是十分局促。他尽量站在边角的位置，降低自己的存在感。

舞池像晕开的水面，参与进去的人越来越多。各人的舞姿水平有高下，但不乏真有会跳的，比如秦兰。她舞步轻盈，神情由内而外透着自信，是真心享受这件事。无论跳得如何，大家都乐在其中。

宴会结束，回到楼下的套房入住。走廊上，许添谊默默板起脸。今天给的面子到此结束，现在是他的生气时间。

他甩开人，率先刷卡迈进房间，随即心跳漏了一拍，下意识扭头找贺之昭："好像有人走错进来过。"

浴缸盛满水，漂着花瓣。书桌上放了先前没见过的果盘和甜品，两个房间床上的被子也都掀开了一个角。

确认房间里并没有人后，贺之昭走进去，拿起自己床边的手写小卡片，看完扭头道："没事，是酒店的开夜床服务。"

没见识，所以大惊小怪了。许添谊悻悻地应下，觉得离开自己的地盘太久，有点脆弱。

以后出席这样的场合，恐怕还会有类似的事情发生。"阶层"二字，头一次如此鲜明出现在他脑海中。

不过看到花瓣，许添谊想起上次并未告知贺之昭的那桩冤案。

"你还记得七夕节，有人送你花吗？"许添谊道，"是陈彬彬送的。"

贺之昭思考过后不明所以："为什么？"

许添谊急眼："他以为送花能在你周围引起点猜忌。"因为胆小无能，所以无法真的在大是大非上下手，只能利用这样的生活小事泼些脏水。这是陈彬彬一贯的作风。

不想让贺之昭听到那些诽谤之词，许添谊只说："以后要小心他，我也会继续注意收集证据的。"

贺之昭感恩地说："好的，谢谢你保护我。"

许添谊彻底忘记刚才为什么生气。

是的，其实没那么难。人生总需要一个契机转变，为了有能力保护，为了有资格同行。

"贺之昭，我想和你商量一件事。"许添谊终于鼓起勇气，"你觉得，我在这里……加拿大，念个硕士……怎么样？"他说完紧张地等待着，以为贺之昭要认真思考一段时间才能给出答案，毕竟做完这个决定，后面就是接踵而至的蝴蝶效应，未来必将面临截然不同的生活方式。

谁料，贺之昭只是自然点点头："好啊，你想念哪一所？"

"还没想好。"许添谊一窘，转而又不自信地问，"现在念是不是太晚了？后面如果我去念书，工作怎么办？"

"哪件事是想要放在第一位的呢？如果是念书，就念吧。"贺之昭说，"就像我，那时候最想做的事情是找到你，所以就来找你了。"他似乎永远能将很复杂的问题轻易解构。

"知道了。"许添谊答应下来，他想要的好像就是这样一个答案。

逻辑其实很简单，可是人生总是兜兜转转，为旁枝末节忧心，渐渐也会忘记最想要的东西。

贺之昭对很多东西都没那么在意，所以更明白想要的对他来说都是很珍贵的。想要找到许添谊，所以许添谊可能也很珍贵。

贺之昭总在研究他的情绪波动，笔记本记个没完没了。许添谊忍不住想，其实那份迟钝也很重要吧。

随着动作定格，他很轻而郑重地说："谢谢，辛苦了。"

"不客气。"贺之昭用一如既往平和的语气回答道。

下雪了。

第二天开了一整天的会，再休息半个晚上后，两人乘最近的一班飞机去温哥华。尽管人来人往，凌晨四点的机场还是有种尚未苏醒的朦胧，一切都是慢慢的。

飞机起飞后，因为航班实在太早，几乎所有人在半小时之内都陷入了睡眠。机舱安静到极点。照常理，经过四个小时的飞行，他们就将抵达目的地，去完成两人本次行程最重要的任务。

许添谊原本也已经睡着，是被两下不寻常的颠簸弄醒的。

一瞬间，机舱顶灯全部打开，光线大亮。仓促的机长广播响起来："女士们，先生们。飞机正在经过气流颠簸的区域，请大家系好安全带，不要离开座位。"

话音刚落，飞机印证着这条广播又产生了极为剧烈的颠簸。有已经在往座位赶的空姐没能稳住身体，狠狠地摔在了地上。推车上的饮料如小溪般在地上涓涓流淌。有人害怕得惊呼起来。

许添谊瞬间清醒，他第一时间看身旁的贺之昭，也是刚醒的模样，旋即检查这人的安全带，是系好的，他稍稍松口气。

如同空难片最开始的场景，这种频繁密集的颠簸唤醒了飞机上的所有人。

身体不断在座位上腾空又落下，总是平缓舒适的机舱不再稳固，不断摇晃着提醒所有乘客，他们正无依无靠、孤独地飘浮在高空中。只有生或死的选项，没有中间的可能性。

语言不通，但这一刻都能听懂，有的人喊着父母、配偶、孩子，有的人哭着祈求上帝，有的人只是害怕到尖叫。

氧气面罩噼里啪啦地掉下来，机组人员要求大家按照每次起飞都有但总被无视的佩戴教程进行佩戴。在这漫长、看似无止境、不祥的几秒，在鸡犬不宁的机舱里，许添谊想到了很多，也什么都没想明白。

会死吗？

贺之昭也看着他，面色似乎还是很镇定，只是明显违反了理应优先个人的原则，很快给许添谊扣上氧气面罩，再戴上自己的。

"没关系。"贺之昭说，"别害怕。"

大脑理应空白，可闻到死亡的气味，许添谊的思维反而因此活跃。贺之昭戴氧气面罩耽误的几秒还是让他很后怕，如果就是差这几秒呢？

会死吗？

以前许添谊总想到死但又怕死，常常猜测可能死了就会解脱，又担心死了还要当鬼，没人烧纸，就要倒霉地做孤魂野鬼。

现在他希望命运可以多给他点时间，讲讲公平，让他也多体会些寻常的、稳定的幸福。他承认自己有时候生气不那么理直气壮，可能就是有恃无恐，明明对其他人也不会这样。

如果有机会活下去，他发誓自己会认真改正。

可如果没有呢？就在这里到此为止了呢？

他懊恼地想，他还欠着贺之昭很多声道谢，他还有很多话没有说出口。

飞机骤然下坠，产生了整整四秒的失重感。机舱渐渐陷入死寂。

贺之昭紧贴椅背，调整自己的坐姿、呼吸。结合目前的现实情况，他认为排除掉恐怖袭击和飞行器出故障的情况，最大的可能是遇到了晴空颠簸。遭遇这种情况，尽管飞机会发生大幅度颠簸，但理论上并不会发生空难。然而此情此景，再冷静还是会有事情或超脱控制的恐惧。

他安慰道："小谊，别害怕。"

顾不上羞耻或其他。许添谊戴着氧气面罩，扭头看向贺之昭，他让自己沸腾混乱的思维停下来、镇静。

他下定决心，笨拙地说："贺之昭……"又重来，"谢谢你，贺之昭……"

飞机降落那刹那，掌声如雷。所有乘客都以为自己要有去无回，但这样的颠簸，连新闻都不会上。

跨出机舱那刹那，有人腿软跌坐在地上，也有人因为大难不死，哭起来。小孩紧紧抱着父母，恋人或朋友纷纷相拥。后怕中，拥抱是人类能够获取力量的最佳手段。

许添谊装作自己没看到贺之昭观察他的视线。

刚刚他说了很煽情的话，说完还过度呼吸了。幸好他戴着氧气面罩，很快压了下去。

飞机离开那片颠簸的区域后，后续逐渐平稳，全程都相安无事。

没人希望飞机有事，但飞机真的什么事也没有，让许添谊根本不知道自己该怎么面对贺之昭。

然而还是心有余悸，所以许添谊没能闹很久的别扭。只是在贺之昭冲他张开双臂时，没好气问："干什么？"

贺之昭说："节后余生的拥抱。不需要吗？"

"需要。"许添谊只犹豫了两秒，回答道。

离开机场后，出租车开到了非常安静的街区，停在一幢楼前。

即便是冬天，花园也打理得不错，门口的积雪有明显清扫过的痕迹。白色的玄关大门旁已经早早摆上了圣诞树。

许添谊走下车，去拿后备厢的行李，惴惴然，有种接下来要接受考察的紧张感。姜阿姨会喜欢他带的礼物吗？

他站直身子，和刚刚赶到门外迎接的妇人对视。

不知道是谁先哭出来。

姜连清穿着很厚的裙子，急匆匆地下台阶。她绕过贺之昭，把许添谊抱到怀里："小谊。"

世界上另一个还会喊小谊的人，找到了。

迎接的场面一度很混乱，姜连清一开始选择用中文说话，但她的丈夫和继女都完全不会说，也听不懂。

Trista 急道："在说什么啊？谁给我翻译一下？"

最后大家都开始说英文。

许添谊被簇拥到客厅，被端上暖茶，磕磕巴巴地认真回复姜连清每一句询问。

姜连清的丈夫，那个名叫 Carey 的男人比想象中还要魁梧，留着大胡子，板着脸看上去很恐怖。许添谊紧张地把自己准备的礼物给他，他却忽然笑起来，还郑重地握手表示友好和感谢。

Trista 则让许添谊注册 IG（社交软件 Instagram 的缩写）账号关注自己，称自己是很有名的模特，还被狗仔拍过和贺之昭在一起吃饭。并且她着重解释，自己最近一直在家是因为想休息一段时间,不是没有活可以干。

餐厅里,姜连清正在准备做姜饼,又似乎是刻意只准备到了原材料备齐的状态。她说:"贺之昭喜欢做姜饼人,每次圣诞节都做一大堆。你们今年来得早,我就先把材料备上了。"

贺之昭也系上围裙开始忙碌做饼干。许添谊不知道看哪儿,回过神才发现姜连清笑眯眯看着他。

"细看,和小时候是很像的。"她说。

一开始的话题总是近况,但最后还是不可避免谈到童年。许添谊终于得以了解最完整的故事。

姜连清说:"其实当时是觉得他不太……不太对劲,原本话少,怎么后来一句都没有了。但是我也每天都很忙,做梦都想多赚点钱。因为你那时候小,肯定不知道,自从我妈妈去世以后,大院那套房子我们家很多人都想要,说不该我们母子单独住。后来你也清楚,我们离开后,房子给了我哥哥……所以,我们就算回去也没有家了。

"现在讲好沉重啊,但是我认为,既然做出决定了就不要后悔。不过偶尔也会想到你,想,哎呀,不知道小谊怎么样?一眨眼,这么多年过去了。"

"他现在有时候还是木木的,不会惹你生气吧。"姜连清问,"生气了就直接和他说,他会改正的。"

"不会。"许添谊结巴地说,"……我很……我很感激能重新遇到他。"

姜连清看他一脸真诚,笑起来。原本还想说两句打趣的话,但她发现许添谊比小时候还不禁逗的样子,算了吧。

她过去常因不能分担儿子的困惑感到自责,所以现在无论如何都很感激。尤其最近她常常回忆两人小时候,大部分记忆都模糊了,只记得许添谊是个要强懂事的小男孩。

唯独还清晰记得一件事。那次许添谊神态忽然有些难得的怯懦,喊了自己一声妈妈。

她清楚记得那么多年,可能也想找机会弥补什么吧。

贺之昭的姜饼人顺利烤出来,每个姜饼人的穿着打扮都不一样,身份地位不同,但全部都会被吃掉。在一顿丰盛的晚饭后,许添谊也被催促着坐到沙发上,加入家庭影院的阵营，并在几个选项中选择了观看《时空恋旅人》。

男主角每每都决然地站到衣柜里，表情坚毅，开始他回到过去的旅程，去纠正他每一次犯下的错误。

许添谊想，现实生活中可没有这么多纠错的机会，所以他在飞机上说那些话是正确的。

看完电影，到了睡觉的时间，全部上楼。

前一晚没有休息好，早上还遇到飞机惊魂，许添谊已经很困了。

这房间被提前打扫过了，换上新的床单被套。听姜连清讲，因为不在一个州，贺之昭念大学以后也搬出家，回来住得越来越少。

许添谊刚准备睡进被窝，忽然听见敲门的声音。他走过去开门，贺之昭蹑手蹑脚侧身进屋，穿着睡衣，胸前鼓鼓囊囊。

许添谊震惊了："里面是什么东西？"话音刚落，一团黑色的毛发窜出来，紧接着一只黑猫跃到床上——是那只名叫Pepper的黑色小猫咪。

许添谊坐到床沿，让Pepper睡到自己的膝盖上。好重。怕惊吓到猫咪，他压低声音道："前面都没看到它啊。"

"刚刚看电影，它就在你旁边的沙发上。"贺之昭说，"只是没说话。"

许添谊沉默半响，轻轻摸了摸Pepper的后颈，感受它漆黑顺滑的皮毛。Pepper虽然是头一回看到他，但闻过他指尖的味道后并不反感，现在迎合地贴近那只手，舒服地眯了眯眼睛。

"之前我下楼喝水，没看到它，被绊倒过一次。"贺之昭道，"从此它讨厌我了。我刚刚捉了好久。"

说完这句，两人一时间都没说话。许添谊迷失在毛茸茸的宇宙中。他又想，如果他有电影男主角的超能力，肯定会下了飞机就倒转回去。

不过，但现在其实这样也很好。他喜欢这样温暖、安静的冬天夜晚。

第二天，许添谊吃完早饭，开始参观贺之昭从离开大院后，居住时间最长的房间。

房间的墙壁还是像以往那样的干净，没有任何额外的布置。床边有个橱柜，最顶层的玻璃橱窗里摆满了贺之昭念书时获得的奖牌和奖杯。此外还有个极为眼熟的红色老爷爷，突兀地摆在金银之间。

许添谊愣了愣。这外表另类的东西不是别的,正是他当年钱别大礼的一部分——那只他不舍得,也不敢在家里当众掏出的电玩上校游戏机。

他别扭道:"这东西你也留着。"

许添谊想贺之昭真的也有些不正常,可以把朋友说的话一个字一个字原原本本记下来,记性好得像中间流逝的时间从未存在,连不值钱的礼物也都能完整保存那么多年,哪怕之后并无再见面的可能。

可正因为这些与众不同,让许添谊有机会成了一名幸运儿。

"我都保存着。"岂料,贺之昭回答,"这个游戏机很漂亮,可以展示,剩下的我都放起来了。"

剩下的,放起来了。

在许添谊略带惊恐的目光中,贺之昭慢吞吞拉开橱柜其中一个小抽屉,展示出自己保留下来的所有东西。包括掉色的小天使挂件、封皮已经脆化掉屑的如出土文物的皮质笔记本、两张曾经很漂亮的泛黄折纸……

都什么啊。许添谊倍感羞耻,因为他发现自己竟然送了堆破烂。当然,这也是当时的他能给出的,最好、最珍贵的东西。

"还有这个。"贺之昭从抽屉拿出最后一张纸,措辞间难掩骄傲,"纸是最难保存的,所以我加固了一下。"

那张原本就皱皱巴巴,透明胶带在上面纵横交错的同学录被特意过塑装裱过了,光洁硬朗地出现在两人面前。

始作俑者看清上面写的东西,两眼一黑,脸色阴晴不定。半响,许添谊怒吼道:"我要烧掉它!"

————绝密档案————

姓名:许添谊

性别:男

生日:2月29日

电话:6070×××

就读学校及年级:复兴小学五年级

性格:别惹我

273

爱好：揍贺之昭

最喜欢的食物：炸鸡

最喜欢的人：关你什么事

最喜欢的动物：小狗

现在的梦想：当一个好人，每次都考第一名

对我的第一印象：哑巴

————想对我说————

记得给我打电话。

勿忘我勿忘我勿忘我勿忘我勿忘我！

"干妈。"许添谊道，"你们先进去坐吧，我在外面等。"

姜连清替他整理了学士服的衣领，随后拿出手机看时间，安慰道："没事，距离典礼开始还有半个多小时呢，来得及的。"

她看许添谊表情还是带着掩盖不住的着急，想了想，笑了："那我们先进去占位子吧，坐得前面一点。"

许添谊依旧站在外面，面容严峻地等待自己的朋友。

尽管已经离开故土多年，但自此以后，人生犹如画出清晰的界线，生活开始有非常明朗、值得奔赴的目标。身边也有了同行的伙伴，和如同家人的存在。

是的，其实没有那么难。

一年圣诞节，许添谊到姜连清家拜访，帮忙一起布置，如往常喊："姜阿姨……"

姜连清一边给圣诞树挂上袜子，一边忽然佯装轻松说："不如你喊我干妈吧。"

"啊。"许添谊结巴了一下，看向姜连清，"可以吗？"

姜连清还是那样笑眯眯的："可以啊。"即便明明都已经长很大了，可在她心里他还是最小的小孩。平时挺机灵的，怎么这时候那么笨拙呢？

"……干妈。"许添谊眼睛有点热，但是大家都在，所以忍住了。

一开始他也很不好意思，但是发现没人会因此嘲笑他，就这么喊了下来。

接着许添谊开始充满紧张感地备考、申请学校，有学可上后他就辞了职，专心念研究生。贺之昭仍在中国继续工作，准备交接的事宜，两人因此保持了一阵异国联系。

虽然几乎每天都要视频，有假期就各自往一处跑。

涉及工作交接，这两个月贺之昭尤其忙，两人已经长达三周没有线下见过面。

许添谊继续着急但很有耐心地等待。贺之昭连今天的毕业典礼也是抽空来的，下了班直奔机场，降落后就马不停蹄直奔目的地学校。

尽管现在已经是一名大龄硕士毕业生，许添谊也难免回想起自己的大学毕业典礼。当时没有人愿意为他浪费时间。但是现在不一样了。

又过了五分钟，周围人都慢慢开始入场，工作人员也开始号召学生准备排队。许添谊准备再打一通电话，终于听见身后有人喊："小谊。"

他很快回头，看到目标人物站在距离他三十米的地方，便立刻小跑过去，衣袂都跟着飘起来。

贺之昭等他靠近，看他脸色，问："有点晚了。生气了吗？"

"没有。"许添谊快速地否认，"快点进去吧，干妈占好位子了。"心里有无数的话想说，等开口又什么都说不出。

一开始无法再做贺之昭的秘书，对继续读书有些畏惧，但当然也很快就打消这念头。步入学院，看到古典的圆顶建筑，心瞬间就静下来。精神上的富足和收获都是真的，这一次他再无那么多的顾虑，也不用操心没有着落的生活费，虽然课业很难，心态却反而平静。

身边接触的大都是比他年轻的学生，大家都从未沾染过社会的粉尘，相处起来简单愉快。

只是学生都以为他是同龄人，某次聚餐才知道许添谊甚至早就工作多年，纷纷深感意外。

礼堂已经坐满人，第一批准备入场的学生站在门后面等待。聚光灯闪过，像跑马灯，把所有人的人生串联起来。

此刻——

Alan在酒吧摇骰子。他的好日子已经彻底到头，和两位中国合伙人谈完合作，项目是快接到了，但他担心接下来贺之昭回加拿大升任集团董事后，又没时间分出来给科技公司。如此，只能他挑大梁。

但未来的事情，无须烦恼太多，不如及时行乐。

此刻——

许添宝失眠了。在这个普通的夜晚，他突觉人生似乎正在失去控制。

好不容易毕了业，他却一直没找到工作。当然，他认为一切要归因于那次失误……伤口早都长好了，但母亲对此三缄其口，像什么都没发生过。他忘不了许添谊说的那些话，他恨他，因为似乎那些话应验了，他此后被迫和乐队分道扬镳，音乐节也没参加。后来乐团的选拔自然也没发挥好，落选了。

落选那天，饭桌上母亲小口小口地吃着米饭，突然号啕大哭，他忽然发现她头发也全白了。什么时候？至于吗？

不过，这都是很久远的事情了。父亲现在腰不好，每天开车接单的时间变短了。可他要钱啊，没有钱的烦恼太多，他和原本的交际圈子都说再见了。他想他可能还是得尽快找份工作，一个月万把块他就满足了，不过不能太累。

此刻——

韩城头疼地看着客厅里来回奔波的乌云，这都几点了。

杜琛宇前段时间又回美国了，临走时把壮壮扔过来，直言这狗也是他接的朋友不要的，现在工作太忙，无暇照顾，请他最后帮一个忙，找人彻底托付领养了。

韩城回味过来，心里不是滋味，知道自己又被利用了。哪知道杜琛宇做过那么多伤害许添谊的事情。虽然他道歉了，许添谊也接受了，但两人的关系还是不可避免地淡了很多。上次再听到消息，对方已经出国，这倒也是不错的选择。

但狗……韩城挠挠头，还是决定重新试试联系上许添谊，询问对方是否有继续饲养壮壮的意向。

此刻——

小火车从隧道出来，一瞬间，光落满座位，窗外满目绿意，又行驶一段，可以看到湖泊，湖水清澈见底。施伶竹将窗子微微打开，被风吹得眯了眯眼睛。

护照上的国家越来越丰富，三十岁前，能去完五十个地方吗？她想到游奇介绍的一部电视剧，里面的一句话——

走了几千公里路，都不能忘记你。

必须承认，即便曾经每天工作枯燥无聊，也有一些珍贵的东西可以怀念。先前听闻许添谊也从集团辞职了，不知道现在好吗？

施伶竹回忆方才路过的游客中心，里面有明信片贩卖，她决意等会儿要寄明信片，给曾经的同事们，给朋友们。公平起见，许添谊和游奇，一人一张。

此刻——

主持的老师喊了许添谊的名字。

许添谊站上红毯，有点脸热地举了举手。

台下有很小的欢呼声，朝声源看，Trista 和姜连清在边拍照边欢呼，Carey 和贺之昭坐在旁边非常乖巧地鼓掌。

他冲着镜头笑笑，很快走下台。

毕业典礼结束后，几个人在光线最好的地方拍了全家福，Carey 表示自己会负责洗出来。他和贺之昭一样寡言，是个表面凶狠如丛林猎人，实际心思细腻的人。

不知故意或的确有事，午饭后，姜连清便说自己明天有社区志愿者工作要做，要率领队伍回去了，并叮嘱他们后面有空过来做客吃饭。

自己的儿子虽然也不错，但两相比较，姜连清更喜欢同许添谊讲这些。因为许添谊会认真回应，并且做出的承诺一定会很快履行实现，她只要等门铃响就可以了。

"这下真的毕业啦。"走时，她拍许添谊的肩膀，还是避免不了像看小孩一样看他，这一年下来，她发觉许添谊似乎没再那么绷着，松弛了些许，待人接物也更有自信了。

可这下又得上班了。她心疼道："上次听你说过，在哪里上班来着？"

许添谊认真地回答清楚。

姜连清满意点头："那儿 和住的地方很近的吧，通勤也方便。"她笑道，"知道你好强，一定要劳逸结合，还有我们呢，遇到不能解决的，就来求助。"

随即又看向贺之昭："你也是，一个人在中国，照顾好自己。什么时候正式回来？上次说的时间还准吗？"

得知再过两个星期，贺之昭便可回到多伦多工作，姜连清便又表现出很满意的神色，两队人马就此分别。

许添谊开车载着贺之昭去目的地。考虑到工作地点接近，好相互照应，两人在多伦多的市中心合买了套 Condo。客厅的落地窗夜晚能看见高楼大厦、灯火通明的多伦多。

贺之昭上次来已经是半年多以前，还是空荡荡的。现在屋子早就被许添谊很慢地、很仔细地布置满了。

过去那么多年，许添谊一直动心忍性，省吃俭用，做梦都想拥有一套自己的房子。可渺渺无望，所以不知道什么时候能完成梦想，甚至也不相信自己能完成。

现在，终于有栖息之所。

尽管早就不是秘书，但生活中许添谊还是力所能及承担着所能负责的一切。他愿意做这样的事情。他嘴上没有邀功，但很骄傲地从衣柜给贺之昭拿家居服："过来看。睡衣在这里，你的衬衫在上面挂着……"

在各个房间游走完一圈，吃了点东西，他们放松下来，坐到沙发上。一个终于结束学业，一个来回奔波，都没怎么休息好，空气太安静，两人不知不觉都睡着了。

贺之昭先醒，发现自己睡得从沙发上滑了下去。

外头的阳光正烈，给室内添上了暖色的光晕。可能因为宿舍的窄床睡得太多，许添谊睡觉很安静，也几乎不动。

是现在已经不怎么爱生气，但还是很生动的许添谊。

贺之昭觉得三个星期不见面实在太久了，可之前明明有过更漫长的寻找和等待的岁月。好在他们后面还有更多、更好的时光。

人生最有意义的事是什么？

可以很有斗志，千里奔波为工作；可以四处游历，吃世界各地的饭，在不同的地方看无数场午夜场电影；也可以只是轧马路看满地红枫，看漫天大雪，或是在风和日丽的一天，一起去码头吃点薯条。

好，都好。未来有这一切的答案。

番外
平流层

1.

"妈妈——送你最后一程——"

"砰"一声,陶瓷碗瞬间四分五裂。大米飞溅出去,冷白和暖白的碎物掉落在冷灰色水泥地上。

薄云遮住太阳,朝北的走廊阴沉无光。哭丧声回荡。

长子捧黑白遗像,小子摔碗。一支队伍慢慢踱步下楼,准备赴殡仪馆见吴焕秋最后一面。

贺之昭跟在姜连清身后,路过半层楼中间的转角,看到地上散落的大米。

外婆去世了。

吴焕秋最后的时光都和他们一同度过,所以他也清楚这病情发展有多迅速——胰腺癌,发现时已经是晚期,抵达这一天是必然的必然。

贺之昭回想自己刚来大院那天,他和姜连清乘了很长时间的绿皮火车。乘务员的小推车经过时,姜连清照例询问他是否想要那正在被推销的玩具。贺之昭拒绝了,认为百变魔尺这东西玩一次就足够。

他从包中掏出硬皮封面的百科全书,翻到正在看的那页。原来大气层还分为几层,最靠近他们的是对流层,向上还有……他要接着看下去了。

"这应该是我们短期内最后一次搬家了。"姜连清看向儿子，承诺道，"你要多和外婆说说话，好不好？"

"我不是很擅长说话。"贺之昭煞风景道。

姜连清无奈："那就随便向外婆分享点什么吧，外婆很喜欢你的不是吗？"

贺之昭："好的。"对于外婆他有印象，但在脑海中也仅仅是个模糊的轮廓。因为相隔距离太远，他们不怎么见面与联系。他希望外婆是个好相处的人。

前来殡仪馆吊唁的人有很多，基本是大院的相熟。吴焕秋退休前是工厂的办公室主任，退休享正科级待遇。在厂里工作近二十年，不少人感谢她。

大家悲伤的样子让贺之昭感到陌生，他转移目光，看到门口刚进来的男人身后的许添谊。

许添谊也目光捕捉到他，却没有立刻靠近。他仍旧跟着许建锋，用口型对贺之昭说："等我。"

告别仪式上，姜连清的大哥介绍了母亲吴焕秋的生平，神情肃穆，念到一半似乎无法抵御悲伤，暂停，摘眼镜抹泪。但贺之昭记性很好，他知道吴焕秋最后住了那么长时间的医院，无论是这个大舅舅还是那个小舅舅，都只零星探望过几次，空着手来。

唯独一次两人一同来，带了个最便宜的果篮。他们当着姜连清的面，询问意识已经有些不清楚的母亲，大院这套房子要怎么处理。也打探过遗产的事情，打电话的声音被贺之昭听见了。

继续，继续。所有人跟着口令缓慢鞠躬。

吴焕秋被置于白色、黄色的花丛中。她穿着寿衣阖着眼，像只是睡熟。入殓师填充了她的双颊，过分饱满。实际整个病程中，原本好端端的人渐渐失去生气。吴焕秋向来能够吃苦，也能忍受疼痛，但病到最后，不管意识清醒还是模糊，都只会喊疼。

皮肤蜡黄，褶皱也都被抻平，变为过分的僵直和消瘦，和大家记忆中的模样不尽相同。

哭声太嘈杂，贺之昭反而有些出神。被围在中间、躺在那里的，是外婆吗？他印象中的吴焕秋有些胖，脸颊很圆润，也的确很疼爱自己的外孙。她知道贺之昭喜欢吃甜食，经常坐两站公交，去一附中旁边的红宝石买两碗掼奶油、两块奶油小方。

也知道贺之昭有个好朋友，所以每次都说："你让你的好朋友过来一起吃。"

贺之昭抬头看到姜连清在哭，掏出口袋里的纸巾递过去，他又扭头找许添谊，思索对方是否也需要纸巾，没有找到。或许他也该这么伤心才对，可他现在只能想到，吴焕秋过年前牵着他和许添谊去大院门口挂红灯笼，一切恍如昨日。

"贺之昭。"熟悉的声音在后面轻而急促地喊。

贺之昭扭头。好朋友一个大跨步到他跟前，打量他。亲人的离去太过沉重，许添谊也不知道说什么安慰的话更合适。

过去一年，他极少看到吴阿婆，只知道大家都在说，吴焕秋没有多少时候了。他怕打扰病人休息，不敢去家里拜访。病人也经常反反复复去医院，很少露面。

许添谊一手抱着刚拿到的寿碗，一手牵起贺之昭，他带着人到告别厅旁边的休息室，里面几个亲眷正坐着擦泪，平复心情。

一走进去，外面的声音也被隔绝些许，许建锋正在说："我当时刚进厂，家庭困难，我的这套房子还是李主任想办法安排下来的，我是很感谢的！"他被厂里的新老员工围着，逐渐忘记场合，说话声音越来越大。

休息室里只剩一张小沙发空着，许添谊把贺之昭按着坐下。他回头四顾，先从外套口袋掏出个小面包，拆开包装强行塞入嘴里，说："你吃点东西吧。"

贺之昭本想拒绝，但嘴唇已经贴到面包，只得开始咀嚼。

许添谊又取了只一次性纸杯，拿起方形茶几上的开水壶倒水，满满一杯递给他："别噎到了，喝点水。当心烫。"

贺之昭已习惯许添谊安排他做事，接过纸杯慢慢饮。许添谊看他动作，总觉得今天的好友格外迟钝，像伤心过头报废的机器人。他认为，这时候的陪伴和安慰尤为重要。

鉴于周围再没其他座位，许添谊半跪在地上，随后两只手交叠，压在了坐着的好友的膝盖上。

他仰头看着贺之昭，一脸诚挚、语气坚定地说："别难过，外婆会在天上和菩萨一起保护你的。"

贺之昭因为许添谊的这个动作而有安全感，他也看着朋友坚毅的脸庞，想，道别的确是一件非常困难的事情，不过这个说法他可以接受，于是思考后问："你说的天上,具体是哪里?"

在许添谊疑惑不解的目光中,他补充:"大气层分为对流层、平流层、中间层、热层、散逸层。外婆和菩萨具体在哪一层看着我们呢?"

诗意神性的说法遇到科学的撞击,顿时支离破碎。许添谊真是目瞪口呆。他根本听不懂贺之昭在讲什么东西。但事已至此,如果停在这里,说法就不成立了,安慰既起不到想要的作用,他自己也会显得愚蠢。

所以许添谊装模作样想了想,硬着头皮胡诌道:"应该是,平……平流层吧。"一紧张,甚至只记得这个词了。

贺之昭了然地点点头。百科全书上并未提到过这一点,是非常有用的信息。他很感谢小谊能告诉他。

2.

平流层究竟有什么呢?

跟随飞机的起飞微微失重,耳膜胀痛,外面的声音变得模糊,灵魂仿若一瞬间和世界对立了。

被踢过的左小腿似乎还有点疼,那种疼痛一直萦绕在他的心头。

道别的确是一件非常困难的事情。

空姐推着车过来询问:"小朋友要喝什么?有可乐、雪碧、苹果汁……"

原来飞机的小推车不卖百变魔尺。贺之昭要了杯苹果汁。他学着前排的乘客,拉开起飞时关闭的遮光板,椭圆形的玻璃窗处立刻出现了他从未亲眼见过的场景。

飞机正平稳地在高空飞行。云层也显得矮,入目只是无尽的蓝。

平流层。

贺之昭认真看了会儿,这一刻,他头一次认为许添谊说的可能有一些偏颇——平流层看上去什么也没有,不像有外婆和菩萨的样子。

他喝了口苹果汁,从自己随身携带的双肩包拿出一张小心叠好的纸,对着窗外的光展开仔细地看。

绝密档案。其他同学写的同学录他都装订成册了,唯有这一张贴身携带。也唯独这一张皱巴巴的，缠了很多胶带，甚至有点反光。

贺之昭小心捋平上面的折痕。他才知道，原来好友最喜欢的动物是小狗——"小"字用得很严谨，因为上次放学，路边遇到一只没牵绳的大狗，小谊拽着他非常紧张而快速地绕道走了。

如果能一起念初中就好了。

"小谊邀请我初中一起住宿了。"贺之昭忽然开口道，"可惜无法实现。"

"……落地以后，我们到家就给小谊打电话吧。"姜连清看出他低落，说，"Johnny 家很大的哦！还有游泳池。"

"嗯。"贺之昭点头。

他还是在反复看那张同学录，所以过了会儿姜连清又安慰道："别伤心啦。"她说，"你们还可以保持联系，你会在新学校认识更多不同肤色的新同学，小谊也会在初中结交好朋友的，大家都不会孤独……等到再放假的时候，我们就回来，好吗？我们去给外婆扫墓，你也可以去找小谊玩。"

不知为何，贺之昭并未因此感到安慰。他不希望小谊初中会结交更多好朋友，但他无法解释其中逻辑。他说："小谊再过一段时间要生日了，我想寄一份礼物给他，要调查清楚邮局在哪里。"姜连清答应下来。

不知道小谊还在生气吗？贺之昭在心里默念了几遍那串写得极大的电话号码，小腿隐隐约约又疼起来，大约是不祥的预兆吧。他竟然现在就开始想念自己的好朋友了。

记得要打电话。贺之昭思考，不知道许添谊会和他说什么，可惜打电话只能听见声音，见不到小谊漂亮的脸。对了，顺便要把平流层的见闻也讲一下，尽量多讲一会儿吧。你写的是"勿忘我"吗？也勿忘我吧。

3.

凌晨，贺之昭因为飞机颠簸产生的动静而渐渐转醒。

周围已然开始躁动。混乱中，许添谊检查他安全带，解释说："颠簸了。"

本以为仅是无伤大雅的插曲，情况却陡然急转直下。失重、失控，从未想过会使用的氧气面罩掉落下来。

身体和神经一同紧绷，危急时刻，贺之昭决定遵从本能。他伸手给许添谊扣上氧气面罩，再戴自己的。

"没关系。"贺之昭说，"别害怕。"他对着许添谊说的，实际上希望自己能更冷静一些。

再如何科学分析、做心理暗示，现实的紧迫依旧让人无法放松，在几秒的失重中，不喜欢假设的贺之昭也想到如果——如果故事真的就在这里结束，可无论如何，他都希望许添谊能够安然无恙、一切平安。这是优先级最高的一件事。

死寂中，许添谊忽然扭头看他："贺之昭。"

贺之昭和许添谊对视，看到对方嘴巴张合。然而呼吸面罩蒙上白雾，声音无限低，近乎微不可闻。他看着他的口型，仔细解读，像钥匙打开锁，终于明白他在说什么。

许添谊说："谢谢你，贺之昭。

"谢谢你愿意来找我。

"我也很高兴能重新见到你。

"你是我最重要的朋友。"

贺之昭怀疑是否因为颠簸的关系，让他的心情也如此明显地上下起伏。他忽然有一种预感，人生可能会因此改变。

尽管许添谊并没有希望得到任何回复，也好像因为形势所限，欲言又止没说完，贺之昭还是伸出手回应，说："我的荣幸。"

飞机终于重新拉高，继续完成剩下的旅程。

窗外万里无云，一片澄澈，一如此刻心境。平流层。

4.

Pepper被摸完背脊上的毛发，满意地从许添谊的膝盖上跳下来，顺着门缝挤了出去。房间又只剩下两个人。

没有可以转移注意力的东西，许添谊坐在床沿，保持沉默。他希望贺之昭能识相点，赶紧离开。

"小谊。"但贺之昭纹丝不动，道，"我想，你今天的话还没说完。"

在凌晨那班飞机上，氧气面罩阻挡了许添谊的发挥，让他还有一些话未能顺利说出口。先前一整天忙忙碌碌，周围还有家人陪伴，如今两人单独面对面，像事故后遗症，反而尴尬起来。

"说什么？"许添谊也心知肚明，所以装傻，"我已经说完了。"

贺之昭看了眼自己的手指，并不买账地笑了笑："如果飞机没有颠簸，会和我说那些吗？"答案显然易见，所以许添谊决定不回复。

但因为对方表现出不得到答案势必不离开的架势，所以许添谊还是没纠结太久，坦白道："只是想道歉。"

"为什么道歉？"轮到贺之昭愕然。

"之前……一直误会，以为是你不想给我打电话，所以最开始见面时也对你态度不好。"许添谊艰涩道，"也讨厌过你……"奇怪无论如何无法释怀，久别重逢也久到像陌生人碰面，可一看到贺之昭，他就知道是他，依旧忍不住接近，忘记秘书总裁的差别，就好像两人一直是好朋友，从未分离。

贺之昭的阐述总是平铺直叙，不掺杂任何个人情感，以至于讲自己过去的经历，也有轻描淡写、不足为道的感觉。纵然如此，许添谊也能察觉，当时年仅十二岁的他也在异国他乡过得非常辛苦。

外加今天又听到姜连清说的旁枝末节，拼凑出更清楚的事情的全貌——或许那时候，贺之昭也在同样想念着自己最好的朋友。

而因为误会，许添谊早就撕碎保证书，无数次试图忘却这曾经的旧友，可贺之昭从始至终都没有放弃过找到小谊。

他不声不响这么多年，在记事本上断断续续写下那么多关于河豚的感想的时候，心里又都在想什么呢？又是靠什么坚持下来的呢？

这让许添谊很心疼，也很愧疚。"对不起。"他压低声音道，"未来我会……好好照顾你。"

贺之昭想，小谊能说出这些话想必已经用尽全身力气。他又笑起来，回答说："好，请你多多关照。"

贺之昭想到自己曾经说过的一句话。某一年的二月二十九日，他为许添谊隔

286

空庆祝十六岁生日。在寿星并不知情的情况下,他对着录像机说:"我相信宇宙中联结的方式有非常多种,也不必一定在此刻当面祝福。希望你在地球的某一处一切顺利,十六岁快乐。"

时间终于给出了答案。

就在此刻。

尽管许添谊并没有对那张同学录做出什么过激的举动,但贺之昭还是把它藏起来了。

一辈子仅有一份的宝藏,他要此生珍藏。

图书在版编目（CIP）数据

再见贺之昭 / 柏君著 . -- 武汉 : 长江出版社，
2025.6. -- ISBN 978-7-5804-0090-1

Ⅰ . I247.5

中国国家版本馆 CIP 数据核字第 2025L7Q391 号

再见贺之昭
ZAIJIANHEZHIZHAO
柏君著

出　　版	长江出版社
	（武汉市解放大道 1863 号）
选题策划	林　璧
市场发行	长江出版社发行部
网　　址	http://www.cjpress.cn
责任编辑	李剑月
特约编辑	谢佳卿
印　　刷	北京盛通印刷股份有限公司
版　　次	2025 年 6 月第 1 版
印　　次	2025 年 6 月第 1 次印刷
开　　本	700mm × 1000mm　1/16
印　　张	18
字　　数	301 千字
书　　号	ISBN 978-7-5804-0090-1
定　　价	49.80 元

版权所有，侵权必究。如有质量问题，请与本社联系退换。
电话 :027-82926557（总编室）027-82926806（市场营销部）